骄傲与傲骄

南枝 / 著

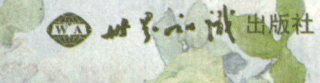
世界知识出版社

图书在版编目（CIP）数据

骄傲与傲骄 / 南枝著． — 北京：世界知识出版社，
2015.6
ISBN 978-7-5012-4971-8

Ⅰ．①骄… Ⅱ．①南… Ⅲ．①长篇小说—中国—当代
Ⅳ．① I247.5

中国版本图书馆 CIP 数据核字（2015）第 148888 号

书　　名　骄傲与傲骄
　　　　　Jiao'ao yu Aojiao
作　　者　南枝

责任编辑　余岚
责任出版　刘喆
责任校对　马莉娜

出 品 人　赵雷
总 策 划　紫总　青罗扇子
美术设计　王梦叶
封面绘制　匪萌十月

出版发行　世界知识出版社
地址邮编　北京市东城区干面胡同51号（100010）
网　　址　www.wap1934.com
经　　销　新华书店
印　　刷　北京嘉业印刷厂
开本印张　710x1000毫米　1/16　17.5印张
字　　数　322千字
版次印次　2015年8月第一版　2015年8月第一次印刷
标准书号　ISBN 978-7-5012-4971-8
定　　价　29.80元

目录

第一章

重逢

这年的清明节没下雨，天气已经带着入夏的炎热，柳箬捧着一大捧白菊花，从出租车上下来。此时天色还早，但公墓里已有不少人，柳箬身高腿长，走得很快，她穿过不少前来扫墓的家庭，到了柳爸爸的墓前。

正如之前几年所见，柳爸爸的墓已被扫过了，墓前摆放着一捧白菊花，台基上还有一点酒迹。

柳箬判断每年来为父亲扫墓的应该是他的朋友，不然不会带酒来。只是不知这个朋友是男是女。

她也想过要早些来和他相遇，但每次都没有遇到。

柳箬有些许遗憾，将手里的菊花放好，她坐在旁边和柳爸爸说了会儿话，说她现在一切都好，说她会好好照顾妈妈，让他在地下安息。

回到市区，柳箬接到高中同学丛渊的电话，丛渊约她过两天一起吃饭，柳箬说："怎么又约我，你不忙吗？"

丛渊和她不仅是高中同学，读硕士博士时也在同一所学校，从事的工作也有关联，关系便比别人都亲近些。

丛渊答道："医院里的领导和同事也会去，你博后做完了总要工作，你可以看看要不要来我们医院。"

看柳箬没及时回答，他担心她不去，又说："有几个都是你认识的人，这次是药品公司请客，你不用担心是吃我，来吧。"

柳箬被他说得好笑："好吧，你把地址发给我，我去看看。"

过了几天，柳箬便去了丛渊邀请的饭局，饭局上大多数人果真都认识，有一位还曾经让她帮忙修过SCI论文，所以和她格外亲近。饭后，大家又约着去唱歌，因是公司请客，便在一家费用不菲叫尚虞的高档会所里。

这些医生有家有室，十一点多无论如何该回家了，柳箬同丛渊走在后面，丛渊问她愿不愿意去他们医院："待遇不会少。"

柳箬却道："我在申请出国做博后，所以大约不能去你们医院了。"

丛渊："你也老大不小了，还不准备稳定下来结婚吗？"

柳箬不满地瞥他："老大不小了就非要结婚？你不是也没有考虑结婚吗？"

丛渊："可我是男人，你是女人。男人四十岁也是一朵花，女人三十岁可就算老了，再不嫁人，就嫁不掉了。"

柳箬最近这种观点听得太多，开始还有点恼，现在连情绪也不会动了，说："你这是性别歧视。我活着又不是为了嫁人。"

丛渊辩解："我没性别歧视，只是说大众观点，我担心你。"又盯着柳箬："难道你没打算结婚？"

柳箬不想和他讨论这个问题，快步往前走去。

同在尚虞，包厢里，江辞对着手机不满道："楚三，我们在尚虞里酒都喝了三轮了，你这人影儿还没呢，大家都在等你，你到底什么时候能到啊，给个准数。"

楚未刚和启维集团的老总告辞，坐上自己那辆奔驰，被江辞这话吼得耳朵疼，他没好气地回他："我这里忙呢，既然说了要去，难道会放你鸽子？"

江辞看了坐在一边和人划拳喝酒说话的谷雨嫣："你当然会来，今天来也是来，明天来也是来，我们都等你呢。小志、云哥，大家都在。"

楚未将脑袋靠在车椅背上，用手捏了捏鼻梁，很是疲惫地说："已经在车上了，别催了，半小时就到。"

江辞和他挂了电话，谷雨嫣就朝他挪过来了些，靠近他，略带几分期盼："江少，怎么样？"

江辞的目光从谷雨嫣凹凸有致的身体上淡淡扫了一眼，心想这真是个尤物，真不知道楚未怎么会和她分手。

谷雨嫣是这几年颇出风头的一个女星，虽说脸蛋有整过，但的确漂亮，身材又好，被封为宅男女神，接拍过不少电视，只是演技差，被称为花瓶。

楚未去年开始和她在一起，经常带她参加圈子里的朋友聚会。江辞和楚未是家世相当从小玩在一起的好哥们，便对这个谷雨嫣很熟悉。

这年三月，有记者偷拍到谷雨嫣和楚未在车里的接吻照，虽然车里黑乎乎一片，并没有把楚未照清楚，但一直不喜欢被媒体追踪的楚未还是不得已被曝光了同谷雨嫣的恋情。

从此楚未和谷雨嫣的关系反而冷淡了下来，虽然之后依然送过车和首饰，又被偷拍过两人一起在K城和巴黎逛街，媒体甚至炒出两人不久即将成婚的消息，但楚未身边这一干能玩会玩的哥们儿，都觉得这事很悬。

楚家家世不俗，楚未自己又不是只知受家族荫庇毫无能力的草包，他没像兄长一般走从政的路子，但在投资上极有眼光头脑，扶持出过好些大家耳熟能详的赚钱项目。

谷雨嫣靠脸蛋、身材和F罩杯走红，借着楚未的投资，又拍了一部大导演的大制作电影，有大红的趋势，但这还不足以让楚未娶她。

人的感情是看得出的，江辞觉得楚未在谷雨嫣身上没有那种要和她共度一生的热情。而也正如他所见，两人果真出了危机。

楚未和谷雨嫣已经分手，最近借着忙，他拒绝谷雨嫣的约见，到后来，她的电话，他也不接。谷雨嫣没办法，只得找到江辞，向江辞打探楚未身边是不是有了新人。江辞不确定楚未是否有了新人，扯了些别的，之后实在受不了谷雨嫣的恳求，打电话让她来参加了这次聚会，对她说楚未会来，她有话可以当面和楚未讲。

他们这一干圈子里的哥们，定期都会聚一聚的，无论手里有什么事，大多都会来参加，第一当然是要联络感情，在一起放松放松，更多时候是互相交换些信息。所以他们这个圈子里面都是自己人，江辞打电话叫谷雨嫣来，是很给她面子。

江辞将手机在手指尖上转了转放到一边，对谷雨嫣说："半小时就到了。"

谷雨嫣端了酒杯亲自向江辞敬酒："江少，多谢你了。"

楚未到的时候已经十一点二十了，要不是为了见他，几个哥们早就搂着佳人走了，谁有兴致在这包厢里喝酒、打牌、唱歌过一晚。

楚未进来就被大家攻击，赵禹志拉着他要灌他酒："你有没有时间观念，我们约好的是九点吧，现在都要十二点了。喝酒，赶紧喝！"

楚未接过酒杯，毫不犹豫一杯到底，赵禹志又连连灌了他两杯才罢，楚未说："今天算我头上吧。我的确有事才来晚了。"

龚云不知道楚未和谷雨嫣已经分手的事，以为谷雨嫣在，是楚未让她先来等着，就笑说："我们倒没啥事儿，谷大明星等了你好几个小时了，你先安抚她吧。"

包厢里灯光暧昧，大家又闹成一团，楚未进来就被赵禹志堵截喝酒，只和几个好兄弟打了招呼，并没注意到在一边坐着的谷雨嫣，听龚云这么一说，他心里就不高兴了，心想她怎么会在这里，憋着一股子气，目光在包厢里扫了扫。

虽然这里面一水的漂亮女人，但谷雨嫣在其中依然出色，很引人注意，楚未马上就发现了她。谷雨嫣并未矜持，走上前去，伸手拉住楚未的手："算不得什么，以前我拍戏，楚未不是照样等我几个小时。"姿态亲昵，好若两人尚未分手。

她巧笑倩兮，楚未却不给面子地将她的手推开了，说："谁请她来的，谁招待她？"

说完，就要往外走："在这里喝酒没意思，我们换到浮丘去。"

江辞起身说："楚三，你这真是没意思，我们等你这么久，你现在说换地儿就换地儿！"

楚未转脸过来对着他，刚进包厢的好脾气已经没了："说好是兄弟聚会，你们谁什么时候当这种黏糊分兮的红娘了？"

江辞被他闹得心里不痛快，本来他不想管楚未和谷雨嫣的事，但被楚未这话激怒："我请的人，怎么着了！"

其他人赶紧过来拉架，楚未皱了一下眉，往外走，引楚未进来的女主管看他们闹得不痛快，就要上前打圆场，又自知分量不够，只得对楚未亦步亦趋："楚少，都是好兄弟，这么点事，何必动气，伤了兄弟感情。"

楚未其实不会生这么大气，只是不想自己身边的兄弟再受谷雨嫣这个女人的引诱，帮她行这种方便，来帮两人复合。再说现在楚未看到谷雨嫣就满心不快，加上真的很疲累，所以才我行我素出言伤人。

楚未没理那女主管，已经走出去了，江辞看他真走，也怒了："我以后再管你闲事，我就是傻子。"

谷雨嫣没想到楚未一点情分不顾，跑去追他，楚未身高腿长走得快，她穿着高跟鞋，一直追到了楼下大厅，才堪堪将他拉住，也顾不得有人会看到，就要抱住楚未：“楚未，你原谅我吧！”

楚未脸色实在不好，闻到她身上的香水味就越发觉得腻味，顺手就把她推开了，怒道：“我们早完了，以后别再打着我的旗号到处招摇撞骗。”

谷雨嫣穿着高跟鞋抱住他本就重心不稳，被楚未一推，就摔在了地上，正好有人没看清楚状况从旁边走过，谷雨嫣就那么摔在了人腿边，手还不自觉扒拉住了这人的裤子。

这家会所，大厅里一向没什么人，但这次谷雨嫣运气不佳，正好有另一拨人出来，在大厅里相遇，不少人看到了她被楚未嫌弃的情状。

不过能在娱乐圈上位，自是要舍得一张脸皮的，她楚楚可怜地说：“楚未，你听我解释。”

楚未没想到居然会把谷雨嫣推倒，但他此时又放不下架子去扶她起来，反而说：“没什么好解释！”

说完发现那个被谷雨嫣扒拉了一把的人弯下腰将谷雨嫣扶了起来，一双眼也朝他看过来，这人的眸子在大厅昏暗的光线里皎洁清亮，很漂亮，楚未那充满怒火和烦躁的心，就像烈阳遇了清风雨水，瞬间冷静了下来。

这时候，女主管和龚云以及另几个哥们也追了上来。龚云要比楚未他们大一两岁，脾气好，性格比较老成，在他们这群人里，大多数时候在担任和事佬角色。

龚云上前拉住楚未，又看了一眼被人扶起来的谷雨嫣，说：“你们两个吵架，何必闹到大厅里来，好了，好了，赶紧回去了。”

又对谷雨嫣说：“雨嫣你没伤到哪里吧？”

谷雨嫣在圈子里被传是个性格较温柔的人，并不是耍脾气的那一类，此时她对着扶她的人道了谢，强忍了泪水装开心回龚云：“谢谢云哥了，我没事，就是楚未他……”

楚未抿着唇，被这么多人围观，他实在不好再发脾气，不然第二天网络和娱乐报纸上就会铺天盖地是他推谷雨嫣的新闻，他自觉自己形象没有那么坏，也不是故意推女人的人。

再说，不知为何，在他多看了扶谷雨嫣起来的那人几眼后，就觉得这人特眼熟。他开始还想这是哪位女星吗，这种气质倒是少见。不由被她吸引了部分注意力，对谷雨嫣也没有那么恼了。

楚未并没答应要回去：“云哥，你们自己回去继续玩吧，我有事先走了。”

龚云还没来得及再劝他两句，就有另一个声音插进来："楚未，是楚未，好久不见了啊。"

此人一米七五多点，长得稍胖，脸有点圆，戴着黑框眼镜，有些孩子气的虎头虎脑，而他这突然插入来的行为，也颇有些没看明白情势的傻乎乎。

楚未看过去，愣了愣，这虎头虎脑的男人已经上前来，一把拍在他的胳膊上："喂，老同学都不认识了吗？"

楚未这才想起来，"哦"了一声后，脸上也带上了一些笑容："丛渊，的确好久不见了，高中毕业后好像就没见过了吧。你现在怎么样，看起来很不错！"

丛渊笑道："哪里有楚未你混得好，不过是在医院里打杂而已。"

他说着，又朝另一边看了看，找到柳箸后，说："柳箸，没想到在这里遇到楚未。我就说今天出门会遇到贵人嘛。"

柳箸扶谷雨嬷时就认出楚未了，他和高中时候在相貌上变化不大，但看到他将一个女人推到地上去，还态度恶劣，她就无意和他相认。被丛渊这么叫后，她只得走上前去，脸上也带上了一些交际的笑容："你好。"

楚未在心里一惊，这才明白自己为什么会觉得她眼熟。

柳箸，初中三年，他们是同学，高中三年，他们更是同桌。只是以前的柳箸有些胖，而现在的柳箸则很瘦，留着短发，瘦下来的脸是近似瓜子的鹅蛋脸，唇红齿白，眉清目秀，身材高挑，只是因为太瘦，又穿着稍宽大的衬衫，胸看着便较平，刚才楚未第一眼差点以为她是个英雄救美的男人。

楚未没想到会在这里遇到柳箸，而且还让她看到自己和谷雨嬷闹矛盾，楚未在心里着实恼自己总给柳箸留下差印象。

特别是此时面对着变漂亮的柳箸，被她的眸子盯着，他便更不自在了，简直像回到了高中时候对着她的不知所措。

虽然心中百转千回，但面上，他却是彬彬有礼，对柳箸笑道："老同桌，好久不见，女大十八变，我刚才觉得你眼熟，却不敢认。"

柳箸说："你是贵人事多，哪里敢劳你一直记挂。"

柳箸这话有些破坏气氛，而她以前是个三棍子打不出一个屁的，没想到现在却变得口齿伶俐知道损人了。

楚未听她这么说，就知道她一定还记挂高中时候自己和她的矛盾。

心里尴尬，楚未赶紧揭过，说："你这样说就没意思了。老同学相遇不容易，我们找个地方坐着叙叙旧吧。"

柳箬没有应，丛渊却很热情："行啊，好。"

楚未又向龚云他们介绍了丛渊和柳箬，在高中的时候，丛渊坐在柳箬的前面，三人位置较近，即使较少说话，但也很熟悉。

龚云对柳箬和丛渊虽客气，但并不热情，他多看了柳箬两眼，因为柳箬的确长相好，气质出众。但她和谷雨嫣是完全不同的类型，谷雨嫣是香气浓郁的艳红玫瑰，她是长在水中淡雅的白色孤荷。

楚未没再理会谷雨嫣，之后更是要和柳箬、丛渊一起离开。龚云看劝也无用，他心里也不大高兴了，心想咱们哥们还比不上你那两个老同学？

柳箬和丛渊同丛渊的同事告别后，才和楚未一起离开了。

楚未的司机将车停在门口。在楚未的邀请下，丛渊从善如流地坐了上去，柳箬沉默寡言，犹豫了一瞬后也跟着坐了上去。

这辆加长车里空间较大，里面设计也很特别和舒适。丛渊高中时候就是个嘴巴停不下来的家伙，现在更是话多，和楚未絮絮叨叨地说起高中时候的事情和毕业后的事，车里他的声音就没停过。

问起楚未现在在做什么，楚未只是很简单地道："做些投资而已。"

而丛渊自己，则有很多话说，他本科时考上军医大，硕士和博士在S大就读，还在博士期间去美国交流过一年，本来是可以留校任教的，但留校第一是辛苦，第二是钱少，所以他现在在一家名气很盛的私立医院里。今天就是科室的聚会，刚才的另外几个人，有主任和同事。

楚未没了之前在尚虞和人发火的坏脾气，他右腿搭在左腿上，坐姿随意，听丛渊说话时神情却非常专注，贵公子气质十足，且风度翩翩，此时的他，已经褪去了少年时候那种傲慢和漫不经心。

柳箬打量着楚未，在心里这般想。

柳箬没想到会遇到楚未，还看到他对着一个女人推搡和发火。

柳箬鄙视男人对女人动手，但她并不能否认，她因见到楚未而心生欢喜。

楚未家世良好，在当年不少出身优越的学生里，也是独一份的，加上长相好，初中时候，已经是年级里情窦初开的女生们暗恋的对象，但当时学校打击早恋十分严厉，倒没有楚未和谁谈恋爱的传闻。

到高中时候，楚未从初中时的粉嫩正太抽条成了高挑俊美的大帅哥，加上学生们比初中时候更加叛逆和不受约束，明目张胆追求楚未的女生不在少数，更甚者，还有不少女生从其他学校早退跑来校门口堵截他。柳箸记得，他从高二开始就女友不断了，班主任叫他去说过几次，但语气温和，显然起不到任何警告作用。

柳箸那时候有些胖，近一百七十公分，有一百四十斤重，不过眉目间的清秀美丽并没有被胖掩盖住。她即使很少和楚未说话，作为他的同桌，依然被暗恋楚未的女生们嫉妒和诋毁。

柳箸不否认她那时候同所有飞蛾扑火的单纯女孩子们一样暗恋着楚未，但她从没有想过要对楚未告白，只是每天早上早早去学校上早自习时，会先把楚未的桌子凳子用帕子仔细擦干净，然后再擦自己的；楚未扔得乱七八糟的书，她会为他整理一番；在长得高大以至于很占空间的楚未把胳膊肘伸到她的桌子上来时，她总是不断退让，让他坐得舒服点……

这种小心翼翼的喜欢，其实无伤大雅，她曾以为这不该被计较。

只是有一次，已经放学了，一向喜欢在学校里做作业的柳箸还留在教室里看书做题，楚未的校服外套扔在桌子上，渐渐地就滑到了地上去。柳箸听到声音，被吓一跳，转头去看，发现是他的衣服掉了，犹豫之后就把他的衣服捡了起来，但她并没有及时将那件衣服放回桌子上去，而是拿在了手里。

衣服上留着男孩子淡淡的汗味，即使在穿着上十分注意干净和形象的楚未，也免不了每天剧烈运动后，一身汗臭。

柳箸抓着他的衣服，就像是碰到了他的皮肤一样，让她紧张。

正在这时，楚未和其他几个男生走进了教室，发现里面只有柳箸一人，柳箸还抱着楚未的校服外套，就有嘴贱的男生说："哎哟，柳箸，你抱着楚未的校服做什么，难道刚才还把脸埋在他的衣服里吗？"

柳箸瞬间满脸通红，将楚未的衣服放回了桌子上："掉地上了，我捡起来而已，你不要乱说。"

那男生越发起劲儿："还不承认，害羞了吧，脸都红了。"

又对楚未说："楚未，柳箸喜欢你呀。"

柳箸是班上的尖子生，名次从来在全年级前三，班上第一。大约正是她成绩优秀，楚未家里希望楚未能够跟着优等生受些熏陶努力上进，才让老师安排了两人坐在一起，柳箸正好长得高，可以陪他坐在一起。

柳箸因为总是一副勤奋的模样，很少和人在一起玩，在班上人缘算不上好，男生们找到这个可以打趣她的机会，是不会放过的。

柳箬又羞又恼，却百口莫辩，她不敢看楚未，只是赶紧收拾自己的书和本子文具，准备离开。

却听到楚未说："我怎么可能喜欢只知道做题的死胖子？"

这句话就像一条鞭子，抽在柳箬的心上，让她更是羞愤，甚至抬不起头来，她不得不强装镇定，一言不发收拾完东西就走了。

之后柳箬喜欢楚未的事就传遍了全校，其实喜欢楚未的女生多如牛毛，多柳箬一个不多，少她一个不少，不该引起什么波澜，但大家却不知为何热衷于说她这事，好像她喜欢楚未是多么不自量力的事。

楚未在之后也总做出和柳箬划清界限的模样，这更让柳箬成了被讥嘲的对象，之后柳箬再没有同楚未说过话。

高中毕业后，柳箬上了国内的一流大学，楚未出国去了，之后连消息也没互通过。

柳箬一路沉默不言，坐在那里像个隐形人，但楚未却无时无刻不被她吸引住目光，但他又实在不好盯着人看，只得不时转过头去看她一眼，表示只是出于礼貌在注意她。

第一眼看到柳箬时，他觉得她变化非常大，此时细看下来，才发现她除了瘦了下来，其实还是老样子，她还同高中时候差不多，好像这十二年的时间，没有在她身上留下印记。

对曾经出言让她难堪的事，他至今耿耿于怀，对着柳箬，心里总有愧疚，但要他为曾经对她做出的伤害道歉，又不太容易。

高中时候也是，明明那么喜欢她，却在说了伤人的话后，无论如何说不出道歉的话，甚至无法叫出她的名字，就像柳箬两字上面带着魔咒一样。

丛渊在絮叨了一阵自己的工作后，发现楚未看着柳箬，他是个粗神经，完全没发现楚未对着他时的心不在焉，便也看向了柳箬："今天带柳箬去，是想介绍她也到我们医院。"

楚未因他这话一愣，他刚才一直关注柳箬，却没有去想她要三十岁了，是不是已经结了婚，现在在做什么工作等，被丛渊这一句打回现实，他才问道："柳箬，你也是医生吗？"

丛渊学牙科，从他刚才的话里，楚未有所了解，但他不知柳箬做什么工作。

柳箬发现楚未一直看自己，但她闹不明白楚未是什么意思，她想，他大约是新奇于她瘦了，每个高中同学再看到她，都对此惊讶。

柳箬初中和高中时候较胖，并不是因为她是易胖体质，而是她妈妈将她照顾得太好，非让她每天吃很多，将她养胖了，又不让她减肥，柳箬对她妈妈特别孝顺，不敢违拗她的心意。

大学时候，她开始住校，学校食堂的伙食非常差，她吃很少，一学期后长高了些，体重却减轻了三十斤，她几乎是转瞬间就变了样。

她的大学同学，几乎全不记得她曾胖过。

柳箬神色平和，语气也如她的人一般，如春水春风，轻柔温和："不是，我不是医生。我现在在做肿瘤机制研究。"

"哦，是做研究？从你高中时候的刻苦就可以看出，你是个研究型人才。"楚未笑着恭维她，又问，"不知道你现在在哪里高就？"

"在S大生物治疗研究中心……"她顿了一下又说，"还在做博后。"

丛渊所在的医院，是十分有名的三甲私立医院，要进这所医院可不容易，从丛渊邀请柳箬前去，楚未便已经判断出柳箬学历不低，而且非常优秀，所以她说她还在做博后，他也没吃惊，只是不知道柳箬结婚没有，有男朋友了吗？

他赞道："一直做研究也不错。不过，你这么高的学历，得要一个非常出色的人才配得上。"

楚未旁敲侧击问她的婚姻恋爱情况，但柳箬没有接他的那句话，只是淡淡"哦"了一声，反而是丛渊说："柳箬的确让人望而却步，以前我刚到S大读硕士时，我知道追求过柳箬的就有八九个，等到博士的时候，就只有两三个了，她做博后了……"

他看着柳箬笑，没心没肺地说："这两年，是不是没人再追你了？"

柳箬斜睨了他一眼，有些生气，"我非得要人追，要结婚才行吗？你先操心自己的事吧。"

之前已经和丛渊吵过这个问题了，她本来不至于再因这个问题生气，只是现在在楚未面前，她很不希望丛渊说她这事。

丛渊道："我说了，我要等三十五岁功成名就了再找年轻的妹妹，还有几年呢。"

柳箬轻哼了一声，丛渊对她这种鄙视不以为意，依然笑得开心。

从两人这种对话，楚未知道两人的关系不同一般，这让楚未生出了一点醋意。不过却为柳箬暂时名花无主开心。

楚未问："柳箬，你博后之后是想进崇华吗？"

崇华正是丛渊所在的那家医院，他这时候加了一句："崇华是周家控股是不是？我和周家有些渊源。"

楚未这话可谓很明显了，他可以帮她走后门，柳箬却只是说："还没定，再说吧。"她没说自己要出国的事，丛渊便也没提。

崇华有专门的研究中心，经费充裕，设备先进，待遇好，又人性化，还和很多机构有合作，对柳箬来说，这其实是一个非常好的选择，不过她并不想现在就定下来。

在她的心里，人活着的意义，是为了探索未知，一点点地明白这个世界的各种真理，她至今还没定下来的打算，只想再四处看看，所以申请了出国做博后。

车在"浮丘"的院落里停下来，这里是楚未和另外几个有生意联系的朋友开的一个小会所，不对外营业，只招待会员，而会员也不多。

虽然小，但这里显然是一处非常适合亲密朋友聚会的场所。

院落是一处幽静的四合院，装修得十分古朴，院子里种着西府海棠和石榴树，西府海棠早过了花期，石榴树上则结着不少灯笼样的果子。

这里的女领班叫烟烟，烟烟大约是她的艺名，穿着一身旗袍的她颇有些柔若无骨的美感，她对着楚未十分温柔，一连声地叫"楚少"，又说："楚少有一阵没来这里了，我们这里上了几个新菜，一直等着您来尝呢。"

楚未到这里就如到自己家一般随意，带着丛渊和柳箬径直往里面走，到了正房的东间里坐下，这间房十分宽敞，摆设中西合璧，却并不给人不协调之感，反而既古色古香又舒适。

在椅子上坐下，楚未便让烟烟准备些吃的，上茶，不要酒。

烟烟笑盈盈地应下，又恭维了丛渊和柳箬两句。

柳箬也算见过些场面，不过却没来过这种地方，从院落所在的地段，以及房屋里的装修，摆设的家具，就知道这里不一般，配着刚才的领班，她觉得这里像是古代秦淮河边的高等烟花地，以至于心里怪怪的，对楚未明显地讨好也没了兴趣。

时间已晚，但楚未和丛渊谈兴很浓，楚未做投资，两人便谈股票和医药行业，柳箬听他们吹得天花乱坠，就很没兴致听，说了一声抱歉，站起身来，楚未抬头看向她："怎么了？"

这时候已经十二点多了，柳箸不由侧着脸打了个小呵欠："我去一下洗手间。"

楚未按铃让了服务生来引她去洗手间，但她一走，楚未对着丛渊，也就没有了夸夸其谈的兴致。

柳箸从洗手间出来，站在走廊上的廊柱旁看院落里的石榴树，又不着痕迹地打了个呵欠，心想还是回去睡觉吧，这些男人说起大话来，一向没完没了。

烟烟已经让上菜，过来请柳箸："柳小姐，现在要进去吗？"

柳箸对着她点了点头，往屋里走时，又听烟烟说："楚少第一次带同学来这里，柳小姐真是位大美女。"

柳箸不知她这前后两句到底有什么关联，但对她的这个奉承，她却不敢当："谢谢，但你要漂亮得多。"随即就进屋去了。

她觉得这个烟烟也许喜欢楚未。

坐上了桌，丛渊继续和楚未大发高论，柳箸随意吃了点就放下了筷子，这里的菜的确做得精致，但大晚上的，她实在瞌睡，没兴致吃东西。

以前也经常熬夜做实验，导师有时候大晚上突然出现在实验室里，看到她在，他不知道从哪里变出了吃的来，让柳箸吃。柳箸每次都非常感动，大吃特吃。自从博士毕业，换了实验室做博后，她就没有大晚上吃东西的习惯了。

对于医药研发，楚未转过头来问做研究的柳箸："你觉得呢？"

柳箸说："我做基础研究的，并没有涉及产业化方面，丛渊接触的医药代表多，比我了解得多。而且我只对基础研究感兴趣，以后应该也不会做产业化方面。"

柳箸说到这里就不再多说，楚未笑道："你真是惜字如金，还和当年一样话少。这样对着我，你是不是不大高兴？"

柳箸一愣，心想他是什么意思："没有。"

楚未笑了笑，说："我高中时候人小不懂事，当时的事，你不要往心里放。"

柳箸"啊"了一声，无语了，她没想到楚未居然会为高中时候的事道歉。

丛渊这时候又突然提到："柳箸以前喜欢你吧。"

柳箸的脸一下子就红了，借着低头喝茶掩饰，说道："不要提以前的事了，都多久了，人会变的。"

但这话很显然并不否认她当年喜欢楚未。

楚未有些惊讶，心里又像凭空起了一个泉眼，汩汩暖流将他浸润。

十几年前，当时的骄傲让他错过的感情，他不想再次错过。

而柳箬因丛渊那话而起的慌乱，让楚未觉得柳箬也许还喜欢着自己。

柳箬被丛渊这没神经的家伙说得尴尬不已，之后甚至坐立不安，稍稍吃了点东西后，就提出："太晚了，我得回去了。"

丛渊是熬夜熬惯了，楚未大多数时候也在过日夜颠倒的生活，才晚上一两点，都觉得这时候根本不算晚，丛渊说："明天是周末，你又没有老公小孩儿，回去做什么？"

柳箬直在心里对他翻白眼："我实在熬不住了，要回去睡觉，明天还要去实验室。"

楚未看柳箬精神不佳，虽然他不舍得和柳箬分别，却体贴道："今天的确晚了，丛渊，我们下次再聊吧。这次就散了，你们住哪里，我送你们回去。"

柳箬道："你们都是夜猫子，继续聊吧，不用因为我散场，我自己打车回去就行了。"

楚未起身了，走到柳箬身边，习惯成自然地想搂住她的腰，带她出去，但随即反应过来柳箬不是他的女伴，于是不着痕迹将手收回去，说道："你是女生，这么大晚上去打车不安全，我送你们回去。"

丛渊却毫不体贴："遇到歹徒，也不一定是柳箬吃亏，她上次在大街上还帮人拦住肇事车，那副样子，命也不要了。这年头，连歹徒也是要命的，谁有她厉害？"

楚未诧异地看着柳箬，柳箬瞪着丛渊道："你今天酒喝多了吧，总说我这些，我有不要命吗？"

楚未："女生还是要注意安全才好。"

柳箬在楚未的面前表现出了情绪，她怒道："我没有不注意。"

声音挺大，和之前总清清淡淡的模样十分不同，把楚未惊了一下，柳箬也意识到自己这么大声不礼貌，便不再说话，提上包转身就往外走。

丛渊这才发现柳箬似乎很介怀自己在楚未面前说她的事，他赶紧起身，去追柳箬："柳箬，别生气嘛，我就是嘴贱，胡说八道，但我是真担心你。你经常管些不必要的闲事，也不顾自己安危，你又不是老爷们，何必去管呢？"

柳箬本来走到门口了，又回头瞪他，丛渊只得投降："我错了，我不说了。"

楚未跟了上来："好了，我送你们回去。"

丛渊："你送柳箬回去就好了，我自己打个车就行了，我家和她家不在同一个方向上。"

柳箬也拒绝："不用了，我自己打车。"

柳箬说不用就不用，人已经走出去，不过站在大门外面，巷子里灯光昏暗，一个人影也没有，不要说车了。

她只得往巷子外走，一会儿，楚未的司机开着车将车停在了她前面，丛渊为她开了车门："上来吧。"

柳箬深吸了口气，只得上车。

丛渊在半道上下车打车回家，车里后座上只剩下了柳箬和楚未，柳箬家住得较远，楚未看着她，见她无意交谈，便也没有聒噪："你困了，靠着睡一会儿吧，到地方了我叫你。"

柳箬却没睡，只是眼神疲惫地望着车窗外，楚未过了会儿感叹说："你和丛渊的感情真不错。"

丛渊看似一张嘴乱说，实则并不说不相干的事，他像是故意在撮合自己和柳箬。不过以柳箬这般才貌，又一直单身，丛渊居然没有追求她，这让楚未觉得奇怪。

柳箬说："我们读硕士的时候，他几乎每周都约我一起玩，的确熟得不能再熟了。"

其实以前丛渊追过柳箬，一个男人，要是没有企图，谁没事每周约一个女生一起，吃喝玩乐都叫上她，嘘寒问暖。发现她不顾自己安危去帮人，气得暴跳如雷，恨不得冲进她脑子里去大吼，让她以后不要这样。不过柳箬一点没发现丛渊的企图，一直以为丛渊喜欢小女生，而丛渊也总把三十五岁时娶二十岁的小姑娘当作口头禅以缓解尴尬。柳箬以为两人是好朋友，良师益友，她包容丛渊的没神经和胡言乱语，丛渊则忍受她的沉默寡言和没情没趣，正是一对可以持续友情的老友。

之后丛渊发现柳箬对他的示好丝毫没有感觉，完全一副没有恋爱神经的样子，他就意识到自己没戏了，便也淡了追柳箬的心，一心做起好朋友来。两人因有共同话题，感情一直不错，虽然时常口角，却没影响两人相交。

他担心柳箬嫁不出去，经常带她见优质男，其中对柳箬感兴趣的不少，但柳箬总是很冷淡。谁也没非柳箬不可，自然就转投他人怀抱，柳箬便也单身到了如今。

楚未不再提丛渊，关心地问起柳箬来："这些年你还好吗？"

他这句话很像老友之间的问候，但柳箬虽然一直暗恋他，却不觉得自己和他是老友，说："挺好，我的生活没什么波澜，每天的日子不过是按部就班。"

楚未"哦"了一声，目光一直在她身上："之前在尚虞，不好意思了。"

"嗯？"柳箬一愣，意识到他是指他推了他女朋友在地上的事。柳箬和丛渊都对娱乐圈的事情和新闻绝缘，完全没意识到那个被楚未推倒的是个女明星。

在一愣后，柳箬本不想就此事多谈，楚未和他女友的事是他的私事，不需要她一个外人掺和。虽如此，柳箬想了想后依然出口："她是你女朋友，你对她好点不应该吗？从高中的时候你就这样，我行我素，不知道替人着想。"

说完就后悔，不由尴尬地看了楚未一眼，楚未道："你这么想我的？"

他微皱眉，脸上却并没有不快之色，那皱眉看起来是无奈。

柳箬低头沉默了一阵才说："也许我对你有所误会，不过你给人的感觉真是那样的。以自我为中心，不顾他人，而且不尊重人的感情。"

楚未说："你这真是冤枉我了，我有不尊重人的感情吗？如果你是指谷雨嫣，我比窦娥还冤，谈个恋爱，她找人跟着偷拍，走到哪里都被人拍，我能不生气？事后她还无辜得很，还借着我的名声去找人筹款，说是做慈善和投资电影，但大多数钱进了她的账户，明明已经分手，她还纠缠不休，又找到我朋友那去……"

楚未本不想在别人面前说前女友的坏话，但怕柳箬真误会自己差劲，便不得不说，说完又后悔，觉得柳箬会认为自己小肚鸡肠，在背后说人坏话。他心中矛盾又百感交集，多少年没像现在这般紧张，他看向柳箬："如果你指我以前没尊重你，那我对你道歉，那时候的确是人小不懂事。"

柳箬这次没有之前在浮丘里的尴尬和慌乱："都是过去的事了，提也没意思，那时候的事，我早没放心上了。再说，你的私事，其实不必对我说。"

柳箬做出拒人千里的姿态，楚未能感受到柳箬对他的喜欢，却不能从两人之间感受到暧昧。

车很快到了柳箬住的小区，柳箬没请楚未上楼去坐坐，在小区大门外下车，对他挥手："谢谢。"

楚未没纠缠，下车送她："已经很晚了，回去了好好休息。"

柳箬刷卡进小区大门时又回头看，只见楚未还没上车，依然站在车门边看她。

柳箬刚搬来这里住一年，她大多数时间待在实验室，在家只睡觉，房子买时是精装修，之后几乎没改过装潢，只搬了几件家具进来，里面很简单。

她洗了澡，把头发吹干，躺到床上，已经三点多，早过了困劲儿，睡不着了。

柳箬叹息一声又起床打开笔记本电脑做事，效率却不高，在犹豫片刻后，她打开浏览器，输入"楚未"的名字。

百度百科有他的信息，配着的图片是他一身正装出席某商业活动时拍的，黑色西服衬着他英挺的身材，就像男明星走在红毯上。

柳箬将他的介绍看了一遍，里面内容较少，只说他是投资商人，女友是女星谷雨嫣，后面的内容则全是他和谷雨嫣的各种事了，例如和谷雨嫣的车内热吻，两人在K城大街上牵手走过，在巴黎，谷雨嫣挽着他的胳膊，也有他给谷雨嫣探班……

柳箬将页面关掉，又看了看网页搜索结果，里面大多是他和谷雨嫣之间的新闻，少数别的也是他的其他绯闻，例如和谷雨嫣在一起的时候，有拍到他和别的女人在一起。

柳箬把电脑关掉，关掉后就傻眼，她刚才替人润色论文，修改部分忘保存了……

楚未这阵子日夜颠倒，让他三点多睡觉，反而睡不着，他给龚云打电话道歉。龚云已经睡了，被他吵醒，泥菩萨尚有几分火性，他再好的脾气，也得朝楚未发火，含糊道："我刚睡着又被你吵醒，什么事！"

楚未："你们之后怎么了，你们不要理谷雨嫣，你给他们都说一声。"

龚云没好气地说："我是你的传声筒？我才不想管你们这事。你今天彻底把江辞得罪了，他说以后有你的聚会，就不要叫他。"

楚未道："云哥，你面子大，你说，他们就知道我是正经的。我早和谷雨嫣分了，你们不要再以为我们只是闹闹。江辞那里，我会和他说。"

龚云："你换马子，我们大家跟着遭罪。不过谷雨嫣那女人，可不是这么容易就被打发的，你自己看着办吧。既然现在这样，当初何必和她勾搭在一起？"

楚未："我也没想到。"

龚云："懒得和你说这些，自己看着办。"把电话挂了。

楚未又给江辞打电话，江辞并不接听，反而把电话挂了。楚未心里恼火，只得将手机扔开。

柳箬第二天回家较早，六点多就回了，在小区门口不远的店里买了菜，提着要进小区时，门口保安叫她："柳小姐？"

柳箬疑惑地看向他。

对方捧来一捧花："这是你的花。"

是一大捧粉玫瑰，柳箬皱眉："我没订花。"

保安："是有人订了送你的。"

柳箬疑惑，走过去看了一眼花里的卡片，的确写着她的名字，不过没有送花人。

柳箬抱着花回家，把花随意放在桌子上，做饭时，她想，是楚未送的吧，只有他有这份闲心闲钱。

接下来的几天，每天都有花，柳箬已经不想再拿那花了，让保安自行处理，那保安对柳箬笑："柳小姐你还是拿走吧。"

柳箬叹口气，只得抱走。

一周后，送花的楚未总算出现在柳箬面前。柳箬从实验室回家，走到小区门口时，被一个男人叫住："柳小姐。"

柳箬在实验室里忙了一天，上午主持大实验室学术讨论会，讨论会完后又指导她手下硕士的实验方向。马上就八月，这些学生要放暑假了，这次是这学期大实验室的最后一次seminar，比较重要。这些下学期就要进行自己实验课题的学生，必须在暑假多看文献，写好实验思路。下学期就要进行开题，在此之前，柳箬一定要和他们交代好具体事情。

柳箬不喜欢说话，却和他们说得口干舌燥，下午又带一个前来交流的博一生做实验，一直忙忙忙。实验室几个导师都不在，各种杂事都堆在她身上，这人要这种东西，那人要那种东西，全围着她拿。还有暑假夏令营有人要前来参观，还要她带学生，这些都让她心浮气躁，心情实在算不得好。她只爱做研究，对这些杂事没有耐心，实验室里的师弟妹们都觉得她板着脸实在吓人，不敢和她多说话。

从实验室下班回来，已经晚上十点，她没胃口吃饭，只在小区门口不远的奶吧买了一盒酸奶做晚餐。

被那男人叫住时，她正提着酸奶，双眼迷茫，完全没反应过来这个男人是谁，怔了一下后才说："你找我吗？"

男人面目端正，身材中等，但身板笔直，隐约可见身体里蓄着的力量，柳箬觉得他可能是个军人。

"柳小姐忘了我了吗？我是楚先生的司机，姓鲁，之前见过的。"

柳箬想楚未总算出现了，她上次和楚未一起吃饭，忘了要他电话，没法打电话让他不要再浪费鲜花，此时正好拒绝。她对鲁先生点了点头，露出笑容："你好，找我有什么事？"

"楚先生在车里等你，要不你过去和他说说话？"

柳箬转过头去看，不远处停着一辆车。她走过去，刚走近后座门，车门就开了，里面伸出一只手，将她拉得一踉跄，把她拉了进去。柳箬长得过高，脑袋在车门框顶上擦到了，柳箬一阵恼火，晕头转向，朝楚未发怒："干什么！"

楚未也发现让她撞脑袋了，讪笑着伸手揉到她额头上来："抱歉抱歉。"

柳箬一把推开他的手："有什么事？"

楚未说："等了你好一阵了，请你吃夜宵。"

柳箬将手里的酸奶在他面前晃了一下："已经有吃的了。我准备回去睡觉。前几天的花是你送的吗？"

她问得直截了当，没有上次见面时脸红的娇羞，楚未无法适应她这种冷淡："嗯。"

柳箬看着他的眼睛："以后不要再送了。"

楚未用手撑着下巴，带着一种审视的眼光看着柳箬："为什么？"

柳箬很直率地说："我没有和你谈朋友的意思，不想承你这份人情，再说，那些花在我家，很浪费地方。"

楚未干笑："你把这个当成是承我人情？"

柳箬："是啊。难道你不是因为高中时候的事觉得对不住我，才这样做？"

楚未："我高中时候对不住的人很多，但我不至于这样去追求她们。我是因为喜欢你，才追你，你看不出来？"

柳箬不知该说什么，楚未笑着伸手要碰她的脸，柳箬条件反射地把他的手拍开："你说你喜欢我，所以追我，但我没这个意思。我不想接受，你以后不要再这样做了。"

楚未惊讶，"你对我没有意思？"

柳箬很干脆："与此无关。"

"怎么会没有关系？"楚未反问。

柳箬眼睛瞥了瞥车外，那位司机守在不远处，她叹了口气："喜欢和谈恋爱有什么关系？我知道你是聪明人，你想我肯定还喜欢你，所以觉得我一定会答应和你试试对不对？"

楚未姿态从容，眼神却带着侵略性，神态里分明在说，你明明喜欢我，为什么我追你，你却故作姿态？

柳箬不把楚未的神态放心上，继续说："歌德说过，我爱你，与你无关。我不是和你说着玩，我不想和你谈恋爱。你不用在我身上浪费时间。"

柳箬不管楚未是否认同她的话，已经拉开车门下车了，下车之后又对他歉意地笑了笑："抱歉，上次让你误会了，所以我觉得这次还是说清楚比较好。"这才快步走了。

鲁项朝柳箬离去的方向看了看，有点惊讶她这么快就走了，走回车边，问楚未道："楚少，现在怎么办？走吗？"

楚未点了根烟，开了车窗抽起来，说："走吧。"

鲁项上车，车平稳而安静地从小区门口开走了。

鲁项从后视镜里看了楚未一眼，他只比楚未大三四岁，有时候也会和他说几句话："楚少，柳小姐不愿意？"

被柳箬直接打脸，楚未觉得有点伤自尊。他闭了眼睛："回去吧，给餐厅打个电话，说取消订下的位子。"

鲁项应了后，给餐厅去了电话，而楚未闭着眼睛，像睡着了。鲁项看他这样，知道他不高兴。

学校里七月中旬就放了暑假，但研究中心到七月底才放假。只是学生放假了，老师们依然各有忙的。柳箬作为博后，也并不清闲，不过，等手中的事情忙完了，她也有一个多星期的假期，她计划着出门旅行。

柳箬准备按时下班时，办公室赵老师叫住了她："柳箬，你留一下。"

柳箬去了办公室问她："有什么事？"

赵老师说："是这样的，一会儿有人请客，陈老说，要是你在的话，就叫上你也去。"

柳箬倒没觉得奇怪，陈老是整个大实验室的大老板郭院士的副手，大老板在国际上声誉很旺，所以身兼不知多少个职务。虽然是大科学家，实则更多时候已经在做行政工作，而且他有几处实验室，一年能够在这里待的总时间不会有多少，柳箬也只见过他几面。而陈老其实不老，只有五十岁左右，意气风发，是柳箬所在课题组的大老板，也是直接管柳箬的人。

请客的事常有，各种饭局，但柳箬很少参加，不过她不会拒绝这种事。

过了一会儿，柳箬和赵老师一起下楼，赵老师让柳箬开车，自己就坐在后座上，在车里看资料，柳箬只知道往哪里开车，却不知道到底是什么人请客。

柳箬想问一下赵老师，看她一直在看资料，就只得算了。

车从一条小道开进去，柳箬发现这里是上次楚未请客的附近，这略让她惊讶。

但好在酒家不是楚未请客的那家，只是相邻不远。

夏天天黑得晚，此时天还亮着，柳箸停好车，随着赵老师一起被人迎了进去。

进了一间古色古香的包间，陈老已经在了，里面还有几个中年男人，柳箸一个也不认识。

柳箸一进去，陈老抬头看了她一眼，笑着介绍："这是在我那里做博后的柳箸，很厉害的小姑娘。"

又为她介绍了里面的其他几位，都是大人物，柳箸赶紧热情礼貌地打招呼。

不一会儿，又有人进来，是某领导，柳箸只是小人物，候在后面，等这位大人物进来了，柳箸才看到此人身后跟着楚未。

大人物介绍楚未是朋友家的孩子，姓楚。

柳箸本想装作不认识楚未，不过楚未却很温情地看着她，话语间也多有关怀，一看两人便是熟人。酒桌上的人都是人精，陈老不会无缘无故叫来一个女博后，应该是这个女博后有什么背景，又看这位楚公子对她的体贴，就觉得这两人有那方面的关系。

酒桌上赵老师并不喝酒，柳箸作为剩下的一个女性，不免就会喝多一些。

到酒局结束，柳箸已经有些醉了，不过面上倒不大看得出来。

楚未过来看着她："我送你回去吧。"

柳箸："我打车回去就行。"

楚未："现在已经晚了，你是女人，不安全，我送你回去。"

他非常坚持，柳箸醉酒了手软脚软，看其他人都走了，只得上了楚未的车。

司机在前面，楚未坐在柳箸旁边陪她，柳箸揉了揉额头："谢谢。"

楚未说："你不该在饭局上喝酒。"

作为女人，在饭局上只要喝了第一口，后面总有人有理由让她喝。

柳箸蹙着眉头没回答他，因为酒，她心里烧得发慌。

大约是这时候太晚了，已经是柳箸睡觉的时间，她又喝了酒，而且在楚未身边，不知为何就没有一点警惕性，她很快就睡着了。

楚未今晚也喝得不少，但不至于醉，他看着柳箸的睡脸时，才觉得自己醉了。

柳箸在醉酒的情形下睡着，几乎完全没有意识。

第二天，她醒过来，房间里十分昏暗，她转头看了看，柜子，陶瓷灯座的台灯，沙发，一整面墙的落地窗帘……

这不是她家，柳箸瞬间坐起了身来，发现自己身上的衣服也不是昨天穿的，而是一身睡衣时，她才意识到问题大了。

柳箬从房间里出去，在客厅里遇到裹着睡袍的楚未，她抬手就想给他一巴掌，但强忍住了："我怎么在这里？"

楚未说："你后来睡着了，司机把车开到了我家，我就把你抱上来了。"

楚未在车上时一时没有注意，忘记吩咐司机先送柳箬回去，以至于让他以为楚未是要把柳箬带回家，就把车开到了他家，楚未觉得柳箬家太远，再送她回去麻烦，而且他本就有些其他心思，也就顺水推了舟。

柳箬沉着脸看着他，显然很生气，但她没找楚未发火，又飞奔回了她出来的房间，在里面换回了自己的衣服，又在楚未家客厅里找到了自己的包，不理楚未的欲言又止，飞快地走了。

肯定被楚未看光了，楚未是故意的。柳箬既生楚未的气，又生自己的气。

回家的路上，手机响起来，她甚至没心情接，发现司机在看她，她才从包里翻出手机，是她妈妈。

"妈，什么事？"

柳妈妈："怎么这么晚才接电话，说话也翁声瓮气，感冒了吗？这大夏天热伤风可不得了，你晚上睡觉不要把空调开太低。"

柳箬听到她的声音，想到自己昨晚毫无知觉被人带回家，心里更难过："我没感冒，刚才在上车，没来得及接。"

柳妈妈"哦"了一声："我们昨天就旅行回来了，你什么时候回家来吃饭吧。你想想，你多久没回来了。"

柳箬想了想，的确有一个多月没回去了。她家虽在本市，但和她的研究中心一个在南，一个在北，她不常回去。而且，她妈妈再嫁后，四十多岁时又生了个弟弟，那边的叔叔也有个女儿，性子要强，比她小些，她便也不好回去打搅他们一家四口。

柳箬应道："我晚上回去。"

柳妈妈："那你早点回来吃晚饭。"

"嗯，好。"柳箬应了，挂电话后，发起呆来。

柳箬回家洗了澡，又去了实验室，在实验室里遇到赵老师，对方颇有谈兴地叫她进她的办公室去："昨天那个小伙子，和你很般配。他是做什么的？"

柳箬一愣："做投资的。"

赵老师拍了拍她的胳膊，很亲热地说："不错。"

柳箬不知道她是指什么不错，但很显然，她误会了什么。

柳箸晚上回到她妈再嫁后的家，已经七点，但一家人还没吃晚饭，在等她一人。

她进屋，十岁的弟弟就跑过来撞进她怀里，说："大姐，我期末考了一百分呢。你上次说要给我奖品。"

柳箸俯下身亲了他额头一下："那你想要什么？"

柳妈妈过来："不要给他乱买东西。你们先吃，还有一个蒜香蛏子在炒了。"

叔叔袁一原朝柳箸打招呼："箸箸回来了，赶紧去吃，我给你妈打个下手。"

柳箸带着腻在她身上的袁思扬往前走，饭厅里是浓郁的饭菜香。

柳妈妈有一手好厨艺，堪比五星级大酒店里的大厨，而且她还经常发明新菜，这也就不怪柳箸初中和高中时候被她喂得很胖了。现在家里袁叔和扬扬，以及袁叔的女儿，她二妹袁思宜都略胖。袁思宜在G城读硕士，现在暑假回家，估计几天时间就长胖了六七斤，柳箸深知她妈妈饭菜的威力。

袁思宜对柳箸挺冷淡，这也是没有办法的事。柳箸的父亲在她上小学时死了，她妈妈那时候还年轻，而且非常美丽，性情又温婉，有一手好厨艺，是不愁嫁的，但她忘不了她父亲，又为了女儿，不愿意再婚。

一直到她上大学了，她妈妈才嫁给了袁一原。

柳箸很感激袁叔再次给了她妈妈幸福。

但袁思宜不一样，她的生母没有死，只是和她爸爸离婚了而已，所以她对柳妈妈苏芩很排斥，也理所当然排斥柳箸。只对亲生弟弟袁思扬还不错。

袁思宜已经坐在了饭桌上，正在用平板电脑看视频，看到柳箸进饭厅，只瞥了她一眼，招呼也不打，柳箸叫她："思宜，你什么时候回来的？"

语带关怀，但袁思宜却说："这是我爸的房子，我想什么时候回就什么时候回。"

这让柳箸听了很难受，她知道她这么说的原因。

柳箸在两三年前买了现在在雅歌的新房，当时那里的房价还没太离谱，只有八千多一平，那房子也小，花了五十多万，一次性付清，现在那里的二期房，已经近原来价格的两倍了。

那些钱，是柳箸父亲留下来的，加上她家当年的老房子卖了补贴了一部分，就付清了。

但袁思宜经过她生母的挑唆，认为那是袁叔给出的钱，所以总要对此事指桑骂槐冷嘲热讽，柳箸也没法子，只当没听见。

袁叔却听到了袁思宜的话，过来骂她："你这么大人了，懂点礼貌不。你对你姐姐是什么态度？"

饭厅和厨房只隔着一堵玻璃墙，柳妈妈自然听到了，她赶紧出来打圆场，说袁叔："就要吃饭了，不要再骂孩子。"

一家人坐在一张桌子上吃饭，因柳箬回来，柳妈妈做了十道菜，海陆空都齐全了。柳箬一整天没吃东西，此时先喝了一道鲜美的鲍鱼鸡汤，又开始吃其他菜。

柳箬饭后想回去，袁叔和柳妈妈都不让她走，她只得留了下来。

家里房子不小，一百四十多平，三室两厅两卫，柳箬和袁思宜住一间。

没有独立卧室，这也是柳箬大学后较少回这里的原因。

那时候比她小六岁的袁思宜还在读初中，小孩子的恶意往往毫不掩饰，她实在没法在这里待，只得常年待在学校寝室里。她不想她妈妈为难，在这个世界上，她没了爱她如命的父亲，剩下的，只有妈妈了。她最爱的人就是她妈妈。

饭后，柳箬陪柳妈妈出门散步逛超市，柳妈妈说："别和思宜计较。"

"嗯。我知道。我已经大了，早就是另立门户的年纪了，我哪里会把她的话放心上？"柳箬说着，又笑了笑，"妈，你厨艺越来越好了，我吃得好撑。"

柳妈妈："想吃的话，就多回来。"

要是没生袁思扬的话，她肯定愿意在退休后和女儿住一起照顾她起居，但有了小儿子，小儿子就是她的责任了，大女儿要自力更生才行。

柳箬应着，又说了已经定下去德国做博后的事，柳妈妈是还算开明的人："你想做什么就去做吧。只要你自己觉得好就行了。不过那么大老远，我们不在你身边，你要好好照顾自己。"

柳箬准备申请出国做博后时，就和柳妈妈说过了，现在说定下的事，她有之前的心理准备，总之是喜大于忧。

过了一会，她又有些伤心地叹了一句："要是你爸还在，看你这样出息，不知道多高兴。你出生时，他高兴得在医院里大笑，抱着你不放手。"

柳箬想到父亲，想到他在世时，把自己宠上了天，她几乎是全世界最幸福的小女孩儿，但想到父亲的死，他倒在血泊里，脸都无法辨认，她就眼眶发热。

在超市里买了不少东西，付账时，柳箬赶紧抢着刷卡了，她两手提得满满的，柳妈妈要接过去一些，她不给："没事，我提得动。"

柳妈妈："你呀，你就是太好强了。你这么好强，谁敢和你过日子？"

柳箸读硕士时，柳妈妈催她找男友催得最急，当她读博了，她只是看着她唉声叹气，到她做博后时，她就几乎不说了，接受了现实。这还是近来她第一次提起这方面的事。

柳箸："我觉得一个人过就挺好。妈妈，你知道世界上有不少人是独身主义。"

"好吧，好吧，我不说你了。你自己觉得好就好吧。"这个话题说了这么多年，老生常谈，毫无结果，柳妈妈只得无奈地接受。

要走回小区了，柳妈妈才小声问了女儿："你钱够花吗，去德国，要花不少钱吧。我这里有些，你不够就找我。"

柳箸上大学后，除了本科时候的学费是柳妈妈给的，柳箸再没向家里要过钱了，做兼职就够生活费，而且还有不少奖学金，到硕士之后，因奖学金和导师补贴，她反而还会存下一些。

袁叔其实是个很大方的人，时常让柳妈妈不要短了柳箸零花钱，有时也会单独给她一些，不过柳箸很少接，说妈妈给过了，家里花钱多，她不用那么多。

柳妈妈认为自己再婚后对不起女儿，但她有了新的家庭，便也没办法。柳箸说她无意结婚，想单身一辈子，她最初骂她，之后就不敢骂了，觉得女儿已经不易，她何必再给她压力。

柳箸说："学校给的年薪不少，还有别的补贴，中心和实验室还会有一些，又有项目经费，我一个人能花多少，早就够了。你别担心我，要是你没零花钱，我就给你，妈妈，其实我已经到应该赡养你的年龄了，你不要再把我当小孩子。"

柳妈妈甚觉欣慰，说："回去做水果沙拉给你吃。要吃核桃酪吗？"

柳箸说："水果沙拉可以，核桃酪就算了，还要去核桃皮，好麻烦，太费神了，去皮也伤眼睛。"

两人回了家，柳箸在家里睡了一晚，在卧室里，袁思宜旁若无人地和朋友视频，柳箸只得蒙着被子睡。

第二天早上，有香喷喷的核桃酪吃，柳箸搂着柳妈妈说："说了让你不要做这种费神费眼睛的东西，你怎么不听？"

也不知道她多早就起来磨核桃浆了，柳箸心疼得无以复加，但也知道说什么都没用。

袁叔要去做事，和柳箸一起出门，袁叔开车把她送到地铁站口，路上时就和她说："你妈妈说你要去德国，是真的吗？"

柳箸点头："对，我想出去四处看看。"

袁叔叹道："我不是你的亲爸爸，但我担心你的心是一样的。你是女孩子，还是早些安定下来好，我的几个老朋友，有人的儿子还不错，要不，你们什么时候见见？"

袁叔从不催婚，这是第一次，看来他也是太担心着急了。

柳箬没办法，只得说："叔叔，谢谢你。但我不打算结婚，我说真的，不是闹着玩，也不是赌气，希望你能理解。"

袁叔摇头叹息，不知该怎么劝，所幸地铁站到了，柳箬便解脱地下了车。

楚未整个八月都没再找过柳箬，柳箬出门自驾游了一圈，稍稍晒黑了，但是精神气不错。

八月底，学校已经开学，学生们也陆续回到实验室，实验室呈现一片繁忙景象，柳箬也忙了起来。

之前她一直没自己养车，在总是加班后，她不得不买了车。她买车后，柳妈妈开始三天两头让她开车回家，她不愿意违拗妈妈的意愿，就很少回自己的住处了。

楚未前段时间出了国，回国后亲自开车去过柳箬在雅歌的住处，但每次都没见到柳箬，他只好到柳箬所在的研究中心找她。

研究中心管理严格，他费了些力才进了大楼，所幸在楼道里遇到了赵老师。

爱美之心人皆有之，赵老师有家有室，性情严苛，但也愿意欣赏楚未的俊美长相，看到他很热情："你来找柳箬吗？"

楚未笑着向她问好："是呀。她在哪里？"

从走道里走过的学生无不偷偷打量楚未，还有性格开朗的学生向赵老师询问："赵老师，这位师兄是新来的博士吗？"

赵老师说："不是。他是来找柳箬的。柳箬在哪里？"

"刚看到柳师姐在荧光显微镜的房间里，现在应该还在。我去叫她。"

楚未对赵老师道了谢，透过走廊上的玻璃窗口看实验室里的情况，随着她去休息室里等人。

赵老师很乐意和楚未多说一会话，但很快就被事情缠身，不得不匆匆地忙走了，叫了一个硕士男生陪楚未。

楚未虽然表现得很亲切随意，但骨子里的孤傲却掩不住，不少师妹往休息室来倒水，专为看他一眼，但不敢搭话。

师妹到荧光显微镜的房间门口，看柳箬在忙，就说："柳师姐，有人找你。"

柳箬戴着口罩，含糊地问道："谁啊，可以让他等一等吗？"

"是个大帅哥。而且有点像明星的样子，我看着觉得有些面熟。"

柳箬完全没想到这个人是楚未，她说："我一会出去，让他在休息室里等等。"

柳箬穿着一身白大褂，拨弄着总是往下掉的刘海走进休息室："对不起，让你久等了，不知道找我有什么事？"

楚未站起身来，对她笑："我来约你吃顿便饭。"

本来还好声好气的柳箬，看到是他，神色马上就不对了，眉头轻蹙，因为有师弟师妹在，她不好当面给他难堪："我们到楼下去说话吧。"

她说完转身便出了休息室，楚未只好跟上。

九月下旬，桂花开了，楼下花园里桂花香味浓郁，浓郁到有些腻味。

柳箬神色孤傲，拒人千里："你是什么意思？"

楚未："本来想让司机来接你，但显得太没诚意，我就自己来了。你不要生我的气，行吗？"

柳箬叹道："你走吧。我不去。"

柳箬认为楚未上次趁她醉酒带她去他家的事太不尊重她了，虽然那事她自己应该负很大责任，但她心里有疙瘩，不想见他。她想了想后，直言道，"天下女人那么多，你找谁不是找，何必来惹我？我事情很多，恕不奉陪。"

楚未被她说得心里不舒坦，但保持了礼貌的姿态："我希望可以请你吃顿饭。上次的事，我向你道歉。"

柳箬说："你这样纠缠很没意思。让人看不起。"

她皱着眉，态度冷淡，说完，就快步走了。

楚未没再纠缠，离开后叫了朋友去酒吧喝酒，颇有些喝闷酒的样子，一杯一杯往嘴里灌。

楚未看着酒杯中的酒液在灯光下流光溢彩，酒吧里大多数人都带着一双欲望深重迷离的眼，和柳箬的眼睛不一样。柳箬不是不食人间烟火，然而她的眼神简单、纯粹、坚定，即使带着倦意时，眼底深处也闪着毫不动摇的光芒。

柳箬回实验室后，有人问她楚未的身份，又赞叹他长得好帅，柳箬便说他只是个一般朋友，不愿多说。

楚未总有办法找到柳箬的消息，他从门卫保安处得知柳箬最近几乎不回雅歌的房子，又从丛渊那里知道她近来都回了她妈那里住。楚未并不想去柳箬家里面对长辈，就找了丛渊帮忙，说想约柳箬吃顿便饭。地方是楚未定的，是一家私家菜馆，他和丛渊说："你不要同柳箬说是我请客，你说是我，她肯定不来。"

丛渊道："你们之后发生什么了？柳箬不是个娇气的人，不会因为小事生气。"

楚未："我在追她。她不接受。"

他很大方地承认了这事，因他从上次和丛渊的交往看出丛渊有故意撮合两人的意思。

丛渊的确有意撮合两人，他不想看着柳箬真的做单身主义者，有些单身主义者是太花心，身边人太多所以单身。柳箬是沉迷做研究，其他事都不上心所以单身，但丛渊的想法是，女人单身算什么事？而柳箬不是从高中就喜欢楚未嘛，那两人试试呗，说不定柳箬就答应了。

丛渊笑："她肯定是害羞，才不接受。别看她大大咧咧，其实挺心细的，而且也很害羞。"

丛渊打电话约柳箬第二天吃晚饭的时候，柳箬正开车回家，即使已经晚上九点，错过了下班高峰期，不会堵车，她依然要开一个多小时才能到她妈家。

"我明天事情不多，六七点应该可以出门，在哪里？"

丛渊说了地方，柳箬记下后又说了几句各自工作上的事，这才挂了电话。

第二天，柳箬下班后，先去卫生间稍稍打理了自己才下楼去停车场开车，她以为丛渊还会叫上其他人，毕竟丛渊很少叫她一个人一起吃饭，但她没想过是楚未在。

到地方已近八点，整座城市灯火璀璨，柳箬通过GPS找到吃饭的酒楼，一看档次就不低。车开到酒楼停车场入口，穿着制服的保安过来拦住问："小姐，请问您有预约吗？我们不招待没有预约的客人。"

柳箬心想丛渊怎么这么大方地选在这种地方吃饭，一看就很贵。

她说："是朋友约在这里。"

保安道："请问是哪位先生或女士？"

柳箬道："他叫丛渊。"

保安便道："那小姐请进。请问需要帮忙停车吗？"

酒楼里装潢古色古香，赏心悦目，侍者把她领到二楼一间包厢门口。敲门后，里面响起了一声请进，侍者开了门，对柳箬说："小姐，请。"

她进了屋，中间一张圆桌，花几上摆着两盆兰花，香炉里有浅淡的香味溢出。丛渊不在，楚未坐在窗户边的扶手椅上，看她进来，就起身道："知道你看到我又要生气，但先吃了饭，再发火，行吗？我饿得前胸贴后背了。"

柳箬第一反应是傻眼，接着转身就出了包厢，楚未没办法，只得追了过去。

这是他第一次这么费力追一个人，不过他干劲满满，虽然柳箬没给他好脸色，但看到柳箬，就足够他开心了。

这个世界上，有一个人让他一直喜欢，其实蛮难得的。他这么认为。

他要上前拉住柳箬，但柳箬走得太快，很快就到了楼梯口。他拉得太急，差点摔下去，他赶紧扶住扶手稳住身形，看柳箬脚步不停，只得急切叫她："柳箬，你听我说几句话吧。"

柳箬却当没听到，已经要走下楼梯了，楚未只好继续追，又对酒楼里的服务生喊："拦住她。"

虽然酒楼里的服务生并不是楚家的仆人，但谁都不敢得罪楚未，反而都乐意讨好他，当然就有人去拦柳箬，连经理听到都去劝柳箬："这位小姐，你留一下吧，楚少在这里等了你一个多小时了呢。"

柳箬被几个人拦住了去路，有些气恼，回头对楚未说："你这有意思吗？"

楚未也赶到了，让周围人散一散，才保持风度说："别生气。"

柳箬："你不觉得这样很没意思？"

楚未："想请你吃顿饭，也太难了。"

他说着，要伸手去拉住柳箬，柳箬不顾其他，将他的手推开了，这让楚未的颜面扫地。他心里有些气恼，但又不可能真对柳箬发火，两人正相持不下，门口就进来了几个人，其中一个中年男人看到楚未，便说："楚未，你也在！"

楚未在这时候很不想遇到熟人，但遇到了，楚未也没有办法，只得对来人打招呼，笑着说："有一阵没见了，高叔叔近来还好吧？"

高士程说："托福，还不错。"

高士程又问候了楚未的家人几句，他这才看到楚未身边的柳箬。柳箬在这个男人走近的时候，就在注意他了。见到他，她心里很震惊，以至于眼睛一眨不眨地盯着人。这是非常不礼貌的行为，但因心中涌起了惊涛骇浪，她根本想不到需要注意礼貌。

高士程保持了好的涵养，问："这位是？"

楚未介绍："是我朋友，柳箬。"

高士程眼神锐利，看得出楚末是看上这个女孩子了，笑着赞叹："柳小姐貌美气质佳，楚末你好福气。"

楚末以为柳箐又要因这句话冷言冷语，没想到柳箐却说："谢谢。"这让楚末受宠若惊。

高士程说："我请了几位朋友一起用餐，要是你们也还没有吃，不如一起？"

楚末不想别人当电灯泡，但他发现在高士程面前，柳箐的态度变软了很多，便只得应了，又看柳箐一眼后说道："我们就打搅了。"

高士程笑道："哪里是打搅，平时你忙，想抓你吃顿饭，还不行呢。走吧，走吧。"

高士程向他的那两位朋友介绍了楚末，一行人便上楼去了包厢。

楚末诧异柳箐竟然并不拒绝高士程的邀请，在之后他拉住柳箐的手时，柳箐也没有拒绝。她好像完全处在一种精神恍惚的状态，而且不时就要去看一眼高士程。

高士程已六十多，不过保养得非常好，身材高大，头发浓密乌黑，方额广颐，眼神睿智，看起来也就四五十岁。即使是楚末，也不得不承认，他有男性魅力。楚末无不惊讶和发酸地想，难道柳箐看不上自己，要看上这种老头子？

高士程怎么会发现不了柳箐总看他，但他没有多想。

柳箐是楚末的女伴，楚末不断注意让侍者给柳箐夹热菜，让她不要喝酒，关心和讨好之意很是明显。

高士程他们在饭后有接下来的节目，楚末便带着柳箐离开了。

柳箐自己开了车来，却是坐楚末的车离开。

楚末喝了酒，没有自己开车，司机是柳箐认识的鲁项。柳箐坐在后座，安静地看着车窗外不断后退的街景，神情依然有些恍惚，楚末不得不问她："你这是怎么了，自从见到高叔叔，你就这副样子。"

柳箐深吸了口气，问道："他姓高吗？"

楚末顿了一下，神色有些许奇怪，他回答道："对啊，他叫高士程，是个生意人，生意做得很大。不过他为人一向谨慎低调，不怎么出风头。"

柳箐看向他，神色虽然依然恍惚，却已经镇定下来，问："那你怎么认识他的？你们又不是同龄人。"

高士程邀请的另外两个朋友，一看都是事业有成的中年人，楚末则显然不是他们一个圈子里的。

楚未："他和我家里有些渊源，很早就认识了。"

柳箬："有多早?"

楚未挑了挑眉，强忍着怒气，用比较平和的语气质问道："在我面前不断问另外一个男人，你觉得我的涵养有那么好吗?"

柳箬微垂下了长长的眼睫毛，半闭上了眼睛，连头都低下去了。过了一会儿，她才说："他和我以前认识的一个人很像，但我不确定是不是他。"

楚未醋意翻腾："你以前认识的一个人，和你什么关系?"

柳箬抬头瞥了他一眼："不是你想的那种关系。你到底在想什么? 我看上他了?"

楚未说："那你是什么意思?"

楚未的眼神带着很强的侵略性，柳箬皱了一下眉，将脸转向了车窗，冷淡地说："你管不着。我没义务讲给你听。"

楚未伸手去抓她的手："没有义务讲给我听? 但你刚才分明是借着我才能一直观察高士程吧。你那眼神，说不定高士程还以为你迷上他了，作为一个女人，你不觉得应该矜持一点?"

他现在不再称呼高士程为"高叔叔"，直呼其名之时，语气里也多有不以为然。

柳箬将他的手甩开，没好气地瞪他："我怎么样，你管不着。"

楚未说："我就要管，你要怎么办?"

柳箬蹙眉，黑亮的眼眸里带着不满："你幼不幼稚?"

楚未摆摆手："总之，不管你是为了什么打听高士程，但我告诉你，他要是得知你已经三十岁了，他就不会看上你。我见他身边的女伴，大多不会超过二十五岁，他肯定嫌弃你年纪大。"

柳箬被他这话气得胸口起伏，而楚未也一眼瞄上了她的胸。柳箬毕竟是个女人，虽然楚未觉得她胸平，但现在穿稍微紧身一点的衣服，身材依然曲线毕露。被人盯上胸部，柳箬伸手就推了楚未一把，道："看什么!"

楚未把目光从她的胸前收回，有些心猿意马，转移话题说："好了，好了。刚才你吃饱没有? 我们再去吃点夜宵吧。"

柳箬看了看手表，已经十点多，要是还吃东西，的确是夜宵："算了，才刚吃完，怎么吃得了。我要回家。"

楚未没太过分，让司机开车送柳箬回去。

柳箬又向楚未打听："你到底是什么时候认识高士程的，真不能告诉我?"

楚未叹一声："我们不说他，行不行？"

柳箬板了脸："你不说就算了。"

楚未看她翻脸比翻书还快，只得回答："很早了，我还比较小的时候。"

柳箬紧盯着他："到底多小，三四岁，五六岁，还是十几岁？"

楚未不得不问："你说说，你打听他这个，到底怎么回事？你不说，我就不回答。"

柳箬说："随你。"

楚未觉得自己真有贱骨："好了，好了，我说。五六岁就认识了。他那时候还很年轻，更是大帅哥，一表人才，你是不是对他更感兴趣？"

柳箬蹙眉不言，对他的挤兑没有反应。

楚未之后再和她说话，她只不答。

楚未将她送到雅歌大门口，柳箬下车后，又回头看了跟下车来的楚未一眼，说了一句"谢谢"，进了小区。

柳箬这一天的表现实在奇怪，楚未回头便找了人查柳箬和高士程之间可能会有的关系。

楚未最初认识高士程的时候，高士程并不叫这个名字。楚未知道他曾经涉案，还是在他家的帮忙下，才得以改头换面以新身份重来。

第二章

转机

柳箬回到家就开始翻箱倒柜，她和她妈以前住的老房子卖掉了，里面的家具都处理了，有些有回忆价值的老东西，大多数搬到了柳箬现在的家里来。

她的书房里有一个较老的樟木箱子，她费力将箱子从大书柜上搬下来，蹲在地上翻里面的东西，一会儿腿蹲麻了，便坐在木地板上。她将里面的所有东西都翻出来看了一遍，她也没找到想找的东西。

她看看手表，十一点多，想着妈妈已经睡觉了，便没打电话打搅她，询问她是不是从自己这里拿了东西走。

柳箬不得不将从箱子里拿出来的东西又放了回去。放回去时，比拿出来更慢些。里面有一些重要的票据和文件，还有她的几本日记本，都是初中和高中时候写的。

虽然一直放在箱子里，但柳箬以前并没有闲心思来翻看这些东西。此时正好看到，她便盘腿坐着，随手拿了一本在手里翻了翻。这是她初中时候的本子，纸页已经发黄，带着一股旧书的味道，并不好闻。里面是用黑色钢笔所写，那时候，她的字已经写得相当好了。她的字写得好，是因为她父亲写得一手好字，并让她从小练习毛笔书法。她对文字的构架有毛笔书法的底子，之后又练习硬笔书法，在小学时，就是班上字最好的那个人。别说班级，学校的黑板报，都经常让她去写。

她小时候倒不是好胜心非常强，非要什么都做到最好，只是，她从来不愿意父母失望，所以什么都希望做得非常好。

她偶然翻到一页，上面写着"10月6日，Wednesday，cloudy"，下面的某些内容引起了她的注意——靠着围墙的假山上种着很多雏菊，现在正是雏菊开放的季节，远远看去，一片金黄，十分美丽。我早就想近距离去看看，但今天从足球场过去看花，却被足球踢到了，还摔了一跤，左手掌擦伤了，好在没有流血。楚未跑过来捡球，问我，是不是摔痛了，我说没有，他欲言又止地看了我一阵才走。我不知道他是不是想向我道歉，球不是他踢的，道歉并没有必要。

柳箬没想到自己的日记里居然会出现楚未的名字，不由诧异。

她初中时候两耳不闻窗外事一心只读圣贤书，很少关注别人，而那时候的楚未已经是学校的风云人物。

柳箬不由细想自己到底是怎么喜欢上楚未的。

高一入学，班上有四五个都是初中时候的同班同学，楚未就是其一。最初大家是胡乱坐位子，楚未自然就和一群男生坐在一起，有说有笑。然后班主任前来安排座位了，她将座位表贴在了黑板上，让大家去看，然后按照座位表上的位置坐好。柳箬看了一眼座位表，只记了自己是多少列多少排，根本没有注意同桌是谁，但她刚在自己的位子上坐好，就听到一个男声大声说："楚未，你糟糕了，你和柳呆子坐一起。以后你可没趣了。"

柳箬从没想过自己会有柳呆子这种代称，所以根本没有意识到这个男生说的是自己，而随即，楚未就提着书包坐在了她旁边。

楚未当时已经是受无数女生追捧的校草，不少女生朝他看过来，又来看柳箬。柳箬这才意识到是风云人物楚未要做自己的同桌，她想给楚未打个招呼，眨了眨眼睛看向楚未，楚未也看了她一眼，微微点了一下头，就朝别人看去了。柳箬张开的嘴，没有发出声音就又闭上。

高一期间，她和楚未相安无事地以同桌身份度过了，喜欢上楚未，好像是高二时候。那时候，楚未已经声名赫赫，不少外校女生甚至专门坐车过来看他，给他送情书的更是不知凡几。

柳箬最初抱着冷眼旁观的态度，但突然有一天，在一个完全不特别的日子，楚未在自习课上又趴在桌子上睡觉。她做完了物理习题卷，因大脑缺氧而满脸发烧，她收拾卷子，侧头去看楚未，楚未正好从趴着的状态抬起脑袋来，就这么毫无预兆地，两人对视上了。

楚未是个肤白的人，即使他热爱各种运动，诸如打篮球、踢足球、打网球、游泳等，但他却不像其他男生那样，被晒得如黑炭，反而一直保持着白皙的皮肤。他的眉毛浓黑细长，双眼皮非常双，唇红齿白。因睡觉，他面颊如染了胭脂一般，粉粉白白，额头上还有被压出来的印子，眼睛带着一种刚睡醒的惺忪迷茫，静静瞥着柳箬。柳箬本来因思考物理题而发红的面颊，在和楚未对视之后，突然更红了，也许她早就喜欢上了楚未，但她没有意识到。

意识到这个问题，是因为当时一个叫彭桑的女生。她们的关系还不错，楚未刚从教室外走进来，穿着篮球服的他，身材高挑细瘦，容貌俊美，脸上带着笑，便如带上了阳光，彭桑说："柳箬，你看楚未真的好帅啊。难怪大家都喜欢他。"

柳箬轻声"哦"了一声，彭桑便大惊小怪地道："柳箬，你脸好红，你难道是害羞了吗？你也喜欢楚未吗？"

柳箬并不觉得自己脸红了，但受不住彭桑这么说，而且楚未已经要走到位置上来了，也许他听到了。柳箬的面颊这下真的"噌"地红了，她没有办法反驳彭桑的话，只得赶紧将脸埋到了课桌里，假装找书。但她抽开课桌盖子的动作，却把放在课桌上的书给掀到了地上，书正好砸在楚未的脚前面，她也被书落地的声音惊到，赶紧去捡，而楚未也正好弯腰为她捡书，两人的脑袋就那么撞在了一起。柳箬简直乱成一团，连说几声对不起，楚未却只是默默将她的书捡完放回她的桌子上，说："你小心点。"

柳箬只觉得自己的脸烧得宛若被七月的烈日暴晒了，心脏也扑通扑通跳得非常快，她就是在这时候，意识到自己爱上了楚未。

爱上楚未，最初并不是一件糟糕的事，她和他是同桌，不必像很多外校女生一样要翘课跑来校门口守他，她只要转过头，就可以看到他。有时候，楚未的胳膊肘越过课桌边界到了她这边来，她还可以碰到他，更能看到他的各种样子，例如感冒了打喷嚏，上英语课打瞌睡，考试时盯着卷子看好一阵，然后只能挑自己会做的题做，其他题就只能偷偷瞥她的……

柳箬当时从没有想过要和楚未谈恋爱，那种默默地喜欢的感觉就足够好了。

打破这一切的，是楚未那一句"只知道做题的死胖子"，还有他那漫不经心的傲慢的神情，好像自己喜欢他，便是玷污了他。

柳箬慢慢将所有日记本再次收好，将东西都放回箱子后，她费力地把箱子放上了书柜顶。

第二天是周六，柳箬一大早回了柳妈妈处，陪着她去逛街买衣服。

柳妈妈是个漂亮且时髦的女人，心灵手巧，她能够在很短时间内将自己的头发挽出美发店里美发师半小时才能做出的发型，还能化很精致的妆容。她虽然五十多岁了，却并不显老，她去给小儿子袁思扬开家长会，和其他小朋友的家长看起来只如同龄人。

除此之外，她很会挑选衣服，总是又美丽又得体，和柳箸在一起，就像姐妹。

但柳箸全没继承她的这些女性化的特质。

她和柳箸对穿着的审美也南辕北辙，柳箸对穿着的要求只有一点，就是简单舒适，而柳妈妈觉得她应该对外展示自己的女性的美丽，所以会让她去尝试很多漂亮衣服，柳箸在很多事上很顺从妈妈，只在这一点上不愿意听从她的话。

柳妈妈看中一件淡雅绿色水墨印花的改良旗袍，价格不算便宜，柳箸以为是她自己要穿，就说："你去试吧，要是好看，就买下好了，我给你刷卡。"

店员朝柳妈妈推销，柳妈妈却说："我这么一把年纪了，已经不适合穿这个了，我觉得这个适合你，你快去试。"

柳箸傻眼了："我要做实验，怎么穿这种旗袍，到时候蹲个身找东西就走光，而且要穿白大褂，多么漂亮的衣服罩在里面也是白搭。"

柳妈妈："你总有不做实验的时候，你也该有几套好衣服了。是我以前没有好好打扮你，才让你成这个样子了，你看你，连妆也不会化。"

柳箸："每天在实验室，不是对着超净台安全柜，就是对着各种仪器，化妆了还怕粉掉进培养皿里，还是算了吧。"

柳妈妈："快去穿。"

柳箸被她缠得不行，只得去换了衣服。天气不算热，穿着短袖旗袍出来，柳箸很不习惯地站在镜子面前。店里的客人都朝她看过来，眼中无不有惊艳之色，柳妈妈很是欢喜地说："我眼光一向不错，我觉得适合你，就是适合的。"

柳箸苦着脸："买了也没有穿的场合。"

柳妈妈："你就该有几套像样的女人衣服。"

柳箸吐槽："我以前的衣服难道不是女人的？"

柳妈妈瞪她一眼，她只好闭嘴。

买了两身行头开车回家，柳妈妈坐在副驾上，说："你小时候长得多么可爱啊，我就知道你长大以后一定好看，但我不想要你早恋，你上初中了，我就让你多吃些，长胖些，就不会早恋了。不过，我现在想来，也挺后悔，你最好的年龄里，我却没有将你好好打扮，没有让你受男生的喜欢，以至于你现在成了独身主义。"

柳箸很无语："妈，你这什么话。我不想结婚，和这个根本没有关系。"

柳妈妈："怎么可能没有关系？"

柳箐不和她争执了，一会儿后，她转移了话题："妈，我们家的那几本相册呢，之前不是放我那里的吗，我怎么找不到了？"

柳妈妈："我将那些照片拿去翻印了一遍，现在在我那里。"

柳箐："你拿给我吧，我想看看。"

回到家，柳箐让柳妈妈去把家里的相册找出来，柳妈妈说："这么着急做什么？"

柳箐将买的东西一件件收拾好："我来收拾这里就好了，你快去拿相册就行了。"

柳妈妈嘀咕："以前也没有见你对相册上心过，让你和我一起看看，你还爱看不看，现在又催这么急。"

柳箐撒娇："妈，快去拿，快去。"

柳妈妈知道她和她爸一样，是个急性子，要做的事情一定要马上就去做，只得摇了摇头去找相册，她很快从小儿子袁思扬的卧室里把相册抱了出来，一共有厚厚五本，都是她、柳爸爸，还有柳箐的照片。

因她现在嫁给了袁一原，实在不好将和前夫在一起的相册放在自己卧室里，拿来后就放在小儿子袁思扬的房间。袁思扬现在还小，很听妈妈的话，不会好奇地要求翻看她锁在柜子里的东西。

柳箐已经将东西都放好了，看她拿了相册出来，赶紧过去接到手里，抱着放到沙发上。

她不看比较新的两本，而是将最老旧的两本拿了出来，目标明确地开始翻阅。

第一本上，第一页是柳妈妈和柳爸爸的结婚照，两人俊男美女，即使穿着那个时代较死板的衣服，依然非常出色。

柳爸爸过世有二十年了，但他在柳箐的心里，音容笑貌依然十分鲜活鲜明，柳箐几乎记得他的所有事。例如她才三岁时，他将她顶在头顶上去动物园玩，大象伸着长鼻子差点将她碰到，她在柳爸爸的头上激动地大叫，柳爸爸还以为她害怕了，将她抱到怀里来，亲吻她的额头，说："小公主的胆子只有这么一点吗？"

柳箐现在还记得他当时的宠溺。

她第一天去上幼儿园时，也是他去送她，她在路上说会乖乖听老师的话，但爸爸一离开，她就在教室里大哭起来，没想到爸爸又走回来了，因为她哭得太厉害，就把她抱回家去了，还说："好了，我们回家去。"

于是两人都被柳妈妈大骂了一顿，第二天柳箐被妈妈送去幼儿园，再不敢哭了，只能忍着。

还记得有一次，她上小学一年级，被班上的男生欺负，抢了她的彩色笔，她爸爸说："哭没有用，你得自己去找他拿回来。爸爸的女儿不能这样没用。"

柳箬迟疑着，没有哭，鼓起勇气去向那个男生把东西要回去了。

她那时候知道，爸爸并不会什么事都由着她。

别人说，女儿是父亲的情人，对柳箬来说，爸爸何尝不是她的第一个情人。

翻过第一页，后面还有她祖父的照片，她父亲小时候的照片，读书时候的照片，下乡时候的照片，她妈妈的照片反而少，因为大多留在外婆家里了。很快，就到了他和她妈妈成婚的时候，这一本也就完了。

她心中满是柔软的情怀，看着父亲的成长，结婚，她就像看到了自己，她流着他的血脉，她是他的延续，她和他性格相似，长得也有点像，生命的遗传就是具有这般神奇的力量。

翻完第一本，并没有她想要的照片，只好去翻第二本，第二本时，她已经出生了。

她很久没有这样看老照片，看到自己小时候，不由觉得惊讶。

她三岁前，长得像男孩子，大眼睛，黑眉毛，光头，白白嫩嫩，小嘴红唇，比起被妈妈抱着照相的次数，她多数时候是被爸爸抱着照相。

柳箬想到小时候，的确和爸爸比和妈妈亲，说不上原因，但大多数关于小时候的亲情事件，都是和爸爸在一起。

第二本比第一本要厚不少，有近两百张照片，柳箬一张张看得很仔细，里面也有她爸爸和妈妈的照片，但大多数已经是她的了，从她出生到她父亲死的时候。

里面有柳爸爸带着她去北京，将她顶在头上站在长城上的照片，那时候长城上人还不多，身后只有寥寥几人；也有她妈妈穿着红色的大衣，十分漂亮，手里牵着穿着红色厚棉连衣裙的她，一看就是母女装，两人那时候的照片，已经带有了现在网上流行的母女照的风采了。

将照片看完，也没找到她要的照片，她问柳妈妈："妈妈，爸爸在公司里面的那些照片呢？"

柳妈妈正翻看柳箬初中和高中时候的照片，读大学后，柳箬用带储存卡的数码相机，照片都在电脑里，洗出来的反而少。而且，柳箬上大学之后，她妈妈嫁给了袁一原，又很快生下袁思扬，便也没太多心思来整理女儿的照片了，相册里反而是大学之前的照片多。

柳妈妈愣了一下："那些照片，我另外收起来了，没放在相册里。"

柳箬："你去拿出来，我就是要看那些照片。"

柳妈妈将那本大相册捧着，指着其中一张给柳箬看："这是你初中的毕业照呢，我现在都还认识其中几个，你来看看，这个是叫康颜吧，他现在在做什么？"

柳箬凑过去看了一眼："哦，是他，他好像出国了，我不清楚他现在在哪里做什么。"

柳妈妈叹："他当时就住我们对面小区，经常和你一起上下学，我就怕你们早恋。"

柳箬翻了个白眼："妈，你当时对我们班上男生的了解，比我还多，我都不知道你哪里那么多闲心思管这个。"

柳妈妈瞪了她一眼："只有等你有自己的女儿了，你才会明白我的苦心。"

柳箬笑，心想她才没有心思养小孩儿。

柳妈妈又指着她那张初中毕业照上的人，一个个辨认过去，她几乎记得柳箬班上九成人。柳箬很震惊，不由想，她妈妈当年一定将所有心思都放在她的身上了，才会将她身处环境里的人弄得那么清楚。

柳箬初中时候就长得算高，没有坐在女生排，而是站在男生排，她被前排的女生挡住了身形，露出脸来，所以倒不显得胖，反而有种婴儿肥的可爱，柳妈妈指着她身后的人说："这个是楚未吧？"

突然听到柳妈妈说"楚未"这个名字，柳箬几乎有做贼心虚的紧张，看着她身后站着的男生，果真是楚未。当时的楚未眉清目秀，即使是这种毕业照上，看着也很好看。不过他没看镜头的样子，反而像在看前排的柳箬，这让柳箬觉得怪怪的。

柳箬假装镇定："哦，对，是他。"

柳妈妈："我记得他当年好受欢迎，小孩子长得的确好，他现在在做什么，我记得他也是你的高中同桌，你们之后没有什么联系吗？"

柳箬初中和高中所在的班都是重点班加高干班，其实班级风气并不是特别好，大多数人爱攀比、奉承、玩乐，老师甚至没法管。这也是别人班的尖子生都能受尊重，而他们班的柳箬作为尖子生反而不受重视甚至被嘲笑的原因。

柳箬："人家是高干子弟，高中毕业就出国了，现在好像在做投资，具体我也不知道。"

柳妈妈叹了一声："你们高考完后，有一天，他来找过你呢，说约你去参加同学聚会。你那时候去你外婆家里了，我问聚会时间，说打电话把你叫回来，他说聚会就在当天，让我不要叫你了。当时他真有礼貌，看得出家教很好。"

柳箬想了想："我怎么不记得？"

柳箬外婆家没在本市，在坐车要四个小时的邻市，她每年夏天都要去外婆家里住几天。

柳妈妈："我大约忘和你说了，再说，你从你外婆家里回来，就又去参加了一次同学聚会，我以为是和楚未来叫你那一次一样。"

柳箬当时在班上人缘并不特别好，但也不太坏，高中毕业后去参加过几次同学聚会。但大家唱歌蹦迪溜冰，她并不在行，之后就很少参加。

柳箬没想到楚未在高中毕业后找过她，心里隐隐有种怅惘的感觉。她又想到最近在追求她的楚未，这让她心中焦躁，她本来定好了不会因为某个男人动摇人生计划，但现在平静的心却被楚未搅乱。

在柳妈妈又要去点评她高中班的同学时，她赶紧让她去找柳爸爸的照片。

柳妈妈只得起身去找，一会儿后拿出来了，这些照片单独放在一个小相簿里，里面有二三十张照片。

照片都是柳爸爸的，还有柳爸爸和他同事的，柳箬很快就翻到了一张。柳妈妈凑在她肩膀边上和她一起看，看着前夫的照片，柳妈妈非常伤怀，但因为丈夫不是自然死亡，所以她很少说柳爸爸死时的事情。和袁一原结婚后，她更是不提前夫的事了，什么都放在心里。

柳爸爸是从七楼跳下楼摔死的，当时警察局给出的结论是他畏罪跳楼自杀，但柳妈妈和柳箬都不相信这件事，因他那天早晨离家时，他还抱着柳箬亲她的脸颊，说："等过一阵，爸爸就可以轻松很多了，我带你去海南好不好？"

柳箬当时已是近十岁的大姑娘，扭捏地躲了一下，说："爸爸，不要亲了。"

柳爸爸笑着把她放下地："真是女大不中留，才十岁就不亲近爸爸了？"

柳箬歪着脑袋看他，"你再不去上班，就要迟到了。"

柳爸爸这才离开了，再没回来。

在这种情况下，他怎么会跳楼自杀？

当天下午，她和柳妈妈得知柳爸爸跳楼自杀摔死的时候，完全不敢相信这件事，这瞬间击垮了柳妈妈的精神，要不是女儿还小，她在那种打击下，几乎要追随柳爸爸而去。

柳箬哭得天昏地暗，哭了好几天，又病了很久，这件事后，柳箬像变了个人似的，性子冷淡很多，很少和其他小朋友一起玩了。

小学五年级，她人虽然坐在教室里，但老师都觉得她神魂不在，因此叫柳妈妈去过学校很多次。柳妈妈说了柳箸父亲过世的事，老师觉得柳箸很可怜，之后便没再管柳箸在课堂上怔怔出神的事了。

不过柳箸的成绩反而比以前活泼时好一些，在小升初时，她考了全校第一，这才被分到了和楚未一个班。

现在柳箸盯着看的这张照片上有两个人，一个是柳爸爸，他站着，脸上带着笑容，挺拔轩昂，又带着知识分子的文质彬彬。他身边站着另一个男人，这个男人约三十到四十岁，比她父亲年纪大些，稳重威严，脸上没什么表情，看着镜头，给人一种压迫感。照片上的人，和柳箸昨晚所见的高士程十分相像，只是高士程老些罢了，但结合这照片是二十多年前照的，很容易想到，那个高士程和这上面的人是同一个人。

这个人，是柳爸爸当年的顶头上司，也是公司第一法人，他一直很器重柳爸爸。当年柳家家境非常好，柳箸从小受尽宠爱，有各种漂亮的玩具、衣服，被柳爸爸带着到处旅行。柳妈妈也过着非常好的生活，除了上闲班，大把时间放在照顾丈夫和孩子的起居上，又能有很多机会保养和打扮自己。

柳爸爸的死结束了这一切。

柳爸爸死后，柳箸和柳妈妈就靠柳妈妈的工资和做些零散兼职过着拮据的生活。柳箸记得她读高中的时候，妈妈还穿着她小学二三年级时候买的旧衣服，但她妈妈当时依然是开家长会的家长里最漂亮的女人。

柳箸放下手里的照片，突然感性地把柳妈妈抱住了："妈妈，你觉得爸爸是自杀的吗？我从来不相信，那时候我就想，一定是别人把他推下去了，还说他畏罪自杀。爸爸才不会畏罪自杀。他还说要带我去海南玩。"

柳妈妈痛苦地低声道："这样想有什么用，上面一手遮天，我们那时候有什么办法。再说，这个案子已经结了二十年了。除了我们，谁还记得这事？"

柳箸："可是，爸爸会怎么想？他被人推下楼，又被栽赃为畏罪自杀。真正的罪犯，而且杀了他的人，却好好地活着，还活得那么好。"

柳箸看着窗户玻璃，外面是因环境污染而发灰的天空。

柳爸爸当年所在的公司，是一家做贸易的公司，当年柳爸爸能够放弃自己的铁饭碗，毅然决然地进入这个公司工作，是因为这个公司的董事长魏瞻平十分喜欢和器重他。柳爸爸生出了士为知己者所用才不枉此生之感，之后就为魏瞻平管理这个叫作"建华集团"的公司，公司不大，但盈利不少，因为魏瞻平有路子。

柳爸爸很少在家里说公司的事，但却提到过不少次魏瞻平，大多是褒扬之词，柳箬因此对这个魏瞻平印象深刻。有一次，柳箬被柳爸爸带着在百货商场里买东西，偶遇到了这个魏瞻平，魏瞻平还摸着她的脑袋说："小柳，你这个女儿长得真可爱，我家那个傻小子，和她年纪相仿，以后带着一起玩吧。"

在当时，一向要称赞别人家的孩子贬低自己家的孩子才算礼貌，但柳爸爸却照收了他夸赞自己女儿的话，还喋喋不休："我家这个小公主，像我，现在可爱，长大了，也不会差。"

建华集团名字起得大，但在柳箬的印象里，公司只有一栋楼，不高不矮，之后国家严查走私，建华集团出了问题，他父亲就是因此而死。

柳爸爸因为公司走私的事而死，但柳箬家里的经济状况虽然还不错，但柳爸爸并没有拿大把的钱回家。除了工作，其余时间他都和妻女在一起，不可能在外面养外室把钱藏在外面，可见，他并没有参与有高报酬的走私才对。

她父亲死后，建华集团就被封了，但建华集团的老总魏瞻平却并没有被抓住，他从此销声匿迹。

当时正是国家打击走私犯罪活动抓典型的年代，枪毙了不少人，但建华集团的事情却被压了下去。正如柳妈妈所言，魏瞻平上面有人，一手遮天，所以她们又有什么办法？

柳妈妈已经认命，但柳箬却不愿意父亲死得不明不白。

柳妈妈拿起柳箬挑出来的那张照片看："把这张照片扔了吧。留着没用。"

柳妈妈心里明白，柳爸爸的死，和这个站在柳爸爸身边的男人有关系，但她只是一个弱女子，只要能够生活下去，儿女平安，她就无所求了，她没有对抗强权的力量和勇气。

柳箬抢过照片："不要扔。我还有用。"

柳妈妈担心地问："你有什么用？"

柳箬："这是我爸的，我当然要留着。我爸的照片，我今天带到我那里去。"

说完发现自己语气很冲，柳箬后悔了，赶紧柔声叫柳妈妈："妈妈……"

柳妈妈心思敏感，有些难过地说："你是不是怨我嫁给你袁叔了？"

柳箬赶紧道："我怎么会怨你这件事，在爸爸刚死那会儿，你再嫁，我都不会怨你。再说，你为了我，拒绝了那么多人，到我读大学才和袁叔结婚，我怎么会怨你。我只想你过得开心就好了，真的，你不要多想。我只是觉得把爸爸的照片放这里，会影响你和袁叔的感情，所以才想拿走。"

虽是母女，但其实很多话并不好讲开，柳妈妈做了袁一原的第二任妻子，前妻还活着。前妻所挣不多，又一直没再嫁，生活艰难，袁一原有时候会去见她，补贴她家用。袁思宜和她生母关系非常好，并不愿意接受柳妈妈做她后妈，几乎把她当成这个家里的保姆，回到家来，大多时候呼来喝去，少有尊重。但这些，柳妈妈都不能对自己女儿讲，怕她多想。而且在袁思宜在的时候，她也很少叫柳箬回家，只有袁思宜去学校了，她才叫柳箬回家来住，她可以为柳箬做好吃的。她也有柳箬新房的钥匙，女儿事情忙，她也时常过去为柳箬打扫房子收拾东西。

柳妈妈虽然不对柳箬讲烦心事，但柳箬哪里会不知道这些，要不是袁叔真的很爱她的妈妈，并且对她非常好，她一定愿意将生母接到自己那里去住。

但生活，往往就是这些琐碎的乱成一团的事，身处其中，也不一定知道怎么扯顺。

柳箬想，这大约也是她不想结婚的原因。她实在没有时间精力放在这些事情上。

柳箬抱着柳妈妈，轻轻拍抚她的背："妈，你不要多想了，你要过得放松一些才行。"

柳箬为转移柳妈妈的注意力，亲自翻了她高中时候的照片给柳妈妈看。她高中时候照片不多，大多是毕业时候的照片，她那时候较胖，和现在相差很大。柳箬看着当时胖胖的自己难以习惯，柳妈妈却觉得她那时候非常可爱。

看照片花了两个小时，柳妈妈看了看座钟，赶紧起身："哎呀，都到这时候了！你袁叔约了人吃饭，让我们也过去，我们得赶紧收拾去吃饭。"

袁思宜已经去G市上学了，非寒暑假不回家，袁思扬趁着周末去他爷爷奶奶家里玩去了。他爷爷奶奶年纪已经大了，但非常溺爱这个独苗孙子，经常让他去玩，袁思扬也爱去。

柳箬："妈妈，你去，我不去了吧。"

柳妈妈："你袁叔好不容易约了人吃饭，我们说不去了，怎么能行呢，会得罪人。"

柳箬叹了口气，应了下来。

她和柳妈妈在逛街时，只是在商场随意吃了些东西作午餐，柳箬已经有些饿了，原以为在家里随便煮点面条就行，可现在要出门去吃晚餐，就只得先拿了一块巧克力垫肚子，还剥了另一颗问柳妈妈吃不吃。

柳妈妈："你快去洗个澡换那条新裙子。"

柳箸："干吗这么郑重？"

柳妈妈："你不是说你做实验不能穿吗，正好现在穿。"

柳箸挑了一下眉，哭笑不得："妈，你不会是要带我去相亲吧？"

柳妈妈避开了她的眼："你袁叔也是好意，他已经约了对方家里了。说是他生意上认识的朋友的小孩儿，对方家境很不错，妈妈是个处级领导，爸爸是做生意的，孩子在政府机关里上班，长得一表人才。他说得好好的，我们这边突然不去，你袁叔以后怎么和人见面打招呼？"

柳箸有点生气，但看柳妈妈也是一副为难的模样，她就只得忍了，想想后，说："那相不上，你可不要怪我。"

柳妈妈："哪里会怪你，这是要看缘分的事。你说你要单身的时候，我都没责怪你，我都理解你，不是吗？"

柳箸："那你又和袁叔联合起来给我相亲？"

柳妈妈："你袁叔也是好意。"

柳箸："总之，这是最后一次，你要和袁叔说清楚。"

柳妈妈赶紧说："知道，知道，快去洗澡换衣服。"

柳箸叹了口气，只得去洗澡。

柳箸在柳妈妈的强硬要求下，不得不穿了那条改良版的丝绸旗袍裙子，裙子并不是紧裹着身子，但却无一处不凸显她的身材优势，她一下子就从一个实验员变成了交际花，柳箸站在镜子面前，犹自非常不习惯，对柳妈妈说："这个样子，我都不知道要怎么走路了。"

柳妈妈："一会儿你就会习惯的。"

柳妈妈换了一身紫色连衣裙，将头发高挽，开始打扮柳箸，让柳箸乖乖坐着为她化妆，把她的短发也弄得很漂亮，还说："要不，你戴我的假发试一试？"

柳箸要败给她了："妈，你再这样，我不去了。"

柳妈妈无法，只得打消了把她打扮成大波浪卷长发女郎的意图，为柳箸化了妆，又为她戴好首饰，然后去找了一个小手包递给她拿着，说："一会儿穿高跟鞋。"

柳箸叹道："妈，我穿高跟鞋要摔跤。"

柳妈妈不为所动："穿高跟鞋，走几步路就习惯了，你是没穿过，才以为自己不会穿。"

柳箬一声哀号，却不得不按照她妈的要求来。

柳妈妈拿了一件浅色羊毛开衫出来给她："晚上肯定会冷，把这件带着。"

柳妈妈补好了妆，带好了东西，其中居然还有刚才买的一套香水。柳箬心想她带这个做什么，难道拿去送男方的妈妈吗？这也太郑重其事了吧。

出门的时候，她还想竭力力争："妈，我穿平跟鞋吧，穿高跟鞋我不好开车。"

柳妈妈："没事，我开就行。"

柳箬："你的高跟鞋，我穿着不习惯。"

柳妈妈这下有些恼了："赶紧穿了出门，不然要迟到了。"

柳箬心想迟到就迟到，不由又想打退堂鼓，她真对相亲一点兴趣也没有，再说柳妈妈他们这种做派，不像是时下的相亲，而是古代两家人准备下聘了。

柳箬不得不穿了柳妈妈那双裸色高跟鞋，和妈妈的脚码长成一样大，看来也是糟糕的事。

柳箬不放心柳妈妈的开车技术，依然是她开车，好在她马上就适应了穿着八厘米的高跟鞋踩油门和刹车。

柳妈妈指导着柳箬路线，总算在七点多赶到了一家港式餐厅，是时，对方一家人已经在等了。

可见对方家里对这次相亲相当看重。

袁叔到大厅门口来等柳妈妈和柳箬，柳妈妈走在前面，他先看到她，不由低声说了一句："怎么这么慢，已经等了二十多分钟了。"

袁叔因为有其他事，办完事后直接过来了餐厅，估计他是最早到的。作为一个大大咧咧的男人，要来张罗这样的相亲，可见也是难为他了。他的亲生女儿袁思宜也还没谈恋爱，他还没开始为她的婚事操心，因为他觉得袁思宜算小，可以等她毕业再说。

之前柳箬对袁一原表达过自己不愿意结婚的想法，本来对柳箬的终身大事并不太着急的袁一原，也变得着急起来了，他怕柳箬真的想单身一辈子。在他的眼里，不愿结婚的女人是有些奇怪的。所以他才这么着急地张罗了这次相亲。

他朋友家的这位小伙子，和柳箬正好般配，他们说不得就看对眼了呢。

柳妈妈对他歉意地说："路上堵了一阵。"

停好车，柳妈妈等着柳箬一起进大楼，没想到一眨眼，柳箬就躲到后面去了。她又好笑又好气，心想相个亲又不要她命，用得着这样排斥吗，要是不喜欢，也不会有人强迫她。

柳妈妈觉得自己的女儿很优秀，很能拿出手，是应该有男人喜欢和追求的。

柳妈妈回头叫柳箸："赶紧过来。"

柳箸停车时面无表情，不是很高兴，从电梯里出来要进餐厅，她的脸上已经是得体的笑容，只是穿着高跟鞋不大习惯，总怕会摔跤，走得慢。

柳箸拿着手包，上前去对袁一原说："叔叔。"

袁一原差点没认出自己这个继女，不由些许惊讶，当然，也很惊艳。

因为柳箸非常漂亮。

柳妈妈是个白皮肤长着一双媚眼的温柔女人，就像是江南春天雨中的粉红芍药，安静地在雨中散发她的芬芳，而柳箸，在以前给人的感觉，更多是一棵笔直的松树，安静地站在一边，让人首先感受到她那孤清的气质，加上她一向不打扮，容貌纵然清丽，但也难以让作为视觉动物的男人惊艳。

但她今日一身修身旗袍，淡雅的绿色，仿若被雨朦胧住的春水，上面绣着墨兰，身姿高挑，身材窈窕，曲线毕露，让人惊讶于以前笼在T 衬衫和牛仔裤里的身材是如此美丽，加上又化了妆，即使是短发，也带上了说不出的妩媚，妩媚里又有知性的端庄和一股说不出的清冷英姿。

袁一原一时没反应过来要回应柳箸，柳妈妈则对自己把女儿打扮得这般漂亮而骄傲，她轻声问袁一原："一原，怎么样？"

袁一原这才回过神来，笑道："差点没有认出来，我没想到，箸箸打扮一下是这样。"

他挽住妻子的手，对柳箸说："以后可以多穿些女孩子的衣裳嘛。"

柳箸心想，我难道不是一直穿的女生的衣裳，她什么时候穿过男人的衣裳了吗？

袁一原的朋友叫曹建泽，看到袁一原起身来迎接人，便也迎了过来。他本来想让老妈、老婆和儿子也跟过来，但他们对等了二十多分钟很介意，觉得这家的姑娘没有时间观念，所以坐着没有动。

袁一原对曹建泽说："老曹，这是我爱人，苏芩。这就是我大女儿了，柳箸。"

袁一原对柳箸说："这位是你曹叔叔。"

柳箸笑着和曹建泽打招呼："曹叔叔，您好！不好意思，路上有些堵，我们来晚了，让你们久等了。"

曹建泽看过柳箸的照片，是柳箸博士毕业时穿着博士学位服的照片，看得出照片上的姑娘五官端正，大眼挺鼻，唇红齿白，笑起来很端庄，他老婆和儿子也都觉得还行，加上得知柳箬家世也还好，学历也不错，而袁一原又夸口自己的这个继女性格好，很会为人处世，所以就有了这次相亲。

男方的照片，柳妈妈是看过的，是个长相端正的人，她知道女儿不一定会愿意，但觉得见一面也没有不好，便答应了袁一原，说想办法说通女儿来相亲。

即使看过柳箬的照片，但面前这个女孩子和照片里的人，相差太大了，曹建泽心想别人给照片都是给PS后的艺术照，这位姑娘倒好，照片是随便照的素颜，效果比证件照还不如，一身学位服将整个人都罩住，胳膊腿是不是齐全都看不清楚，跑来相亲时却盛装打扮，艳光四射，是专门欲扬先抑吗？

曹建泽看第一眼，便已经很满意，因为柳箬的确容貌美，身材好，气质佳，一言一行端庄得体，是不可多得的儿媳妇。

他笑着说："这个点，的确堵车，我们没怎么等，不要在意。"

说着，请他们往位子上去。

柳箬第一次来这家餐厅，只见大厅里装饰得古色古香，轻纱垂地，曹建泽引着他们去的是靠窗一桌，那是一张不小的圆桌，位置上坐着三个人，一个老太太，一个短卷发化着浓妆的中年女人，还有一个略微有些胖的中等身材的年轻男人。

柳箬判断，那位老太太，应是这一家的长辈，或者是男方的奶奶，或者是外婆，那位中年女人，有不浅的法令纹，该是男方的妈妈，那个年轻男人，就该是她的相亲对象。

在路上时，她妈妈才告诉她，男方姓曹，名瑞，三十二岁，是海归回国的工商管理类硕士，现在政府机关做公务员，已是科长了，就是因为太优秀，才一直没挑到合适的。

柳箬以为在政府机关里做到科长的男人，当有些城府才行，不过这般打量曹瑞几眼，她觉得他看起来还显稚嫩，并没有老成的感觉。这大约与他的白胖有关，而且还是个娃娃脸，柳箬对这人感觉不坏。

在柳箬到来时，曹瑞并没抬头看向他们，反而在看手机，被他妈妈叫了一声，他才抬起头来，看向柳箬。

柳箬想，他大约也是不想来相亲的，只是受家里胁迫才来的吧，所以显得有些漫不经心，甚至有些不耐烦。

看到柳箬后，他就惊住了。

柳箬从下车到走进来，这一路，每个看到她的人，都会多看几眼，可说是百分百回头率，曹瑞这般表现也不奇怪。

柳箸有些不自在，她觉得自己这身装扮，不像相亲，而是参加走秀，或者是参加晚宴，打扮得过分了，让她格格不入。

她在心里一片哀号：所幸没有认识的人看到她这样，不然得笑掉大牙。

曹瑞以为三十岁的女博后，一定会穿着简单、眼高于顶、思想奇特、自以为是，不然，她不会发博士学位服照片作相亲照，而且还在相亲之前，连个手机号码都不交换。

他是被爸妈说得狠了，才同意了这次相亲，但谁能想到，前来相亲的女郎，是位魔鬼身材的大美女呢！

他真怀疑，她这样子，怎么会一直没有男朋友，需要依靠相亲找结婚对象。

她难道不该是往酒吧里一坐，就有无数男人前仆后继的类型吗？

曹瑞站起了身，在曹爸爸介绍后，他先问候了柳妈妈，再和柳箸问好："你好，请坐，请坐。"

曹爸爸介绍那位老太太是曹瑞的奶奶，那位中年女人，是曹瑞的妈妈。

服务生过来让点菜，两家推来推去后，最后让奶奶点菜。

两个年轻人坐在一起，曹瑞虽然面上表现得很镇定，心里却十分欢喜，小声和柳箸说话，问她："你们最近忙吗？"

柳箸："还好，不算特别忙。"

曹瑞又问："你在研究中心里做博后，什么时候出站？"

柳箸把手轻轻搁在铺着大红桌布的桌沿上，桌布衬得手越发洁白，手指纤细修长，说："大约明年二月份我就会出站吧，但也不非常确定。"

曹瑞："那出站后，你有什么打算？"

柳箸不想和刚见面的人说太多私密事，便没有回答，而是说："你们呢，工作辛苦吗？"

曹瑞："比较辛苦吧，每天都挺忙的。"

两家大人看两人能够聊到一块儿去，便放了心。

上菜后，柳箸没敢多吃，她怕把妆给弄花，便吃得少又慢，两家长辈在谈些其他事情，氛围十分融洽。

柳箸吃到中途说要去一趟洗手间，她实在不习惯化妆，因为眼睛有些不舒服，便总有种睫毛膏是不是被汤的热气弄晕掉的担心，她拿着手包起身，在侍者的带领下往卫生间去，柳妈妈也想跟去看她怎么样了，又觉得不礼貌，只得坐在那里没动，对曹家人说："她食量小。"

曹爸爸说："看她那么瘦，食量就不会大。"

曹妈妈则说："女孩子太瘦也不好，太瘦不大好怀孕。"

曹爸爸是曹家最热情的一位了，因他和袁一原是好牌友，为人又豪爽，加上柳箸长得漂亮，男人总会更加怜惜一些。

曹妈妈和曹奶奶就稍稍冷淡一些，大约是要矜持，而且也许会认为柳箸打扮成这副样子，浓妆艳抹，曲线毕露，不像个安于室的女人。

曹瑞则是正常状态，不太热情，但也不冷淡，一切都恰到好处。

对曹妈妈那话，柳妈妈心里不大舒坦，她想，我家闺女养大又不是专门给别人家生孩子的，怎么一下子就扯到怀孕上来，再说，在座还有三位男士。

柳箸在洗手间里对着镜子仔细看了看自己的妆容，发现没有花，睫毛膏也没有晕掉，松了口气，又补了一下妆，拿口红抹了抹嘴唇，这才慢慢从洗手间里出去。

没走两步，就有人叫她："嘿！这位美女！"

柳箸回头，看到是从男卫生间里走出来的一个年轻男人，大约喝酒太多，脸颊发红，有点流里流气，柳箸瞥了他一眼就继续走了。

对方马上追了上来，说道："喂，留个电话吧。"

柳箸第一次遇到这样要电话号码的，正惊讶，另一个声音插了进来："魏涟，你搞什么，还以为你掉进马桶了，半天不回包厢，我来找你了。"

这个前来的男人让柳箸有些眼熟，一怔后想起来，上次在尚虞，她见过他，他是楚未的一个朋友。

但龚云没认出柳箸来，因柳箸和那天变化有些大。

魏涟看了龚云一眼："云哥，有没有觉得这个女人漂亮？"

柳箸在心里好笑，踩着高跟鞋小心翼翼就要绕过轻纱帐离开，魏涟却上前拉住她。柳箸不得不说："喂，你干什么呢？"

魏涟："没什么，就是要个电话号码，小姐芳名？"

柳箸想把他推开，却受制于脚上八厘米尖跟高跟鞋，一时摆布不开。

龚云过来要把魏涟拉走，又对柳箸说："你先走吧，我朋友喝醉了。"

魏涟却说："我哪有喝醉，云哥，你也真是，要个电话号码也不行呀。"还对柳箸说，"哎呀，我不是欺负你，我是真心想追你。"

柳箸："谢谢，不过不用了。"

眼看着龚云要把魏涟拉走了，魏涟又跑了回来继续缠着柳箸，这下连服务生也惊动了，过来看情况。柳妈妈看柳箬一直不回去，也过来了，发现女儿被流氓纠缠，就护着柳箬对魏涟说："嘿，你这个小伙子，哪有你这样行事的？"

柳箬："妈妈，没事，我们走吧。"

她不想闹得人尽皆知，实在不好。

魏涟看柳妈妈是个漂亮的中年女人，柳箬叫她妈妈，就越发纠缠过来了，说："阿姨，我真不是坏人，我是真心想追求你女儿。"

柳箬心想这什么跟什么，神经病。

龚云看实在拉不走魏涟，只得帮魏涟说话："这位小姐，要不，你把你电话号码留给他吧，他不是坏人。"

说完这话，他自己都觉得这话不可信，不由为自己万年和事佬的身份感到无奈。

柳妈妈怀疑地看着他们："坏人难道会在脸上写坏人两字吗？不要拦着了。"

柳妈妈也不想事情闹得难堪，毕竟柳箬是来相亲的，给对方家里留下她女儿水性杨花，上个卫生间就勾搭一个男人的印象，也实在太糟糕了，这对她女儿的名声不好。

但魏涟就要拦着不放，这下，袁叔和曹瑞也过来了，看到这个情况，袁叔就露出了男人的威严："喂，你们这是干什么呢？"

就要把柳妈妈和柳箬护着离开，魏涟却拉住柳箬不放，曹瑞赶紧过来挡他，魏涟狠狠推了曹瑞一把。曹瑞身体虚，一下子就被推倒在地了，在喜欢的女人面前被推倒太失面子，于是爬起来就一拳打向魏涟。魏涟虽然喝得半醉，但因平时很喜欢玩，还学过散打，一下子就避开了，还一脚踹向曹瑞的心窝子，柳箬看这个情况，哪里还管脚上的高跟鞋，赶紧把曹瑞拉了一把，避开了魏涟那一脚。

曹瑞这下怒得一发不可收拾，柳箬越拉着他，他越要和魏涟打架，于是就更乱了。

曹家的人因在大厅，发现了这边的情况，全都赶了过来。魏涟那边的朋友，也因他和龚云一直不回去，便又有人来看情况，来看情况的是个唯恐天下不乱的二世祖，看到在打架，那还得了，冲回包厢去把所有人都叫来了，还说："魏涟和人打起来了，居然有人敢欺负到我们头上。"

楚未会约魏涟和大家前来聚餐，不过是因为他想查高士程以前的情况。帮他查情况的人告诉他，因高士程当年的事已经封起来了，几乎查不到了，而楚未当年还小，根本就没关心过高士程的事，现在也想不起当时发生过什么具体的事让本来的魏叔叔变成了高叔叔。但他知道魏涟是高士程的儿子，在高士程从原来的魏瞻平改名后，依然认了魏涟作义子，对这个儿子十分好。而魏涟也是他们圈子里的人，只是平时大家聚在一起的时间不多。

楚未不耐烦地从包厢里走出来："吃个饭都能打起来，能不能清净一点了？"

江辞很没好气："谁让你把地方定在这里，说了去尚虞，你不愿意去，偏要在这里来吃，说什么正宗，我就没觉得正宗，再说，即使正宗，我也吃不惯。"

楚未没理他，前面打架已经拉开了，他扫了一眼，看到了柳箸，柳箸正拉着一个白白胖胖比她矮一些的年轻男人，那男人在对柳箸表示："我没事，这些人光天化日下耍流氓，我妈已经打了警察局的电话，会处理他们的。"

柳箸把手绢给他擦脸上的汗，"哦，你真没受伤吧？"

曹瑞对她笑："我真没事。"

其实他挨了两下子，又摔过一跤，身上疼痛不已，不然怎么会出虚汗，但哪里能在一脸担心的柳箸面前展现自己没用的一面。

曹妈妈声嘶力竭地声讨魏涟他们几个，整个餐厅都被惊动了，餐厅的经理带着十多个服务生将两拨人隔开，赔笑脸地调解两边的矛盾。

楚未发现柳箸和曹瑞很亲近后，就很不可置信，而且柳箸穿成那个样子，简直像是在做交际花，他心里不高兴，他从没有见过柳箸这副样子，但柳箸却为别的男人盛装打扮。

他马上就要过来拉柳箸，但服务生却赔着笑脸把他挡住了，楚未瞪了他一眼："让开。"

大约是他气势太盛，服务生只得让开了，楚未走过去就将柳箸一把拽住，将曹瑞推开了。

这让袁一原非常震惊，马上道："喂，你干什么！"

楚未："没什么！柳箸，你在这里做什么？"

柳箸刚才心神都在冒虚汗的曹瑞身上，现在突然被楚未拉住，她才发现他，不由惊讶，但随即想到既然龚云在，他在也不足为奇。柳箸不由抱怨："你的朋友太过分了，他打了我朋友。"

因柳箸和楚未认识，本来上升到要警察前来解决的事，这下开始商量自己调解。

餐厅里不少其他客人也被这里的纠纷吸引过来，前来打探情况，得知是艳闻，就更兴致勃勃，柳箸他们几乎要被人群包围。

楚未便让大家到包厢里去说事。

看到楚未拽着柳箬，柳箬最初还没介意和反抗。曹家的脸色自然不好看，他们都觉得被欺骗了，认为柳箬水性杨花，明明和别的男人不清不楚，又跑来相亲他家的儿子，再说，柳箬那个样子，看着也不像个良家女。

包厢不小，一边是一张大圆桌，另一边有两组沙发，还有一桌麻将，楚未已经认出了柳箬的妈妈。他请柳妈妈在沙发上坐了，又请另外几位长辈坐下，这才拖了一把椅子，坐在椅子上。

因为有他在，魏涟没再发酒疯，连一向唯恐天下不乱的欧阳喆都乖乖坐在一边，但是眼中兴味盎然，只有龚云一副"总是这种事"的便秘表情。

在楚未上前拉住柳箬的时候，龚云才认出柳箬，记起那次在尚虞时，楚未抛下谷雨嫣和一干兄弟，就是带着这个女人走了，只是那时候这个女人一身衬衫牛仔裤，虽然五官清秀，却没有这般有女人味和美丽。

魏涟有点怕楚未，酒稍醒后，他眼睛骨碌碌地转了几下，扫在楚未和柳箬身上，他对柳箬心痒难耐，但慑于楚未的权威，不敢乱动。

曹妈妈最先发难，指着魏涟说："你打了我儿子，事情不是这么容易就解决的。"

魏涟不以为意地哼了一声，他怕楚未，却不怕其他人，所以这一声里满含傲然和轻蔑，差点把曹妈妈气得跳起来。

曹奶奶也尖声骂道："小伙子，你这是什么态度，我们是看在你们朋友和柳家小姑娘认识的份上，才没把你们送进警察局。"

魏涟却笑嘻嘻地说："打电话叫警察来，我好怕！"

楚未皱了一下眉，回头瞪了魏涟一眼，魏涟马上把脑袋缩回去了，连一向好脾气的龚云都瞪了他。

曹建泽和袁一原，柳妈妈、柳箬等都因魏涟那话皱眉，心想这什么人啊？

楚未先问清楚了事情经过，得知柳箬是来和曹瑞相亲，但去了一趟卫生间，就被醉酒的魏涟看上了，魏涟上前向柳箬要电话号码，柳箬不应，魏涟就要强来，于是柳妈妈、袁叔、曹瑞陆续到来，两边为了一个女人打了起来，所幸没打得如何，魏涟没受伤，但曹瑞被推倒过一次，又被魏涟的拳头擦到过胳膊和肚子，只是轻伤。

楚未说："都是朋友，不要闹得这么不开心。魏涟，赶紧给这位曹哥道歉，也给叔叔阿姨们道歉。事情揭过就好了，以后都是朋友。"

魏涟不想道歉，心想这家人是什么玩意儿，也配爷给他们道歉，而曹家觉得自己儿子挨了打，道个歉就行了吗？他们倒不是想要赔偿金，他家不缺钱，就是气不过。

魏涟不为所动，楚未不得不呵斥了他一句："魏涟，听到没有？"

魏涟很不情愿地说了一声："不好意思了，刚才不小心打到了你。"

曹瑞怒道："就这样吗？"

魏涟要站起来："你还想怎么样，是你先动手，我只是正当防卫，再说，我又没把你打得怎么样！"

龚云把魏涟按了下去，魏涟只得咬着牙轻蔑地瞪视曹瑞。

曹瑞气得胸膛起伏，好在柳箸接下来的话安慰了他。

柳箸坐在柳妈妈旁边，她看着魏涟说："你叫魏涟是吧，我看你年纪也不小了，不是十几岁的小孩子，行事不明白道理。但你这副样子，到底是什么意思，一点大男人的涵养都没有吗，非要欺负人才行？"

魏涟和柳箸年纪相差无几，但作为大少爷混惯了，被柳箸教训，他就气恼得两眼发红，但又没法反驳。

在柳箸的调解下，魏涟再次道了歉，楚未又说让曹瑞去医院里检查一遍，怕万一有事，他一时不察，以后查出来，就不好说了。

柳箸说要陪曹瑞去医院，曹瑞这才答应了，大家又往医院去。

闹了这么一场，大家心情都坏了，曹妈妈和曹奶奶已经不再搭理柳妈妈和柳箸，只曹爸爸还和袁一原说话。

医院里，曹妈妈陪着儿子去检查了，柳箸陪着柳妈妈他们坐在等候大厅里。

这群二代三代们大约闲得发霉，都跑来看情况，此时坐在另一边说话。

柳箸听到那个叫欧阳喆的小年轻说她："三哥，她点很正啊，你眼光不错。"

魏涟则朝楚未说："三哥，介绍给我嘛。"

楚未想要大发雷霆，这时候柳箸就站起身来了，医院的地板比铺着地毯的餐厅光滑，柳箸穿着高跟鞋实在不习惯，但她还是大踏步走了过去，站在魏涟跟前，挑眉说："你说你要追我是吧？"

魏涟看了沉着脸的楚未一眼，才笑着说："是啊。我现在已经知道你叫柳箸了，而且尚未婚配。既然男未婚，女未嫁，我追你，不是很正常吗？"

柳箸轻蔑地说："是吗？追我的人多了，楚未就是一个，他我都看不上，你觉得你比他好很多吗？"

楚未皱眉看向柳箸，而魏涟他们则看向楚未，大家都在想，居然有看不上楚三少的女人。

魏涟不敢在楚未面前跃跃欲试，但心里的确暗爽，心想征服连楚未都看不上的女人，那不是很爽吗？但他不敢将这种暗爽表现出来，说："这种事，是靠缘分的，也许你和三哥不合适，和我合适呢。"

柳箬胳膊环在胸前，笑着看魏涟："你真嘴欠。"

魏涟要说什么，楚未突然站起来了，他拽着柳箬的胳膊把她往外面拉，柳箬怕摔跤，只得被他拉着走："放开。"

楚未根本不放，等出了门，到了外面的花园，楚未才把她放开："你什么意思，拒绝我，又跑来和一个胖子相亲。"

柳箬板了脸："谁是胖子？"

楚未发现自己说错话了，但实在不好纠正，只得说："就是那个姓曹的。我看他家长辈都挺厉害的，他们对你并不满意。"

柳箬对他怒目而视："我的事，你管不着。"

楚未抓住她的手，把她拉到怀里就啃上了她的嘴唇，柳箬瞬间把他推开了，柳妈妈正好过来，有些迟疑地叫她："箬箬。"

楚未回头看柳妈妈，很礼貌地叫她："阿姨！"

柳妈妈皱着眉，心里很疑惑楚未和柳箬之间的纠葛，她知道两人初中高中时候是同学，但不知道两人到底从什么时候开始在闹这种暧昧，而柳箬居然没有对她提过这事。

她不喜欢楚未这强拉走她家闺女的行为，虽然楚未之前很稳妥地处理了打架事件，让她对他产生了些好感，而且楚未的这个身材长相，在女性眼里的确加分。

柳箬不想她妈妈掺和她和楚未的事，上前说："妈，你先进去吧，我有话和楚未说。"

柳妈妈很迟疑，她不满柳箬和楚未有这种纠葛却在她面前说自己是独身主义，但又拿女儿没办法，说："现在外面挺冷的，我去把你的外套拿来给你。"

楚未已将身上的薄夹克脱下来披在柳箬肩上，对柳妈妈说："阿姨，我和柳箬说会儿话就进去，你不要在外面吹风，不然容易着凉。"

柳妈妈只得几步一回头地走了，柳妈妈一走，柳箬就对楚未横眉怒目："你再对我动手动脚试试。"

楚未不得不说："别生气了。在我这么追你的情况下，你还去相亲，难道不是太过分了？"

柳箬蹙眉："你管得着？"

她说着，要把楚未的外套脱下来还给他，但楚未抓着她的手，说："别逞一时意气冻感冒了。"

柳箬不满："你不把我拉出来，我在里面就不会冷到。"

楚未无奈地看着她，柳箬抿着唇将脸转开了。

楚未紧接着说道："魏涞是见一个人新鲜，就会来兴致的人，你不要把他的话往心上放。"

柳箬："我要是会觉得他真看上我了，那才奇怪了。他难道不是看到一个漂亮的雌性，就上前追逐，以求得交配，受本能驱使享受快感吗？这种对异性毫无责任心，甚至对社会也毫无责任心，只是占着自己有个好爹，就认为自己高人一等，肆意享受自以为是的可以更强势地占有社会资源的行为，我难道会赞同，并且当那雌性备用资源里的一个？"

"……"楚未被柳箬这讥讽的话震惊到，一时无言以对，而柳箬本来脸上还带着讥嘲的斗志，说到最后，便只留下疲惫和无聊。

她会这么说，大约是说给自己听，楚未尚有自知之明，能够明白柳箬的潜台词，他看着柳箬，好半天才问了一句："你说给我听，是想让我以后不要再接近你吗？你觉得我和魏涞是一丘之貉？"

柳箬微垂下头，没回答。

楚未接着道："我不求很多，只希望你能够给我追求你的权利。"

柳箬盯着他："你有这个自由，我没有剥夺你这个权利的权利。"

楚未笑起来，柳箬的眼里带着欲迎还拒，而且她这话，是在调情吧？

楚未和柳箬回到了大楼里面，曹瑞已经检查完毕了，但要拿到结果，还需要一阵，曹妈妈是个性格强势的人，她已经将勾三搭四的柳箬排除在了自己儿媳妇的候选人之外，之后就对柳妈妈直言道："柳箬是个好孩子，只是太优秀了，我们曹瑞是个老实人，怕是配不上她，以后当个普通朋友就好了。"

曹妈妈已说得非常客气，要不是曹爸爸和袁一原是朋友，以后可能还会有一些生意上的往来，她一定不会这么客气。

不过，她这话即使客气，但马上就生硬拒绝的态度，让柳妈妈和袁叔心里不畅快。

柳妈妈说："看来是两个孩子没有缘分了。这也是没办法的事。"

曹妈妈哼了一声，走过去教训老公去了："以后要先挑一下女孩子的人品，再介绍来相亲，不然不仅浪费了时间金钱，还让孩子受了伤。"

曹叔叔大约觉得老婆在他朋友面前这样说让他很没面子，但他又不敢教训老婆，只得小声说了一句："少说两句吧。"

袁叔则看向了楚未，楚未听柳箬叫他"袁叔"，而柳妈妈又和这位袁叔十分亲近，他才想到柳箬的妈妈可能二嫁给了这个袁叔，他是柳箬的继父。

他不爱谁都要应酬，但还是走到袁叔身边去坐下，和他说话。

袁叔问他："你和柳箬初中高中都是同学？"

楚未："嗯，是的，高中时候做了三年同桌。"

袁叔点点头："小伙子不错。"

检查结果出来了，曹瑞没什么事，只有胳膊上有点瘀伤，给揉了药就好了。

楚未那边一众人等开着一溜烟的豪车跑车，江辞和欧阳喆没有看到想看的热闹，就最先上车开车走了，马达加速的声音特别响，车从地下停车场中央主道冲出去，将曹家人和袁家人都下了一大跳。

曹妈妈紧皱眉头，曹叔叔和袁叔也是摇头叹息，大约觉得现在的年轻富二代，简直毫无公共道德和礼貌，嚣张成性。

曹家众人要上车了，袁叔又带着柳箬去向曹家致歉了一次，柳箬说："今天对不起了。"

曹妈妈冷笑："我们知道你是高级知识分子才来相亲的，没想到别人说现在最乱的就是学校里的学生，果真不差，既然有富二代追你，你又何必端着来招惹我家曹瑞？"

柳箬微皱眉，曹瑞则因她妈这话脸色很难看："妈，哪里有你这样说人的。柳箬又没做错什么。"

"哈！"曹妈妈冷笑一声，教训儿子，"要是你以后找这样的女人做女朋友，你最好不要带回家来让我看到。"

曹爸爸："你们都少说两句吧。"

曹奶奶之前虽没什么表示，却是赞同儿媳妇的话的，说："娶妇当娶贤，这才是过日子的。"

柳箬想不过是相个亲，见了一面而已，何必这样。

曹瑞看柳箬虽一脸真诚在道歉，但很显然，她也对他没有任何期待，他不由后悔当初爸妈和奶奶说要一起来相亲的时候，他为了简单省事，就答应了。要是再来一次，他一定自己跑来见柳箬，那就不会这么麻烦。

曹家人开车先走了，袁叔才过来挽着柳妈妈要上车离开，柳箬自己有车，不和他们一起走。

楚未过来和柳妈妈袁叔道别："叔叔、阿姨，今天辛苦你们了，下次约你们一起吃早茶吧，刚那家店的早茶也做得非常正宗。"

"嗯。"袁叔想了想又加了一句，"你的那些朋友……"

终究没将教育的话说出口，袁叔是量力而行的人，知道这些二世祖绝不是他说一两句教育的话就会改好的，只接着道："那今天就这样了，我们先走了。"

柳妈妈担心柳箬："开车小心点，赶紧跟上来。"

柳箬："没事，你们上车吧，我也上车了。"

柳妈妈和袁叔上了车，柳箬也去了自己的车，楚未跟着过去，站在车门边说："再见。"

柳箬对他挥了一下手："拜拜，你们安分守己一点吧，别总捣鼓一些欺男霸女的事，现在是法治社会了。"

楚未苦笑："青天可鉴，我没有。"

柳箬哼了一声，将车门关上发动车开走了。

袁叔很谨慎，怕这群没个好的富家子会再欺负柳箬，等柳箬开车离开了，他才开车跟上。

他们一走，楚未就去教训魏涟："出去上个卫生间，就搞这么多事。"

魏涟则毫不以为意地笑嘻嘻地说："三哥，你也不要这样说我，连你都能看上柳箬，何况是我呢？窈窕淑女，君子好逑。"

楚未："以后不要再去招惹她了。"

魏涟："知道知道，你看上她了嘛。"

楚未瞪了没正形的他一眼。

魏涟又说："那个胖子，我当时是施展不开，不然得把他揍得被抬进医院来，让他受些痛，医药费我赔他就是了。刚才医生开的单子，怎么没让他去查个前列腺炎、艾滋梅毒的，说不定就有了，看他赖到我身上。"

楚未不再理他，上自己的车去了，龚云则说魏涟："你少说两句会死？"

魏涟撇了撇嘴，也上了自己的车。

第三章

入局

别人说，爱一个人，一定会智商为负，别的什么都无法想，脑子一团糨糊，一门心思只想着对方，完全看不到对方的缺点，只注意到他吸引自己的地方。

柳箸发现她显然没有进入这种境界，她可以很冷静地看到楚未的优点和缺点，只是即使明白楚未的这些缺点，柳箸发现看到他，依然会被他吸引，无论她表面表现得多么镇定理智，心里都有一个地方是柔软的，似乎在随时等着要将楚未拉入其中包围住。

而魏涟，他姓魏，和当年的魏瞻平同姓，不仅同姓，还长得相像，柳箸不觉得这是偶然。

柳箸开车比袁一原快，她先回到家，之后柳妈妈进屋来，看到柳箸的穿着，她惊道："箸箸，你忘了把衣服还给楚未了。"

柳箸回家脱掉高跟鞋换上拖鞋，便去了厨房烧水泡茶，浑然忘了自己在旗袍外面穿着一件夹克。

这件夹克对楚未来说是短款设计，穿在柳箸身上是一件恰到好处的宽松外套，穿着太过温暖舒适，柳箸便忘了穿着这件外套，回到家，都没有想起这事。

她低头看了看衣服，道："忘了脱下来还给他了，下次给他好了。"

袁叔停好车也上楼回家了，柳妈妈要和柳箸说私房话："来卧室，我有话问你。"

柳箬应了，电水壶中的水烧开了，她泡了两杯蜂蜜柚子茶，端着去了柳妈妈和袁叔的卧室。

这间房不小，除了衣柜床外，还有梳妆台和沙发，附带一间卫生间。

柳箬将茶水放好，看柳妈妈要长谈，先说："妈妈，我把妆卸了再说，太难受了。"

柳妈妈只得带女儿去卫生间里卸妆，她一边为柳箬抹卸妆油，一边说："你和楚未，到底怎么回事？你们两个，是在谈恋爱吗？为什么不和我说一声，要是和我说了，我怎么会带你去相亲？"

柳箬惬意地坐在马桶盖子上，由着妈妈为她卸妆："没有谈恋爱，只是他最近太闲了，总去找我而已。"

柳妈妈严厉地说："既然没谈恋爱，你为什么要允许他拉你的手，还让他亲你。你们现在这些年轻人，不知道庄重些吗？"

柳妈妈这话说得相当重了，简直在说女儿不检点，柳箬却没太在意，几乎能够被妈妈按摩得睡着，嘀咕道："他要拉我，我能有什么办法，总不能大庭广众下给他一巴掌吧……"顿了一下，又说："我现在也烦得很。"

柳妈妈："我看你对他是有些意思的吧，不然你让他拉你亲你呀？"

说起这事，柳箬不知道自己的潜意识里到底有什么想法，楚未对她做亲密的事，她真无法生出反感来，到底是因为爱，还是其他，她无法确定。

柳妈妈看女儿不答，又道："楚未人才相貌都不错，就是人太浮了，不是托付终身的人选，反而是曹瑞，我看他还是不错的，就是他妈太好强了，谁做他家儿媳日子都不好过。"

柳箬："我没打算结婚，不要说这些了嘛。"

柳妈妈拿过卸妆棉为她擦脸，显然不觉得女儿那独身主义有什么说服力，但她并没有揭穿，为她把脸擦干净了后，伸手摸了两把，细腻柔软，她的闺女是个漂亮的姑娘，她今日才知道，她是不缺乏追求者的，所以稍稍放心了，说："去洗脸吧。"

柳箬看柳妈妈不再说她，如蒙大赦跑去洗脸，之后又抹了护肤品："我去洗澡睡觉了，现在不早了，你们也早点睡吧。"

柳箬去洗了澡，换上睡衣，她和二妹的卧室不大不小，床是上下铺，她睡上面，她站在床边收拾换下来的衣服，那套旗袍只能拿去干洗，看着楚未的外套，她愣了一下才将它拿起来。

浅色外套，牌子是柳箬没有见过的，剪裁好看。

她拿着这件衣服，站在那里怔怔发呆，过了一会儿，她才想到自己高中时候也曾做过这种事，但当时只是得到了楚未的侮辱。

她将这件衣服扔到了椅子上，心想楚未现在看上了她什么，不过是看上她的皮相罢了。

不过她觉得自己也没权利鄙夷楚未，她难道没有看上了楚未的皮相？爱美之心人皆有之。

这些事，不能深想。

柳箬在网上查了魏瞻平，又查了二十年前建华集团的事，果真没有任何痕迹，这件事相隔太久远。那一年的事，现在能在网上查到的，都是被作为国家打击走私活动的典型，从严处置，枪毙了不少人，其他的案子，恐怕不会被人特意放到网上来。

柳箬又查高士程，网上倒有一些叫高士程的人的信息，但显然不是她想找的人，看来正如楚未所言，这个高士程是一个非常谨慎而且注意隐私的人，不会像某些人一般，生怕别人不知道他，网上到处是他的各种新闻。

高士程太过注意隐私，以至于柳箬现在根本没有办法找到他的信息，也无法找到当年的事情的真相。

她关了电脑，又爬上床去，拉着被子将自己裹起来，脑子里走马灯一般走过她父亲当年的事，还有楚未，还有高士程，还有魏涟……

十月下旬，天气冷下来，柳箬穿了一件赭红色稍露肩的宽松毛衣，配上黑色大摆长裙，穿着靴子。她身材高挑，这样穿既帅气又风情万种，即使没有化妆，她也面色红润，黑眸温润明亮，被黑色的衣服衬得皮肤更白，颇有艳色。

实验室里的师弟师妹们都要多看她两眼，和她关系好的师妹还问："师姐，你是不是交男朋友了？"

柳箬觉得奇怪："怎么这么问？"

师妹："师姐最近都打扮得很漂亮。"

柳箬笑："你这话太过分了吧，难道我以前很邋遢吗？"

师妹赶紧说："当然不是这个意思，师姐以前也很好，只是最近更漂亮了而已。"

柳箬笑着没应自己是否交男友了，今天是一个本科同学的生日，好几个同学约了一起去咖啡厅里聚餐为她庆生。柳箬就稍稍打扮了一下子。

而她最近每日一套新衣，走淑女风，完全是因为柳妈妈打扮她上了瘾。柳妈妈在淘宝上找到了几家好的店子，淘宝淘出了瘾，每天不买些东西，就手痒，于是看到适合女儿的就要买，家里每天都有快递到。

楚未这些日子不知道又在忙什么，除了让人给她家送过几次吃的，给她打过几次电话，就没有了音信，反而是柳箬，更想和他有些联系。

傍晚，柳箬开了车去咖啡馆，上楼后，几个朋友已经到了。

除了一个有一位异地恋的男友外，其他人都还单着，所以大家特别有共同话题，在一起说话很放松。

不像柳箬博士时候的那些女性同学，她们大多是成婚生子之后再来上学的，除了很少时候谈论专业问题外，其他话题全都围绕着老公孩子，柳箬和她们完全谈不到一块儿去，而她们对柳箬说话，也只围绕一个中心，那就是作为过来人，劝她不要挑剔，有个合适的人就赶紧嫁了，不然越挑越没得挑。

柳箬虽然每次都认真听她们的建议，但心里却不认同，只有和这些单身的朋友在一起，才会更自在些。

柳箬将一支眼线笔作为生日礼物递给寿星："你上次说这个比较好用，来，生日快乐！"

寿星伍唯拆了礼物看后，一边道谢一边拉了她坐自己的旁边，还搂着柳箬在她的面颊上亲了一口："我嫁给你算了，你娶我嘛。"

伍唯考研时换了专业，读了人力资源，之后又考上公务员，工作之外，每天沉迷于小说、游戏、动漫，三十岁的人了，依然打扮得像个洋娃娃。

柳箬随口道："那你嫁吧。"

伍唯："……"

另一个蒋晓倩开始讲自己的相亲奇葩事，她有时间就会去相亲。她是本市人，在外企做审计，常年出差，根本没时间谈恋爱。她妈妈便加入了相亲的父母团，常年混迹在百合网、世纪佳缘、珍爱网等等相亲网站上，假扮成女儿和上面的男人聊天相亲。大约是她对上面的准女婿们总充满了母爱、温柔且善解人意，总能受很多男人追逐，她在里面挑出不错的，就要女儿去相。除此，她还经常去参加公园里爸爸妈妈们聚集在一起办的相亲会，交换各家孩子情况，有条件相当的，便要求女儿去见面。

蒋晓倩对她妈妈的这种行为深恶痛绝，但没有办法，要是不去相亲，她妈妈就闹得要死要活，所以只能经常相，但除了增加相亲经历外，至今没有一个稍稍长久的。

伍唯同情她："你好可怜。幸好我爸妈都没在这里，而且还没退休，除了隔着电话催我，便不会拿我怎么样。"

蒋晓倩端着酒杯喝红酒，酒量甚大，要敬柳箬："柳箬，你怎么样呢？"

柳箬自从上次醉了个天翻地覆，被人带回家脱光换衣后，就几乎戒酒了："我不喝酒，一会儿要开车……我就那样，每天在实验室里，没你们生活精彩。"

蒋晓倩大叫一声："我这叫生活精彩吗？我真是太羡慕你了，你家里都不催你，而且你做博后，居然没人反对，想要单身就单身。"

柳箬也同情她："等你遇到你的真命天子就好了。"

常颖是唯一一个有男朋友的，但一直异地，所以之前就对这个话题沉默不言，此时才说："单身也有单身的好处，他家里一直让我换工作去他那边，难道工作这么好换？"

她也是政府公务员，而且职位不错，当年好不容易考上，所以不愿意放弃，说完又深深叹口气。

之后她盯着柳箬看："柳箬，你现在打扮得好女性化，说实在的，你刚进来时，我差点没认出你。"

柳箬挑眉："我这么失败，难道我以前给你们的印象是，我是男人？"

大家爆笑。

吃完正餐，几人又点了茶点，谈兴正浓时，楚未给柳箬打了电话过来，柳箬不得不起身到一边去接："喂。"

楚未："我回来了，你有没有兴趣出来吃夜宵？"

柳箬："我现在和朋友们在一起。"

楚未："你和朋友的聚会完了之后，可以留给我一些时间吗？"

柳箬靠在店里的大柱子上，笑："你什么时候变得这么礼貌了？"

楚未："我一直都这么礼貌啊。"

柳箬："你之前送的那什么火腿，我妈特别喜欢，说让我一定要好好谢你，还说让我请你去我家吃饭。"

楚未不知从哪里打听到柳妈妈是个热爱厨艺的人，所以给她家送了不少吃的，有食材，有成品，但不管是食材还是成品，都很稀有且正宗，柳妈妈爱做菜，自然欢喜不已。

柳妈妈虽然依然觉得楚未因家世的原因不大靠谱，但对他的"浮"改观了，觉得他是个很会处世行事的人。她已经站到楚未那一边，总在柳箸耳边灌输楚未很不错的观点。

楚未："真的？阿姨能喜欢真是太好了。那一会儿，我去接你？"

柳箸："我去找你就好了，我有开车。"

楚未应了，和她说了地址，然后说会一直等她。

柳箸以前和这几个朋友聚会，谈到晚上一两点才散时也有，现在才九点多，她就对朋友们说："不好意思，我有事要走了。"

常颖火眼金睛："柳箸，你是不是交男朋友了？刚才打电话，可不是你平常的风范，我们这么大老远都能看到你眉目含春，春心荡漾。"

柳箸："你嘴巴能不能不这么损，连蟾蜍抱对在你眼里都是眉目含春。"

这话有典故，常颖本科时候做毕业论文同柳箸一起，两人当时跟着一个师兄打下手，每天最重要的工作就是看蟾蜍抱对，取受精卵，柳箸发现常颖从头到尾就是个大色女，没有什么话，她说不出口。能够把蟾蜍抱对发挥成一篇色情文，柳箸对她的这个能耐敬佩不已。

柳箸和大家告别后就开车走了，常颖说："肯定谈恋爱了。她根本就没有反驳我嘛。"

伍唯哀叹："连柳箸都谈恋爱了，不要最后只剩下我一人单着，那我以后找谁玩呢，太悲剧了。"

常颖："你不是说有好几个人在追你吗？"

伍唯："但是，都不靠谱。"

蒋晓倩也感叹："连柳箸都谈恋爱了。"

常颖笑："其实柳箸人漂亮，又细心会照顾人，谈恋爱很正常嘛，你们这话什么意思，好像她最不该谈恋爱嫁人。"

对转专业的伍唯和蒋晓倩来说，柳箸是个一心做研究，根本不会动春心的人，所以才有那种柳箸不会谈恋爱的印象，伍唯说："我一直觉得她要和她养的细胞结婚，以前追她的人不少，她不是都没答应吗？"

和细胞结婚这一点，让常颖和蒋晓倩哈哈大笑，蒋晓倩说："你这个总结太精辟了，我记得以前有人追她，给她送了花，又要请她吃饭，她一句话就把人拒绝了……"她学着柳箸的样子，语气特别认真，"对不起，我现在要去给细胞换培养液，不然细胞就要死了，我没有时间和你吃饭谈恋爱。"

几人又哈哈大笑，笑完后，又觉得有点悲凉，伍唯继续哀叹："连要和细胞结婚的柳箸都谈恋爱了，我们还是这个样子。"

柳箸找到了楚未所在的餐厅，那是距离他住处不远的一家高层商务咖啡厅，里面提供的西餐和茶点都不错。

咖啡厅里环境优雅，一位美丽的女性坐在靠近咖啡厅门边不远的台上弹钢琴，钢琴琴身是乳白色，女郎则一身白色晚礼服，头发高高盘起，露出修长洁白的颈项、圆润精致的肩膀，以及一部分曲线优美的背部，琴声淙淙，优雅动听。

楚未亲自到了餐厅门口接她，柳箸对他打了个招呼，就被台上弹钢琴的美女吸引了注意力，随着楚未到卡座里坐下后，她依然侧头去看她。

她的侧影比背影更美，瓜子脸，下巴宛若精雕细琢，精致小巧。

楚未让侍者给柳箸点餐，柳箸随意点了一壶花茶，其他都不要了。

楚未："花茶怎么喝得饱？"

柳箸："我刚才吃过牛排了，不能再吃带热量的东西。"

楚未："怎么这么在意了，这里的点心做得很好。不尝一尝吗？"

柳箸摇头："不行，会长胖。最近我妈总做好吃的，我都吃得很克制。"

楚未："吃完可以去打一场球，不是就把热量消耗了吗？"

柳箸不为所动："不吃就不吃，我得控制体重，不然又要被某人说成胖子。"

楚未笑："还在介意这个？这都多少年前的事了，再说，即使你胖的时候，我也觉得你很可爱。"

柳箸不应他的油嘴滑舌，又去看台上弹钢琴的女郎，楚未不得不问："是你认识的人？"

柳箸摇头："不认识，但你不觉得她长得很漂亮吗，钢琴也弹得好。"

楚未："不说她了。你今天这样，很漂亮。"

"像个女人了，是吧？"柳箸笑问。

楚未则道："你难道不是一直是个女人吗，什么叫像个女人，难道我追你这么久，是在追求一个男人？"

柳箸："我的朋友们就认为我以前不够女人。"

楚未："没什么，你怎么都好。"

柳箸笑，又去看台上的女人，一曲结束，有人送花去给她，柳箸含笑看着，似乎很陶醉的样子，楚未心里不是滋味，说："你等等。"

楚未穿了一身休闲西装，上身白衬衫，没打领带，外面灰色的西服外套也没扣纽扣，他走到台上去，对着那位刚弹完一曲的女士行了一个绅士礼，和她轻声说了两句话，这位漂亮的女人就将位置让给了他，优雅地走到一边，对楚未做了请的姿势。

楚未坐上琴凳，调了调琴凳的高度，又揉了揉手指，回头看了含笑盯着他的柳箬一眼，按下了第一个琴键。

肖邦的钢琴曲如诗一般浪漫，韵律独特，他的夜曲，惆怅而温柔缠绵，如同夜语，兴奋不安又激情浪漫，情调婉约，一点点地随着钢琴琴键的弹跳而流泻出来……

楚未弹了肖邦的升C小调夜曲，柳箬曾经听过，但并不知道这是谁的什么曲子，但音乐和心灵是相通的，不需要什么音乐素养和经验，她就明白这一曲的美和真意。

柳箬端着红茶，鼻端是玫瑰花的香味，耳边是钢琴弹奏出的夜曲，这一刻，是她生命里少有的浪漫。

柳箬放下茶杯，手撑着下巴，盯着楚未发起呆来。

一曲终了，餐厅里响起不少掌声，楚未对着台下行了一个礼，又向那位弹钢琴的女郎道了谢，这才下台来。

他坐回柳箬的对面："刚才的一曲献给美丽的柳箬小姐，不知你可收到了？"

柳箬笑着说："谢谢你。"

楚未笑了起来："我近距离看了那位弹钢琴的美女，的确是位漂亮人。你眼光不错。"

柳箬撇了撇嘴，"你找到知音了吗？"

楚未："如果你喜欢听我弹琴，一会儿去我家如何？我再弹给你听。"

柳箬抬起手来，在楚未的惊愕里轻轻弹了一下他的额头："你想太多了。"

楚未把她的手抓住："你真难讨好。"

柳箬含笑不应。

从餐厅离开时，柳箬说："忘了把你的衣服带给你了，你还记得你的外套吗？"

楚未想了一下："没事，放你那里也好。"

柳箬其实早就想将那件衣服给他，但她把衣服带到了自己的房子里去，而最近她又没有见到楚未。

楚未为了能和柳箬多待一会儿，便开了柳箬的车送柳箬回去，柳箬在路上不经意地问起："上次见到的那个魏涟……"

"魏涟？他有去找你？"楚未第一反应就是这个。

柳箬却说："没呀。"要是他来找她，倒是不错的："我是觉得他长得有点像之前见过的那位高先生，你不觉得吗？你们是一起长大的朋友？"

柳箬这话问出口，楚未便知道她的用意了。

他有些惊讶柳箬能够看出魏涟和高士程的关系："我和他算认识得早，他的大伯和我家认识，不过他和高士程长得像，我倒没看出来，大约是经常在一起，很少会注意他是不是和谁长得像。"

他这话没直接回答魏涟和高士程是否有关系，但却会给柳箬一种魏涟和高士程没有关系的暗示。

但柳箬却没有进入他这个语言陷阱，反而觉得楚未回答的话有些顾左右而言他，似乎故意迷惑她。

柳箬不再问了，沉默地看向车窗外，此时已经临近午夜，她有些困了。

楚未将她送回了她在雅歌的屋子，楚未没有车了，按理，柳箬该邀请他去她家坐一坐。柳箬本没有这个意思，但她随即对楚未笑了，说："若是不介意，去我家里坐一坐吧。"

楚未欣然接受。

柳妈妈前两天才来为柳箬打扫过屋子，里面各处焕然一新，楚未在沙发上坐下，柳箬为他倒了茶水，问："你最近在忙什么？"

楚未："在H城出差了一阵，又回了爸妈家几天。"他又问柳箬，"你每天都泡在实验室里，不觉得无聊？要不我们去哪里旅行？"

柳箬端着茶杯靠站在矮书柜边："没有比做研究更有趣的事了，将自己的设想用实验证明，这种快乐，比什么都让人振奋。怎么会觉得无聊？出门旅行的话，我最近没时间，而且，只我们两人？"

楚未："和别人一起，不会很奇怪？谁愿意来做电灯泡？"

柳箬："……"

柳箬不会留楚未过夜，楚未也识趣地坐了一会儿就离开了。离开前，柳箬将他之前的衣服用袋子装着递给他。

鲁项开了车在柳箬家小区外面接到了楚未，他说："三少，去哪里？"

楚未坐在车后座上，闭着眼睛，唇角带笑："回家。"

离开柳箬家时，他在柳箬的额头上亲了一下，柳箬没有避开他，这种小小的亲近所带来的喜悦，就像是喝了一杯陈酿，让人熏然欲醉。他的手指轻轻地弹动，耳朵里像又响起了他之前弹给柳箬听的肖邦夜曲。

鲁项觉得楚未最近的生活习惯太过良好，让他有些不习惯。

楚未和柳箬的关系在楚未到袁家做客后进入了稳定期。

男女之间的关系，在长辈们的眼里，正如古代两家结为亲家一般，经过三书六礼这般稳定的程式化礼节后，两人就可以结为夫妻了。

婚礼者，将行二姓之好，上以事宗庙，而下以继后事也。可见结婚，是两个家族的大事。

长辈们自然希望女婿是个稳重的、能够托付的人。

楚未在事业上行事上虽颇有章法，但在私生活方面，实在是个率性而为的人。他以前交往过的女友，他自己也数不清楚到底有多少个，但这些人，他都只是和"女友"这一人相交，和她的家庭没有任何接触，他只是谈恋爱，没有要"约为婚姻"的意思。

还没有把柳箬追到手前，就和柳箬的家里人搭上关系，这的确不是楚未从前的行事作风。

不过，他发现正是因为柳箬的妈妈看好自己，柳箬才对他稍稍有了好脸色，所以他不得不走曲线救国路线，先攻克柳箬的妈妈。

楚未有一天又约柳箬一起吃饭，柳箬便说她妈妈做了大餐，如果楚未不介意，可以去她家尝她妈妈的手艺。

楚未发现柳箬是她妈妈的小棉袄，好像她妈说的是圣旨，说什么，她都往心里去。

他开车到了袁家楼下，柳箬穿着一件黑色高领毛衣，一条暗红色带大朵黑色绣花的长裙，站在树下等他，肌肤如雪，目秀眉清，她的头发也稍稍长长了一些，披在肩上。

柳箬的文艺范打扮，很受楚未喜欢，在他认为，柳箬近来的打扮，也许是因为他。

柳箬指导他停好了车，就引着他上楼，袁家的房子买得较早，没有电梯，楼梯也比较狭窄，楚未顺势拉住柳箬的手，柳箬没有拒绝。

柳妈妈做了一大桌菜，楚未进来时，她在门口迎接他，屋子里被柳妈妈布置得非常温馨，门厅插着向日葵，金黄明亮。

楚未将礼物交给柳妈妈，笑着道："谢谢阿姨邀请我。"

柳妈妈："来吃饭就好了，何必还要带礼物。"又让他不必脱鞋子，让柳箬招待他。

袁叔也过来打招呼，袁思扬本来在做家庭作业，得知"姐夫"到了，实在抑制不住好奇心，从卧室里冲出来，在客厅里刹住脚，对着楚未好奇地打量，柳箬介绍他说："是我弟弟袁思扬。"

又叫他："扬扬，快叫哥哥。"

袁思扬则说："不是该叫姐夫吗？"

这一句让柳箬变成了个大红脸："胡说什么，谁教你这么乱说的。"

楚未只是笑，又侧头看红了脸的柳箬，柳箬瞪他一眼，他才回头和袁思扬说："你好呀。"

袁家吃饭很热闹，而楚未作为一个自诩吃遍美食的美食家，其实就是吃货，也觉得柳妈妈的手艺的确十分好，他从头将柳妈妈的厨艺赞叹到了尾，让柳妈妈笑得合不拢嘴。

楚未饭后离开时，柳妈妈用盒子装了她亲手做的肉松饼给他："自己做的，比较放心。"

楚未十分感动地道谢，柳箬送他下楼时，他便不顾形象地将肉松饼拿出来吃了，柳箬："你刚才没吃饱？"

楚未："没啊，只是闻着太香了，我先尝一个。不过按照阿姨这个手艺，吃不了几天就会长胖。"

柳箬很认同地笑了起来："我最近住家里，在实验室里，午饭就只喝牛奶，不然实在受不了，你看我袁叔和弟弟都体重超标。不过我妈自己倒奇怪得很，周围人都长胖，就她自己不长。大约是她自己很少吃，总给人劝菜。"

楚未感叹："今天那道卤藕片，我还是第一次吃到味道这么好的，别的地方都不是这个味儿。"

柳箬："我妈自己调的卤料，而且卤的过程也很讲究，总之，比我做实验还讲究精细。"

楚未便说："我得向她学一下手艺，不然失传太可惜了，我看你就没有一点想传承家学的意思。"

柳箬继续白他："有美食固然不错，但是要是能节约些时间，只要能填饱肚皮，也没有什么不好。"

楚未又拿了一个肉松饼出来："这比酒店里的做得好。要懂得吃，才能懂得生活嘛。"

他说着，将饼喂到柳箸嘴边去，柳箸愣了一下："我不用了，我经常吃，不觉得味道多好了，别处吃东西时，才会觉得自家的味道不错。"

楚末只得缩回手自己吃了，柳箸说他："你少吃点吧，看你胃受得了。"

楚末简直是形象完全崩塌，他就是个好吃鬼投胎，也难怪她每次遇到他，都是在餐厅里。不过奇怪的是，他居然不长胖，中学时代他是少年的纤瘦，成年了总是吃喝玩乐，居然还能保持身材，也真是奇事。

楚末："没事，我们可以走走消食。"

柳箸就带着他到小区旁边的小公园里去转了转，两人边走边说话，楚末把整盒饼都吃完了，又向柳箸要手绢擦手，柳箸："你擦手还这么讲究，我没手绢，用纸巾吧。"

楚末："你上次给那个姓曹的擦汗，不是就是用手绢吗？他后来没把手绢还你？"

柳箸说："那天穿旗袍，我妈才给我手绢的，这个年代了，谁还贴身带着手绢？"

说着，将纸巾递给了他。

楚末接过湿纸巾擦手，又把纸巾扔进了垃圾桶，嘴里却说："看来那个姓曹的没还你手绢了，你以后不要把自己贴身的东西随便给一个男人，谁知道他会干什么龌龊事？"

柳箸不以为然："能干什么？"

楚末："不然，哪里会有那么多内衣贼。男人都很龌龊，记住了？"

柳箸皱眉打他的肩膀，"你满脑子都是淫秽思想吗？"

两人正好走到路灯光暗淡的树下，楚末顺势拉住柳箸，把她抱到了怀里，低头在她的唇上亲了一口。柳箸想要推开他，但楚末把她搂得很紧，她抬头看楚末，觉得他黝黑深邃却温柔的目光简直要把她融化。两人呼吸相闻，她面颊泛红，心脏咚咚咚地乱跳，脑子里几乎灌满了糨糊。楚末一手搂着她的腰，一手捧住了她的后脑勺，嘴唇含住她的嘴唇。

柳箸几乎完全无法思考，只觉得楚末的嘴唇柔软而温暖，灼热的气息拂在她的面颊上，唇舌之间的接触和挑逗让她难以呼吸，身体发软发热，她甚至要站不住，往后退了两步，便更是被楚末压在了后面的树干上。

柳箸只觉得唇舌都要被他吸得发麻，楚末总算放过她，又不断亲她的下巴、面颊和耳根，柳箸靠着树干喘气，好半天才回过神来，湿漉漉的眼睛盯着楚末，一时不知道说什么好。

楚未轻轻抚摸她的头发和面颊，又亲了亲她刚才被亲得嫣红的嘴唇，柔声问："还好吗？"

柳箬说："有我妈妈做的肉松饼的味道。"

楚未笑着问："味道好吗？"

柳箬抬手把他又凑过来的脸推开，自己也离开了那树干，拍了拍身上的裙子，快步往前走了，楚未不得不去追她，拽住她的手，两人沉默着将小公园的路绕了一圈又一圈，直到夜深时候，公园中起了雾，白雾缭绕，他们才回去。

之后只要楚未有时间，柳箬也正好有空，两人就腻在一起，楚未带着柳箬每日去不同的餐厅吃东西，整个约会过程都有美食和美人相伴，柳箬也觉得日子非常舒畅。

而且她的实验出了最好的结果，加上最后的数据，就可以将文章投出去了，课题的结题也写得差不多了，一切都很顺利。

她将手机拿出来给楚未看自己拍的照片，说："你看，这个图片是不是非常漂亮？"

楚未对着紫红色的组织切片照片实在生不出这很漂亮的感觉，反而觉得有点恶心，只得转移话题说别的。柳箬便也没了刚才的高昂兴致，把手机收起来，楚未便说："漂亮，很漂亮，我们继续看吧。"

柳箬说："不看了，你去看艳照门吧，你的审美情趣就只能那样了。"

楚未："……"

楚未这段时间的空闲只在做两件事，等柳箬闲下来，以及柳箬闲下来后和她一起。

以前最讨厌被女友过分黏着的他，现在深恨柳箬总是那么忙，不能和自己在一起。

他这种见色忘友的行为，遭到了被冷落的兄弟们的唾弃，江辞打电话约他去玩，他说要陪柳箬，江辞就说："你把她也带来吧。"

楚未将柳箬追到手的事，他的那些哥们儿都知道了，大家都在打赌他这次的热情能持续多久。龚云赌会持续一年，已经是最久的了，江辞说的时间最短，只有半个月，所以他已经输了，因为至今已经过了半个月，但楚未对柳箬的热情丝毫没有减退，他就再次投给了两个月这个选项。

这次请客，便是因为他打赌输了。

楚未不大想让柳箬去见自己那些朋友，其一是他的那些朋友，都属于楚未告诫柳箬的"醒醍"一流，其二是他现在已经查到当年柳箬的父亲柳霁之死，与高士程的改名换姓、躲到国外有关。

那时候，建华集团因涉嫌走私被查，建华集团中的一个管理层领导畏罪跳楼身亡，这个人，就是柳箬的父亲，叫柳霁。出了这件事后，当年还叫魏瞻平的高士程就逃掉了，没有被抓到。而建华集团的事情又被淡化了，过了些年，魏瞻平就以高士程的身份回了国，继续在国内发展。

高士程当年能够躲到国外，建华集团的事情能够被淡化，是因为有楚家的帮忙，所以高士程和楚家有不浅的关系。

不过，楚未作为下一代，而且完全没有从政的意思，便和高士程的关系淡化了很多。

当年建华集团的事情太久远了，又被人故意抹掉了痕迹，已经很难再查到当年走私的具体真相，柳霁之死的真相就更难查到了。

但楚未怕柳箬会认定这件事，以至于钻牛角尖，到时候会节外生枝。所以他不希望柳箬接触到魏涟和高士程的消息。但大家都让楚未带柳箬过去，楚未不好再把柳箬藏起来，只得答应。

十一月，S城彻底冷下来了。

柳箬的一个课题已经做完，只在补一些之前做出来但不够漂亮的数据和图片，将这部分重新做，算不得特别忙，但也不闲。很多时候，她早上七点多就到实验室，晚上九十点钟才从实验室里离开。

不过，即使到晚上九十点钟，实验室也不冷清，往往还有不少师弟师妹在。

到了晚上，大家忙了一整天，精神比较懈怠，不像白天一般不苟言笑。再说，这么晚了，留在办公室里的老师也没几个，管理不太严，即使在实验室里说笑也没关系。

柳箬事务繁忙，最近稍闲下来的楚未就觉得比较痛苦。他想要和柳箬多待一阵，往往不可行。

为了和柳箬有更多时间在一起，他只得成了十二层实验室里的常客。现在，柳箬所在的大实验室，都知道她的这个男朋友了。

柳箬其实并不喜欢楚未到自己的实验室来，最初楚未也并不上楼来，只在楼下等，或者坐在车里，或者就站在车外。现在天气冷了，他在楼下待着，环境实在艰苦。

而柳箬最初并不知道楚末这个花心大萝卜居然能够有这般毅力，会在楼下等她。

有一次他正好被晚上来实验室的陈老看到，陈老很惊讶他一副沉思状地站在实验楼下，就问他为什么没有上楼。

楚末："柳箬还有一阵才忙完，我在这里站着等她就行了，去实验室，怕会打搅她，再说，实验室也有门限。"

楚末在人前，一向是这般稳妥有礼，让人觉得无不舒畅。陈老对楚末印象非常好："柳箬也真是，她怎么不下来接你上去等，让你在这里站着，太辛苦了，走吧，陪我上去。"

楚末这才随陈老上楼了，陈老带他去自己的办公室坐着，泡了好茶招待，又亲自去看柳箬，发现柳箬还在细胞室里，穿着白大褂，戴着口罩和手套。站着看了她一阵，等她忙完了，才上前说："要是人人都像你一样用功，哪里用担心没有成果和论文？"

陈老很少白天在实验室，晚上却经常逛过来，柳箬将口罩取下来，她的神色里带着一丝疲惫，但眼睛却很明亮，带着认真和对科研的激情，说道："师弟师妹们，比我待得晚的，比我用功的，大有人在。实验室氛围好，是陈老你的功劳。"

别看柳箬一向沉默寡言，拍起马屁来也是一套一套，陈老笑得很开心："做完了吧？"

柳箬："培养上就行了。"

柳箬和陈老说话的空当，跟着柳箬的师弟已经开始做善后工作，柳箬对他道了谢，就跟着陈老一起往外走，陈老小声批评她："你当初要来我这里的时候，我就说，我不是很想招女博后。你来了，比谁都做得好，我是很欣慰的，但我当初说那话，可不是歧视女生，你也看到了，我这里女生比男生还多，女生比男生细心用功，只是，我怕耽误你们的终身大事。"

柳箬笑了起来，陈老总算把话说到了正题上，"我刚才上来，在下面看到了楚末，他在楼下等你，你怎么不让他上楼来，现在外面晚上挺冷。"

柳箬诧异："他没和我说。"

陈老："他还不是怕打搅你，你呀，也要多花点心思在男朋友身上才好。"

柳箬应着："他现在在哪里？"

陈老指了指自己的办公室，柳箬将手上的塑胶手套脱掉扔到专门的垃圾箱里去，又和陈老说了一声，跑去卫生间里洗了手，稍稍整理了一下，才去了办公室。

楚未总算等到了柳筝，心里十分高兴，柳筝又和同组的师弟交代了几句，脱掉了白大褂，穿上自己的外套，提着包和楚未走了。

到楼下，柳筝并不去开自己的车，坐了楚未的车，楚未说："现在去吃点夜宵吧？"

柳筝很欢快地应了："就等你这句话，我还没吃晚饭。食堂里饭菜太难吃了。"

楚未将车开出了研究中心，又看了她一眼，柳筝头发已经长得有点长，她在不断抚弄自己的头发，白皙的肌肤温润细腻。

楚未知道柳筝准备将头发留长，楚未猜测，柳筝是因为他而愿意长发披肩，他心里自是感动非常。

"你什么时候到的？"柳筝像是不经意地问起。

这一日天空无云，即使城市里灯火璀璨，高悬于无云晴空的月亮依然明亮。随着车的开动，月亮在天空慢慢移动，楚未将自己的围巾递给柳筝，柳筝接到手里之后，楚未就打开了车的顶棚。

冷风随即灌进来，柳筝开始并不适应，但随即，她发现楚未将车速减得很慢，沁冷的凉风扑到面上，并不觉得凛冽，反而有种清冷的温柔。

楚未："把围巾戴上吧。"

"你呢，你没关系？"柳筝问着，将围巾在颈子上围了两圈，围巾上是淡淡的香水味，低调的味道。

楚未微微笑了："嗯，我不怕冷。"

"到时候感冒了，你就知道厉害了。"柳筝虽然这样说，但也觉得这时候非常美且浪漫。她将座位往后调，将座椅背往后放了一些，用手拢着那条羊绒围巾，睁大眼睛仰望着天空中的月亮。月光皎洁，清辉湛湛，月亮上有阴影处，也有明亮处，这样看着，真让人觉得上面有嫦娥的广寒宫。

楚未侧头看了她一眼："别睡着了。"

柳筝嘀咕："才不会睡着。每次从实验室下班，都是开车匆匆回家，从没有这般看月亮。"

楚未："以后机会多着呢。"

她用围巾轻轻捂住自己的口鼻："以后不要在楼下等了，你到办公室坐着吧，或者在休息室里坐着也好。"

楚未没应，柳筝也不知他是不是听清楚了，其实柳筝并不希望他等自己，但他真去等了，她还是很高兴的。

这天后，楚未要是去接柳箬，柳箬还没有做完事情，他就会上楼去，在办公室里等她。

柳箬本来想走后门为他办张停车卡，但不知道他是从哪里自己弄到了她们研究中心里的停车卡，而且还有她所在实验楼的门卡，所以柳箬也就不用为他操心了。

他到实验室来等她，总会带些小点心或者水果，都是味道美且不常见的，实验室的师弟妹们可算有了口福，对楚未感激涕零。

楚未话少，并不和她的那些师弟妹们打成一片，不过却得到了他们一致的支持和喜欢。师妹们无不在背后赞叹他长得帅又有绅士风度，只要楚未在休息室等柳箬，往休息室里去的师妹能比平常多一倍，甚至楼上楼下的人都往他们这一楼的休息室跑，只为偷偷看楚未一眼。

也有人找楚未搭话，但楚未往往只简单地回答一两句，从不多说，所以楚未在实验楼里等了柳箬半个月，实验室里对楚未的了解，依然只知道他姓楚，和柳箬曾经是初中和高中时候的同学，其他则一无所知。

他们没有看到他的博爱精神，他从高中开始，就知道怎么玩弄女孩子们的感情了。柳箬在心里默默地想。

楚未前一日就和柳箬约好了，这日晚上，他们要去参加一个朋友的聚会。

柳箬答应了楚未，问了得知是江辞和龚云他们，她并没有抵触。

这一日柳箬就将实验安排得少些，晚上六点多就做好了。

楚未亲自来接她，上楼来等了她十几分钟，柳箬收拾好了，和他一起去等电梯下楼。

在通往电梯的走道上，正好和赵老师相遇，赵老师便和楚未说了好一阵话才放他离开。下楼坐进车里，楚未倾身帮柳箬系好安全带，就顺势在她的唇上亲了一下，柳箬微微偏开头，说："正经点吧。"

楚未笑："我很正经，你们那个赵老师，才不正经。每次看到我，就要说很多话，我都不敢上楼去等你了。"楚未虽然语带笑意，但神情却很是傲慢。他也许不喜欢赵老师，枉费赵老师那么念着他。

柳箬皱眉："不要乱说。你最近都没有事情忙吗，怎么总有时间晚上等我？"

"没有太忙的大事，小事倒是不断，不过这不影响我去等你，要是晚上我不去等你，也是被他们拉去喝酒打牌，反而没意思，还不如去看你。"

楚未说了这句话之后，柳箬盯着他看了一阵，在反复犹豫之后，问了一句很煞风景的话："这些事和这些话，你对多少人做过和说过呢？她们都是什么反应？"

"啊？"楚未很明显有些惊讶，他侧头看柳箬，柳箬也一直盯着他，目光冷静，没有一丝躲闪。

楚未不得不将车靠着路边停下了，将胳膊肘撑在方向盘上，眉头微皱，他并没有说话解释，只是盯着柳箬，但柳箬完全没有被他看得打退堂鼓，反而直视他。

楚未在和她对视了一阵后，就叹了口气，有些无奈的样子："你要我说什么好呢？"

他这样说，柳箬心里反而好受一点，要是楚未插科打诨地凑过来亲她化解尴尬，她会更难受。

柳箬叹了一声："走吧。不要往心里去。"

说完，偏了一下脑袋，看向了车窗外，神色虽平静，但眼神却很落寂。

楚未很想说些什么，数次张嘴，却又把嘴闭上了，他最后只叫了柳箬一声："柳箬……"

声音低沉而轻柔，好像只是无意的一声低喃，只有他自己知道，这一声是因为太无措而沉重，所以几乎无法发声。

柳箬没有应楚未，楚未看柳箬兴致不高，又发动车上路后，他就说："你要是累了，我们就不去参加聚会了，我送你回去休息，好不好？"

柳箬摇头："我不累。既然已经答应了要去，又怎么好说话不算话。"

楚未带着柳箬去吃了晚餐，才去了聚会的地方，这次是在江辞的一个别苑里。

地方是在靠近城郊处，虽然靠近郊区，但这里有几个很好的学校，所以这里的小区入住率不低，又开了几个大的商场，配置齐全。

江辞的这个别苑在高层住宅的深处，是两栋连在一起的别墅，都不大，掩映在树木林中，远处是一个大湖，湖水并没有被污染得太厉害，湖风吹来，颇有水的润泽气息。

"你们怎么来这么早，我还以为来早了呢，没想到你们都到了。"楚未拉着柳箬的手进了大客厅前的宽大的门厅，里面烧着地暖，很暖和。大家都穿得少，还有好几个女孩子，都穿着露肩露背露大腿的裙子。party已经开始了，音乐声里，大家在各玩各的。

柳箬对楚未的这个圈子并不太了解，因为楚未几乎从来不对她说他的事业和他身边的这些朋友。

就她的观察，江辞应该和楚未一般，在这个圈子里，地位比较超然，她不知道这是因为两人的个人魅力所致，抑或只是因为两人的家世更好一些。

大厅不小，铺着长毛地毯，柳箬站在门厅处，把鞋子脱掉，走了上去。

江辞亲自迎了过来，他打量了柳箬两眼，笑着说："楚三一直不带你来玩，这下总算来了。"

楚未把外套给女佣人挂好，又去帮柳箬脱外套，说他："我这是给你面子，你还不谢恩。"

"去！"江辞不以为然。

柳箬打量大厅，里面有十几个人，楼上似乎还有人，这次聚会，人不算少。

女多男少，女孩子们打扮得精致漂亮，反而是她，因为直接从实验室里出来就随着楚未过来了，素面朝天，又穿着很简单的宽松毛衣和紧身牛仔裤，简直跟个糙爷们似的。

柳箬心里不大高兴，心想这什么意思，楚未也不提醒她一下，让她稍微收拾一番过来也好，这样太尴尬了。

以前柳箬很少注意打扮，一向觉得干净整洁就好，但她也不想失礼，显得和别人格格不入。

她瞥了楚未一眼，楚未正将她的风衣外套递给女佣人去放好，收到她的眼风，不由倾身在她面颊上亲了一下，低声问："怎么了？"

柳箬不好说自己没有打扮就来了，显得太矬，只得说："我想去一下卫生间。"

楚未一来，看到他的人都过来打招呼，楚未只和他们稍稍寒暄，便说："等会儿再找你们说话。"牵着柳箬的手往右边去了。

走过两栋别墅之间连接用的走廊屋，就到了另一边的别墅，楚未说："楼上有一间我住过一阵的卧室，你去用卧室里的洗手间吧。"

柳箬："你经常来这里？"

楚未怕柳箬绊到了，一直注意着脚下："也不是很经常，之前有一阵，不想回自己的住处，就借住在这里。"

柳箬被楚未带进了一间很大的卧室，卧室里还保持着随时等着人住的状态。楚未将房间里的灯打开，又去开了卫生间的门，柳箬对他笑了笑，进了洗手间里去。

柳箬本来只是找个托词要进卫生间，进去后就发现了尴尬的事情。

楚未正等着柳箬，手机响了，拿起来一看，柳箬打来的。他觉得奇怪，接听着问道："隔着一道门，打电话做什么？"

柳箬迟疑了一下才说："不好意思，我来亲戚了，你可不可以去给我找一下卫生巾？"

楚未："……"

楚未虽然交过很多任女友，对女人的事情也很清楚，但也许是他的那些女友在和他交往的过程中都想在他面前保持最好的模样，还从没有谁让他给找过姨妈巾这种生活用品。

楚未作为大老爷们儿，让他去找卫生巾，显然是让他觉得尴尬的，但他觉得这是很着急的事，他不能让柳箬一直等着："你等一等，我一会儿就拿来给你。"

柳箬觉得很尴尬，不自在地说："那你快点。"

这个声音低且柔，带着鼻音，像是在撒娇。柳箬一向自立自我，骨子里又强势，这还是楚未第一次享受到她的示弱和撒娇，不由骨头都要酥掉："我马上就回来。"

柳箬挂了电话，楚未赶紧跑出了房间。

他也顾不得那么许多，去了前面的那一栋房子，这里的女生不少，但楚未却很难贸然去询问她们是否带卫生巾这种东西，不由又着急又尴尬。最后只得叫了女佣人，说他有事情找她。

这栋房子里常在的女佣人只有两个，一个四十多岁，一个二十多岁，好在这两人现在都在，楚未和她们认识，便选择了四十多岁的女人，找她说道："程姐，我想请你帮个忙。"

程姐是个很认真负责又老实淳朴的人，当即表示："楚先生有什么事，吩咐我去做就行了。"

楚未笑了两下："我女朋友身体不大舒服，你这里有……呃……卫生巾吗？她要用。"

程姐没想到是这事，很抱歉："我正好没有了。我去帮你问问其他人吧。"

楚未很是感激地朝她道了谢。他站在后面的楼梯口看向柳箬所在的那栋楼，此时只有柳箬所在的房间开着灯。灯光透过窗帘照出来，他便开始担心柳箬来姨妈会不会肚子难受。

程姐问了好几个人，都没有卫生巾，在想要回复楚未，说去超市买的时候，总算有一位姓曹的小姐带着，拿了一小包给程姐。程姐赶紧拿来给了楚未，说："这是从那位叫曹巍的小姐那里拿来的。楚先生快拿去吧。"

楚未一个大男人，一向又以高冷形象出现在人前，现在却要拿着一盒卫生巾，好在他脸皮厚，飞快地去了柳箬所在的房间，敲了卫生间的门："柳箬，东西拿来了，你还需要什么吗？"

柳箬过来将卫生间门开了一条缝，黑溜溜的眼睛出现在门缝后面，又默默地向他伸了一下手。楚未本来还觉得有点尴尬，此时只觉得柳箬这行为十分可爱，尴尬早就飞到九霄云外去了。他将那包小小的卫生巾给了柳箬，又说："要什么，就同我讲。"

柳箬没应他，将那包卫生巾接过去之后，就又把卫生间的门关上了。

楚未站在门口外面等着，一会儿，手机又响了，还是柳箬，他不得不问："怎么了，哪里不舒服？"

柳箬停了一下才说："我不会用这个，你去找卫生巾来，要是没有人有，你快开车去外面买吧。"

楚未感觉很奇怪："刚才那个难道不是吗？"

他刚才并没有仔细看，只是扫了一眼而已，但他想程姐不会拿错。

柳箬苦恼地说："这是内置式的，我不会用，你快去买非内置式的。"

楚未伸手扶了一下额头，心想居然有这种分别，他着急地往外走："你等着，我一会儿就回来。"

楚未又找到了程姐，把她叫到后面无人处，说了柳箬的要求，程姐道："去超市买，很近。"

楚未赶紧去开车，带了程姐出门。小区里就有超市，楚未坐在车里等，程姐下车进超市去买了好几种卫生巾，付账后就快步跑来上了车。

楚未一直耐心等着。回去的路上，程姐说："楚先生真是个好男人，以后谁嫁给您，是有福气的。"

若是以前，楚未从不接这种话，但这次却说："还有很多要学呢，我看她就不是个会生活的人，很多事，只能我来做了。"

程姐笑："楚先生是打算结婚了？"

楚未听她这么问，才想起自己刚才所说，有些莫名，毕竟程姐只是江辞的女佣人，他对她说那话做什么。但当时对着程姐的感叹，就是他的心里话，没有想就出口了。

他此时反而不说了，只是笑了笑。

程姐看他不应，就知道自己问了别人的隐私，只得说其他的转移话题。

走路要花十几分钟，开车只两三分钟就到了，楚未提着卫生巾再次去敲了卫生间的门，把那一大包卫生巾都递了进去，柳箬接了东西就又把门关上了。

楚未站在门外等，柳箬红着脸出了卫生间，不大好意思对上楚未的视线，低着头说："谢谢了。"

楚未好笑地伸手搂住她，在她红透了的耳朵上亲了两下："这也要道谢吗？"

柳箬这才抬起头来，她黑眸明亮，楚未低头亲了亲她的唇角，手扶着她的腰："有没有哪里不舒服？要是难受，我们先回去好了。"

柳箬将脸靠在他的肩膀上："没什么事，每个月都会有这么几天。"

楚未带着柳箬到了前楼的大厅里，江辞正和欧阳喆窝在沙发里玩游戏。江辞不是欧阳喆的对手，已经输了好几次了，他实在输得暴躁，将游戏手柄一扔，大骂着站了起来："老子不玩了。"

欧阳喆："你太弱了，我和你玩着也没意思。"

江辞抬脚去踢他，欧阳喆一边躲一边说："哎哟，你有没有点志气，赢又赢不了，输又输不起，没得救了。"

楚未看大家闹得没边，就带柳箬到小厅里，楚未开了电视，和她一起看美剧，但没过多久，就有人来把他叫走了。柳箬自己靠在沙发里抱着枕头看电视，一会儿，一个女孩子过来坐在了她的旁边，看了看她后，道："姐姐，你一个人坐这里不闷吗？怎么不出去玩？"

柳箬说："你呢，怎么不去和他们玩？"

曹巍道："来姨妈了，肚子痛，玩不过他们。"

柳箬将抱枕递给她抱着："要喝热水吗？我给你倒。"

曹巍："不用了，刚才喝太多了，一直在跑卫生间。换卫生棉条都懒得换了。"

柳箬心想这个女孩子还真是无话不谈，又从包里将那包没用的内置式卫生棉条拿出来给她："这个是你的吗？"

曹巍接过去："对啊，刚才程姐就是拿去给你哦，她几乎问遍了所有女孩子了。"

柳箬："程姐是谁？"

曹巍有些惊讶她居然不知道程姐："就是江少这里的管家嘛。不过其实只是个女佣，但江少很看重她的，上次有个客人对程姐颐指气使，江少就把人赶了出去。

你在这里要对这里的佣人客气些。"说完，又问："你是跟着楚三公子来的吗？"

柳箸因"楚三公子"四字而眼抽："对呀。你是谁的女朋友？"

曹巍是个瓜子脸，只是化着浓浓的烟熏妆，让柳箸几乎难以辨出她的五官。

曹巍要拿烟抽，问柳箸要不要抽，柳箸道："来事儿了最好不要抽烟，不然容易脾胃不和，气血不畅，痛经。"

曹巍苦着脸："我倒觉得抽烟可以缓解一下。"

柳箸："你这是饮鸩止渴。我去让厨房给你熬点红糖水吧。"

曹巍："算了，我不爱喝那玩意儿，太甜了。"

柳箸看她难受，就倒了一杯热水给她端着，她接过水就如没有骨头一般地软了身子，无所顾忌地就靠在了柳箸的身上。柳箸僵了一下后，将她手里的烟扔到了桌子上，然后由着她靠着。

曹巍闭着眼睛："你可真好。我跟着魏涟来的，他到了就把我扔到一边，不知道和哪个小妖精滚到哪间房里去了。真是的，我这么难受，他也没多问我一句。"

柳箸因她提到魏涟而愣了愣，她随即回过神来，伸手摸了摸曹巍的额头，又扯过一边的毯子让她盖着："魏涟不好好爱惜你，你还和他来这里？"

曹巍说："还行吧。"话语虽然洒脱，声音却很失落。

楚未到书房里去打电话和人将公事谈好，又回到小客厅时，发现有个女孩子正枕在柳箸的大腿上睡觉，柳箸还在轻轻为她揉肚子。楚未简直像被五雷轰顶，这两人也太亲密了吧？！

柳箸这时候已经看到他，说："你可以帮忙倒杯热水来吗？"

楚未："……"

楚未不喜欢别人和柳箸这么亲密，即使对方是个女孩子。

他倒好了茶放下茶杯时，便问柳箸："她怎么了？"

曹巍从柳箸的身上起身来坐好，精神恍惚："我没什么，你们玩吧，我上楼去找个房间睡觉。"

柳箸知道有些人痛经起来疼得要死要活，而曹巍虽然没有那么严重，但也没有太好，从她那有气无力的语气里就能感受出。

柳箸扶着她："到床上去躺着更好，你要注意保暖，要是痛得厉害，吃点药也好，或者去医院里看看。"

曹巍："这又不是病，熬过去就好了，不用吃药。"

柳箸问站在一边的楚未："你对这里熟，可以让江辞安排一间没人的卧室给曹巍睡一下吗？"

柳箸在刚才和曹巍交换了互相的身份，柳箸说她是楚未的高中同学，曹巍则说她是被魏涟带来的，但她不算是魏涟的女朋友，只是要定亲的对象。两家都希望两人能够成事，所以魏涟最近经常约她，曹巍已经随着他参加过不少次聚会了。

魏涟二十九岁，曹巍才二十三四岁，曹巍并不需要急着结婚，但她家里念叨得厉害，曹巍就不得不跟着魏涟了，要说是他女友又不像，是他未婚妻也不是，身份很尴尬。

魏涟脑子里缺根弦，把曹巍当妹妹一般地带着，让她跟着自己，但他自己却玩自己的，在曹巍面前和别的女人调情也是常事，这一日便是带着曹巍来了江辞家，随即，他人就不见了，让曹巍自给自足。

其他的女孩子们都是走性感路线，曹巍一人走洛丽塔风，一看就不是一个圈子。曹巍和她们一下子就泾渭分明，难以搭话，好在曹巍看到柳箸穿着很随性，想来是个好接触的人，她才上前来搭话。

而柳箸和她多说一阵后，就发现这个姑娘是个没有什么警惕性的马大哈，什么话都说，百无禁忌。

曹巍认识楚未，但楚未却不认识曹巍，也许之前魏涟带着曹巍对他介绍过，但他没有上心，所以对她完全没有印象。此时听柳箸叫她"曹巍"，他才想起来之前程姐说拿给柳箸的卫生棉就是从她那里拿的，所以他猜测曹巍估计是来姨妈肚子痛。

楚未虽然颇具绅士风度地说带曹巍去后楼里的客房睡觉，但心里却想，这个曹巍是谁带来的，为什么她男人不管她，要柳箸在她身边照顾她，柳箸自己本来就来姨妈了不舒服。

总算将曹巍安顿在了一间客房里，柳箸让她躺着，又为她拉上被子为她盖好："先躺会儿吧，我去给你熬点红糖姜汤来，你即使不喜欢喝，也多少喝点。"

曹巍小声说："谢谢你了。"

柳箸："这有什么好谢的，你先躺着吧，要我关灯吗？"

曹巍摇头："不关灯，我不喜欢太黑。"

"好吧，那我先出去了，一会儿就来。"柳箸说着，就站起了身，往房门外走的时候，还回头看了她几次。

楚未是个大男人，不好进女孩子睡觉的卧房，站在门外等柳箸，柳箸出来后，他问："你没事吗？"

柳箸拉上了房门："我没事，我去给她准备点红糖姜汤。你知道厨房在哪里吗？他家厨房可以随意用吗？"

楚未搂着她的肩膀："我让厨房为她煮就好了，你就不要去忙了。"

柳箸："我反正也没事做，还不如去厨房。"

楚未："怎么会没事做，休息也好。"

楚未自己曾到厨房煮过咖啡，所以对江辞家的厨房还颇熟悉，有两个厨娘在按照客人的吩咐做些吃的。楚未是这里的常客，厨娘也认识他，而且对他很热情，看他到厨房，其中一人就笑问："楚先生是要咖啡吗？"

楚未笑着说："不是。"

柳箸在他的身后现身："这里有生姜和红糖吗，我想煮点红糖姜汤。"

楚未很客气地对厨娘说："麻烦你们了，有没有？"

一个厨娘说："生姜倒是有，但是没有红糖，江少不吃红糖。"

柳箸只得再问："那有可可粉吗？"

另一个厨娘便说："可可粉是有的。"

于是柳箸去煮了两杯热可可，自己喝了一杯，把另一杯端去给曹巍。

楚未帮她端杯子，不无吃醋地说："你对一个陌生女人也比对我好。"

柳箸："你要我怎么对你好，我没发现你有需要我帮助的地方。"

楚未笑着说："来，你亲我一下嘛。"

柳箸好笑地将脸转开了，绝不应他。

她知道他惯会得寸进尺，所以以不变应万变才是可行之道。

柳箸将可可端进房间给躺在床上的曹巍，楚未便站在门外等，颇有耐心。

曹巍喝着热可可："这个不错，比红糖姜汤好，我不喜欢红糖的那种甜味，也受不了姜的辣。"

柳箸："可可里有可可碱，可可碱可以让血管扩张，缓解痛经。你喝了正好可以好好睡一觉。"

曹巍"哦"了一声，喝完后把杯子还给柳箸，便又躺下睡了。

柳箸想留在曹巍的房里照顾她，却被楚未叫走了，楚未说："她既然好多了，又睡下了，你留着做什么？"

楚未本来要带着柳箸回去，但柳箸还是有点担心曹巍晚上会需要人照顾。而这个屋子里的人，不是在自顾自玩，根本不会照顾人的客人，就是要照顾太多人，根本不会把精神放到曹巍身上去的女佣，所以柳箸才比较担心曹巍。她有时候也会肚子痛，所以深知那个滋味非常难熬。

楚未只好让柳箸在江辞家里睡下了，但不愿意柳箸去曹巍所在的房间睡，让她睡了曹巍旁边的卧室，而楚未则住了另外一间。

他这阵子虽然几乎每天都如上班一般地去见柳箸，两人的感情发展十分稳固，但柳箸却拒绝他的进一步接近，同床共枕这种事，对楚未来说，还是一个梦想而已。

柳箸穿着楚未的睡衣，很宽大，但柔软舒适，她裹在被子里，因为很倦了，便很快就睡了过去。

楚未让柳箸睡后，又被江辞派人来叫去喝酒，楚未去了后，讨伐江辞："这都什么时间了，我要睡了。"

江辞很惊讶："一点钟都不到，睡什么睡？让你把柳箸带来，你带来了，就两人自己玩，根本不介绍给大家，也太过分了吧。"

楚未没好气地说他："到底谁过分。她本来就不喜欢这种热闹，你们还故意这样。"

江辞："我完全是因为你要带女伴来，才让大家带了女朋友来玩，你反而不识好人心。"

魏涟打着呵欠从楼上下来，四处没看到曹巍，问："曹巍走了吗？你们谁见到她了？"

楚未吃惊："她是你带来的吗？她整晚都肚子痛，你怎么不管管她？有你这样儿做人的？"

魏涟看到楚未，笑道："三哥，你在呀。你看到曹巍了？她肚子痛吗？叫个医生来给她看看吧。"

楚未拿没心没肺的魏涟没办法，也不想管他的事，便说："她已经睡下了。你什么时候来的？我怎么不知道你在。"

魏涟笑："我刚才在楼上。"

楚未微微皱了眉，之后也没有心思和他们玩了，就回了卧室睡觉去了。

楚未虽然不愿意猜测柳箸对曹巍那么照顾是不是因为曹巍和魏涟熟，但他却很难不去想其中的关系。

清晨，不远处的小湖上雾气缭绕，薄雾从湖上一直蔓延到房屋周围，从楼上看出去，像是乳白色的毯子铺在地上和湖上，如云层烘托房屋，让人有身处仙境之感。

江辞的这个住处，清晨时是一日最安静的时候，昨夜热闹非凡的前楼，也安静了下来，想来所有人都睡了。

柳箬穿着睡衣，站在窗口发了一阵呆，才去了洗浴室里洗澡洗漱，又回自己的房间换好衣服。

柳箬看看时间，早上七点四十，又去曹巍的房间找她，本来只是关着的卧室门已经反锁了，柳箬想可能曹巍晚上起来过，反锁了门，也不知道她经过一夜好些没有。

柳箬给她发了短信，就去敲楚未卧室的门，楚未很快来开门了。他一向不会起太早，这时候还在睡，开门时，惺忪着睡眼，头发些许凌乱，裹着一件深蓝色的睡袍，比平时看起来小了好几岁，柳箬第一次见他这样，愣了一下，说：“我要回去了，上午还有事情。你再睡吧，不用送我，我出去打个车就好了。”

楚未本来精神迷糊，听了柳箬这话，也就醒了，他拉住柳箬的手：“你要走出小区去打车，要走半小时，你等我，我洗漱一下就和你一起走，我们出去吃早饭。江辞这里的厨娘做早餐一般。”

柳箬不想他太麻烦，但已经被楚未拉了进去，她只得坐在沙发上等。

楚未飞快进了浴室里去，浴室里响起哗啦啦的水声，浴室门是磨砂玻璃，可以隐约看到里面的情况。柳箬模糊地看到楚未身高腿长的身体，不由感到些许不自在，赶紧将脸转开，拿了床头柜上放的书来翻看。这是带着翻译的《史记》，柳箬没想到楚未会把这种书当睡前读物，不由有种自己其实不是那么了解楚未的感觉。

楚未洗好澡，两人出门上车。

这一带人很少，从小区里出来，空气清新，柳箬开窗吹风，楚未又把窗户关上了：“你不要受冷了。”

“我没事。”柳箬低声说。

楚未欲言又止地想问柳箬生父的事，但车开了半小时，他也只是在顾左右而言他，没有将这个话题引入正题。

他已查出当年柳箬的父亲是畏罪跳楼自杀而死，但是，当年的畏罪跳楼自杀，不一定为实。柳箬定然也是觉得不实，又看到了她父亲当年的上司魏瞻平，所以才突然对此事产生了兴趣。

不管楚未心中怎么想，但他很难对柳箬说出这件事。

他有人脉，又有就近的路子，却查不出当年事情的真相，何况是柳箬。

不过正是没有真相，反而让人想入非非。

楚未想让柳箬不要去在意当年的事了，但他没这个立场。他这样说，势必会暴露自己知道了柳箬所想，且知道柳箬父亲和当年建华集团的事。

怎样才能打消柳箬想查当年的事的想法，楚未现在还没有很好的办法。

楚未带着柳箬去了一家港式早茶店吃早茶，这一家的螺片滑鸡粥十分味美，楚未说："你吃这个比较好。"

柳箬和他从初中开始做了六年同学，知道他是个大少爷，读高中时都不知道应该擦课桌，何曾想过，他现在这么会照顾人。

早饭后，楚未把柳箬送回家才离开，柳箬回家一趟后又去了实验室。

中午，楚未的司机鲁先生给柳箬送了保温盒来，里面是热腾腾的粥和小菜，看得实验室一干师弟妹们羡慕不已。

下午，曹巍给柳箬打了电话，向她道谢并约以后一起玩。

楚未让魏涟不要让曹巍和柳箬多接触，但魏涟完全没将这件事往心上放。

楚未有事要出差，离开前来柳箬所在的研究中心见她。

研究中心A栋大楼前的两株银杏树被风吹光了金黄的叶子，只剩下光溜溜的枝干，楚未站在树下："我有急事，要离开一周左右，你有什么事，就电话同我讲。"

楼里有中央空调，温度较高，柳箬只穿了薄毛衣，外面套着白大褂，站在楼外便比较冷了，她说："嗯，你去忙吧，电话联系。"

楚未要将自己的大衣脱下来给她披着，柳箬按住他的手："好啦，我进去了，你也赶紧走吧，一路顺风。"

楚未目光灼灼地看着她，希望有个告别拥抱，柳箬知道他的意思，但当没看到，飞快地跑了。

楚未无可奈何，只得回了车里，让司机开车离开。

其实楚未不必亲自前来和柳箬告别，他给柳箬打个电话就行了，但他亲自来了，只是想见柳箬一面。

柳箬不是铁石心肠，哪里会不明白，只是，要在大庭广众之下和楚未表现亲昵，她实在做不到。再说，还不知道有多少个师弟师妹站在楼上窗后看。

周六，曹巍请柳箬去一家室内恒温游泳馆里游泳。柳箬很少在冬天游泳，从家里翻出游泳衣来，开车去了和曹巍约好的游泳馆。

到了地方才知道这里是会员制，不招待散客。好在曹巍在门口等柳箬，带着她进去了。

曹巍这一日不是那日特立独行的装扮，而是穿着连衣裙和大衣，头发扎了起来，没有化妆，在柳箸的眼里，是个清新可爱的小朋友。

两人先在游泳馆附带的西餐厅里吃了午饭，就去换泳衣，曹巍穿着繁复花边的比基尼，柳箸穿着连体式的蓝色泳衣。两人在更衣室外相见，曹巍就傻眼了："你这样真是没有情趣呀。姐姐，你在这里等着，我去给你买一身漂亮点的。"

柳箸套上外套，无奈道："我是来活动活动筋骨的，这样才好。"

曹巍却坚持："这样不行，我们会被嘲笑的。你穿这样的泳衣，只适合去给小孩子教学。"

柳箸："……"

柳箸走出去一看，发现这宽大的泳池里人不多，但女孩子们无不是穿着漂亮的比基尼，若是她穿连体泳衣，估计真会被侧目，只得披着外套和曹巍一起去买一套比基尼。

等再次穿好了，柳箸从更衣间里出来，无奈地和站在门口等她的曹巍说："我以前只在学校游泳馆和家里旁边的游泳馆里游泳过，还从没有在意过泳衣。"

柳箸换了一身白色的比基尼，她皮肤白，身材好，穿好之后，在更衣室里的女孩子们大多会多看她几眼，曹巍说："你身材这么好，就该这样穿吧。"

柳箸披上一件纱衣："穿成这样，总被人盯着，还怎么游泳？"

曹巍笑起来："本来也不是来游泳的，是来玩的啊，你看谁在这里比赛自由泳、蛙泳、蝶泳吗？大家只是来玩水的嘛。"

柳箸："……"

才刚在水边坐下，就有人来找两人搭讪，曹巍笑着和人说话，又答应前来搭讪的男人一起去玩水球，对方目光则在柳箸身上："小姐不一起吗？"

柳箸笑道："不用了，谢谢。"

对方有些讪讪地："曹小姐就要一起玩，你也一起来吧。"

柳箸露出冷淡之色："不用了。"

随即，就从岸上跳下了水，溅起一团水花，她人也沉了下去，但马上在三四米外浮了起来，朝远处游了过去。

于是曹巍也不理那个男人了："不好意思，我也不去玩了。"便也下了水，游着去追柳箸。

柳箬小的时候就很喜欢水，她父亲游泳也很厉害，他在的时候，经常带她到游泳馆游泳。那时候游泳馆还非常稀有，人不多，柳箬是在父亲的教导下学会的游泳。然后每年夏天在家的日子，几乎每日都会去游，那时候游泳运动量大，吃多少都不长胖。但她父亲过世后，她就不如以前那般频繁地进游泳馆了。

柳箬游得又快又好，像一条美人鱼，在水中十分自由。

曹巍游到对岸去，柳箬便游了一个来回了，看到她在等自己，便问："你没有去和他们玩吗？我在这里看着，他们不能欺负你。"

曹巍笑："也没什么好玩。"指了指另一边，几个女孩子娇笑着和来请她们的那几个男人在一起，"他们并不缺人。"

柳箬："那你等着我，我再游几圈。"

柳箬游了两千米，意犹未尽，和曹巍坐在岸上说话。柳箬说起曹巍和魏涟的事："你要是对他有感觉，又想要结婚的话，还是管管他吧。难道总看着他在你面前和别人卿卿我我？"

曹巍叹了口气："但他那个样子，我怎么叫他改？"

魏涟实在不是个好的结婚对象，但曹巍却对魏涟随叫随到的邀请每每应诺，总是跟着去，可见她的心思也够矛盾。

柳箬："你可以问问他，我看他虽然吊儿郎当不干正事，人却是直率的，你直接问他还更好些。"

柳箬这话一出，曹巍没有注意到她话里的建议，反而为魏涟反驳道："他没有太吊儿郎当，也不是不干正事，他和江少他们投资的网络文化公司，引进的游戏挺成功的。"

柳箬看她泥足深陷了，只得说："是我看法太片面了。"

柳箬问起魏涟的家世，曹巍对她居然不知道而感到惊讶，大约在曹巍心里，合该人人知道魏涟的事。于是把魏涟的家世和身世漏了个底朝天。

曹巍端着果汁，一边喝着，一边滔滔不绝，从她的描述里，魏涟是个既可怜又知道孝顺的人。

魏涟在十岁左右就没了父亲，由他的母亲一手养大，魏涟的母亲姓钱，是曹巍的远房表姨，这也正是曹巍会和魏涟在一起的原因。

魏涟在法国上了高中和大学，在大学毕业后，他实在不愿意在国外待了，就回国了。

不过他在国外的学习，除了让他会了一口半生不熟的英语和法语外，学到的就是毫不矜持地随便勾搭美女，而且挥霍无度。

他虽然缺点多多，但是对他的妈妈钱谦桦十分孝顺。以前他还在国外时，几乎每天给他妈妈打电话，还寄过各种用品给她，嘘寒问暖，这些都是钱妈妈说出来的，因此曹巍对魏涟挺有好感。他除了对他妈妈很好外，对曹巍其实也不错，曹巍说她用的包就是魏涟去法国时买给她的，还给她带过化妆品，她穿成朋克萝莉造型，家里人看到都骂她不务正业，只有魏涟觉得无所谓，还觉得很漂亮，并且有一次还陪她参加cosplay。

在曹巍的嘴里，魏涟虽然有些缺点，但优点却比缺点多。

这都是因为爱他，才会这样认为了。至少柳箸认为，魏涟的优点完全无法掩盖他的缺点，孝敬父母爱护弟妹这是人最基本的品行，他做到是应该的，但那些缺点，实在不能因此被包庇。

柳箸："我没想到他居然是单亲家庭，他妈妈一定非常能干吧，不然怎么能够支撑他出国去读书，而且他实在太能挥霍了。"

曹巍不以为然："表姨她没有工作，不过她有一些门面和投资，靠这些日子也能过得不错。只是魏涟以前的花用，我听家里人说，不是表姨给的，是他义父在供。"

柳箸好奇地问："义父？"

曹巍声音小了一些："你别说出去了，有人说他的义父，就是他的亲生父亲。"

曹巍觉得柳箸只是一个普通人，和她说这些也无妨，而且她家世简单，实在不知道在外需要口舌谨慎，少说话为妙。

柳箸一副迷惑的神色："他的父亲不是死了吗？"

曹巍："我也不太清楚。但据说当时只是不见了而已，没有说是死了。我家里的人，不是很清楚这个事情。"

柳箸"哦"了一声："他既然那么孝顺他妈妈，你完全可以从他妈妈那里入手，也许他以后就可以改好一些。"

曹巍："表姨很喜欢我，我每次去她家，她都对我很好。"

柳箸看她情陷在魏涟身上，但又没有去改变的决心，只得沉默不言了。

她又下水去游泳，曹巍只是坐在岸上看她，有好几个男人过去找曹巍搭讪，但曹巍没有离开原地，柳箸上岸后，曹巍指了指一边桌子上的水果和鸡尾酒，说："这是那边的人送的。"

柳箸："只能辜负他们的好意了，我觉得无功不受禄。"

　　曹巍一边吃水果一边笑着说："其实我听说楚三少不是很在意这些的，他以前有个女朋友，趁着他忙的时候和别人勾搭在一起，他都没有生气，只是和平分手了，你只是接受别的男人的示好，又有什么？不要这么死板嘛，该玩的时候就要好好玩。"

　　柳箬笑笑，刚上岸来，刚才送酒和水果的男人就过来找她说话，柳箬无心搭理，对方就要拉她一起去玩，柳箬有些生气地把他推开了，沉着脸说："我说了不想去玩。"

　　对方这般被拒绝，觉得面子上抹不开："你什么意思，不给哥哥面子？"

　　柳箬："你想怎么样！"

　　曹巍赶紧起来打圆场："不要闹得这样不开心，大家来玩，不就是图开心的？"又对那个男人挑眉："我男朋友要过来了。"

　　对方几乎要恼羞成怒，这时候，曹巍的手机就响了，她接起电话来："涟哥？我在呢，我和朋友在游泳馆里，你进来嘛。"

　　又对那个男人说："有点绅士风度好不好，我姐姐有男朋友，不想和你们玩，何必强求？"

　　对方却并不离开，反而对柳箬说："你男朋友是谁？"

　　柳箬："……"

第四章

纠缠

　　魏涟带着两个穿着便装的高大健壮的男人走进来，看到曹巍和柳箬，他就快步走了过来，对那个非要和柳箬搭讪的男人说："喂，你有什么事？"

　　那个男人大约觉得魏涟不好惹，且魏涟带着的两个人，一看就像是保镖，武力值很高，他就只得走了。

　　曹巍上前挽住了魏涟的胳膊："涟哥，幸好你在这里，刚才那个人，非要让我和柳箬姐姐和他们一起玩。"

　　曹巍的声音一下子就娇了起来，和之前说话时判若两人，她柔软的胸部贴着魏涟的胳膊，柳箬非礼勿视，将身上的纱衣又拢了拢，把自己裹住，对魏涟说道："谢谢你了。"

　　魏涟："不算什么，我本来就在这里面，刚才在上面打球，你们要不要上去玩？"

　　曹巍："你不陪我们游会儿泳吗？我还没怎么游。"

　　魏涟显然有些敷衍她："去打球吧，这里人多，没意思。"

　　此时已经是大下午，人的确越来越多，曹巍只得和柳箬一起去洗澡换了衣服，柳箬先换完，出了更衣室，看到魏涟站在外面等，跟着魏涟的那两个保镖，其中一个，柳箬曾经见过。上一次和楚未吃饭遇到高士程的时候，这个保镖当时在外面候着高士程，还为他开过车门。

　　魏涟对着柳箬笑，他年纪轻轻每日里沉迷酒色，大多数时候又过日夜颠倒的生活，高高瘦瘦，脸上皮肤却给人有些松弛的感觉，还有黑眼圈。他本来应该是相貌堂堂的，但相由心生，整个人带上了醉生梦死的颓废和色气，柳箸觉得他这样，相貌上已经落了下乘。

魏涟想勾搭柳箸，但是不敢。他笑哈哈地说："三哥出差办事去了？"

柳箸："嗯。"

魏涟道："三哥看你很紧，他走前还勒令我不要见你，还让我管着小巍，也让她不要和你有来往。"

魏涟大脑简单，不明白楚未的良苦用心，还以为楚未有那些交代，是因为吃醋，怕自己会勾搭上柳箸。

柳箸听到后，却不像魏涟想得简单，她意识到，楚未也许知道了她的用心，但他不希望自己接触魏涟，以了解真相。

有了这个猜测，柳箸就生出了一股郁气，她想问一问楚未到底知道些什么，为什么要阻止自己？

"啊？"柳箸假装有些惊讶，"他凭什么阻止我交友？真是过分。"

柳箸的控诉让魏涟笑起来："楼上比泳池里好玩，还有真冰场，你要不要去滑冰？"

柳箸道："我不大会。"

"我可以教你。"魏涟很热情。

曹巍这时候出来了，她花费时间较长，在里面化好了妆才出来。

她挽上魏涟的胳膊："你们在说什么？"

柳箸："楼上有真冰场，我们可以去滑冰。"

柳箸以前没有来过这里，跟着魏涟曹巍上楼，从他们的嘴里，才知道这里不仅有泳池、真冰场，还有室内网球场、保龄球馆、台球馆，甚至还有SPA和咖啡厅、酒吧等，只是一切设施价格都比较昂贵，有些地方甚至只招待会员。

不出柳箸所料，高士程也在。

他正在网球馆旁的咖啡座里坐着，有个穿着网球短裙裤的长腿美女陪着他。魏涟带着曹巍和柳箸去见他，曹巍对高士程很热情地问好："高叔叔，您好。"

柳箸也说："高先生，又见面了。"

魏涟略惊讶地道："柳箸，你认识我义父吗？"

柳箸："上次一起用过餐。"

高士程也记得柳箸："对，上次你跟着楚未。"

高士程又说："楚未没在吗？"

魏涟说："三哥他去K城了吧，有事。"

"哦。"高士程应着，笑着让他们好好玩。

曹巍要魏涟陪着滑冰，柳箸就没过去，而是坐在网球馆旁的咖啡馆里喝咖啡，高士程让人来邀请她去打球，她就欣然而往了。

柳箸是运动细胞很好的人，虽然平常很少打网球，此时拿上了网球拍，便也打得很好。

她长得漂亮，只穿着紧身上衣和牛仔裤，显得腰细臀翘腿长。因为运动，面颊泛红，黑眸如水，温润含笑，又飒爽英姿，这样的女人，无论如何都是讨人喜欢的。

高士程受不住美色的诱惑，和柳箸打了一场球后，他就对柳箸放松了警惕。之前陪他打球的那个美女不知去哪里了，休息时，柳箸坐在了他旁边的沙发上。

柳箸喝着水，又用毛巾轻轻抹了一下颈子上的汗水，她的脖颈白皙而修长，开口较低的上衣，甚至微微露了乳沟，精致白皙的锁骨也露着，但她似乎完全没有意识到自己是勾人的，静静盯着杯子里的水，眼尾微红而上翘，眉目如画，好似含羞，但又大方端庄。

高士程："你网球打得很好。"

高士程是个成功的商人，有钱有势，即使他谨慎低调，但总有很多女人知道他的身份地位和财势，即使他已经年过六旬了，巴结他勾引他上赶着讨好他的年轻女人不知多少，但比起很放得开手脚享受美人投怀送抱的儿子魏涟，他是谨慎而不动声色的。

这一句简单的赞叹，他的语气诚恳，只像长辈的夸奖。

他的目光在柳箸身上没有转开过，柳箸怎会不知道？

她放下手里的杯子："都是高叔叔您让着我，每次都把球打到我容易接到的位置，不是我打得好，是高叔叔您打得好。"

柳箸的脸上带着笑容，眼神真诚又带着崇拜的感激，高士程说："我也好久没有打得这么畅快了。不过你没有带运动衫来，出了一身汗，到时候会不会冷感冒？"

一个男人的这种关心，已经有些过了，不过作为长辈，这又无可厚非，柳箸笑："没事，我一会儿去洗个澡就好了。我平常都在实验室里，每周最多去打半天羽毛球，很久没有像这样运动了，浑身畅快。"

高士程对柳箸的职业有些感兴趣，问："实验室？小柳，你是做什么工作的？"

柳箬："我在S大的生物治疗研究中心里做博后，还没有出站。"

高士程倒真有些惊讶了，他没想到柳箬是高知人群，不由说："看来我也有眼拙的时候，我之前倒真没看出来。女孩子做博后，很不容易啊。"

柳箬："不过是个实验员罢了，算不上有什么成就，反而是高叔叔事业有成，让人敬佩。"

两人说了一阵，又去打了一会儿球，直到晚饭时间，高士程没有理儿子和曹巍，带着洗过澡收拾了一番的柳箬去用了晚饭，两人谈了一个下午，就像成了忘年交，之后高士程亲自送了柳箬回家，柳箬没有拒绝。

车里，柳箬和高士程坐在后座上，两人聊得很开心，颇有相见恨晚的感觉。

柳箬正言笑晏晏，手机就响了，高士程很绅士地请她接电话，而他将脸转到一边去，并不打搅她。

柳箬看是楚未打来的，顿了一下后才接听起来："喂。"

楚未听她语气有点冷淡，不由说："怎么了，一点也不热情。难道没想我？"

柳箬的手机外放声音有点大，柳箬担心高士程听到了，就侧头看了高士程一眼，正好高士程也看过来，两人不由对视上了，柳箬面颊微红，赶紧将脸转过去对着车窗："我在车上，回去了再说吧。"

"好吧。"楚未不满意，也不得不应了，但他马上反应过来，问，"你在谁的车上？"

要是柳箬自己开车，她可以使用车的外放功能接电话，并不影响接电话，要是她不方便，便是和他人同处一辆车吧。

虽然楚未没有非要知道柳箬行踪的癖好，但还是很不放心柳箬和其他人在一起。

柳箬小声说："今天遇到了高叔叔，和他打了一阵球，他便送我回去。"

"高？"楚未一时并没有想到高士程身上去，因为他觉得高士程一向非常谨慎，几乎只和他信任的人一起娱乐，对主动找他接近的人，他都会怀上警惕之心，所以他认为，柳箬想接近他，定然不容易。

他哪里会想到，柳箬这么简单就和高士程勾搭上了。

柳箬很大方地说："就是魏涟的义父，上次你带我吃饭，遇到过的。"

楚未本来坐在宾馆里的沙发上，从高楼之上对着落地窗看外面的万家霓虹，正是放松的时候，却突然被柳箬这一句话惊住了。

他沉默了好一会儿，才说："那替我向高叔叔问一声好。"

柳箬："好啊。今天和高叔叔一起打网球，很痛快，我太久没有这样运动了，不知道明天会不会全身酸痛。"

楚未："回去好好泡个澡。"

两人挂了电话之后，高士程就说："是楚未吗？"

柳箬："对。他让我代他向你问好。"

高士程笑道："他一向周到。只比魏涟大了一岁不到，却要比他成才多了。"

他这话不只是客气，因为说到最后，他的语气里的确有些怅然，大约是他明白，魏涟就是一滩扶不上墙的烂泥，但又是他的儿子，他实在拿他没办法。

柳箬："魏涟为人真诚，又很孝顺，现在只不过是贪玩一点，等再过两年，定然就收心了，以后肯定会很好。"

高士程："要说孝顺，他的确是很孝顺的。就是贪玩，不过现在贪玩一点也没有什么，慢慢地，他就懂事了。"

高士程这样安慰自己。

楚未在上大学的时候，就开始做风险投资，当时积累了不少经验，认识了不少朋友，之后回国，又有家里的关系，自然就把投资做得顺风顺水。

柳箬和高士程打球，又被高士程送回家，楚未知道，这其中一定有柳箬故意接近高士程的原因在，但高士程居然毫不犹豫地上手，也实在让楚未恼怒。

而且柳箬是什么意思，她故意将这件事告诉他，是想说明什么？

之后柳箬不再说话，沉默地偏着头望着车窗外面。

车窗外的街市灯光明明暗暗，从柳箬安静的面庞上闪过，映着她细腻的肌肤，眼神的些许迷茫里，又带着惹人怜惜的脆弱。

高士程没打搅她，只是不断看她，到了柳箬所住的小区外面，车停下来。前面的司机是高士程的老司机了，他知道要怎么做。

他低声说了一句："先生，到地方了。"

他下了车，仿佛要去为柳箬打开车门，但又没有去。

车里只剩下了柳箬和高士程，氛围一下就颇为暧昧，柳箬转过头来对高士程笑了笑："高叔叔，谢谢您了。"

高士程伸出手，在她的手上轻轻拍抚了一下，不能算成是性骚扰，但是其中带着的暧昧不言自明。柳箬强忍着心中的恶心让他摸了，目光盈盈地望着他："那我走了，不知以后还能不能约您打球？"

高士程笑着道："求之不得，你今天也累了，回去好好休息。"

柳箬开了车门，对他笑了一下就下了车，轻轻关上了车门，离开时，又回头看了车几眼，这才走进小区大门。

高士程撑着下巴看着柳箬的身影走远，笑了笑，他的司机又上了车，问他："先生，您要去哪儿？"

高士程说："去红莲小区。"

这里是高士程一个情妇的住处，不过高士程已经有些时日没有去了，司机没想到他突然想到去那里，没有迟疑，已经发动车驶了出去。

高士程的这一处金屋藏娇之所，是一处不新不旧的公寓，小区有十年的历史，不过绿化这些非常不错，小桥流水，可见当年是新小区时，颇吸引人。

高士程的这个情妇姓任，已有三十二岁，她从二十二岁跟着高士程，有十年的历史，是高士程的情妇里历时最久者。自从大学毕业跟着高士程，她就没有工作过，生活圈子十分狭窄，最近因失宠，精神甚至稍许不正常，有时候会对高士程歇斯底里，所以高士程越发不喜欢到这里来。

高士程进屋时，任惜正一边抱着哈士奇一边看电视，她没想到高士程会不提前说一声就来，便也没有收拾自己。

虽然没有收拾打扮，但她依然是漂亮的。

她身上穿着紫红色睡裙，头发披散着，脸上没有化妆，但一双媚眼又大又有风情。

高士程在门口换了鞋子，走进客厅里来，他看了电视一眼："不要抱着狗，太脏。"

任惜心想奇奇比你干净，站起身来，过去接高士程的外套，柔声说："怎么没有打一声招呼就来了，我都没有一点准备。"

高士程拍了她的翘臀一巴掌："你要准备什么，难道这里藏着小白脸？"

任惜无可奈何地瞥着他："我的最好的时间都给你了，现在让我找小白脸，我还找得到吗？"

高士程笑了起来，似乎挺满意任惜这个回答。

任惜去洗了澡，换了一条超短薄纱睡裙，只堪堪兜住胸部和遮住屁股，问高士程要不要吃东西喝酒，高士程说不要，拽着她就上了床。

高士程年轻时仗着身体好，挥霍无度，虽然他四十岁之后就知道要养身，但他现在已经六十多岁，即使头发依然浓密，而且染得乌黑，甚至脸上皱纹都不多，还热爱运动健身，但在床上，哪里能真如年轻人一样。但他这次却颇有精神，任惜也很配合，房间里一片淫声浪语。不过来了一次之后，高士程就不行了，倒在任惜身上喘了一会儿气。任惜本来已经想起身去洗澡了，因为高士程能够这么全程高能地来一次，已经是很不容易了，不会有第二次。

但高士程却对她马上就要去洗澡这事很生气，把她死死按在床上，又咬又掐又打，任惜即使受惯了这种事，也有些受不了，只得不断求饶。

高士程不得不吃了一颗药，不管她的求饶，只是不断咬她，之后又来了一次，过程中完全不像第一次那样顺利，于是他就只得不断狠掐身下人，任惜受不了，开始大哭："这种时候就来找我，你怎么不去找你那些小妖精，你要把我弄死吗？"

高士程总算泄了出来，他缓了好一阵才回过气来，又揉着任惜的身子："我这不是爱惜你吗？"

任惜心想爱惜个屁，既然爱惜，怎么不和她结婚？

任惜现在已经认清现实，高士程不会和她结婚。当初，高士程的老婆在国外莫名其妙因喝醉淹死在浴缸里时，她欢喜过，并暗示过高士程很多次，希望高士程能够娶她，但高士程从没接过招，而且让她不要乱想。

任惜除了和男人上床，没有其他生存技能，只能靠着男人养，又怕去勾搭其他人，被高士程处置，只得安于现状。

高士程在和任惜颠鸾倒凤时，他的司机卢友才则在楼下抽烟，抽着抽着，车里响起了手机铃声。他赶紧去将车门打开，发现后座靠近车门处的车坐垫上有一只黑色外壳的手机正在闪烁着光芒，响着铃声。

老卢一看，就明白这是之前坐过这辆车的那位柳箸的手机。

手机上没有显示来电人，只是显示着电话号码，老卢心想这个号码，应该没有被那个柳箸存下来，他想接吗，还是不接。

老卢跟着高士程有好几年了，见过不少女人的手段，有人落下耳环，有人落下项链，甚至还有人落下内衣在这个车里，总之，这些都是之后再和他的老板高士程相见的方法，但还是第一次，有人落下手机。

老卢把电话接听了起来，正是柳箸打来的，声音很着急："喂，您好。"

老卢："你好，我是高先生的司机，你手机掉在车里了。"

他感觉到柳箸松了口气，柳箸："真是太好了，应该是我包没有拉上，手机滑出去掉到车上了，幸好是掉在车上，没有弄丢。您在哪里，我现在方便过去找你拿手机吗？"

高士程下车时没有让老卢走，说明他很可能上去一阵就会下来，所以老卢实在不好离开，怕高士程会用车："你来吧，我在红莲小区，你找得到这个地方吗？"

柳箬："我打车过去。"

柳箬去了红莲小区，两地不远，大晚上并不堵车，二十分钟左右，她就到了。

找到司机老卢，她很感动地朝他致谢："谢谢你了，要是手机丢了，那就麻烦了。"

老卢四五十岁了，开车开得非常好，为人沉默寡言，人品不错，所以得高士程的信任，他说："以后要注意些。"

柳箬又道了谢，就着路灯看了看小区里面的环境："师傅您住这里？这里环境真不错，位置也便利。"

老卢很少说他老板的事，但他觉得自己有必要提醒柳箬不要误入歧途，年轻姑娘跟着高士程是没有前途的："我哪里住得起这里的房子，这里都是大户型，房价也不低呢。这是高先生的一个情妇的住处，喏，就是那边十二楼。"

老卢指了一下，柳箬低头笑了笑："高叔叔没有妻子吗？他经常住在这里？"

老卢道："先生他的爱人前几年就过世了，听说是喝醉了去洗澡，在浴缸里淹死了。之后他没有再娶，大约是觉得这些年轻姑娘都是图他的钱。他也不是经常来这里，这里这个任小姐，已经不大得他喜欢了，应该是年纪有些大了吧。"

柳箬："高叔叔有财有势，受女人喜欢也没办法。"

柳箬留下了老卢的电话，说有时间一定要请他吃饭感谢他。老卢是个单身汉，是高士程的三个司机之一，做的最多的事就是接高士程的情妇，并受她们差遣。

高士程喜欢年轻姑娘，这些小女孩自恃美貌，年少气盛，一向不把他这个做司机的看在眼里，大多数时候颐指气使，而老卢眼见着高士程身边的小姑娘换了一个又一个，只有他这个做司机的反而岿然不动，现在遇到柳箬这般亲切而体贴的人，他有些惊讶，虽然没有答应一定赴约柳箬的饭局，但也没有拒绝。

柳箬要离开时，又和老卢说："卢大哥，这大冬天，外面多冷啊，你何必在这里站着等，抽烟也不能保暖，我看到小区外面就有一家二十四小时肯德基，你进去坐会儿也没什么。高叔叔打电话找你，你再进去，也不费什么工夫。再说，只有你休息好了，才能保证行车安全。"

老卢心想这真是个细心又好心的小姑娘："嗯，好。"

柳箬回到家，她给楚未打了电话，楚未还在因为柳箬去勾搭高士程的事情生气，不过柳箬的电话，他却不会不接，只是语气带着怒火："你总算回家了？"

柳箬说："没有又怎么样。你管我！"

楚未："……"

楚未觉得柳箬的语气特别凶，不由又恼怒又很受伤。

楚未和柳箬认识这么多年，在学校时，柳箬是个刻苦到让人敬佩的人。这很容易让楚未想到，柳箬做事会不达目的不罢休。

自从他知道柳箬生父可能死于非命，死因与当年的魏瞻平、现在高士程有关，他便知道，柳箬会去追寻当年事情的真相，但他没有料到，柳箬会这么快就搭上高士程。

楚未因家庭环境，从小长大的过程中，接触到的圈子里，他会不经意听到大人们谈论很多私事，会听小伙伴们说不少他们知道的事情，其中，有很多好事，也免不了很多不能见光的隐私。这些耳濡目染的见闻，会影响他对这个世界的判断，他很多时候，总会将事情往更深处细想，往往会揣测不少坏的结果。

诸如柳箬父亲的死，楚未从公正的角度考虑，他不觉得高士程能够摆脱嫌疑，但是，他也不觉得柳箬父亲一定完全清白。

在这件事已经过去二十年之后，他并不觉得揭开当年事情的真相是件好事，再说，当年事情的真相，恐怕只有当事人高士程知道，但高士程定然是不会说的。

柳箬要怎么办，她要从高士程嘴里掏出真相来吗？

在他心里，柳箬的聪明劲儿只表现在她的学习能力和学术能力上，在各种阴谋诡计上面，她连门都摸不到。

她怎么可能斗得过高士程？

高士程只要一去查，就知道柳箬是当年涉及建华集团案子的柳霁的女儿，他怎么可能不防备柳箬，更甚者，对柳箬不利。

楚未对柳箬很担心，但他却还没想好要如何处理这件事。

自从和柳箬挂了电话，他便坐立难安，柳箬对于他焦虑的担心，却给予很无情的回击，说他没有权利去管她的事。

楚未在深吸了几口气之后，尽量让自己的语气平和温柔一些："你和高士程在一起，而且这么长时间才回我电话，我难道不能问一问？"

柳箬用耳机接上电话，关上了房门，从门厅处换了鞋子，一路开灯走进客厅，她一边收拾自己放在桌子上的书，一边说："我是成年人了，我知道怎么保护自己。你刚才语气那么冲，是什么意思，好像我在做什么见不得人的事。"

楚未焦躁地在窗前走来走去："我知道你接近高士程是为了什么，你是不是怀疑高士程是当年建华集团的老总？你的父亲，曾经在建华集团工作。"

柳箬拿书的动作顿了一下，她深吸了口气，将书放下了，人站在客厅大吊灯下面，好半天才问道："你是什么时候去查我的事的？"

她的语气有些冷，她对楚未这般窥探她的隐私感到生气，楚未知道她在生气，但他更生气，说："当初第一次见到高士程，你便不断打听他的事……"

柳箬打断他的话："就因为这样，你就去查我？"

楚未张口便说："那你是什么意思？最初对我爱答不理，自从遇到高士程，你就对我殷勤起来，你敢说，你没有一点利用我的心思？你想从我这里知道高士程的消息，甚至，你想利用我接触高士程，你能否认你没有这些企图？"

柳箬知道自己目的不单纯，借着别人对自己的感情做这种事，就更不对，但这个世界这么大，要接近一个和自己完全没有交集的人，除了借助一个中间点外，她还能怎么办。她深吸了好几口气，才说："对啊，我没有办法否认，我就是那么想的，我本来就不是一个单纯的人，也不是一个值得你喜欢的人，你厌恶我就好了，以后不要再理我了，我们分开吧。"

我们分开吧。

柳箬这么决绝地把这句话简单说出口，楚未因这话一片茫然，他想这算怎么回事？她到底有把两人之间的感情往心上放过吗？或者她觉得，所谓谈恋爱，就是这么简单的一回事，分手是可以随口说出来的？

恼怒、伤心、失望、痛苦、委屈……这些情绪一股脑涌上楚未的心间，他还从没有被这样伤害过。

以前他和别的女人谈恋爱，往往觉得，在一起的时候，他没有做得不好。他对她们很好，为人温柔出手大方，大家合则在一起，不合了就好聚好散，不要互相浪费时间和感情。他一向洒脱，这一次，柳箬比他以前还要洒脱，那"分开"二字，似乎并不需要时间和思考，就随口而出。

楚未不敢相信，被她那话伤得大脑一片空白，有气无力："你这是什么意思？你和高士程搭上线了，不需要我了，就要和我分开？"

他以为柳箬至少能够解释一两句，只要她说一句，她没有这样想就好，但柳箬却硬邦邦地说："随你怎么想！"

她说完，就把电话挂了。

电话这一端的楚未像被一盆液氮浇下来，不仅将他冻了个透心凉，更是在他周围发生了噼噼啪啪的爆炸。

楚未深吸了好几口气，才让自己冷静一点。

他目光四顾，却不知道自己到底要找什么，过了好半天，他才仰着头，强压下眼睛上的酸意。

他在心里恶狠狠地想，这个女人从来就是这样无情，让她去高士程那里吃苦头好了。

但这种想法还没有持续半秒钟，他就咬住了牙，他尚舍不得让柳箬难受，怎么能让高士程伤害她？

再说，哪里能够这么容易就分手？

她怎么能够随随便便说一句分开，两人就分开。

楚未握着手机本来想给柳箬拨回去，但顿了一秒钟后，他就打消了这个决定，他走进卧室里去换衣服，换下睡袍，穿上外出的衬衫长裤后，他开始打电话订机票，又简单收拾了箱子，从宾馆里出去，坐在出租车上时，他才给助理打电话。

"对，我有急事要离开，可能明天就回来，也可能会晚一两天。其他事情我们再联系……不用安排了……我已经在去机场的路上……"

楚未看着车窗外飞快退去的风景，这般在路上，心中对柳箬的思念，更是宛若潮水，让他难以抵挡。

他突然想到高中时候，他说了伤害柳箬的话。他在众人面前，说柳箬是胖子，而且做出疏离之态。其实他说完，马上就后悔了，他很想收回那话，但他说不出口，而柳箬也并不给他挽回的机会，她飞快地决绝地离开。之后有无数次，他侧头看坐在自己身边的柳箬，想要对她解释，希望她能够原谅自己和自己和好，但每每看向柳箬，柳箬都飞快地转开头，并且表现出非常冷淡的态度。他总被她这冷淡刺得难受，心想她不理我，我为什么要理她，于是也转开脸。

那时候的骄傲，只是因为自尊心过强而已，拉不下脸面。便是因为这个，他以为他和柳箬，再也不可能有所交集。

在没有交集的时候，他也经常想起她，想到她的时候，他便对自己说：事情过去了，何必再去想，也许她想到我，依然只是厌恶，我又何必自讨没趣去想她。再说，她又不是什么独一无二的人，不过是个很普通的人罢了，根本没有想的必要。

更何况，这么多年了，她也许已经结婚，嫁给某个男人，已经有了孩子，她和我已经没有任何相交的可能性。错过就是错过。

这种话，往往能够安慰他的心，但随即，只是让他更难过。

他想，如果他不回去找柳箬，他和柳箬就会像高中结束的时候那样。从此，他们同时存在于这个世界上，但他们在过自己的生活，而对方的生活，与自己全然无关。

其实，这样的生活，并不会影响他们活着这个事实，却真的让人很难受。

楚未不想这样。

当飞机在深夜飞离下方光芒璀璨的城市，楚未从机窗看下去，下边的城市如同星河一般的灯火，并没有让他产生温暖的感觉，因为这里的任何一盏灯，都不是为他而明亮。

楚未在凌晨四点到了柳箬所在的雅歌小区，据他判断，柳箬让高士程送她回家，那她一定不会回她妈妈那里。

楚未多次去柳箬家里，因他长相出色，让人见过后印象深刻，柳箬家小区的门卫对他很熟悉。

楚未说了自己想找柳箬的事，那门卫就好心帮他开了门，甚至去帮他开了柳箬所在单元的大门，楚未对他道谢后，才进去乘坐了电梯上楼。

站在柳箬家门口，他想要去按门铃，手抬起来后，又放了下去。

冬夜很冷，他对着手呵了口气，站在那里没了动作。

柳箬这时候一定睡熟了，把她吵起来，她之后一定不能再睡，还是等她睡醒了再说吧。

楚未这般想着，将箱子放在一边，靠在门边等。

楼道里并没有风，但依然很冷，呵出的气体在瞬间就成了白雾，楚未将手揣进大衣口袋里。楼道里灯光明亮，映着周围的墙壁，那墙壁愈发洁白。

楚未想到曾经的少年时代，时间过得真快。

在已到而立之年时，楚未再来回想十几年前的中学时代，当时的很多事都已模糊不清。

当时在学校里，没有什么大事可供回忆。即使是柳箬，她总是那么安静地一个人在一边，楚未甚至想不起自己找她说过几次话，但为什么会将一份感情保持到现在，真不好说。只是活到如今，很多事都已经知道不能强求，但在柳箸这件事上，他实在不想轻易放弃，因为放弃了，就再不可能有以后。

楚未在七点左右下楼买了早餐。

柳箸早晨会绕着小区里的路跑几圈锻炼身体，一向起得早。不过前一晚和楚未说了那种狠话，她辗转反侧到五点钟才睡着一会儿，但很快又醒了，她只得起了床，准备去早市买点菜，没想到打开门，就是一阵扑鼻的香味。楚未站在那里，在一身西装外面套着一件灰色大衣，手里却提着两袋热腾腾的煎饺，正看着她。

柳箸怔住了："你……怎么在这里？"

楚未之前已经想好要和柳箸说什么，这时候反而卡住了，愣了好一会儿，才想起来手里还有煎饺："我想到你喜欢吃这家煎饺，就去买了一些，才刚提上来，热的，这个要趁热吃味道比较好。"

柳箸："……"

柳箸哪里不知楚未是专门从K城赶回来找她的。

她面上虽然平静，心里却很感动无措。

其实前一晚，她对楚未说了那种狠话后，她就开始难受。

她的生活一向简单，除了吃喝睡觉就是做研究，并不需要太多其他事。

她虽然也知道一些人情世故，但是却实在不多，一切但凭本心而已。

但楚未却将她拉入了一片纠结难受不知所措的境地里。

她以前从不知道嫉妒是何物，自从和楚未在一起，她就嫉妒楚未以前那些她根本不认识的女朋友们，她也时常想自己和楚未有未来吗？楚未是真喜欢自己吗？他对她是怎么想的？只是一时兴趣想要征服自己，厌倦了就会离开吗……

柳箸从没有这般不自信过。

这种不自信，让她觉得很糟糕，总觉得她的人生从原来的轨道上脱了轨，而且她不知道新的道路会将她带向何方。

她想要逃避。但要割舍掉楚未，对于她很困难，快刀斩乱麻也不能解决问题。

她现在还满腹心思想要调查当年她父亲死亡的真相，这是她的最沉痛的心病。她小时候，父亲是她的天空，当他死在血泊里的那一瞬间，她的天空就崩塌了。

她小时候活泼好动贪玩，但自从父亲过世，只剩下她和妈妈相依为命的那一刻起，她便觉得自己失去了谈笑和开心的资格。她从此除了沉迷于知识的世界，便不知道自己还能用什么办法解脱这种父亲惨死带来的痛苦。

对和楚未之间的关系和未来，她实在没有太多心思去想，而且她并不想利用他。

柳箸面对楚未那句话，她不知道该怎么做，但行动先于理智，她问："你什么时候到的，为什么没和我说？"

楚未："刚到而已。可以请我进去坐一坐吗？"

柳箸迟疑了一下："进来吧。"

楚未将装煎饺的袋子递给她，自己提了箱子，随着她进了屋。

屋子里要比外面暖和太多，楚未向柳箸说："我用一下你的卫生间。"

柳箸看他突然变得这么客气，心里怪怪的："嗯，随意。"

等楚未从卫生间里出来，柳箸已经热了牛奶，煎饺装在盘子里，放在餐桌上。她坐在餐桌边的椅子上，慢吞吞地喝牛奶，而在她的对面，也摆好了一大杯热牛奶，以及另一套餐具，柳箸看向他："来吃吧。"

她的语气柔和，只是在对向他的时候，眼神有些许躲闪。楚未过去坐下了，一边喝牛奶，一边抬眼看着柳箸，欲言又止。

"昨天的事……"柳箸低着头，望着面前的牛奶杯，她其实想说，楚未不必这样理睬她，两人分了就分了，但后面的话，她一时难以出口。

楚未接话道："昨天的事，我不该那样质问你。但是，我是真担心你，高士程不是一般人，你怎么可能从他那里讨到便宜。这一点，你一定要相信我。"

柳箸微蹙了眉头，她本来不想和楚未说有关高士程和她父亲的事。因为多问他，就有利用他的嫌疑，而且，她并不想让别人来参与她父亲的事，即使是她妈妈。

但她却说："你到底知道什么事？"

楚未："事情过了太多年了，我那时候还是小孩子，只是略微知道一些。他最初叫魏瞻平，之后就消失了好些年，再出现时，就叫高士程了。我让人去查了查，但是也查不出太多事，只知道，当年建华集团涉嫌走私，里面一个高层管理人员畏罪自杀了，这个人叫柳霁，是你的父亲吧？魏瞻平就是因为这件事，没有踪影，之后又以高士程的身份出现。"

柳箸因他提到"柳霁"二字，怔怔出神，好半天才说："他就是我爸爸。但我不觉得他是畏罪自杀，他不可能畏罪自杀。我不知道他是不是有做犯罪的事，但是他一定不会自杀。"

她垂着头，轻声唤了一声"爸爸"，像个小孩子，脆弱无依。

楚未："如果你想知道当年的真相，你去接近高士程可没有好处，他只要对你起了注意，让人一查，就知道你是他当年手下柳霁的女儿，他马上就会防备你，甚至会对你不利。"

柳箬："这样最好，他越是慌乱，越会露出马脚。身正不怕影子斜，他要是没有对我爸爸不利，何必要来对付我？"

楚未皱了眉："事情不会像你想得这样简单。你不要再去接近高士程，我会去帮你查这件事。我的关系，总要比你多。"

柳箬抬起头："不用了。"

楚未问："为什么？"

柳箬不答，将视线转开了，楚未说："难道你是不想欠我人情？"

柳箬还是不答，楚未笑了笑："为什么要在意欠我人情？柳箬，我们是恋人吗？虽然你之前答应和我在一起，但是，我觉得你一直离我很远，我找不到接近你的办法。你从来没有想过，要和我心意相通吗？"

楚未的笑很苦涩，他的目光让柳箬避无可避，她只得垂下脑袋："可是，我们兴趣不同，也没有共同话题，我们在一起，可能会有一时的新鲜感，但是，却并不合适。我有很多事想做，有很多事要做，实在没有时间放在谈情说爱上，你这样追我，是会失望的。我不想让你继续将时间和精力浪费在我身上。"

楚未："为什么你觉得我想要和你在一起是浪费时间精力？"

柳箬抬起头来看他："难道不是？你想要的，我并不会给你，之前也只是在利用你，你难道不讨厌我？"

楚未无奈："你觉得我想要从你那里得到什么？你答应和我在一起，只是为了接近魏涟和高士程，我会因此讨厌你？"

柳箬抿唇不答，一晚没睡，她整个人无精打采，被浓浓的颓丧所包围。

楚未的手伸过并不大的餐桌轻轻碰了一下她的手，柳箬瞬间将手拿开了，他很苦涩地说："我想，我要继续追求你才行。我的确想从你这里得到什么，我想要你如我爱你一般地爱我，我们以后能够心意相通，你能够将你的烦恼和痛苦告诉我，我希望能够让你感到幸福，我希望能够成为你生命里最重要的人，代替你的妈妈，和你在一起。你因为想要接近魏涟和高士程而答应和我在一起，我的确很难受，但是，我不可能因此就讨厌你。"

说到这里，他苦笑起来："即使我想讨厌你，也没有办法讨厌。"

柳箬心里难受，她深吸了口气，将眼中的酸涩努力压下去。

楚未低声道："让我帮你好吗？"

柳箬还是摇头，这件事对于她，太难抉择，这并不是一条错误后可以再重新来过的道路。

楚未只得说："柳箸，你不要这样犟脾气好不好？"

他以为柳箸又不会回答，没想到柳箸小声说道："和你谈恋爱，会有两种结果，其一是以后结婚，其二是过一阵后，发现我们并不合适，然后分手。若是结婚，我们从此生活在一起，互相适应对方，可能会生育一个小孩子，将这个孩子养大，就像所有的家庭那样生活；而若是分手，那就回到了我们再次相遇之前的状态。这两个结果，都很无趣，不是吗？"

柳箸说这话的时候，很心虚，以至于声音一直很小，楚未被她说得怔住，不明白她的思维方式，他不得不问道："那你觉得什么是有趣的？"

柳箸："发现未知的理论，做出前人都没有做出的成果。人类作为智慧生命，存在的意义到底是什么，难道不就是为了探索未知吗？不然，又何必拥有思想，按照其他动物物竞天择的方式生存，不就行了？两只公羚羊为了争夺雌性而斗争，而致其中一只死亡，胜者是没有罪的；母老鼠为了有能力养育活一部分小老鼠而吃掉另一部分小老鼠，是没有罪的；母螳螂在交配之后吃掉公螳螂以补充营养更好地孕育后代，也是没有罪的。但人类社会，为了维持良性的发展，这些都是犯罪，而人类社会为了维持良性地不断向前发展，又是为了什么……生命非常神奇，即使只有一个细胞的单细胞生物，也是那么完美，它有一套完整的生存、繁殖、进化的方式，从DNA的复制，到蛋白的翻译，细胞的结构，细胞定向分化，细胞凋亡，细胞组成一个完整的个体，这个个体，还进化成人这种有思想的生命体……"

她说着又戛然而止，愣了一下说："你看，我是不是很没有情趣。说这些，你也不爱听。你还不如找一个和你有共同话题的人。"

楚未没有昧着良心说，他觉得柳箸说这些很有情趣，他爱听这些，他说："那你觉得人类的精神世界又是如何呢？"

柳箸看了看他："人类的精神世界，太复杂了，我对这一方面并不太了解。"

她茫然地看着楚未："其实我不太明白自己的心。楚未，我和你在一起，既难受又慌乱，我不想再这样了。"

楚未已经慢慢走到了她的身边去，他想，柳箸比他想得复杂，也比他想得更加简单。

他说："没有什么可怕，有我陪着你。"

柳箸仰着头来看他，她的眼眶发红，眼神却柔软，楚未看她这样，心中越发柔软，只想狠狠亲她，但他强压下身体本能的冲动和精神上强烈的爱意产生的渴望，只是抬手轻轻碰了碰柳箸发红的面颊："我们出去吃早饭吧，煎饺已经冷了，没法吃了，拿去热了味道也不好了。"

柳箸好半天才回过神："哦。"

楚未把她从椅子上拉了起来："想吃什么？"

柳箸低声道："没有什么胃口，吃清淡些比较好。"

楚未："我知道一家做粥的，我们去吃。"

柳箸又愣愣地"哦"了一声。

楚未带着柳箸出门时，将自己的围巾取下来围在她的颈子上，然后搂住她的肩膀："我看你精神不大好，我们去吃早饭后，你回来睡一阵吧。"

柳箸没有回答他，但她既然愿意和楚未出门吃饭，两人便算和好了。

两人出门，路上看到一些老太太在小区里做运动，这样的清晨虽冷却安详。

柳箸的精神状况渐渐好转，眼睛盯着那些老太太们不转眼，楚未停下来陪她，说："有生有死，虽然是残酷的自然法则，但这作为生命的历程，也是一种圆满是不是？"

柳箸点了一下头，将额头轻轻抵在他的肩膀上，楚未顺势搂住她，柳箸轻声说："之前对不起了，我说了很多过分的话。"

楚未："我也很过分，我没有考虑你的心情，也在说过分的话。柳箸，我一直没有对你说，我很爱你，是不是？"

柳箸没应，但是手慢慢摸索着握住楚未的手，楚未道："我很爱你，就像你说的，公羚羊为了争夺雌性，而互相争斗，谁想要从我手里抢走你，我都会不顾生死去和他争斗，所以你说你和高士程在一起，我当时特别难以忍受。"

楚未反握住她的手，凑过去在她的唇上亲了一下。有路过的人看两人，柳箸没有避开。

两人早饭后回家，楚未整晚没睡，实在太困："我借用你家客房睡一觉吧，实在太困了，不想再回去。"

柳箸捂着嘴打呵欠："嗯，好吧，我得为你抱一床厚被子出来。我妈妈在网上买了棉花，又定制了两床棉被，她说那棉被特别舒服，抱了一床给我，非要让我盖，正好给你了，新的。"

楚未笑起来："你妈妈真是个会生活的人，你那袁叔，福气不浅。"

柳箬的客房，其实是书房，里面有张沙发小床，柳箬抱了被子放在沙发床上，看了看，就下决定道："你睡这张床太小了，你去睡主卧吧，我睡这里。"

她说着，就把跟进来的楚未推出了房间，然后把门一下子关上了，楚未差点被门撞上鼻子。

柳箬的主卧，楚未是第一次进来，里面没有特别的装修，家具很简单，只有一张大木床，还有一个大衣柜，一个落地梳妆镜，再无他物，十分简单。

不过床上倒是一套粉红色的床上用品，显出这是女人的卧房。

楚未先去洗了个澡，才上床睡了。

楚未是被柳妈妈的声音吓醒的。

这日是周末，柳箬没有回她那里去，柳妈妈就过来看看柳箬，又提了一些她做好的肉松肉干等吃的，一些她觉得柳箬要用的日用品，还有她为柳箬买的两件衣服。进屋后，她没有仔细看门厅处的鞋柜，没有看到男士的鞋子，完全不知道柳箬这里有男人。

房间里一片安静，柳箬不是睡懒觉的类型，她以为柳箬已经出门了。

柳妈妈将带来的食物放进冰箱，又把日用品分类放好。做好这些，她就提着给柳箬买的新衣去卧室。

楚未怕柳箬会进卧室里找东西，并没有反锁房门。柳妈妈打开房门，看到床上被子里有人，她愣了一下，心想柳箬病了吗，怎么这时候还在睡觉。

她将衣服放在床上，坐到床沿上去，伸手拍被子："箬箬？"

楚未被她叫醒了，掀开被子看过来，就对上了柳妈妈惊愕的眼神。

柳妈妈大睁了眼，"你……"

楚未也反应过来，他因为没有带睡衣，所以只是穿着内裤睡觉，现在对上长辈，马上就尴尬了。

好在楚未脸皮厚，假装懵懂地说："阿姨，您来了。柳箬在书房里。"

柳妈妈也尴尬，即使是自己认定的准女婿，这样看人睡觉也不好，她赶紧起了身，退出了房间，还把卧室门拉上了。

楚未瞬间翻身坐了起来，跳下床拿了衣服穿好，又仔细检查了一遍，才去开了卧室门出去。这时候，柳箬正挨柳妈妈骂，柳箬苦着脸站在书房门口，柳妈妈伸手拂她的头发："哎哟，你看看你这是什么样子，也不换睡衣就睡觉，你睡着舒服吗？"

柳箬无辜地说："我太累了嘛。"

柳妈妈说："你在做什么？累得现在还在睡。"

柳箬不回答，柳妈妈叹气："换了睡衣再去睡吧。"

她看到楚未从卧室里出来了，就问："你们中午要吃什么，我去买菜做饭。"

楚未想说不用了，让柳妈妈不要忙，柳箬已经先于他说："才刚吃早饭，哪里吃得了午饭？"

柳妈妈："我以为你们没吃早饭，你们这是过的什么日子，吃了早饭又回来睡回笼觉？哎哟，你们这是过日子的吗？"

楚未无颜回答，柳箬："我昨晚一晚没睡，早上吃了早饭再睡会儿而已。妈，你别太忙，不用管我们，到时候我们随便去吃点就行了。"

柳妈妈往厨房走："你们不吃午饭，我也要吃，我去买菜去。"

柳箬："你不回去给袁叔他们做饭？"

柳妈妈："你袁叔带着思扬和思宜出去玩去了，我不想去，昨晚给你打电话，你也不接，我今天就只好过来了。"

柳箬这才想到，她昨晚关机了，现在都还没开机。

柳箬："思宜放寒假了？"放得也太早了。

柳妈妈："不清楚是不是放寒假了，思扬都还没有放寒假呢，她昨晚坐飞机回来的。"

柳箬在心里叹了口气，没再说什么。

楚未现在对柳箬妈妈那边的情况已经有些了解了，知道思宜是她继父和前妻生的女儿。

柳妈妈去厨房后，柳箬便冲到楚未的跟前来了，把他拽进卧室，一下子把门关上："最好不要让我妈认为我们是在同居，知道吗？你一会儿就不经意地说，你只是在我这里借宿一晚。"

楚未哭笑不得："嗯，好吧。"

柳箬又打了个呵欠，从衣柜里拿出睡衣，抱着回书房去了。

楚未去厨房给柳妈妈帮忙。

柳妈妈正查看冰箱，她把餐桌上没收的煎饺倒掉了，盘子放在水槽里，楚未过去洗盘子，和柳妈妈说："阿姨，你要去买菜，我和你一起去吧。"

柳妈妈嗯了一声，回头来看他："你这些日子是和柳箬住在一起的吗？"

柳妈妈知道现在的年轻人，谈朋友便住在一起过同居生活，但是，她女儿这么做，她还是觉得怪怪的。主要原因是她没有任何心理准备，就发现楚未睡在柳箸的床上。

楚未："我昨晚出差回来，没来得及回去，就在柳箸这里睡了一晚，我们还没有住在一起。"

说到这里，他就问柳妈妈："其实我最近想看一套房子，但是不知道怎么选柳箸才会喜欢。你也知道，她总是那么忙，没有时间，阿姨，要不，你去做参谋吧，只要你喜欢的，柳箸和我肯定都会喜欢。"

女儿还没有和楚未同居，柳妈妈心里便松了口气，她觉得楚未这话非常有诚意，便欣然道："我最近没有什么事忙，正好有时间。"

甚至说道，"柳箸年纪也不小了，其实吧，早要小孩儿还是比较好的，年纪大了要孩子，总有各种问题，我怀着思扬，就是个例子。所以房子要早点准备好，早些装修好了，多放一阵子，以后有孩子了也不会有问题。"

要是是别的女婿，听柳妈妈这么一说，定然压力山大，楚未却说："嗯，是这个道理。"

柳箸裹在被子里，睡在书房的沙发床上，睡得昏天黑地，全然没有想到她妈妈已经和楚未将话题谈到婚房上面去了。

柳妈妈出门去买菜，楚未跟在她身边提菜，柳妈妈感动不已，觉得愿意去买菜的男人，怎么可能差？

柳箸所在的小区不远处有一个菜市，两人一路走过去，柳妈妈说："也许你觉得我唠叨，不过，有些话，我的确要同你说。我觉得柳箸年纪不小了，应该结婚了。要是她现在不结婚，年纪越大，她越不想结，她的心就是野的。我嫁给她袁叔后，其实我感觉得到，她并不把那边当成是她的家，所以她就觉得一切无所谓了，甚至多次同我说，她是单身主义，不想结婚。我知道她脾气倔强，我劝说她也是无用的，就只好答应她，说她是否结婚都没有关系。"

说到这里，她侧头去看楚未，她以为楚未会厌烦听这些，没想到楚未听得很认真，于是，她接着说，"但作为妈妈，我哪里会希望她一直单身。我肯定会比她先走，我走了，她一个人孤零零的，出点什么事，也没有什么人可以帮她可以照顾她，想到这些，我就非常担心，晚上甚至睡不着。楚未啊……"

"嗯，阿姨。"楚未应着，"我会好好照顾她的。"

柳妈妈因楚未这话很高兴："我知道你很好，可以把柳箸托付给你，看到柳箸和你在一起，我心里的担子就轻多了。"

楚未笑道："阿姨愿意让柳箬跟着我，我便非常感激了，我不会辜负柳箬的。"

柳妈妈颔首："我们这一代人，想求稳定，柳箬心太野了。她和你说了她要去德国做博后的事没有？"

楚未怔了怔，他虽然和柳箬在一起有一段时间了，但柳箬从没有说过这件事，甚至他总去柳箬的实验室，也没人提起过。

但他没有表现出情绪："我们没有详谈过。"

柳妈妈有些着急："我其实并不想她去德国，德国那么远，想要见一面也难。而且她何必去呢，她可以留校做老师，她之前的导师是很喜欢她的，说她可以留。但她却拒绝了。我劝她，她总有很多理由来说服我，我的话，她根本不会往心上放。现在只能靠你去劝劝她了。"

楚未深吸了口气："嗯，好吧。"

早上的甜蜜和欢乐都因为这个消息而被打散了，楚未心里发闷，但尽量让自己不要多想，毕竟之前柳箬虽然默认了两人的男女朋友关系，但其实并不交心，所以她才没有讲。

买完菜，柳妈妈做午饭时，楚未便在旁边帮忙，他不会做太精细的活，只会洗菜，柳妈妈说："你不要在这里忙了，去休息吧，我做好饭了就叫你们。"

楚未虽然应了，但洗完了菜才从厨房里出来，又去洗手擦手后，就去开了电脑在客厅的沙发上坐着处理事情。

柳箬穿着睡衣从书房里出来，只见楚未抱着笔记本电脑，靠坐在沙发上，神色深沉，十分认真，她便没有去打搅他。去洗漱换了一身衣服之后，她便去了厨房，柳妈妈看她前来，便说："你起来了，那我炒菜吧。"

柳箬："我来帮忙。"

柳妈妈："我这里不用你帮忙，你去陪楚未吧。你今儿一直睡觉，倒是楚未陪我去买菜，他之后又一个人待在客厅里。你去好好陪他去。"

柳箬不以为意地道："他在做事情，我不好去打搅他，再说，他是成年人了，又不是小孩子，还需要我陪着吗？"

柳箬在她面前总是孝顺温顺的，柳妈妈没想过，她对着楚未居然这样随性，不由就小声骂她："你这是说的什么话，他不是小孩子，你就不用陪他吗？你这个样子，难道不是怠慢人？"

柳箬："这算怠慢人吗？"

柳妈妈斩钉截铁地说："当然了。"

柳箬只得说："那好吧，我去看看他忙完没有。"

柳箬走到了沙发边去，站着看了楚未两眼，只见他在看电脑里的资料。楚未关掉资料，将电脑也放到了桌子上："你起来了？"

柳箬顺势在他身边坐下："刚才就起了，你看东西太专注，没有发现我。"

楚未没有问她德国之行的事，而是摸了摸她的手："你不穿外套，会不会冷到？"

柳箬穿着毛衣和牛仔裤，毛衣紧身，牛仔裤提臀，于是便把她凹凸有致的身材给勾勒了出来："刚洗了澡，不冷。"

柳妈妈没做太多菜，一会儿饭菜就上桌了。吃饭的时候，柳妈妈说："我一会儿就回去了。扬扬明天要上学，他们会回家吃晚饭。我还得回去准备去。"

柳箬："你不累吗，你就留在这里好了，让他们在外面吃。"

柳妈妈："我还是回去好。"

柳箬不得不叹道："你爱惜自己一点不行吗？"

柳妈妈："我本来就该回去，你袁叔和弟弟还要我照顾。"

柳箬蹙眉不言，也吃不下东西，放下了筷子，柳妈妈看她不吃了，就问："又是怎么了？"

柳箬怒道："你在袁家简直像个保姆似的，让他们去外面吃不行吗？"

柳妈妈好笑地说："怎么突然就这么大声说话，我哪里是保姆了，要说我是他们的保姆，那我更是你的保姆，你看你，难道不是被我从个小婴儿养大的？"

柳箬气势一下就弱了，低声道："可我不希望你一直辛苦，我可以养你嘛！"

柳妈妈看了看楚未："那你和楚未赶紧结婚，安定下来，我就可以宽心了，这比别的，都让我高兴。"

柳箬蹙眉："这哪儿跟哪儿。我和楚未的事，你可不可以先不要管，你这样，我们压力很大。"

柳妈妈皱了眉："好了，我不管你的事。"

柳妈妈和柳箬赌气，厨房没收拾就走了。

柳箬说要去送她，她说："我自己开车。"

柳箬送她去了地下停车场，柳妈妈上车之后，就降下车窗玻璃来，对柳箬怒道："你呀，不知好歹，错过了楚未，你看你还能找到好的？"

柳箬："人又不是非要结婚才行。人有选择结婚的权利，也有单身的权利，你不要把我的人身自由都剥夺了行不行？我和楚未，没有到你想的那一步。你不断在楚未面前说那些话，让我很尴尬，我想他也觉得很尴尬。"

柳妈妈："但楚未说他已经要买你们的房子了。但是，你却说你要去德国。"

柳箬愣了一下，好半天才说："总之，你先不要管我们。楚未他有钱买房，他就买，关我什么事？"

柳妈妈气得指着柳箬说不出话来，好半天又重复了一句："你呀，你就是不知好歹。"

柳箬："你回去吧，路上小心。开慢点没关系，转弯一定要提前打转弯灯，不要突然变道，变道也要提前打转弯灯……"

柳妈妈没好气地说："我知道。"

柳妈妈走了，柳箬有些无力地回到家，楚未系着围裙已经将餐桌收拾好了，正打算收拾厨房，柳箬过去："我来就好了。"

冬日的暖阳从厨房的窗户照射进来，在料理台上映下暖黄的光晕，楚未系着围裙的样子，也丝毫不违和，反而让人从心底生出暖意。

楚未这时候才说："阿姨说，你定了去德国做博后？"

柳箬正开了水，挽上衣袖洗碗，手上动作一顿，她没看楚未："本来是二月过去，不过，我推迟了时间。"

楚未的手撑在料理台上，低头看柳箬微红的面颊，那种红晕，不知道是被太阳晒出的，或者是其他意思，楚未说："推迟到什么时候，你要去多久？"

柳箬做事非常快，几下子就将碗洗好了，又开始刷锅，她始终不看楚未："还不确定，大约是五月吧。我这边的事情交接，需要多点时间，而且，那边也不是很急。大约是两年，再看吧。"

楚未："那你其实没有把和我的关系当回事吗？"

柳箬将锅也洗好了，擦干后放好，便开始擦料理台，楚未将她湿漉漉的手给抓住："我只想知道一个答案，不要告诉我，其实没有答案。"

柳箬不得不抬起头来面对他："你不要把我妈妈的话往心里去，她的想法是，我应该尽早定下工作，尽早结婚，然后生孩子。正好我们在一起，她便觉得我们一定会结婚，其实，我们都知道不是这样。你不用因为她的话，觉得我也是那么想的。"

楚未："其实你一直没有想过要和我结婚？"

柳箬睁大眼睛看着他："难道你有想？"

楚未嘴唇动了动，他有想结婚吗？他没有想太多这方面的事，但是，想和柳箬生活在一起，一直看着她、爱着她的渴望，却非常浓烈。

他说："我想，也许我们还需要一些时间。"

他希望在柳箬更多地接受他的时候，他再和她讨论有关婚姻的事，他不想让柳箬觉得压力太大，所以他这么说。但柳箬显然没有这么想，她只会因这句话觉得楚未其实也并没有以将来可能要结婚为前提而交往。

柳箬还想说什么，她的手机在客厅茶几上响了起来，柳箬看了楚未一眼，只得赶紧去接电话了。

电话是师弟打来的，向她询问实验上的问题，柳箬走到客厅窗户处去为他讲解，一直说了十几分钟。

等她讲完，楚未便走到她的跟前去，有些无奈地说："柳箬，我解不开这个围裙的带子了。"

柳箬只得走到他的身后，弯腰去看系成了死结的围裙带子，她几乎要将脸贴在楚未的背上，但是费力解了几分钟，她依然解不开，她不得不说："解不开，看来只能用剪刀了。"

楚未抱歉地说："是我没有系对是不是？"

柳箬："没事，用剪刀剪开就行了。"

她去找了剪刀，"咔嚓"一声把围裙带子剪掉，楚未总算将围裙脱了下来，他系围裙时只穿着毛衣，此时就冷得打了个喷嚏，柳箬蹙眉说："你不要冻到了，赶紧去穿上外套吧。"

说着，又往厨房去，"我煮碗可乐姜汤给你喝好了，这个驱寒最好。"

楚未没有拒绝，他将大衣穿好后，就随着柳箬到了厨房，看柳箬为他熬可乐姜汤。

两人站在厨房里，盯着火上的小锅里可乐和姜丝不断翻腾，他们都没有说话。

晚上，楚未坐在酒吧里，龚云被叫来陪他。

龚云："你不是在K城吗，怎么这么快就回来了？"

楚未说："临时回来的，明天又要过去。"

龚云端着酒杯，目光从酒杯上扫向楚未，他看得出，楚未神情带着无奈和苦涩，便问："是遇到什么难事了吗，若是有事，我能够帮得上，说一声就是。"

楚未本来不想讲他和柳箐之间的事，但他心里实在太难受了，需要有一个倾诉的对象，便说："我想我是糟了。"

龚云听他说得这么糟糕，不由也很担忧，因为天大的事，楚未都不放在心上，现在连他都说遭了，那不是非常糟糕了？

龚云问："到底是什么事？"

楚未将一杯酒一饮而尽："我发现我完全不知道柳箐在想些什么，也不知道该怎么讨好她。我很想对她好，让她开心，但是，似乎事情总是不尽人意。其实昨晚我和她吵架了，她说我们分开好了，我就从K城飞了回来。"

龚云见过的楚未的女朋友便有好些个，但这还是龚云第一次听楚未说情伤，龚云很不厚道地笑了起来："哎哟喂，那个柳箐还真有两下子，把你都调教成情种了。"

楚未不满地瞪了他一眼："我和你说正经的！我发现她完全没把我放在心上，我甚至不知道她是不是真的喜欢我。"

龚云："你从K城追回来，她还是不理你？你们分了？"

楚未摇头："没有分，我们又和好了。"

龚云没好气地说："你们不是和好了吗？还来找我诉苦做什么。"

楚未："你到底有没有哥们义气，我是真的不知道该怎么办，才找你来想办法。"

龚云："既然没有分，那说明她心里肯定有你，女人呀，总是口是心非。她之前说分，只是耍个小把戏而已，欲迎还拒，想要你更加在乎她。"

楚未皱着眉说："但不像。"

说到这里，他似乎想明白了什么，说，"我想，她还是喜欢我的，但是，这种喜欢于她，有，可以，没有，她也舍得。"

龚云："你脑子锈了吧，你这么好的条件，她会舍得？"

楚未不以为意："我有什么好条件？"

龚云："有钱有势，对身边人挺大方，又年轻长得帅，床上功夫也不错，总之我还没有听你的前任们抱怨你不行。"

楚未皱眉："够了够了，柳箐根本不让我碰她，也许她觉得我以前和别人在一起过，就很在意这个，她多次提起这种事。"

龚云哈哈笑了起来，"她难道有处男情结？她还真是不一般。"

楚未骂："你别幸灾乐祸行不行？"

龚云："我觉得你这个根本不是烦恼。你多在她身上花点心思，她肯定舍不得你。"

楚未："但是，我看她是真的没有结婚的打算，她甚至要在明年五月去德国做博后，而且还去两年。我难道要去常驻德国吗，我不喜欢那边，能吃的太少了。"

龚云不由挑了一下眉："难道你打算和她结婚？"

楚未垂头想了一会儿："嗯。想吧。"

龚云觉得太阳打西边出来了："你真想结婚了？"

楚未："我都三十岁了，想结婚难道很奇怪？"

龚云看着他，好半天才回过神来："的确不奇怪。只是没想到，这个柳箬，还真挺厉害，你才和她在一起没多久，居然就想和她结婚了。之前我们打赌你和她会处多久，我猜的时间最长，也只有一年。不过，也许你这一阵热情过去了，之后又不想结婚了。若是你真的想结婚，你家里会同意她？"

楚未："我家里能怎么样，难道要包办婚姻？"

龚云知道他现在是深陷情网不可自拔了，不由地问："柳箬有什么好，怎么把你迷成这样？"

龚云活到现在，也曾经非常爱恋过人，当时也觉得抛弃一切也愿意和她在一起，但后来经历了很多事，又活到了如今的年龄，他已经不再相信爱情了。

他承认虽然柳箬身材好皮肤好又漂亮，但他不觉得，这就可以迷住过尽千帆的楚未。

楚未一时无法给予龚云答案，他又倒了一杯酒，轻轻晃动杯中的酒液，酒中似乎浮现出了柳箬的身影，他的眼神变得柔和了起来。

他笑了一下说："没有什么特别的原因，大约是因为，我只要想到她，我就觉得每一天都很好，我想要成为一个更好的人，不断地往前走，因为我知道，她也在一直往前。"

龚云因楚未那一句话哈哈大笑："好吧，你既然这样说，看来是真的坠入爱河了。"

龚云又说："既然你已经打算和她结婚了，事情就太简单了。让她看到你的好处，让她知道你是个可以托付终身的人，把你的房产写上她的名字，许诺将来分她一半财产，送大钻戒，送玫瑰花，带她去国外购物。总之，女人没有不爱这些的，再在迪拜向她求婚，她肯定马上就答应了。"

说到这里，他又盯着眉头依然紧锁的楚末，"其实我觉得她是很好办的，不好办的反而是你家里，要是得知你找一个门不当户不对的老婆，你爸妈肯定不会乐意让她进门。"

第五章

深情

一月十六日是柳箸的生日，但柳箸没告诉楚未。

在这个生日之前，她从没有意识到自己的年龄问题，甚至没觉得时光流逝对自己有多大影响。

但三十岁的生日日渐临近，她竟然有了一种恐慌。

三十岁，成了一道门，走过了这一道门，门后和门前就完全是不同的世界。

她第一次因岁月流逝产生恐慌。

她还有太多事情没有做，但她已经要老去了。

所以，她不想让楚未参与到自己这个通往老去的门的仪式上。

楚未从别的地方知道了柳箸的生日，就定下早几天回S城，可以给柳箸惊喜。

在机场，却遇到了他最不想遇到的人。

何迎是楚未父亲好友的女儿，家世不比楚家差，从小就和楚家熟。楚未在美国上大学时，比楚未小两岁但从高中就在美国上学的她和楚未在同一座城市，她一看到楚未，惊为天人坠入爱河，对楚未展开了非常疯狂的追求。楚未简直怕了她了，为了避开她，甚至去英国交流了一年，他以为她不过是闹着玩，他躲开一阵后，她那颗心就会冷下去了，把目标转移到别人身上。哪成想，他回美国后，她还是总去找他，甚至差点霸王硬上弓。

这样狭路相逢，楚未在心里大骂了一句脏话，但依然笑容满面："真是好巧，在这里遇到。"

何迎是个性感美女，一头长长的波浪卷发，烈焰红唇，鼻梁上架着墨镜，大冬天，穿着开口很低的蓝色长裙，外面一件风衣，脚上十厘米的高跟鞋，一手拖着箱子，一手挽着爱马仕的包。

她走到楚未跟前，很顺手将箱子递给楚未帮她拖："刚才叫你好几声，你都不答应我，我还以为你现在依然不想理我。"

楚未："怎么会？你怎么会在G城，是往哪里去？"

何迎："刚参加了一个发布会，现在去S城，你呢？"

楚未心想糟糕，我们肯定是一架飞机，他真想去换个航班。

何迎："听说你大多数时候是在S城，基本算是在S城定居了，可是真的？"

楚未："还行。"

何迎："怎么叫还行？其实我也喜欢S城，准备在那边买套房子，以免到了S城总去住宾馆。既然你在S城定居了，那我这次去了住你那里嘛，总住宾馆，我实在没什么好感。"

楚未怎么会愿意："我和我女朋友住在一起，没有办法招待你。"

何迎愣了一下，就笑了起来："你这次的女朋友又是谁，之前那个叫谷雨嫣的，风评可不好。你这样胡乱找，为什么不考虑我？"

楚未怕的人还真不多，但何迎绝对算一个，因为他讨厌她，又不能得罪她，这个和她相处的度，实在太难把握了。

楚未："感情的事要看感觉和缘分。我只是把你当妹妹，你还是另找他人的好。而且我和我现在的女朋友关系非常好，已经准备向她求婚了，到时候办婚礼，一定会请你前来喝喜酒的。"

何迎的人生一直以来张扬光鲜，长相美，身材好，家世好，又有一番自己的事业，可谓人生处处得意，唯独在楚未身上受挫。

她从小就认识楚未，但小时候对楚未并没有什么感觉，因为楚未总和男孩子们在一起玩。即使家长让他带她好好玩耍，他也一向阳奉阴违，将她带到一边，就把她扔下了，她小时候不大喜欢这个哥哥。

突然爱上他，是她高中时候，楚未到美国上本科，家里让他带了东西给她。他送去她住的公寓，她当时在外面玩，就电话里让他等一等。于是，他在她的公寓外面等了几个小时，一直靠站在门边，十分有耐性。

她回到家时，只见一个高高瘦瘦的男孩子站在她的门口，穿着白衬衫和牛仔裤，皮肤白皙，眉目俊秀，就像漫画里的男主角，帅得一塌糊涂。她一发不可收拾，爱他爱得不可自拔。

但她用尽了手段追他，他都对她没有感觉，拒绝了她不知道多少次了，其间她也伤心难受过很多次，但她总不愿意就这样放弃。

她已经定下非楚未不嫁，即使楚未现在不愿意接受她也没有关系。总有一天，他会想要结婚，那么，她这个门当户对的青梅竹马，一定是第一人选，因为他家里对她很喜欢，他的妈妈几乎已经把她当成半个儿媳妇了。

但哪成想，楚未这次会说，他已经要向他的女朋友求婚然后结婚。

何迎很震惊，好半天才说："你和你现在的女朋友交往了多久？你难道就为了躲开我，要和一个莫名其妙的女人结婚？"

楚未不满地沉了脸："我很爱她，她怎么会是莫名其妙的女人，她是我爱的人，以后是我的妻子。"

何迎有些受伤，但她强忍着，最后又笑了起来："好吧。你爱她，所以要和她结婚。"

楚未叹了一声："你是魔障了，才觉得我好。那么多追求你的男人，你多看看他们，就会明白，他们更好。"

何迎："这种话，听起来并没有什么诚意。"

何迎同楚未搭乘同一班飞机到了S城，楚未回家后，就接到他妈妈季遥的电话。

楚妈妈："我听何迎说，你从G城回S城了。"

楚妈妈随着楚爸爸，现居京城，和楚未不在一处。楚未一边郁闷何迎果真又联系了他妈，一边应道："刚回来。比较困，吃了饭就想休息了。她和你说了什么？"

楚妈妈："何迎真的很不错，她说在飞机上遇到你，看到你一脸疲惫，黑眼圈都要熬出来了，便很担心你的身体，但她不好劝你爱惜身体多休息，就告诉我了，让我要好好劝劝你，一切以身体为重，不要太拼。"

楚未："我没事，准备睡觉了，睡一觉，明天就会好。你也多注意身体。"

楚妈妈："让你回B城来，你总不听，一个人住在S城，也没个人照顾你。"

楚未叹道："在B城反而很受拘束，而且B城空气不好，我喜欢S城，当年你不是也很喜欢这里？我可以选择在这里定居住下，为什么反而要去不喜欢的地方。

妈，你就不要劝我了。我在这里也并不是没有人照顾，既有保姆又有司机保镖，再说，我都三十岁了，还需要什么照顾？"

楚妈妈慈爱又心痛地说："我说不过你，但你总要多回来才好。"

楚未应着，以为楚妈妈会问他女朋友的事，没想到她并没有问，他想，大约是何迎并没有将他有女友准备结婚的事告诉她。

要挂电话时，楚妈妈便又开始了老生常谈："楚未，你现在也老大不小了，虽然你说并不着急结婚，但我还是希望你能够早日安定下来，不然你总是不成家，我心里不踏实。"

楚未正要说柳箬的事，楚妈妈已经接着道："其实何迎哪点不好，要相貌有相貌，要学历有学历，而且也有事业心，她又是我们看着长大的，你何叔叔，现在和你爸爸走得很近，你爸爸很多事，还得仰仗他呢。我们两家都觉得你们般配，你为什么总是拒绝她？"

楚未："我有女朋友，而且真的不喜欢她，你就不要逼我了。"

楚妈妈恼怒道："你的那些女朋友，三天两头换，都是些什么不三不四的人？难道你还准备带回家来做我楚家的儿媳妇吗？再说，你为什么不喜欢何迎，她哪点不好？"

楚未也有些生气了："妈，你这是什么话，我的女朋友哪里是什么不三不四的人了？你能不能尊重一点。而且我和何迎是不可能的，我宁愿一辈子不娶，也不会娶她，你们就不要打这个主意了。"

楚妈妈气得不断喘气，挂了电话。

楚未想到他妈身体不好，被他气到又要头痛胸闷，只得又给她打了电话。

楚未问："妈，你没事吧？"

楚妈妈："我要被你气死了。"

楚未心想她这么中气十足，看来还不错："我真不喜欢何迎，你们不要瞎掺和了。而且我现在有了想结婚的对象，等有结果了，我会带她去见你们。"

楚妈妈："又是什么人？你最好不要由着性子来。"

楚未："到时候再说吧。"

楚妈妈整颗心都被吊了起来，楚未却说要睡了，她不忍心打搅儿子睡眠，只得忍下了长篇大论的追问。

柳箬从实验室回到家里，刚洗完澡就接到高士程的电话。高士程语气和蔼，说他应邀参加一个古董鉴赏会，会后他准备去打网球，问柳箬有无兴趣参加。

柳箬："高叔叔的邀请，我欢喜还来不及。只是，古董鉴赏会会不会有着装要求，要穿礼服吗？"

高士程笑："不必那么麻烦，随意就好。我明天让人去接你，你觉得呢？"

柳箬很爽快地应道："嗯，好啊。"

约好时间，柳箬挂断电话，站在客厅里发怔了好一阵，直到被冻得打了个喷嚏，她才回过神来。

在天气晴朗了数日之后，这一日，S城的天空便被冬日厚厚的云层遮掩了。

柳箬一大早起床，洗漱穿衣，她站在更衣镜前，盯着里面的人影，此人穿着酒红色羊毛长连衣裙，这种颜色衬着她的皮肤白得像纸，一大早就没有血色。她轻轻抚弄自己已经长长的头发，有种恍惚的感觉，似乎镜子里的人并不是她。

她很小的时候，大约只有四五岁，被父亲带到故宫去玩，因为人不少，父亲怕她走丢，就一直抱着她。她搂着他的颈子，目光好奇地打量那些巍峨而庄严的建筑，看那些雕拱重檐之中的沧桑。

父亲一路为她讲解，说那是明清两代帝王的住所，曾经是中国的权力中心。

到如今，她只记得父亲对她说过哪方面的话，具体说了些什么，已经模糊，但父亲当时的容颜还在她的脑子里，似乎他永远在那里，从没有离开过。

想到故宫，她又露出了些笑容，她记得当时完全不明白父亲说的明和清是什么，甚至对皇帝的概念也懵懂不知，她的注意力集中到了另外的点上，她问："明清是什么？"

她父亲说："就是以前的朝代。"

"以前是多久以前呢？"

——"几百年前。"

"那更久之前呢？"

——"更久之前，这里住着别的人。"

"别的人是什么人？"

——"别的人啊，就是我们的老祖先。这里在五十万年前就有人住了，他们叫周口店北京人，是原始人类。"

"我们是原始人类的后代吗？"

——"对啊。"

"那原始人类是谁的后代呢？"

—— "这个啊，是猿猴吧。"

"那猿猴是谁的后代呢？"

—— "这个……"

"第一个猿猴是谁生的呢？"

—— "这个，爸爸也不知道，箬箬长大了，自己去弄明白这个问题，好不好？"

柳箬深吸了口气，她身上有父亲和母亲各一半的基因，她来自于他们，血脉遗传是世界上非常神奇的东西，她不仅在容貌、身高上继承了父亲很多地方，甚至在性格、思维方式上都继承了父母的很多点。

柳箬想，爱一个人的表现是什么，其中有一点，一定是永远也没有办法忘记他。别人说，死去的灵魂会回到天上化成星星守护活着的人，她愿意相信这是真的。

柳箬看着镜子里泪流满面的人，一如看到父亲死去时的她。她只能哭泣，因为她弱小无助，不知道将来如何，而她的身边已经没有了陪伴她的大树。

柳箬又去洗了脸，然后穿上大衣，系上围巾，提着包出了门。

她没有任何胃口吃东西，匆匆去了小区外面一家化妆店让他们为自己化妆。

柳箬按时等在了小区楼下，她彻底打扮了一番，眉目动人，唇红齿白。

司机卢师傅将车停下，下车来为柳箬开车门。上次看到柳箬，柳箬素面朝天，虽然也清新美丽，但哪里比得上此时这般明艳照人。

他在心里叹气，为什么柳箬这种女孩子也要和他老板勾搭在一起？

柳箬朝卢师傅道了谢，弯腰上车，高士程坐在车里。

柳箬大方坐下，又关上车门，笑着说："高叔叔。"

美丽的女人，每一个都各有特点和风情，就像精美的艺术品，让人流连。更加珍贵的是，艺术品的美，可以一直保存。但女人不一样，女人随着时间、环境和各种条件影响，会发生变化，所以这一刻的美，更加难得。

高士程看着肤如凝脂、眼如秋水的柳箬，深沉的眼眸里带上了强烈占有欲的色性。

高士程想伸手拉柳箬的手，但柳箬坐姿端正，并没有太多暗示，他也就只好克制住了。

柳箬向他询问这次古董鉴赏会的事，高士程介绍了一番，柳箬笑道："之前倒没有想过高叔叔对书画和雕刻艺术品有这么深厚的研究，真让人佩服。"

高士程："哪里算什么研究，只是看得多，学费交得多，就自然而然地知道。"

"学费？"柳箬黑白分明的桃花美目好奇地看着他。

他笑："就是买过很多假货，前几次买到的时候，我可没有什么涵养，生气恼怒，之后慢慢就好了，渐渐地，也就有了眼界。"

他顺势拍了一把柳箬的手，柳箬并没有拒绝，他便握上了，柳箬强忍厌恶，一直笑容满面。

这个古董鉴赏会在一家比较偏僻的茶馆楼上，进大厅时，有人认识高士程，过来打招呼，看到柳箬便总会好奇打量，高士程说："这是我世侄女，带她来看看。"

这次鉴赏会上有不少好东西，但柳箬无心参观，高士程一直为她介绍，她记住的却少。

高士程看上了一只祖母绿翡翠吊坠，翡翠色泽浓郁，宛若青翠欲滴的山色在水中浓郁得像要流淌。这枚吊坠是民国时期的，要价不菲，他和藏家商量着买下，柳箬一直在旁边听他们交谈。高士程买下后，转手就送给柳箬："这种吊坠，只有你们这样的小姑娘才能戴。"

柳箬很惊讶，推辞道："我哪里能收高叔叔这般的厚礼，我不能收。不然以后都无法和高叔叔您交往了，我还想在您跟前多跟着您学一些东西呢。今天您带我来，我已经大长见识，哪里还能收下您这般的厚赠？"

高士程不好强送，笑着说："你呀，这不过是一点小心意。"

虽然茶馆里有午餐，但高士程却带着柳箬离开了："你也饿了吧，这附近有一家不错的餐厅，我们前去用餐之后，下午再去打球。"

他伸出了手，以为柳箬会随势挽住他，但他不知道柳箬一直少在外交际，没有看懂他的手势，并没有挽住他，反而是去按了电梯。

高士程在心里觉得好笑，又认为柳箬的这种自然纯真实在难得。

卢师傅一直在停车场里等，两人出现之后，他就赶紧打开车门，高士程让柳箬先上车后，他才转到另一边去上了车。

他礼貌周到，学识渊博，语言风趣幽默，又出手大方。柳箬想，要不是她对他有先见之识，而是第一次见这种人，她定然很难对这种人产生警惕和厌恶情绪。

楚未睡了一场好觉，想到昨晚睡前和柳箬打电话，柳箬说："你这次真走了很多天呢。"她的语气里难掩思念，他就觉得非常甜蜜，心想你生日那天，我们就可以见面啦。

三十岁是比较重要的。

三十而立，说明一个人必须成熟了。

不过他倒希望柳箬可以一直单纯稚气。

楚未想，他也是三十岁了，他要组建一个家庭，并且支撑一个家庭了。

他这一天有很多事要做，刚刮完胡子，就打电话再次确认从法国空运过来的玫瑰。为柳箬准备生日惊喜让他心情很好。

不过，这种好心情很快就被打断了，门铃响了，他去开门，看到门外站着何迎，他几乎要条件反射将门关上："你……怎么在这里？"

窗外在下雨，冬日的小雨十分阴冷，又给人潮湿的感觉，让人很不好受。

走廊里并没有空调暖气，何迎穿着包臀短裙，外面是一件羊绒大衣，没有穿袜子，踩着高跟鞋，可见其冷。

不过她脸上的浓妆掩盖了她会从面部表情上显露出来的寒意，她对楚未笑道："想要知道你家还不容易？这外面可真够冷的，你不请我进去？"

楚未没有行动，但何迎已经要自己进门："不要用你和你女朋友同居来拒绝我进你的家门，我知道这里只住着你。"

楚未："这样我更不好让你进来了，我怕我女朋友会多想。"

何迎笑了起来，眼睛微微眯起，这让她像一只风情万种又傲慢的猫："好吧。那我不进去了，我来是感谢你昨天让车送我去宾馆，而你只能打车回家。怎么样，我想请你用一顿午餐，你不会拒绝吧？"

楚未虽然不喜欢何迎，但实在不想对一个女人，而且还是世交家的妹妹太过苛刻，他叹道："你快回去吧，我中午和下午都有事。"

这话刚说完，何迎便蹙眉问："楚未哥，你真有这么讨厌我吗？"

楚未实在不想和她闲扯这些事："你知道，那不是讨厌，只是我真对你没有那方面的感觉，我们之间没有任何可能性。我不想你继续在我身上浪费时间和精力，而且这也会对我的生活造成很大的困扰，还会让我的女朋友误会。我不希望她对我产生误会。"

何迎戴着手套的手指紧紧捏着手里的包，调整了好一会儿表情，才尽量用比较平缓的语气说："这样拒我于千里之外，有意思吗？"

楚未强自忍耐着烦躁说："人和人之间，是需要感觉和缘分的，我觉得我们之间两样都没有。再说，我现在已经找到了我要终身为伴的伴侣，我为什么要放弃她和你交往？"

何迎："我不相信。你知道我有多么喜欢你，还每次都这样伤害我。"

楚未忍无可忍了，但也实在拿她没办法："我们多说无益，我下午还有很多事情要忙，你到S城来也并不是为了来找我，而是有事要做。我们可以去吃一顿午餐，但之后，我们不要再互相打搅了，好吗？"

何迎深吸了口气，似乎是在强忍眼泪："嗯。好吧，接近春节，我最近也挺忙，不会再来找你了。"

楚未说道："请等等，我去换身衣服。"

何迎进了屋："抱歉，我可以用一下你家的卫生间吗？"

楚未："请吧。"

这是何迎第一次进楚未的这个屋子，两人之前的交集多是在B城。她进屋后，目光便扫了一番屋子，一看就知道这里面是没有女主人的，因为所有东西都简洁简单，没有多余的饰物，也没有女性用品，她去了卫生间之后，就更肯定了。里面没有任何女性使用过的痕迹。

楚未很快换上了外出的衣服，和何迎出了门。

在车上，看楚未对她毫不理睬，何迎苦笑："楚未哥，其实我一直没有弄明白，你为什么会不喜欢我，我自认为自己没有那么讨厌，也不难看，不缺乏魅力。你对我的拒绝，真让我挫败。"

楚未还是那句话："这是缘分的事，与魅力并没有太大关系。"

何迎不相信："现在三岁的孩子都不会相信这话。你难道会看上一个丑陋乞丐，而不选择一个气质优雅的美女？"

楚未："这事相信便是，不信就不是。反正我是这样认为的。大家都觉得我还不错，但我女朋友在以前就完全不理睬我。我喜欢她，她胖的时候，我觉得她挺可爱，她瘦的时候，也不错，所以，爱情是很奇妙的事，当喜欢一个人的时候，无论她是什么样子，做什么事，都会觉得挺可爱挺好；而不喜欢一个人的时候，她无论是什么样子，有多么漂亮有魅力，但这又与我有什么关系，她可以很美，但是一朵花一幅画甚至一块石头，都可以很美，我会去娶一朵花一幅画一块石头吗？再说，人总会变老变丑，几十年后，我和她脸上都会有皱纹，还会有斑点，行动迟缓，语言含糊，愣头愣脑，但这不会影响我们的爱情，正如爱情不是美丽的人的专利。我喜欢上她，我不可否认，其中一定有与外在有关的东西在，但是喜欢上她之后，想要和她共度余生，便一定与这没有太大关系了。你所说的丑陋的乞丐，还是气质优雅的美女，也都与我的婚姻没有关系，因为她是她，是很特别的那个人。我希望你能找到你自己的幸福，而不是总把目光放在我身上。两情相悦才是一件美妙的事，单恋很痛苦。"

何迎怔怔看着他，脸上表情像凝固了，好半天，她才把脸转向另一边的车窗，抬了抬手，似乎是在擦眼泪。

楚未带何迎到了一家牛排馆，何迎点完餐后，笑着说楚未："想要吃美食，找你就行了。大家都这么说，看来这话不假。"

楚未："那是因为我以前没有想共度一生的人，所以觉得饱口腹之欲是非常重要的。但和我女朋友在一起后，我女朋友煮面条给我吃，我也觉得很不错。她上次煮过可乐姜汤给我喝，她放太多姜了，辣得我第二天都还觉得满嘴姜味。但是我没忍心和她说，只要是她做的就挺好的。"

何迎厌恶他句句不离他那个不知道是谁的女朋友，知道他是在故意拒绝自己，便沉默下来。

柳箸和高士程上了电梯，高士程说："中午吃牛排并不适合，应该留作晚餐，才更好。但这一家的牛排，牛肉和师傅的手艺都非常好，你吃过就知道了。"

柳箸说："嗯，谢谢。"

高士程："我应该先问你吃中餐还是西餐，也有人不爱吃西餐。我年轻那会儿，初吃西餐，也吃不大惯的，后来在国外生活，才不得不习惯，渐渐吃出滋味来了。"

柳箸："美食和音乐一般，是大家都明白的语言。我很喜欢吃西餐。"

服务生迎接了两人进去，询问他们想坐哪里，柳箸道："坐靠窗户的地方，您看呢？"

高士程："安排靠窗的桌吧。"

两人才刚绕过中间装饰优美的柱子，柳箸就愣了一下，因为说他还在G城的楚未，此时正和一位优雅的美女共进午餐。

楚未是敏感的，几乎只一秒钟，他就转过了头来，对上了柳箸的脸，随即也看到了她身边的高士程。

发现楚未和一位年轻美丽的性感女郎坐在一起共进午餐，柳箸的感觉不是愤怒，反而是紧张，心底深处甚至生出慌乱，因为高士程在她的身边。

虽然她并没有答应过楚末，她以后不会再和高士程接触，但她知道楚末不高兴她和高士程有所来往。

不等她做出什么反应，楚末已经转过头来看到了她，当然，他也看到了高士程。

柳箬从他的黑眸里看到了惊讶，也看到了他在那一瞬间皱了眉。

柳箬有种想要逃跑的渴望，但她站在那里没有动。

楚末这时候已经站起了身来。

高楼之外，是冬季细密的雨丝，渐渐地，已经有细碎的雪花夹杂在雨丝之中，天空阴沉，黑压压一片。

楚末挺拔的身姿被窗外的云层和雨夹雪所映衬，好似站在末日来临的世界一般。他的黑色大衣搭在椅子上，身上只穿着薄毛衣和牛仔裤，但这并不会显得他随意洒脱，反而给人很大的压迫感。

柳箬目光紧张地看着他，突然有点怕他。

楚末和高士程都感受到了柳箬的紧张。何迎在楚末站起身来的时候，也被吸引了注意力，随即看到了站在不远处的一男一女。

她既不认识高士程，也不认识柳箬。

高士程最善于处理这种局面，他已经笑了起来，对楚末说道："没想到在这里见到。这位小姐是？"他对着何迎笑着点了一下头。

楚末却没有理他的这个寒暄，径直走到了柳箬的跟前去，一把拽住了她的手腕，他分明感受到柳箬的身体一颤。

楚末瞥了高士程一眼，就要拽着柳箬离开，柳箬挣扎了一下，楚末朝她道："和我走！"

他的声音里带着不容反抗的命令，柳箬抿了一下唇，楚末拽着她往外拉。

高士程有些许诧异，他以为陪楚末共进午餐的那位性感美女是楚末现在的伴，他和柳箬已经闹掰了，看样子，并没有。

何迎见楚末的反应，就意识到这个女人是他嘴里的那个女朋友，只是，这个女人为什么和另外的男人来这里用餐，而楚末分明不快。

楚末已经拽着柳箬走到了门口，柳箬脑子完全当机，不知道该想什么，嘴里说："你不穿外套，出去会冷。"

楚末被她这突然的一句话说得一愣，他说："站这里等我。"

他这才放开柳箬，但是眼神却不容置疑地暗示她不要跑。

柳箬蹙着眉，将脸转开了。

楚未回去拿上了自己的外套，又对欲言又止的何迎道："不好意思，我先走了。"

又拿出信用卡递给服务员："先结账。"

他胳膊上挽着大衣，走到泰然自若的高士程跟前去，高士程似乎完全没有被抓奸的狼狈，就像最平常的日子，和楚未在餐厅相遇。

楚未："高叔叔，柳箬给你添麻烦了，不过，以后还请你不要再接近她，她是我的女朋友。"

高士程笑道："楚未，你这是什么话，我和柳箬只是普通相交，如果你因此就要限制我，或者限制柳箬，是不是很不妥？"

楚未也笑了起来："这也是没有办法的事，我就是这么爱吃醋的人，上到八十岁，下到八岁，只要是男的，谁离她近点，我心里就不爽。所以还请高叔叔你体谅。"

高士程挑了一下眉，笑着没应。

他转头去看站在门口的柳箬，柳箬正垂着头，不知道在想什么。

餐厅外走廊上的灯光十分明亮，餐厅里却光线昏暗，她正好站在光与暗的交界处，穿着暗色的衣服，纤细修长的身影，低头处，有种别样的风情。

楚未签单后就飞快地走了。他上前拽住柳箬的手，带着她走上了走廊。

何迎很伤心失落，但她强忍了这种情绪，继续用餐。

只有两人的电梯里，沉默在空间里蔓延。楚未一直盯着柳箬，柳箬却不看他。楚未深吸了口气："刚才的那个女人，只是世交家的妹妹，她正好来S城出差，就招待她用午餐。"

楚未看柳箬对此毫无反应，他就只好再解释了一句，"我昨晚回来的，但想到太晚了，就没告诉你。我想给你一个惊喜。"

柳箬这才转过脸来："你不对我解释也没有关系。"

楚未心里十分烦躁，想要发火，又生生压下去，控诉地盯着她，看得柳箬很不自在，他说："真没有关系？"

柳箬不回答了，洁白的牙齿微微咬着下唇，让唇色出现了深浅的变化。

楚未伸手摸了摸她的面颊："跟着姓高的出来，你还专门化了妆？"

柳箬将他的手挡开，闷着不应。

电梯里又上了其他客人，楚未护着柳箬，不让其他人将她碰到，而这一对俊男美女，十分惹人注意，有乘客不时偷偷打量两人。楚未发现了这些人的目光，随即伸手将柳箬搂到自己的怀里，让她将脸埋在自己的肩膀上，以免总被人打量。

等坐进车里，楚未开上暖气，问："想去哪里？"

柳箬感觉头脑昏沉，大约是前一晚冻到了，又忧思伤身，早上起来时，精神就不大好，而且脸色过分苍白，化了妆后才好些，此时就更觉得精神不佳。

她抬手揉了揉额头："我想回去了。"

楚未看出柳箬精神萎靡，本来还恼怒她和高士程在一起，此时也只剩下了心疼："还没有吃饭，我们去吃东西吧。我说过，我帮你查当年的事，让你不要再和高士程接触，你为什么完全不听我的话，一意孤行？"

柳箬："谢谢你。但我想，即使是你，当年的事情也不好查了。再说，这是我爸爸的事，我作为他的女儿，弄清楚他的死因，是我的责任。这是我的事，应该我自己去做。"

楚未抬手摸了摸她的额头，发现她的额头有些烫，他说："你在发烧，是不是？这么冷，你穿成这样来陪姓高的，你还真舍得自己。我们先去医院吧。"

柳箬以为只是感冒，没有想到已经发烧了，她皱着眉说："随便去药店买点药就行了，我不去医院，去医院太麻烦了。"

楚未："好，那我们先去买药。"

他开着车从地下停车场驶了出去，车开得很平稳，柳箬静静靠着椅背，不时看楚未，她本以为楚未会大发雷霆。柳箬见过他真正发怒的时候，他曾经把他的前女友谷雨嫣推到了地上去，还骂她骂得很难听，没想到他此时毛毛雨一般地说几句就好了，柳箬本能上提起的心就放了下去。

随即，她想她竟然是如此害怕楚未生气。

楚未的车进入了车流，他不断看路边的商店，想要找到一家药店，柳箬说："我家小区外面有一家药店。"

楚未："我住处外面也有一家，还有诊所，距离这里比较近。"

柳箬轻声嘀咕："我不去你家。"

楚未："为什么？我们应该去诊所里让医生看看，只是买药，不放心。"

柳箬："买一盒白加黑就行了。"

楚未强硬地道："不行。"

柳箬转头盯住他，但楚未一点也不放弃原则："必须让医生看看。"

柳筲气闷地不理他了，她在受冷之后又被车中的暖气激发，此时头痛欲裂，她抿着嘴唇闭上了眼睛。

楚未趁着红灯又摸了摸她的额头："是不是头痛得厉害？"

柳筲不应，他就自顾自说道："你看你穿这么少，你这袜子这么薄，不冻到才怪。还有你爸爸那件事，你去接近高士程也没有用，他不可能告诉你。我从别的地方反而可以查到一些真相。再说，我查我岳丈的事，难道理由不正当？"

柳筲不满地哼了一声，楚未："就这样决定了。你想接近高士程，怕也困难，他不会为了你和我闹矛盾。"

柳筲闭着眼，不回应楚未，比起气恼柳筲的这种非暴力不合作，楚未更加担心她闷着去干傻事。

车很快到了楚未住处的小区外面，小区外面的确既有大药房又有诊所。楚未把车停在路边，看柳筲要开车门下车，他就说："我先下。"

车上没有伞，他飞快下去了，又去开柳筲这边的门，把自己的大衣外套给柳筲披上。柳筲："你会冷，我不要。"

楚未："马上进诊所了。"

楚未强行给柳筲披上衣服，然后扶着柳筲跑进了诊所。

这个时节太冷，感冒的人很多，里面全是输液的人，几乎找不到空位。

不过楚未和柳筲说："可见这里医生好，所以病人多。"

柳筲对他这话持怀疑态度，但不得不随他进去看了病，医生为她打了退烧针，又开了药。楚未付账拿了药，快速把她扶上了车，说："先去我家，你退烧了再送你回去，不然去你家还有好一段路。"

柳筲只想闭上眼睛睡死过去，在一片眩晕中根本没法反对。

楚未把柳筲扶回家，让她睡在楼下小卧室。

柳筲因发烧浑身酸痛，躺下就睡着了，楚未这才发现她没有卸妆，只得一边用ipad查卸妆攻略，一边按照上面的步骤为她卸妆。

花了二十多分钟，他才把柳筲的脸擦干净，又用湿毛巾为她洗脸，柳筲在过程中不断皱眉，哼哼表示不满，但始终没醒。

楚未为她卸了妆，又去倒水，拿了药让她吃了，他才闲下来叫外卖吃午餐。

下午三点多，柳筲睡了两个小时，体温差不多降下来了，到了三十七度，从高烧变成了低烧，楚未才放下了心。

门铃响时，楚未正进房间看柳箬，柳箬还在睡，面颊绯红。

在视频里看到楚骞，楚未有些诧异，请他进屋后道："大哥，你怎么来了？"

楚骞是楚未同父异母的大哥，长得比楚未还要高些，有点发胖，显得高壮敦厚，宽额头、高鼻梁，和楚未带着精致的俊美天差地别。

楚骞："我来S城有事，正好找你有事，就来你这里住两天。之前给你打电话，你一直没接。"

楚未一想，他的手机在大衣里，衣服在沙发上，他忙着照顾柳箬，根本没顾得上手机，且手机是震动，没听到声音。

楚未很歉疚："大哥，我这里，今天不方便招待你，要不，你去我的另一套房子住。"

楚骞从门厅进到客厅里，他观察敏锐，已经看到了客厅里沙发前的茶几上放着一双黑色高跟鞋，另一边的单人沙发上还有一个女士包。

很显然，楚未这里有一个女人。

门厅处并没有女性的物品，而客厅里除了那双高跟鞋和那个包属于女人，便没有其他女性的物品了，那这个女人应该还没和楚未同居，只是因为某种原因在这里，喝醉了吗，还是怎么了？

楚骞笑了笑："没事，我去宾馆也是一样。这个人，是你现在的女朋友？"

楚未："嗯。你坐吧，我去为你倒水，如果住宾馆，我把我的车钥匙给你。"

他过去拿了柳箬的高跟鞋，又拿上她的包，放到了电视旁边的柜子上，把鞋子放柜子上后，他才发现不妥，又拿下来，放到门厅处的鞋柜上去。

等倒了水去给楚骞，他才说："她今天冻感冒了，发烧，才刚看病不久，现在还在睡。今天怕是不好介绍给大哥你认识。你在S城待几天？如果有时间，过两天我们吃顿饭，我介绍她给你。"

楚骞有些诧异，想楚未这么说，难道是要收心了？

以前楚未从没说过介绍他女朋友给他认识的话，有时候问起，他会说有女朋友，但到底是什么情况，他一向不说。

楚骞并没有问起这个对于楚未来说也许很特别的女人，他说："我有时间，就联系你。既然你这里不方便，我就先走了。"

楚未将自己那一辆刚保养回来的比较低调的车的钥匙给了楚骞："大哥，这次很抱歉。这辆车，你以前开过，很好开。"

楚骞："兄弟之间，不用客气。"

他喝了些水，看楚末一门心思在那个生病发烧的女人身上，对着他的时候几乎也是魂不守舍，他便起身准备离开，又对楚末说："我听说你在查二十年前的一个案子，事关当年建华集团的，是不是？"

楚末对楚骞知道了这件事并不觉奇怪："嗯，是。不知道大哥你可不可以帮忙查到更多事情？"

楚骞一向很少将情绪表露在脸上，但此时楚末分明看他的眉头稍皱了一下："你查这件事做什么？"

柳箬的高烧退下去了，迷迷糊糊醒了过来，只觉口渴，想上卫生间，坐起身后，打量了一番屋子，就朝房门口走，刚打开一丝门缝，就听到楚骞说到建华集团，她愣了一下，站在那里，没有再动。

楚骞的声音里听不出情绪，但楚末直觉大哥不喜自己去查这件事。

据楚末所想，既然当年魏瞻平在回国后能借楚家的势以高士程的身份得到很好的发展，魏瞻平的亲大哥魏常平更是和楚家关系密切，楚骞不希望他查当年魏瞻平的事，也是理所应当。

楚末想，他在今后，必然要把柳箬带回家去，到时候家里一查柳箬的身份，就会知道，她的父亲死于畏罪自杀，还和当年的建华集团走私案有关。

他在调查当年建华集团案件的事，以及柳箬和当年建华集团走私案有什么联系，他是瞒不住的，还不如现在和大哥说起。

楚末说："我现在的女朋友，她家里和当年的建华集团走私案有关系。不知道大哥你对当年建华集团的事情，知道多少？"

楚骞比楚末大十几岁，当年和还是魏瞻平身份的高士程认识，因为他那时候已经二十多岁，大学毕业，有理想有抱负，和魏瞻平有些共同话题。楚末记得他和魏瞻平关系不错，应该会知道更多事。

楚骞的语气并无起伏："现在都过了二十年了，早过了案件追诉期。当年的事，我能知道多少？你这样去查当年的事，恐怕会引起不少人警惕，以为这是我们楚家的意思。当年的事，可不是那么简单的，这个案子，当年会被压下，没见报，你该知道。即使是当年，有人想查，也没法查，这才让结案了。不管你是想讨好你的那个女朋友，还是受不住她的恳求，但此事就到此为止，你别再找关系去查这件事了。"

楚未皱了眉："其实，我什么都还没查到。我也不想知道，当年到底有多少人借着建华集团得利，最后只是以牺牲一个部门经理作结，这些都与我无关。我没有任何要揭开当年这个案子真相的意思，只是想知道，当年死的那个部门经理柳霁，到底是怎么死的，是畏罪自杀，还是怎么样？就只想知道这一点，给我女朋友一个交代。"

楚骞："你的女朋友，是那个经理的女儿吗？我记得他有一个女儿。"

楚未并不隐瞒："对。不瞒你，我和她是初中和高中时期的同学，以前我就很喜欢她。我们之后会结婚，她会成为我们家的人，所以我不想她满脑子去想她父亲的死因，我想让她将这件事作个了结，以后跟着我好好过日子。"

楚未调查这件事的理由无可厚非，楚骞不会有任何怀疑："你要和她结婚，还是先让你妈同意吧。你只是要一个死因，那这事实在简单，我可以找出当年的报告来给你。"

楚未听了楚骞这话，对他妈是否同意他和柳箬结婚这件事，他并没往心里去，但楚骞轻巧地说，将当年的报告给他，却让他心情沉重起来。

因为这表示，楚骞也许与当年的案子有关系，他不想当年的事再被任何人提起，他想尽快打发他。

以柳箬的固执、倔强，和她的小聪明劲儿，她一定不会被这个报告轻易说服。

柳箬靠站在门边的墙上，将外面两人的谈话听得一清二楚。

她故意打开了房门，弄出了很大动静，她焦急而脆弱地叫道："楚未，楚未……"

楚未本要和楚骞说话，被柳箬的呼唤声打断了，他看了楚骞一眼："大哥，不好意思。"就赶紧往客房去了。柳箬从客房里跌跌撞撞地走了出来，她的黑发垂下来，因为发烧，她出了一身汗，额头上和鬓边都有细细的汗意，面颊泛红，她看到楚未，很委屈地蹙了眉："你去哪里了？"

柳箬平常可不会说这样可怜委屈的话，要是楚未在对着她的时候多一些理智，就会发现柳箬此时的异常。他扶住了柳箬："我就在客厅里，怎么了？头还疼吗？"

柳箬蹙着眉："头不疼了，但是我口渴。"

因为楚未说他会和这个女朋友结婚，楚骞对这个声音低柔婉转的女人便有了好奇，更何况她还是柳霁的女儿。

他当年只知道柳霁有个女儿，但从没有见过，现在正好一见。

楚末不想柳箬和楚骞这时候相见说话，但他无法阻止。楚骞走过来，楚末正将柳箬黏在面颊上的头发抚弄好，神态十分温柔，可见他的确对他现在这个女朋友很喜欢。

这个站在房门口的女人，楚骞见到，心中便生出了一种，这果真是当年柳霁的女儿的感觉。

这个女人和当年的柳霁在长相上并不十分相像，最像的，只有眼睛。

他对当年柳霁的长相，印象已经渐渐淡薄，记不清楚，但他依然在第一眼时就觉得这个女人是柳霁的女儿。血脉给人的感觉非常奇妙。

当年的柳霁，三十多岁，是个文质彬彬温雅清朗的美男子，他的这个女儿，丝毫不比他当年逊色，因为是女人，更显出一种特别的美感来。

在这个对美色审美疲劳的时代，身材好脸蛋漂亮，已经引不起楚骞太大的注意。比起她的好身材和漂亮脸，柳箬吸引他的，更是她身上那种不可言传的所谓"腹有诗书气自华"的气质，以及掩不住的坚韧和英气，这不是一个弱质女流。楚骞在心里下了定论，还想到，也许她刚才听到了他和楚末的谈话。

楚骞在短短的瞬间，已经想了不少东西。

"这位就是小柳？"

柳箬看向楚骞，又看了楚末一眼："你来了客人吗？"

楚末介绍："这是我的大哥。"

柳箬很吃惊："你家不是独生子女？"

楚末还没有回答，楚骞便笑对柳箬说："哦，我的母亲过世了，父亲续娶后，才有了楚末，楚末没和你说吗？他是老三，我还有一位弟弟。"

楚骞的笑很平常，柳箬却觉得其中很有深意，也许他已经顾忌自己听到了他和楚末之间的谈话，她对他腼腆地笑了笑，眼神里透出一种温柔又好奇的妩媚："他没说过。大哥，你好。"

楚骞说："我是来S城有事，现在要走了。"

柳箬："要走了？不吃晚饭吗？"

楚末："你身体好些没有，要是可以，大家就一起吃顿饭吧，大哥，你觉得呢？"

柳箬小声对楚末说："我想先喝点水，而且好饿。"

楚末："你中午饭没吃，发烧很消耗体能，不饿才怪。"

楚骞看得出，楚末对这个女人，语气动作里，全是不经意流露出的宠和爱，他完全迷恋上她了。他现在相信，这个女人让他去调查她父亲当年的死因，楚未真会这么去干。多少男人，就是因为女人的一句话，做出不理智的行为。

楚骞："那便一起吃顿简餐吧。楚未，你去给小柳倒水，我在沙发上坐一坐就好了。"

柳箬对他很抱歉地笑了笑："楚未，你陪着大哥好了，我自己去倒水就行。"

楚未："你才刚退烧，不要走来走去。"

楚骞已经走到了一边沙发上去坐下了，拿起沙发上的一本商业杂志看起来，柳箬凑在楚未身边小声说："卫生间在哪里？"

楚未搂着她的腰："楼下的卫生间有别人用过，你去楼上的好不好？我带你上去。"

柳箬赶紧说好。

楚未去给柳箬拿了一双拖鞋让她穿了，才带着她上了楼，柳箬进了主卧，楚未将卫生间门打开，让她进去使用。

柳箬从卫生间出来，看到楚未在外面等她，她说："你和你大哥关系很淡吗？"

她这话问得未免有些失礼，楚未却没在意："没有，还好。"

柳箬："那他怎么才来——是才来吧？就要走了。"

楚未："他要去住宾馆。"

柳箬："我一会儿就要回去了，你留他吧。不然，亲大哥来了，你有房间可供他住，却让人去住宾馆，这多么失礼。或者你大哥他觉得住宾馆更自在？"

柳箬虽退烧了，但冬日的感冒，一向要缠绵很久，她没因退烧就觉得身体痛快多少，头脑依然昏沉，胸口处更是发闷。

楚未在言语里表示，他想要和她结婚，想要她成为楚家人，这些本足以让柳箬产生欢喜，但却因为听到楚未和他大哥对她父亲的事的讨论而消散。

自从父亲死亡，找出他死亡的真相，一直是柳箬的心病。几乎没有哪一日，这个想法没出现在她的脑子里。

但当年的建华集团消失得无影无踪，她无从调查当年事情的真相，直到她偶然遇到高士程。

她不可能因为和楚未的爱情，便放弃这件她必须要做的事。

甚至，这比起她的事业，更加重要。

楚未大哥那些话，让柳箬明白，这个人，应该知道不少当年的事，甚至，他认识她父亲。

他第一眼看到她的时候，眼神里显出的那一瞬间的恍惚和回忆，一定是他从她的脸上看到了她父亲当年的痕迹。柳箬知道，自己在一定程度上和她的父亲有些相像。

柳箬被楚未拉着手下楼。

从床上起来这阵子，消耗光了她的精神气，她脸上红晕退下去，剩下一片苍白。

柳箬进了楼下客房去穿好衣裳，楚未倒了水，加了蜂蜜，放在客厅桌上等她来喝，又给楚骞倒了一杯茶。

楚未说："大哥，你再等等，我去换身衣服。"

楚骞抬手表示他随意。

柳箬穿好衣服，拿着大衣从卧室里出来，将大衣放在沙发上，楚骞看着她指着那杯蜂蜜水说："小柳，这是楚未给你倒的水。"

"谢谢。"柳箬说着，端了水杯喝。因为脸上被楚未卸了妆而觉得有些干，她放下杯子，四处找自己的包，楚骞发现了她的意图，又指了指电视机旁边的柜子："你找包吗，楚未放那边了。"

柳箬道谢后拿了包，楚骞又亲和地道："如果你要化妆，那边有一间洗手间可以用，楚未上楼换衣服了。"

柳箬又道谢，提着包去了楼下那一间洗手间。

这一间没有楼上洗手间宽敞，洗手台为乳白色，镜子十分明亮，柳箬将包放在了洗手台上，她这时候手软脚软，却强撑着。

她这一天带了护肤品还有化妆品，包比较大，柳箬不是来化妆，但楚骞却认为她要来化妆，那么，他应该是从她包的大小，还有她脸上的化妆痕迹而做出的判断。柳箬想，这真是个观察敏锐到一定程度的男人。

她从大包里拿出护肤品，从水，乳液，精华液，眼霜一层层地搽到脸上。抹上保湿精华后，她就去拿唇膏，拿到手里，才发现黑亮的壳里，是艳红色的口红，而这个牌子，也不是她用的。她不由一愣，将口红放回了洗手台上，这才想到，她放下护肤品包时，这支口红就在这里了，而她刚才在想楚未大哥的事，没有注意到。

她又拿起那支口红打开来看，里面使用过，可见之前有女人在楚未这间洗手间补过妆，甚至化过妆，不小心将这支口红忘在了这里。

"他之前让我去使用楼上的洗手间，是因为这个吗？之前有女人来用过。"

柳箬不由生出悲伤，她并不愤怒，只是觉得难受。

她没有怀疑和楚未共进午餐的女人有什么问题，也没去怀疑楚未对她的解释，她在心里说，他并不需要骗我。只要他想，我可以随时和他分开，绝不会因为他对她没有感觉想要找另外的人而指责他。

她何曾想过，不是她理智上认为自己不会产生这种情绪，就真不会产生。

柳箬感觉自己的头又开始痛了，她抬手拍了拍脸，抹了唇膏，开始收拾东西。这时候，卫生间门被敲响了，楚未的声音在外面响起："柳箬？"

房门没反锁，柳箬深吸了口气让自己镇定，用柔软的声音说："进来吧，我好了。"

楚未打开了门，看柳箬在收拾包，面颊上的气色比刚才稍微好了一点。

他说："现在到晚饭时间了，我们在家附近吃吧。我把你的药带上。"

柳箬的包里装了不少东西，很重，楚未赶紧过来替她提上，搂住她的腰，打量她穿着薄丝的腿："会不会冷？"

她说："你这里没有我的衣服，吃了饭，麻烦你送我回去。我想回去了。"

楚未："嗯，好，我一会儿送你回去，你需要多穿一点。而且你家里挺冷，你在家里更要多穿，最好将空调暖风开上。"

柳箬勉强打起精神："我知道。"

楚未发现她状况不好，问："是不是身体还是难受？"

柳箬："退烧了，没什么事，我一直身体就挺好。"

楚未伸手要摸一摸柳箬的额头，但柳箬侧身躲开了，楚未一愣，柳箬小声解释："你大哥在，庄重点吧。"

楚未："我只是想看看你有没有发烧。"

"没有。"柳箬语调冷硬。

楚未感受到了她的冷淡疏离，却不知原因。

三人一起出门吃饭后，楚骞先回了楚未家，楚未则送柳箬回家。

楚骞的生母，在当年，是因为成分好，才得以嫁给他的父亲，他的生母是个朴实的女人，没有文化，相貌也很一般，他的父亲则是那个时代家世良好的大学生，有很大的抱负，之后得到重用，步步高升，和这个完全没有共同话题的妻子，自然就有很大隔阂。

不过，他看重这个儿子，只是，他当时处在事业上升期，实在没什么精神放在儿子身上，楚骞是由他母亲教养长到了十岁。然后，他的母亲病死了，他那时候心性倔强，并不愿意接受年轻漂亮的新妈妈进门，所以总在家里闹，就被他父亲送到爷爷奶奶处去了。他在爷爷奶奶处长大，楚末则在父母身边长大。

　　最初，两人基本没有兄弟感情，在楚末六七岁时，楚骞在寒暑假回父亲家，楚末甚至不愿意叫他哥哥，也不和他一起玩，而这时候，楚骞已经要上大学，心高气傲又倔强，也不愿意接近这个弟弟。

　　对楚骞少年时代的事，以及他大学时候和刚毕业的事，楚末并不清楚。

　　两人是在楚末大学毕业回国后，关系才亲近起来。

　　能够亲近，是因为两人都长大了，心性成熟，知道兄弟之间，血浓于水。

　　柳箬在车上又睡着了，本来降下去的高热又升上来，楚末发现后，不得不送她去了医院。

　　柳箬醒来时，已是晚上，发现自己处在医院的单人病房。

　　楚末坐在床边椅子上用笔记本电脑，看她醒了，就把电脑放在了一边的茶几上，倾身问："你觉得怎么样？"

　　柳箬看着他发愣了几秒，才有气无力地低声问："我在医院？"

　　楚末解释说："你之后又发烧了，我很担心，就送你来了。医生说你是流感。"

　　柳箬蹙着眉头："我想回家。"

　　楚末说："住一晚观察一下情况再回去吧？"

　　柳箬却固执地要回去，楚末无法，只得在之后带柳箬离开了。

　　楚末想扶着柳箬，柳箬有些许精神后，就不让他碰到自己。

　　楚末对此觉得奇怪，他不知道柳箬为什么突然对他这般疏远了。

　　回家的车上，楚末对柳箬说接到过她妈妈的电话，柳箬不由问："你没对她说我生病的事吧。"

　　楚末："没来得及和阿姨说。"

　　柳箬松了口气："这样更好，我不想让她担心。我以前生病的时候，她整晚不睡觉守着我，我病好之后，她反而病了。"

　　楚末叹道："你呀，太倔强，让人照顾你，不好吗？"

　　柳箬低着头说："习惯了别人的照顾，就像是被绑住了腿脚，是走不远的。"

　　她语气冷淡，像要远离楚末，楚末面对她暗示性这么明显的话，怎么会不懂她的意思，在犹豫了之后，不得不问："我觉得你对我有什么误会，柳箬，如果你觉得我哪里错了，你可以直接告诉我，而不是这样突然疏离我？"

柳箬抿了抿唇："其实没什么。"

楚未送了柳箬回家，想留下来照顾柳箬，柳箬没同意。

楚未看她对他这般疏远，心想一定有哪里不对，难道是她听到了他和他大哥之前的对话，而对他产生了误会吗？

他回到家，楚骞就说："我以为你会留在那里。"

楚未："她好多了，我就回来了。"

楚骞平素不苟言笑，此时却笑道："你这次是栽在一个聪明女人身上了。"

楚未没应这句话，楚骞又说："柳箬的口红留在了洗手间里，你可以拿去还她。"

楚未去了洗手间，拿起那支黑色外壳的口红看了看，又打开来，艳红的颜色，以及香味，让他大脑瞬间如被一道闪电闪过，他总算知道，柳箬之后为什么对他那么冷淡了。

柳箬不用这种口红，她用的颜色要浅一些，也不是这种香味，柳箬用的是水蜜桃味道的，楚未想。

这一支，只能是早上借用过他家洗手间的何迎的。

遇到何迎，从来不会有好事。

楚未刚回家又要出门，对楚骞说："大哥，我有点事要出去处理，你早点睡。"

楚骞看他火急火燎冲出门，手里握着那支放在卫生间里的口红，不由想，难道那支口红不是柳箬的？

柳箬不怎么睡得着，大半夜听到门铃响，以为是谁恶作剧，但门铃一直响，她不得不起床来，穿着拖鞋到了房门口，从门上的猫眼看外面，发现是楚未，她很惊讶，开了门。

楚未看到她，笑了笑，柳箬说："你这么晚来有什么事吗？"

藕荷色的长睡裙将柳箬的皮肤衬得非常白，上面的花边让她比平时少了清冷，她像个十几岁的小姑娘，带上了稚嫩。

楚未进了屋，关上门后，就伸手把柳箬抱住了，柳箬来不及推开他，楚未就在她的耳边低声说："宝贝，生日快乐。"

柳箬本要推拒的动作僵住了，楚未目光温柔地看着她："生日快乐。"

这时候刚过十二点，他是第一个对她说这句话的人。

柳箬的手机在卧室里大叫起来，柳箬怔怔的神情被打断，她没回答楚未就赶紧往卧室去了，拿过手机，是柳妈妈的电话。

"箬箬，生日快乐！哎哟，我的闺女，你三十岁了。"

柳妈妈的声音里带着刚睡醒的惺忪含糊，但却很欢喜。柳箬："三十岁有什么好说，我都这么老了。"

柳妈妈："三十岁算什么老，我都还没有说我老呢。你明天什么时候过来？把楚未也带过来。"

柳箬："我不带他，难道就不能去了？"

柳妈妈："他不是在你那里吗，你怎么不带他来？你这个人，越大越任性。"

两人的话里就带上了火药味，柳箬不想和她说楚未的问题，便说："好了好了，我明天会早点过去，五点多到，好不好？你赶紧睡，不要把袁叔也吵得不能睡。"

两人挂了电话，楚未将厚睡衣给柳箬披上，柳箬还没有回过神来，楚未已经说道："柳箬，我得向你解释一件事。"

柳箬觉得冷了，上床用被子盖住自己，不看楚未："解释什么？"

楚未在床沿坐下来，低头看她的眼睛，问："为什么生我的气，却不和我说？"

他把那支罪魁祸首的口红拿出来："当时看到，为什么不问我？"

柳箬看了那口红一眼，随手拿过，就把它扔向了房门。她虽病着，力气却不小，将它掷出了房门，客厅里"嘭"一声，不知道打到了什么东西，柳箬怒道："不要把这种东西放我床上。"

楚未只得道："好，好，我错了。"

柳箬又推他："出去。"

楚未却抓着她的手，把她搂住："别生气了，我真没有三心二意。那支口红是世交家妹妹的，但她只是到我那里借用了一下洗手间，你看，她的口红放在楼下公用卫生间里，没有放在楼上，是不是？我和她真没什么关系，你相信我吧。"

柳箬死命要挣脱他的束缚："我不，不……"

但楚未不放，她无法挣脱，闹了一阵，突然厌烦地开始捶打楚未的背："你放开我，我不想看到你。"

楚未由着她打，只是不断轻拍她的背脊："好了，好了，我叫人来对质，或者叫鲁项过来，鲁项昨天和我在一起，他最清楚我的事了。"

柳箬不知道自己为什么会觉得委屈，以前上大学时，连保送其他学校她更喜欢的导师的名额被别人用关系抢走，她也没有哭过，甚至没对家里讲。现在却觉得委屈不已，哭得稀里哗啦，她回过神来，就觉得很不可思议，便要收住眼泪，但她哪里能对眼泪收放自如，眼泪依然哗啦啦地流。

楚未看柳箬不再胡乱挣扎，这才稍稍放开她，用手指为她擦眼泪，哄道："不要哭了，你生我的气，再打我出气好了，嗯？但别哭了。"

他抓住她的手，用她的手轻轻打了自己的脸两下，像哄小孩子。

柳箬不理他，等总算收住眼泪之后，就朝楚未发火："我不想听你解释。"

楚未捧着她的脸，亲了亲她的面颊，又把她紧紧抱住了，柳箬这下没有任何挣扎，就像是力气用尽了一般，身子软在他的怀里。

楚未一直抱着她，柳箬轻声说："你总让我心里难受。"

她的话委屈极了，又很伤心。

楚未亲吻她的耳朵和头发："对不起，箬箬。"

柳箬委屈地说："我不想听这种话。"

柳箬哭了一场，反而好多了，她甚至觉得头也不那么痛了，轻轻推了推楚未："我要睡觉了。"

楚未让她躺下，又说："身体好些没有，还头痛吗？"又摸了摸她的额头，发现并没有发烧，就放了些心，柳箬的眼睛微微泛红，大约是不好意思，就将脸转到了另一边去。

柳箬闭着眼睛问："你怎么知道今天是我生日？"

楚未说："初中时候就知道。初中时候，大家不是要把生日写在教室后面贴着的纸上吗，然后大家都要为他庆生。"

柳箬想起来，的确是这样没错，不过，她的生日一向在期末，或者在寒假中，基本上就没被庆祝过，但奇怪的是，楚未那种大名人，居然也不记得有为他庆生，她说："我怎么不记得有为你庆生？"

楚未说："我是暑假里，也幸好是暑假，不然在班上过生日，总要被整得很惨。"

柳箬睁开眼来看他，楚未俯下身去亲她的唇角："原谅我了吗？"

柳箬不答，但变软的眼神说明了问题。

雨打在卧室的窗户和空调箱上，发出沙沙的声音，房里没有暖气，但也让人觉得温暖。

楚未静静地看着她："我爱你，不会和别人有关系，相信我，好吗？"

柳箬又把脸转开了，楚未不得不追着她亲她的面颊："不相信也没关系，反正，我们还有一辈子的时间，足以证明问题。"

柳箸嘀咕："谁说的一辈子？"

楚未说："我。只能是我。"

柳箸抬手要把他死皮赖脸的脸推开，却被楚未抓住了手，亲吻她的指尖，柳箸的眼神完全软了下来。

他低头亲她的唇，柳箸慢慢闭上了眼睛，接受了他。

楚未整晚没回去，楚骞知道他应该是留在柳箸那里了。

楚骞没有他父亲和继母那种门第之见，甚至，他的妻子也只是一般人家的女儿，因为和他有工作关系认识。前几年，他三十九岁，对方三十七岁，他们才结婚。而他的妻子，至今没有怀上孩子，去检查身体后，医生说她很难怀孕，他们已经定下不要孩子了。

从门第出发，他不觉得楚未和柳箸在一起不行，不过，柳箸是柳霁的女儿，让他很介意。

第六章

忐忑

　　楚未在柳箬家里留宿了，睡在书房的沙发床上，这个房子隔音效果不好，他两次听到柳箬大声咳嗽，便去厨房里倒了水端去给她喝。

　　柳箬第一次睡得迷迷糊糊，以为他是柳妈妈，被他搂着，一边迷迷糊糊地喝水，一边含糊地说："妈，我没事。"

　　楚未哭笑不得，也不纠正她，看她喝了半杯，就把她放回床上，让她继续睡。

　　第二次，早上五六点，她又撕心裂肺地咳嗽起来，他被她吵醒了，又去倒了水给她，心里则想着，也许应该让她去看看中医，好好调理一番身体。

　　这次柳箬自己已经醒了，看到楚未端水进来，就迷迷糊糊地问："什么时候了？"

　　楚未说："才五点三刻，你喝点水后，再睡吧。"

　　柳箬将枕头往床尾扔，说："你出去吧，我没事。"

　　楚未看到她扔枕头到床尾的行为，觉得奇怪，一边把水杯递给她，一边说："你要睡床尾吗？头对着门可不好。"

　　柳箬接过水就推他："快出去。"

　　楚未无法理解她的行为模式："又怎么了，箬箬？"

　　柳箬满脸通红："出去。"

　　楚未刚在床沿坐下，柳箬就开始推他，手里水杯里的蜂蜜水洒了，一大半洒在了楚未的衬衫上。

柳箬慌张地问："没被烫到吧？"

楚未把水杯接过去放到床头柜上，又抽了纸巾擦被子上的水："已经是温水了，没事，别担心……"

话没说完，他就听到了一阵让人尴尬的声音，柳箬马上发现了他的异常，面色更红，朝他道："让你出去……"

楚未一愣后，对上柳箬又羞又恼的神色，突然爆发式地笑起来，甚至笑得抱住了柳箬，肩膀不断颤抖。

柳箬脸更红了，气恼地说："那你睡这间房，我去睡书房好了。"

楚未看她羞恼得不行，只得忍住了笑。这么一大早，抱着心爱的人，隔壁的夫妻邻居还在兴致高涨地沟通感情，要是他一点小心思也没有，那才真不是男人了。他在柳箬的唇上亲了两下，柳箬面红耳赤地推他："别乱打主意。"

楚未口不对心："我没乱打主意。"又期待地看着她："即使换了房间，我在这里也没法睡了，我们一起去睡书房，好不好？"

柳箬："不好。"

但楚未已经起了身，一把将柳箬打横抱了起来。对柳箬来说，这是她第一次在清醒时被人这么抱着，这实在让她没有安全感，很怕楚未把她摔到，不敢再挣扎，只说："放我下来。"

楚未不听，几步就把她抱出了房间，将她放到了书房里的小床上，他也上了床，搂住了柳箬，柳箬想要挣扎也无法挣扎，楚未用被子将两人裹在一起，一边亲她面颊，一边好笑地问："这个房子的隔音太差了，你平时见到你邻居，他们不会尴尬吗？"

柳箬羞恼地说："他们肯定不知道啦。你不要再说这个，再说我就生气了。"

楚未只得表示："嗯，我不说了。"又搂着柳箬叫她："箬箬，宝贝。"

柳箬嘀咕："肉麻兮兮，不要这样叫我。"

楚未亲着她的头发，床很小，他把柳箬搂在自己的怀里，很有种"世界里只有你我"的感觉。

柳箬睡不着，楚未的怀里火热，她将脸埋在他的肩颈边上，呼吸间全是他的气息。外面还在下雨，这场冬雨，不知道会持续多久，她轻声说："还在下雨。"

楚未怕把她冷到，又把被子紧了紧："对，还在下雨。今天会很冷。我一会儿带你出门，要出去吗？"

柳箸问："去哪里？"

楚未："带你去看一个东西。"

柳箸只觉得楚未身上的热气一直烤着她，让她不知道要怎么放手，无论放到哪里，都会感受到楚未的体温。楚未摸索着握住了她的手，她这才放松下来，问："什么东西？"

楚未："你看到了就知道了。"

柳箸问："是生日礼物？"

楚未的嘴唇贴着她的头发，宠溺地说："你这时候不应该装傻吗？"

柳箸说："只有聪明人才装傻，我本来就傻，所以只能装聪明。以免被人识破了本质，就糟糕了。"

楚未笑了起来："对着你，我也是傻子，我经常让你生气，两个傻子加在一起，是不是就可以好一些？"

柳箸："不用想负负得正，这是负负相加，更糟糕。"

楚未笑着亲她的额头，又亲她的鼻尖："今天要去实验室吗？"

柳箸："下午我要主持组会。"

楚未："但你病没好，让你的那个师弟主持，不行吗？"

柳箸："他们有很多问题要问，师弟不一定能够答上来。"

楚未叹道："那我中午送你过去，下午再去接你。然后一起去你妈妈那里，你会带我去吗？"

柳箸轻哼一声，表示可以。

早上起床，柳箸去洗漱后换了衣服，坐在餐桌边吃楚未买回来的早餐时，楚未就说："我早上出门时，遇到隔壁邻居了，他出门上班，我们一起进电梯。"

柳箸不再害羞，挑眉说："你问人家的私房事？"

楚未："这怎么好问？是他问我，问我是你的男朋友吗？我说是。你平时和他有打交道？"

柳箸摇头："完全没有，只在电梯里遇到过，他家装修的时候，来我家借过电。所以算是认识。"

楚未："他说到你经常晚归的事，询问你的工作性质。这种男人，实在不可打交道。"

柳箸："大约是我回家，有动静，他家听得到。"

楚未不得不感叹："你家隔音太差了，要不，搬去和我一起住？"

看柳箬挑眉不语，他就加了一句，"你可以选一间你喜欢的卧室，我绝不会打搅你，你多晚回家，都没关系。"

柳箬："不去。"

楚未就说："那你这里，三天两头被人办事的声吵醒，好吗？"

柳箬瞪他，说："再说试试！"

楚未只得噤声。

饭后，柳箬穿了很厚的衣服，又被楚未围上围巾，戴上帽子和手套，两人一起出门，柳箬边走边说："真不先说说吗？看什么去呀？"

楚未说道："怎么一点耐心也没有吗？"

柳箬抿着嘴唇，眼神里却带着笑意。

车穿过雨幕和车流，渐渐开到郊外去，柳箬并没来过这一带玩。车道之外是浓密的树林，在冬日，树叶依然葱郁，在人们开车去城中上班时，出城的车道很是空阔，雨淅淅沥沥地下着，天地之间雨雾朦胧。楚未将车沿着一条小河开到一片开阔之地，远处的枫树只剩下树干，一排排伫立着。这里小桥流水，还有一个大的风车，在雨中随着风缓慢地转动。

楚未的车停在了路边，他搂着柳箬往前走，柳箬早已过了追求浪漫的年纪，这些浪漫的花式，她一向是不喜的。但她此时，仿如自己只有五六岁，父亲为她买了芭比娃娃和她的公主裙，她坐在屋子里，为芭比娃娃一件件地换衣服。

前方水边，有一座不小的凉亭，楚未带着柳箬走过去。柳箬这才注意到，这一片本该草木凋零的地方，水边竟是一丛丛的金黄色晚菊。这个时候，早过了菊花开放的时节，这些菊花，应是花费不少力气养的。

而凉亭里，则是一片艳红玫瑰，玫瑰的香味十分浓郁，隔得远远的，已经扑面而来。

楚未带着她走进了凉亭，在鲜花的簇拥里，有一座大笼子，笼子里是一个吊椅。

柳箬不知道自己应该用什么表情来面对这些，感动有之，欢喜有之，但也觉得有些消受不起……

楚未说："亲爱的，生日快乐！"

柳箬放开楚未，走进了那个笼子里去，笼子里还有一个小桌，上面放着一个全是红玫瑰的生日蛋糕，柳箬在那吊椅上坐下，对楚未笑："为什么是一个笼子？"

楚未也走进了笼子，坐在她的身边，看着亭子外面的冬雨，说道："我想，你心里便是这样想的，我们在一起，便是我构筑了一个笼子，将你束缚在了里面，你害怕，是吗？"

柳箬看着他，没回答，她的沉默，正是默认。

楚未又说："我今年过三十岁生日时，是自己一人过的，在山顶上，车里，我看了一整晚夜空，就想到王羲之的那话——夫人之相与，俯仰一世。或取诸怀抱，悟言一室之内；或因寄所托，放浪形骸之外。虽趣舍万殊，静躁不同，当其欣于所遇，暂得于己，快然自足，不知老之将至——想到这些，我就有些难过，觉得自己已经老了。"

他看着柳箬："之后，又觉得一切还好，我回到这里，又遇到了你，便觉得，一切冥冥之中自有安排，而上天待我不薄，我有机会可以和你共度余下的岁月。柳箬，你害怕老去吗？"

柳箬没想到他突然就感慨起这些来，不过这些何尝不让她感慨，她说："以前不怕，因为从没有想过老之将至，而且，我有那么多事情要做，实在无法去想老、去想死，但最近，突然就想到了这个问题，就觉得害怕。"

楚未搂住她的肩膀，让她靠在自己身上："如果以后的生活，对于你是一个牢笼，那么，我一直在这里面和你在一起，我们一起变老，我一定会陪你到最后，在你之后才死去。我们可以有下一代，也可以不要下一代。柳箬，你觉得，好吗？"

柳箬望着笼子外面的细雨，雨丝笼罩着黑沉的天空和萧条的大地，那是一个更加巨大的牢笼。有些雨丝落进了亭子里，滴落在里面的玫瑰上，玫瑰染上了水珠，显得更加娇艳。而在雨中的菊花，就像是对这一场冬雨的祭奠，它们在这一场雨之后，一定会很快凋零。

柳箬突然感慨莫名，心中似乎是被堵得更厉害，也像是豁然开朗，她只得将脸埋进楚未的怀里，紧紧地抱着他："嗯，好。"

她将脸靠在楚未的肩膀上，抬起手腕来要看表，袖子掩住了手表，她只得把另一只手从楚未的口袋里抽出来，捞了捞衣袖，上面已经显示十二点半了。

她一声惊呼："怎么这么晚了，我得去实验室，不然会迟到了。"

楚未说："现在就走吗，午饭想吃什么？"

柳箬苦恼地站起了身来，为楚未抻了抻被她压得皱了的大衣："来不及吃什么了，但我知道一家很好吃的饼，买着在路上吃吧。师妹介绍的，味道真的很好。"

楚末心想你的生日，就吃大饼？

柳箬在离开那个笼子前，把那个做得十分精致的蛋糕捧了起来，说："盒子呢？这个我们带走吧。"

楚末苦恼地四处找了找，没看到盒子，只得说："这是我让别人布置的，我也不知道蛋糕盒子在哪里？"

柳箬一直捧着那个蛋糕："那就这样捧着带走？"

楚末："……"

真是毫无罗曼蒂克细胞的女人，楚末在心里吐槽。为了避免自己捧着一个蛋糕的囧事发生，楚末只好给人打电话，很快，有个年轻女人撑着伞，提着一个盒子过来了，她要帮着柳箬装蛋糕，楚末上前接过盒子，说："我来吧。"

楚末提着用盒子装好的生日蛋糕，柳箬去将几朵看得最顺眼的玫瑰给抽了起来拿在手里，又跑下凉亭，急急忙忙地掐了几朵菊花放在玫瑰一起。楚末撑着伞追在她身后："你别跑这么快，这些花又不会跑掉，我让人把它们送到你家去好了。"

柳箬说："还是算了吧，我家又不开花店。我要这几朵就行。"

她站在雨中，脸上笑容明媚。

柳箬对那位送盒子来的女工作人员道了谢，才挽着楚末的胳膊去了车边上车离开。

楚末问："要把蛋糕带去实验室吃吗？"

柳箬摇头："实验室里不知道我今天生日，要是带蛋糕去了，他们吃了我的蛋糕，一定不好意思，说不定要买礼物送我，大家都是穷学生，让他们破费不好。"

楚末"嗯"了一声，看她用嘴唇去亲那朵菊花，不由说："上面那么湿，你又要冷到。"

说着，伸手抹了抹她下巴上沾上的水珠，柳箬则道："这水珠也带着菊花香，像有甜味。"

楚末便说："这么脏的空气，雨水一定是脏的，别吃那水。"

柳箬斜睨了他一眼："你真没情趣。"

楚末反驳："难道不是你更没情趣？"

柳箬不满地看着他，楚末只得自我检讨："我更没情趣，好了吧。"又问："你怎么会这么喜欢菊花？"

柳箬说："你怎么知道我喜欢菊花？"

楚末："我记得你初中时喜欢看学校里的菊花。"

"啊……"柳箬一声轻呼，她没想到楚末记得这么久远的事。

柳箬指导着楚末路线，在距离柳箬所在研究中心不远的一个巷子里买了饼，楚末提着四个大饼回了车里，把饼放在车前，从盒子里拿了一个给柳箬。柳箬将手从长袖子里伸出来，去接那饼，楚末却又把饼拿开了："亲我一下才给你吃。"

柳箬于是放弃了他手里的饼，去拿车前面台子上的，楚末只得把自己手里的给了她，抱怨："真不可爱。"

柳箬将接到手里的饼拿着递给楚末咬一口，又说："你可爱就好了嘛。说起来，你小时候长得多可爱，越长大越不可爱。"

楚末咬了一口，一边吃一边含糊地说："不错，我去买的时候，闻到香味，就知道好吃，吃到嘴里味道更不错。"

柳箬："美食在民间。"

楚末凑到柳箬的脸边去亲了她一口，柳箬一边抽纸巾擦脸，一边把手里的饼给他："别把油弄我脸上。"

楚末反而捧着她的脸亲她，柳箬被他亲得面红耳赤，几乎无法呼吸，而且这是车里，外面有行人，她又羞又恼。等楚末总算把她放开，她来不及骂他，就看到车外面撑着伞走过的师弟妹，柳箬慌张地说："赶紧开车，他们也许看到了，你让我以后怎么在实验室混！"

楚末只得听令开车，好笑地说："从外面看不到车里，放心吧。再说，我们正正经经谈恋爱，在自己的车里接个吻，又算什么。现在有些小孩子，在公交车里地铁上也公然接吻呢！"

柳箬瞪了他一眼，又转头去看车窗外，突然对楚末大叫："停车，楚末，停车。"

楚末被她叫得急，不得不赶紧靠边停了车，他没发现出什么事，还以为是有猫猫狗狗要从车边过："怎么了？"

柳箬转头去看后面，楚末也疑惑地看过去，四处找了一圈，才发现柳箬在看什么。

一个男人撑着伞，带着一个中年女人从酒楼里出来，看得出来，他和那个女人比较亲近。他俩上了另一辆车，那个男人，是柳箬的继父，而那个女人不是她的妈妈。

楚末发现柳箬的脸色很难看，心想难道是抓奸了？

直到那辆车开走了，柳箬依然沉着脸没反应。楚末心绪复杂，这种事，他一个还没有过门的女婿，实在不知道怎么给建议。

他在憋了一阵后，说道："要不我找个靠谱的私人侦探去查他们？"

楚未想了一大堆，柳箸却只是叹了一声，说："不用这么费力了，那个女人是他前妻。我妈早知道这回事。"

柳箸眉头紧皱，很是烦闷，楚未说："即使是前妻，这也算是出轨啊。"

柳箸说："他们应该只是去吃饭，又不是去开房。我妈一直忍了，说他前妻也不容易，而且人家十几年的夫妻感情，哪里能简单变成陌生人！这些事，总这么麻烦。"

柳箸完全没了胃口，说："走吧。"

楚未在心里感叹，家家有本难念的经："要是以后你妈妈觉得袁叔不好，不和他过了，就来我们家，和我们在一起。"

柳箸说："那思扬怎么办？我妈不可能和他分开，不谈感情，就是为了孩子，她也不会。不过谢谢你，楚未。"

楚未说："你现在担心也没用，他们的事，要看他们自己。"

傍晚两人去柳箸继父家里，柳箸买了一些水果，这才开车进了小区。柳箸抱着蛋糕盒子，楚未提着水果，袁叔来开了门，看到柳箸，含笑说："回来了。"

柳箸没有她妈妈那种大度，看到他和他前妻孤男寡女从餐厅里出来，又同撑一把伞，还开车送她，她很难对他毫无芥蒂，此时也完全无法发自内心地对他微笑，只能强打起笑容来："我回来了。"

袁叔又对楚未说："楚未，进来吧。"

袁思扬已经跑来接过了柳箸手里的蛋糕盒子，他说："大姐，生日快乐！你已经是三十岁的老女人了。"

柳箸知道他故意打趣自己，板了脸："找打是不是！竟然敢这样说姐姐，懂得长幼尊卑吗！"

他只是笑，完全不怕柳箸的威胁，将蛋糕盒子放到茶几上后，他又去接楚未手里的水果，还说："姐夫好。"

柳箸已经不会因他叫楚未姐夫而害羞了，楚未不把水果给他："我来就好，这个太重了，扬扬，你提不动。"

袁思扬却说："我可以的。我力气大着呢，给妈妈提菜也可以。"

袁叔则说："楚未，给他吧，让他做事。"

楚未真把水果给了袁思扬，他两只手提着那两个大袋子，像只螃蟹一样地横着往里面挪。

袁思宜从卧室走出来，看到袁思扬的怪动作，伸手把他手里的水果袋子抢过去，提着放到柜子上，还伸手给了他的脑袋一巴掌："怪模怪样。"

袁思扬被她打得很不高兴，大声叫："二姐，你总打我。"

袁思宜："我哪里有打你，我只是拍了你一下。"

袁思扬："那我也要拍你。"

柳箬本来不想理这两个人，但看袁思扬不依不饶地要找袁思宜打回来，就呵斥他："袁思扬，你多大人了，还像小时候一样乱闹？"

袁思扬不满地告状："但是二姐打我。"

柳箬只得也说了袁思宜一句："思宜，这样打思扬的头很不好，不说失手把他打得怎么样，也容易伤害小孩子自尊。"

袁思宜马上像被踩了尾巴的猫："我的弟弟，我知道分寸，我没有用力，只是轻轻拍了一下，怎么可能把他打得怎么样？你不要觉得自己年纪大些，就总教训人。"

柳箬被她说得皱眉，她反省自己是不是在实验室和师弟师妹们相处习惯了这种教育语气，让人反感，她只得说："不好意思，不要往心里去。"

袁叔是个大男人，很少管小孩子之间的吵闹，即使是三十岁了的柳箬，在他的心里，一律归为小孩子，因为还没有结婚成家，那就不算成人。

所以他没理会三个孩子这些事，反而去招呼楚末，让楚末陪他去沙发坐，还问楚末要不要下围棋。

楚末歉意地说："叔叔，不好意思，我不会围棋。"

他听到了柳箬和她弟妹之间的对话，心里当然会偏帮柳箬，觉得袁思宜的语气过于尖刻。但他们三姐弟之间的事，他不好去掺和，只得对袁叔说："我去看看阿姨，有没有需要帮忙的地方。"

袁叔说："你是客人，怎么能让你去忙！"

袁思宜刚才被柳箬的话气得跳脚，此时才看到这个"姐夫"，她早知道柳箬有男朋友了。她在学校时，她父亲和她打电话，提到她大姐柳箬已经有男朋友了，是她以前高中同学，说她也该考虑找个男朋友了。

她经常被她亲妈催促找男朋友的事，她脾气一向火爆，对着她亲妈时常反唇相讥，例如，你结婚生娃了还不是照样离婚自己一个人过日子，还催我找男朋友结婚做什么？每次把她亲妈怄得吐血。而对着她爸，她也没什么好话，说，既然她是三十岁才找到男朋友，那你们等我到三十岁了再催，不行吗？

她当时只有柳箸有男朋友了的印象。回家之后，楚未曾多次让人送东西到袁家，柳妈妈每次都给楚未打电话表示感谢，她便也知道了这个姐夫是个很会讨人欢心的人，但却印象不佳，认为只有不怎么样的人才会依靠讨好丈母娘来赢得女伴欢心。

此时看到身高腿长、长相俊美、风度翩翩的楚未时，她几乎反应不及，随即，被楚未深邃的目光扫到，她就满脸通红，几乎要落荒而逃。

楚未对她笑了笑，说："你是思宜吧，柳箸经常谈起你。"

思宜怔怔地点了一下头："嗯。你好！"

柳箸进了厨房里去，柳妈妈在做大餐，柳箸从她身后抱住她，硬是腻歪地在她面颊边亲了一下，还说："妈妈，我爱你。谢谢你生了我，还把我养到这么大，我的生日就是你的苦日，今天该我做饭招待你才对。"

柳妈妈被她说得眼眶泛红，嗔道："到底是在哪里学了这一套油腔滑调！"

楚未这时候也进来了，看柳箸和她妈腻在一起，他就满眼是笑。

柳妈妈看到楚未进来，便说："楚未，这厨房里油腻腻的，你到客厅里去玩吧。"又说柳箸，"快去陪楚未。"

柳箸撒娇："不要，我只和你在一起。"把柳妈妈逗得直笑，楚未在旁边看着，也觉好笑。

柳箸和楚未在厨房帮厨，袁思宜和袁思扬刚才闹得不可开交，但毕竟是亲姐弟，现在已经和好了。袁思宜搂着长得比她矮大半个头的弟弟往厨房里来，看到柳箸正喂楚未吃东西，袁思扬口无遮拦，说："姐姐和姐夫秀恩爱。"

柳箸被他说得脸红，心想现在的小孩子，还在读小学，就知道秀恩爱这个词了。

楚未吃完东西，说："已经没有赃物了。你姐姐没有给我吃额外的东西。"

柳箸抬手就捏他耳朵，袁思扬则被他那话逗得哈哈大笑，只有袁思宜不笑，转身走了。

柳妈妈看楚未和柳箸感情好，心里愉快，她就怕柳箸的坏脾气把楚未给推走了。

饭桌上，楚未将那个玫瑰蛋糕放到桌子中央，看到蛋糕时，全家眼都直了，袁思扬道："这个蛋糕是玫瑰耶，好漂亮！"

蛋糕四周都是立体的艳红玫瑰，玫瑰精致得和真的几乎无差别，上方也是层层叠叠或大或小的玫瑰，而且在中间的那一朵最大的玫瑰里，有一只小天使一般的蝴蝶，蝴蝶是藕荷色的翅膀，非常粉嫩可爱，袁思扬要伸手去拿那只蝴蝶，楚未便说："这个不能随便拿。"他伸手将那只蝴蝶拿了下来，柳箐一看，翅膀遮住的，是一个齐刘海黑长直头发的小女孩子，甚至小孩子身上的粉红色裙子都清晰可见，做得十分精致，柳妈妈更加惊讶："这个师傅手艺真好，和箐箐小时候真像。"

楚未将蝴蝶放到自己面前的餐盘里："这个不能吃。"

袁思扬就说："姐夫，我还想看。"一向对他的要求无不应的楚未此时却含笑摇头："不行。"

然后拿出两支蜡烛来插在蛋糕中间最大的玫瑰花心里，袁思扬没有因为他的不行而生气，反而看着那数字蜡烛，笑着读到："十七，姐姐明明是三十岁嘛，怎么是十七？"

全桌都开始笑，楚未则说："因为美丽的女人，年龄是秘密，你的姐姐，以后都是十七岁。"

袁思扬于是来了一句震惊全桌的话："那要十八禁，不能亲亲。"

众人在震惊之后，柳妈妈最先说他："扬扬，你在哪里看的这些？"

袁思扬其实根本就不懂，发现妈妈是真生气后，才有些委屈地看看这个，看看那个，发现自己好像说了什么不能说的话。

晚饭后，时间已经不早，楚未和柳箐没有多待，很快就离开了。

柳妈妈送了柳箐下楼，柳箐的车开出好一段了，她还站在楼道口。柳箐不得不把车停下来，下车在雨中往回走了几步，叫她道："你快上楼去，外面太冷了。"看妈妈孤零零地站在那里，外面凄风冷雨，无所依仗，柳箐便心疼得难以自持。

柳妈妈则关怀她道："你别淋雨，还有注意身体，不要在实验室待太晚回家。"

柳箐对她挥手，看柳妈妈进楼里去了，她才又回到车上，楚未也从车里出来，站在副驾驶位边的车门看两人。上车后，他便说："你舍不得你妈妈，今晚为什么不留下来？"

柳箐不会说思宜并不欢迎她的话，只道："明天还要去实验室，从这里过去太远了。"

车从雨中穿行而过，她感叹："这场雨，不知道要下多久。"

柳箐本要送楚未回家，但路上却脑子发懵，把车开回了自己家。车停在地下停车场后，她才想起来没有送楚未，而且这车是楚未的。

柳箐在楚未跟着她回家后，实在不忍心让他开车回去，只好招待他住下。

而楚未有备而来，他的后备箱里放了他的行李箱。

楚末提着行李箱，柳筝抱着玫瑰花和菊花上了楼，进屋放好东西后，楚末对柳筝说："我明天又要出差，G城还有事没有处理完，我要过去。"

柳筝不舍："要去多久？"

楚末："不确定，不过我会尽早回来。再说，只要你想我，我一定保证很快出现在你面前。"

柳筝抬手捂他的嘴："不要总说这种油腔滑调的话，不然我不知道你的话，到底哪一句是真话，哪一句只是听听就罢了。"

楚末顺势抱住了她，低头凝视她说："都是真的。你叫我回来，我一定马上回来。"

柳筝笑了，发现楚末的眼神变得越发幽深，就赶紧想挣开，但楚末却已经亲了下来，她不得不闭上眼睛回应他。

当两人睡在卧室里大床上时，柳筝的脑子都还有些迷糊，心想到底怎么就这样了。

楚末想要搂着她睡，她把他推开了，自己几乎睡到床沿上要掉下去，要是楚末再向她靠近哪怕一分，她就真要退下床了，楚末哭笑不得，说："宝贝，过来吧，我真的不会乱来，真的，我以我人格保证。"

柳筝迟疑着说："你的人格可不值钱。"

楚末便说："那我以我的钱保证。"

柳筝："你的钱没有信用度。"

楚末："那我变成大灰狼了？"

柳筝笑起来，眼睛乌黑发亮，眉眼弯弯，一副对楚末的话不以为意的模样。看得楚末心痒难耐，他真扑了过去，柳筝要躲，差点栽下床。楚末赶紧把她拉住了，抱着回了床上，柳筝被他压在身下，觉得情况很是不妙，就要推他，楚末已经倾身开始亲她。

柳筝想要偏开头，却又被他亲着耳根，痒得厉害，只得回过头来，就被他含住了嘴唇。

楚末觉得寒冷的冬夜里，没开空调暖气，也没有地暖的房子，也并没有什么不好。两人正好可以裹在被子里，把距离缩得很近。

他搂着柳筝，说："好了，宝贝，别再乱动了。"

柳筝红着脸看着他，然后将脸埋在他肩膀上，开始一动不动地睡觉。

第二天楚末和柳筝同时出门，鲁项来接了他。柳筝上了自己的车，心里不舍，但面上却一派自然，对站在她车门外的楚未说："你在G城要注意保重身体，不要太劳累，我会给你打电话。"

楚未："我没什么，倒是你，总不好好吃饭，晚上也很晚回家。"

柳箬："我会注意的，不要担心我。"

楚未说："你开一下车门。"

柳箬开了车门："怎么了？"

楚未弯下腰探进车里，捧着她的脸亲了下来，柳箬被他亲得脑子发懵发热，嘴唇被他啃得嫣红，被他放开时，只剩下赶紧呼吸的本能，楚未又亲了她的额头一下，才说："宝贝，我爱你。"

柳箬发现鲁项站在不远处，正背对着他们，他刚才一定看到了，柳箬十分害羞，但是却因楚未这句话无法发恼，红着脸说："肉麻，我要去上班了。"

楚未这才退开，将车门为她关上："路上小心。"

柳箬坐在办公室里，一边喝着咖啡，一边坐在电脑前整理数据。一个师妹在门外探头探脑，看到柳箬在，就飞快地跑进来，在她身边小声说："柳师姐，有个美女找你。"

柳箬愣了一下，笑着问："几楼的？"

师妹道："是外面的人，以前没有见过的。"

她放下杯子，起身往门外走，一个身材高挑、一头长卷发的性感美女站在实验室的转角处，正在看墙上的文件栏，上面贴着实验室最近几年发表的最具代表性的论文。从这位美女站立的位置，可以判断她看的正是柳箬刚见刊的那一篇。

柳箬走过去，对对方笑道："你好。请问是你找我吗？"

对方转过身来，对着柳箬也笑了笑："你好。"

柳箬穿着白大褂，头发在脑后扎了起来，一张素颜。除了本来的天生丽质外，只有满身的书卷气比较吸引人，实难和艳光四射这种词相联系。

何迎心想，这就是个比较普通的女人，她完全不明白楚未为什么会喜欢上她。况且，她还脚踏两只船，一边和楚未在一起，一边还勾引有钱男人。

来见情敌，平常一向打扮得美艳非常的何迎自然不会随随便便，她这一日的穿着打扮，同出席活动的明星相比也不会差。实验室的不少男女同学都假装有事从走道里走过，大约只是想观察她。

柳箬两日前在餐厅里见过何迎一面，但她当时的心全在楚未身上，又很快被楚未拉扯出了餐厅，她并没有将何迎看清楚，此时再见面，自是认不出了。

柳箬问："不知你找我有什么事？"

何迎说道："我们可以找个僻静的地方谈谈吗？"

柳箬抬了一下手，做出请的姿势："这边来吧。"

柳箬将她带到了楼道尽头的走廊边，这里一向很少人来。

何迎问："你不记得我了吗？"

柳箬心想难道是熟人，不记得了，那的确太失礼，不由说："很抱歉，我最近忙得晕头转向，请问您贵姓？"

何迎说："我们前日才见过。我姓何，和楚未哥家里当年做过邻居，算是青梅竹马吧。"

柳箬脸上的笑容稍稍僵了，但随即，她已经镇定地说："哦，楚未对我说过你，他怕我会误会他和你的关系。"

何迎被她噎得一愣，柳箬又问："不知道何小姐找我是什么事？"

何迎说："你这样说，好像句句要赶我走似的，我想约你吃顿便饭。"

柳箬："不好意思，我这里挺忙的。怕是没时间。"

从何迎将口红留在楚未家里，现在又找过来，柳箬再粗的神经，也知道她大约是因为什么事。

何迎问："你就这么怕我吗？"

柳箬一时没有应她，反而去看玻璃窗外依然在下的冬雨，过了一会儿才说："还好。"

何迎没想到得到的是这个答案，她以为柳箬会生气，然后暴跳如雷，没有谁会在这样的挑衅下，这么平静地说"还好"。

何迎说："其实，我老早就喜欢楚未哥了，而且伯父和伯母也很喜欢我，希望我们俩能够在一起。但是楚未哥把我当成妹妹一般，说怕伤害到我，所以不愿意和我在一起。不过，我知道他只是年轻贪玩，他总有玩到不想玩的时候，那时候，他会想要一个家，有妻子和孩子，我会一直等到那个时候，嫁给他。"

柳箬微微颔首："他的确有这个魅力，让人等他。如果你愿意，那你就继续等吧。如果你没有其他事，我想，我有事需要去忙了，不能再相陪。"

何迎："伯母是一个很挑剔的人，她不会愿意楚未哥和你在一起。楚未哥以前有过那么多女朋友，没有一个长久……"

"所以你觉得我和他也不会长久吗？"柳箬反问。

何迎笑了一下，虽然没有回答，但是含义不言自明，而且那倨傲的眼神还在表达，你的确配不上他这种意思。

柳箬无奈地笑了一下："不管是否长久，这是我和他之间的事情。即使你是他的妹妹，我觉得，你并没有说这些的权利。再说，不管我们是否长久，我也并不在意，至少他现在是我的。所以，何小姐，等你当上楚太太之后，你再来同我说这些吧，不然，我只会从你的行为里认为，楚末非常爱我，让你有了很大的危机感，所以，你才来找我，而且还说这些话。你这样，会让我志得意满的。"

何迎脸上的笑容慢慢收敛了，她微蹙了眉头看着柳箬，问："你不会和他分手吗？"

柳箬说："这个，我实在难以给你答案。当我不爱他了，或者，我觉得他实在不适合我，我不可能依然和他在一起，但是，不是现在。"

说到这里，她便往后退了一步："何小姐，我不送你了，你自己下楼吧。天气这么冷，注意保暖。"

柳箬随即转身走了，只留下何迎沉着眼神站在那里。

虽然柳箬在谈话中占了上风，但这并不能成就她的好心情。她再坐回电脑前，咖啡虽然还是热的，但是味道已经不怎么样了，她只得去将咖啡倒掉，接了一杯水喝。因为感冒还没有痊愈，柳箬便又觉得头发闷，坐在电脑前，过了好一阵，才又能进入状态继续整理数据。

柳箬没有同楚末说何迎来找过她的事。到了年底，学校开始放寒假，实验室可以放假的师弟妹们都开始准备回家，只剩下一些有实验的继续留在实验室里。

年前的聚餐，被定在腊月二十三。

赵老师在餐厅里订了六桌，除了实验室现在应届的四十多个人，还有往年的优秀学生，也会被请回来几个，而且大老板也会来参加。他一向忙于其他事，在实验室，一年最多出现几次，对于能够见到鼎鼎大名的大院士，实验室的师弟师妹们都十分兴奋，几乎不会有人缺席这种活动。

作为实验室的常驻博后，柳箬得以陪在导师桌。大老板郭院士专门敬酒给她，说她完成了实验室之前一直没有进展的项目，而且她的勤奋努力，以及对师弟妹们的提携和帮助，都是实验室里的楷模，他得好好感谢她。柳箬受宠若惊，站起身来陪喝。

郭院士专门让她坐在了他的身边，又问她愿不愿意留校的事，说要是她愿意，她也可以先去德国联系好的实验室做博后，之后回来就是。这期间，他还能为她申请国家和学校的出国交流基金，这样，她不仅可以在德国那边拿到工资，也有这一部分补助，金钱自然就要充裕很多。

柳箬十分感动和感谢，他们的大老板，得以有这么多人愿意追随，不仅是因为他学术上的造诣和气运，还有他为人非常宽和，很会为人着想，一向不会和人说什么空话虚话，总站在别人的角度考虑对方的切身利益。

以前，她也曾被她的前导师这般留过。作为女弟子，被这样留是难得的，因为导师们更喜欢男弟子留下来。社会上的观念，依然认为女人怀孕生子会浪费做事的时间，在生下小孩儿之后，也会更加在意孩子和家庭，愿意在事业研究上全身心投入的时间就少，而男人的事业心会更强一些，自然更受上面大老板喜欢。

柳箬作为女生，得到大老板的这般看重和关怀，除了与她的学术能力有关外，更多是因为她的勤奋努力。

她的直属导师陈老，不止一次说过，希望柳箬在上心研究之余，不要耽误终身大事和作为女人的其他幸福。陈老还曾经表示，他从不为自己在科研上的成就感到满意和骄傲，因为这是一条走不完的路，但是，他每当看到自己的女儿，就会生出无限豪迈的感情，认为那是他人生最完美的杰作。

柳箬至少如今是无法对陈老的这些话感同身受的，因为她还没有孩子。

要是以前，柳箬一定会拒绝大老板的这种挽留，她能力强，哪里都可以去，不必留在这里，而且她也不想一直留在这里，但她这次却说："谢谢郭老师，我最近一直在考虑这件事，生怕郭老师在我出去之后，我再回来，您不会留我。"

郭老道："让人才流失，才是我们最大的损失。"

柳箬工作的事在饭局上差不多算敲定了，实验室的师弟妹们自然会来敬她酒，柳箬喝得有点多。

柳箬是被赵老师和一个师妹送回家的，柳箬不断道谢，又问她们要不要留下来吃点点心，赵老师说："哪里还吃得下？"

赵老师和师妹走了之后，柳箬就去洗了澡，被热水一激，柳箬就更是醉得厉害，洗漱之后，爬上了床，几乎瞬间就坠入了梦乡。

手机在床头柜上不断地响，她迷迷糊糊倾身将手机抓到手里："喂？"

楚未听她的声音又软又柔，明白她是半睡半醒，问："睡了吗？"

柳箬听出是他，从鼻子里发出一点声音："嗯。"

说完几乎又要睡过去了。

楚未哄道："有没有想我？"

柳箬对于他这种话，平时都是转移话题，她不是不想，只是害羞，楚未当然也知道，但她这次却说："想，楚未……我好想你……"

楚未心想她肯定迷糊了，继续诱哄："有多想？"

柳箬声音软软糯糯，但随即，她哭了起来："我想你，我想见你，总想你，我不想想你……"

楚未的心简直成了奶油，被她这话烫化了，软得一塌糊涂，他不得不哄道："不要哭。"

柳箬不说话了，只是低声哭泣。

楚未拿她没办法，无论说什么，柳箬都不再接话，他一边担心，一边又心甜如蜜，楼外灯火通明，如此美好。

他只带了证件钱包，就去了机场。

楚未这次不用再在门外等柳箬睡醒了开门。柳箬把她家的钥匙给了他一把，他自己开了门进屋。

他开了客厅里的灯，进了卧室去。

楚未站在卧室门口，不由很是感叹，柳箬连窗帘也没有拉上，房间里映着外面的灯光，一切都在朦胧的光线里呈现。

楚未走到床沿上去坐下，一看，发现柳箬只盖了一半被子，另一半被她压在了身下，一条腿还从被子里伸出来了，睡裙被蹭到了大腿上。他不得不拉扯被子帮她盖好，又俯下身在她睡得通红的面颊上亲了一口，于是就嗅到了酒味。

楚未想到她之前哭得厉害，想来是因为喝醉了。

她平时言不由衷，总是要端架子，一副严肃样，喝醉了却哭着撒娇。

楚未笑了，伸手捏了捏柳箬的鼻子，又亲了亲她的耳朵："只有这种时候可爱一点。"

柳箬被他亲得发痒，迷迷糊糊伸手要把打搅她睡觉的东西拍开，楚未顺手就抓住了她的手，在唇边亲了亲，柳箬被他捏着手，觉得很不舒服，抗议地哼哼。

楚未进了浴室里去洗澡，浴室里的声音把柳箬吵醒了，她爬起来上卫生间，看到客厅里亮着灯，她迷糊地以为是自己忘记关了。随即，就往卫生间走去，在门口差点和开门出来的楚未撞上，她这才一惊："啊？"

楚未放下擦头发的毛巾，好笑地把她拉住了，低头亲她的鼻子，柳箬怔怔看着他，好半天才问："咦，你回来了？"

楚未搂住她："你不是说想我嘛，我当然就回来了。现在还想我吗？"

柳箬微微蹙着眉头，没有清醒过来，一直看着他，在楚未亲她唇瓣的时候，她才说："哦。你又半夜回来了。我要去卫生间。"把楚未推开了，进了卫生间，关了门。

楚未觉得喝醉状态的她太可爱，反应迟钝，迷迷糊糊。

他去倒了杯水喝，又为柳箬倒了一杯，端来放在卧室里，柳箬回到床上，接过楚未递到手里的水杯开始喝水，喝完之后才拿起手表看了看，午夜四点。

她脑子稍稍清醒了一点，说："睡吧，你路上不累吗？"

楚未说："在飞机上睡了一阵。"

柳箬拉上被子盖上自己，又看了看楚未，楚未关了灯，也躺下，伸手拉柳箬，柳箬愣了愣才向他靠了过去，又伸手抱住他。

柳箬酒喝多了，加上感冒没有好全，全身燥热，也有点头疼，她把脸埋在他的肩膀边上才觉得舒服点。

曾经以为，要适应一个人进入自己的生活，是非常艰难的事情，没想到可以如此顺其自然，似乎她和楚未，是本该这样在一起的。

楚未轻轻拍抚她的背脊，又亲吻她的额头。柳箬的腿从裙子里伸出来，搭在他的腿上，然后像只八爪鱼一样地缠着他。

这样的柳箬难得一见，楚未问："你喝了多少酒？"

柳箬声音含糊，"不知道，我有些头痛。"

楚未抬手为她揉太阳穴："说了让你不要喝酒，你不听。"

柳箬说："是郭老敬酒，我怎么能不喝，喝了郭老的，不喝其他老师的，那显然就会被说是媚上，而不卖给他们面子。要是喝了老师们的，不喝师弟妹的，那也不好，总之，最后就只好全喝了。也许喝了大半斤酒。我不知道……"

楚未又心疼又无奈："你呀，就是逞能，你是女生，不喝又怎么样？"

柳箬不应他，之前睡着了，尚不觉得头非常疼，现在醒了，就疼得睡不着了，她在楚未怀里乱动："我想吃点止疼片。"

"不要吃，没事的，一会儿就好了。"他不断为她轻抚额头，又亲她，说，"以后再也不许喝酒，你再喝酒试试。"

柳箬低声哼哼，也不知道是答应了还是不答应。

她在楚未怀里动得他也难受，便将她搂紧些开始亲她嘴唇，柳箬被他亲得脑子迷糊，身体也发热，但总算不是那么头疼了。

楚未说："爱情产生的多巴胺会减轻疼痛，箬箬，是不是真的？"

柳箬将脸埋在他的颈子上，含糊地说："看到报告是这样说。"

楚未把她抱紧："我们做爱好不好？"

柳箬脑子一团糨糊："啊？"

楚未把她的脸抬起来，亲吻她的眼角，面颊，嘴唇："箬箬？嗯？"

柳箬想要推开他，但是动作又不坚定，她脑子一团迷糊。楚未已经抚摸上她的腰，柳箬微微睁开了眼，在黑暗里盯着楚未看。

楚未搂着她的腰把她虚虚压在身下，柳箬有些害怕，更多是茫然，楚未亲上来的时候，她本来放在他背上的手滑下去落在了床单上。

裙子被捞了起来，她被他火热的手抚摸着身体，有种自己身在一片温热的水中的感觉，楚未托着她，她不知所措，但是又不知道怎么离开，于是哭了起来。

她的眼泪，早年全哭在了她父亲的身上，成年后，则哭在了楚未身上。

楚未一边亲她，一边安慰她："宝贝，别哭了，没事的。"

柳箬停不下眼泪来，轻轻叫他的名字："楚未……楚未……"

楚未觉得自己整颗心都融化了，化得没了形状，他不知道该如何是好，心中既激动，又是一片乱麻，他只剩下一种思想，他这么爱她，爱得不知道要怎么办才好。想把她揉进身体里，但是又怕她痛，想要将她放开一点，但是又舍不得她哪怕离开自己一分一毫。

停了几日的冬雨又下了起来，雨滴打在窗户上，发出簌簌的声响。

被子里，柳箬难以接受地翻身将脸埋在枕头里，楚未倾身过来抱住她："箬箬？"

柳箬不回答他，楚未抱着她，亲吻她的肩膀和颈子，不再说话。

柳箬做鸵鸟状直到手机上的闹钟响起，她一向早上七点钟起床，没想到才一会儿就七点钟了，她要伸手去拿手机，楚未已经先一步将手机拿进了被窝。柳箬将闹钟关掉，明白再装鸵鸟也没有用了，说道："今天上午不用去实验室，但下午要去，你要怎么办，要赶回去吗？"

楚未这时得以面对面抱着她，又亲她的唇角："我也下午走，我今天上午约了人开会，看来要调到明天上午，把明天上午的事今晚上做。箬箬，对不起，我不能多陪你。"

柳箸难为情地说："我不需要你陪。"

楚未握着她的手放在自己胸口上："可我心里想陪着你。"

柳箸羞涩地说："我要去洗澡了。"

楚未问："我们一起去好不好？"

"不要。"柳箸非常干脆。

柳箸下床把睡衣穿上的时候，命令楚未不能睁开眼看自己，她快速地套上睡衣，飞快地跑出了卧室，进了卫生间。

楚未没想过她居然这样害羞，他摸着柳箸刚才睡的地方，笑着在心里道：啊，我的箸箸。

没过多久，柳箸就冲回了卧室，她开了灯，大惊失色道："楚未！"

楚未被她的声音惊到："怎么了？"

柳箸眉头紧锁："你没用安全套。"

楚未一脸愕然看着她，柳箸却非常着急："你这个混蛋。"

楚未心想，她怎么这时候才反应过来这件事，反射弧实在是太长了，但看她又气又急，便下了床拉她。他身无寸缕，柳箸看得面红耳赤，但还是止不住地控诉他："你太混蛋了，你这是干的什么事啊？"

楚未说："没事的，宝贝，我又没病。"

柳箸还是一脸苦兮兮的："可我需要吃避孕药。你这个混蛋！"

楚未："……"

楚未为了安慰柳箸，只得和她计算安全期，想说没事的，柳箸则道："我月经经常不准，算不准安全期。"说着，又瞪了楚未一眼，楚未已经穿好了衣服，对她笑："要不，有孩子了，我们就生下来，现在就去领证，赶紧办张准生证，好不好？"

"滚。"柳箸更加没好气。

楚未只得抱着她哄，柳箸闹了一会儿也完全泄气了："买避孕药去吧。"

吃过早饭，柳箸便要去药店里买避孕药，楚未说："你在家里休息，我去买。"

柳箸将自己从网上查到的攻略资料交给他："那你去吧，要这种。"

楚未在她的额头上亲了一口，这才出门了。

坐在车里时，楚未对着那张攻略单子看，柳箸写了好几种避孕药，每一种的用法、优点、缺点，他就在心里感叹，没想到避孕药还有这么多讲究。

柳箬家小区外面就有大药房，但楚未并没有在这里买，毕竟平时经常从这里走过，他又很容易被人记住，就开车到了另一处药房去买了。

楚未对着药房女店员将几种避孕药报出名称，就被人侧目了，店员道："先生，不好意思，这几种药，我们需要身份证实名制购买。"

楚未愣了愣，只好把钱包拿出来，将身份证递给店员登记，店员对着他的身份证看了好一阵，又做了登记，才让他付账将药给他。

楚未看着那一袋子药，很想将它们换成营养片。

他回到柳箬家，发现柳箬已经不在，以为她又被实验室急招而去，便给她打了电话："箬箬，你在哪里？我回家了。"

柳箬："我在理发店，一会儿就回去。"

楚未："怎么不好好休息一会儿，你在哪一家？我去找你。"

柳箬说："我没想到你买药花这么长时间。就在小区门口这一家。不过你昨晚不是没怎么睡觉，你睡觉好了，不用来，我一会儿就好了。"

楚未已经在门口换了鞋准备出门："好不容易回来一趟，我去你那里好了。再说，女生弄头发，不都很费时间吗？"

柳箬："要是烫头发，会花很长时间，不过我就只是剪一下而已。"

楚未："你的头发又不长，哪里需要剪？"

柳箬："已经有些长了。"

楚未深感状况好像不太对劲，他还想看柳箬头发黑长直的样子呢。

楚未赶到美发店，柳箬的头发已经被剪掉了，比楚未这一年初夏刚见到柳箬时还要短些。

柳箬坐在椅子里，那个翘着小手指的美发师已经在将她身上的理发围裙解下来，说："柳姐，给你剪头发，我一点成就感也没有。你信我，你把头发染成模特的那种棕黄色，绝对会很好看。你的皮肤白，短发和长发，染成棕黄色都好看，要洋气得多。"

柳箬说："我每次来你这里剪头发，你哪一次不是介绍这些产品。还是算了吧，我受不了染发剂的味道。"

美发师小可说："柳姐，你想想，你来我这里剪头发，洗剪吹，一共收你二十块钱。我哪里有赚？我给你介绍一款没有味道的染发剂，就是我们新到的货，法国进口的……"

柳箬赶紧打断他："看在我们这么熟的面上，你就不要总推销那些产品了。"

小可："看在我们这么熟的面上，你也好歹该染一次头发试一试。"

柳箬自己将身上的围裙拿开抖了抖递给美发师："别唠叨了，再唠叨，我以后不来了。"

小可苦着脸看着她，柳箬拍了拍他的肩膀，拿起包，正要拿钱包，就看到了楚未。楚未本来还在震惊柳箬那短发，因为他实在希望柳箬把头发留长，所以此时就倍受打击，但随即，他就被柳箬和那美发师之间的对话逗笑了。

小可转过头来也看到了楚未，不由眼睛一亮，从柳箬那里受到的打击瞬间被抛到脑后，笑容满面，扭着腰就要过来搭讪。柳箬一把按住了他的小身板，说："我男朋友，你别动歪脑筋。"

对方幽怨地看了柳箬一眼，楚未对着小可微颔首，就上来替柳箬提了包："我来接你。"

小可对着楚未说："这位哥哥，贵姓啊？以前没有听柳姐提起你呢。"

楚未道："楚。"

他去替柳箬付了账，挽着她的胳膊走了。

两人买了菜回家，楚未说："大冬天，将头发剪成这么短，不冷吗？"楚未终究还是提出了异议，他的黑长直的柳箬，什么时候才能有？

柳箬瞥了他一眼："你昨晚压到我头发了，疼得要死。"

"啊？"楚未傻眼，是因为这个？他有注意的嘛。

楚未只得说："对不起，箬箬，我以后会很小心的。但是，其实也不必因为这个就把头发剪了嘛。"

柳箬挑眉看他："我剪头发了，很难看吗？"

楚未："没有，只是有点不习惯。"

柳箬将菜提进厨房："多看几天就习惯了，再说，我之前一直是短发呀。"

楚未从她身后搂住她的腰，亲了亲她的耳朵，"但是，你初中和高中的时候，都是长发。"

柳箬便说："你喜欢初中和高中的小妹妹，早说！"

楚未控诉道："你故意曲解我的话。"

柳箬侧头对他笑："好啦好啦，等以后再留长发。"

任惜喜欢在傍晚时候遛狗。

红莲小区里本就挺大，可以遛狗，但她更喜欢开车到S大里去。

这里的学生们朝气蓬勃，眼神单纯充满活力，这让她觉得自己已经老了，青春即将不再，而她又无法拒绝这里的活力。这里作为百年学府的庄严和厚重，还有带着的人文气息，也让她喜欢。

她几乎每天都来这里，有时候下雨，她也愿意撑着伞在雨中的校园小道上慢慢散步而过。

接近春节，大学里已经放了寒假，只有很少学生还在学校。

这一日，天气晴朗，天空呈现出少见的蔚蓝色，阳光明媚，让这寒冷的冬日，也带上了一些暖意。

她下午两点钟出门，带着奇奇开车到了S大，带着狗，去了她经常待的一家咖啡吧。她坐在外面太阳地里的椅子上，看着奇奇和别人家的狗玩到了一起去。

在她端着花茶正发呆时，一个干净清秀的学生走了过来，对她笑着道："你好，请问可以和你拼一下桌吗？"

太阳太好，这家咖啡吧的室外桌都被坐满了，只有她一桌，就她一人在，所以这个年轻人才来要求和她拼桌。

在太阳里，这个年轻人皮肤光洁，眼睛黑亮，带着礼貌的笑意，十分惹人好感。被人搭讪，对任惜来说，很常见，但被这样干净的帅哥搭讪，这还是第一次。

任惜只一眼就喜欢上了他，说："没关系，请坐。"

"谢谢。"

男生在她旁边的椅子上坐下来了，随即，他就从书包里拿出了书来放在桌子上，又将一厚叠资料放在书上，然后又拿出了一个轻薄的笔记本电脑放在资料上。

他叫了一杯茶，就捧着笔记本电脑开机，又从那叠资料里翻出几份文献来看。任惜发现他是怕打扰到自己，才把所有东西放在一叠，这样很不方便查找，任惜便说："没事，我就放个杯子而已，你把书放过来一些也没有关系。"

对方对她笑了笑，将电脑放在了桌子上。

任惜自觉自己比他大挺多，就像个姐姐一般地问道："你这样对着电脑，能看清楚？"

对方将电脑转过来给她看了看，说："嗯，还好。这个屏幕不反光。"

任惜一看，发现果真看得挺清楚。

随即她就很惊讶，因为上面正是一个PPT，放着的那一页在讲不孕不育。

任惜笑道："你是妇科医生吗？"

S大医学院挺有名，遇到医学院的学生也不足为奇。

对方似乎有点窘迫，说道："不是，我不是医生。我是做不孕不育的遗传学研究，不是看病的医生。"

任惜则有些好奇："不孕不育的遗传学研究，不是医生吗？"

对方说："不是。有些人不孕不育，是因为内分泌紊乱，或者环境不适宜，调节内分泌、改变环境，就可以治愈了，这个为患者诊病开药的是医生。但是，有些患者，是因为染色体出现了问题，诸如女性只有一条X染色体，男性多条Y染色体，或者出现染色体倒位、易位等等，也会不孕不育，只对这方面做研究，而并不在医院里供职，那就不是医生了。"

任惜笑了起来，"原来是这样。"

对方又问任惜："姐姐，你有孩子了吗？"

任惜摇了摇头："还没有。"

对方便笑着看自己的资料去了，任惜坐了一会儿，也对他的那些资料产生了兴趣，经过他的同意后，就随手拿在手里查看。

她拿到手里的那一部分，正好在讲男性不育，重点讲了精子活性不足，以及处理方法，除此，还有人工授精等。

她看得有点发愣，脑子里有什么东西开始破土而出了。

高士程身家不凡，但并没有继承人。

任惜跟了高士程十年之久，对他的事，了解得算不少。

高士程之前有老婆，但他老婆没有为他生下孩子就死了。他还有不少其他女人，据任惜所知，就有四个，有三个是过去式了，只有一个还跟着他，这个女人住在G城，他每次去G城，就会去找她。

除了这些她知道的女人，她不知道的，她觉得应该还有一些。

有这么多女人，但没有谁为他生过孩子。

任惜回想自己和高士程之间的事，高士程一向要用安全套，但也有没有用的时候。她一直想要小孩儿，从没有吃过避孕药，但是却从没有怀上过。

现在她不得不怀疑高士程的精子是不是有什么问题。

她现在跟着高士程这样要死不活，还不如放手一搏。

高士程除了一个义子，没有其他孩子，要是她有了高士程的孩子，继承人难道不该是她的孩子吗？

她在犹豫了片刻后，就对旁边的年轻人咨询道："这位同学，我想问一下，怎么检查是不是男人的精子不行呢？"

年轻人听后，就说："这个，要拿来做检测才行。"

任惜想了想，说："事情是这样的，我的……嗯……丈夫，我们在一起很多年了，但一直没有孩子，他总觉得是我的问题，但他自己不愿意做检查。我想问一下，我只是拿他的那个，可以来做检测吗？直接到医院里就可以查吗？"

年轻人说："现在还有你丈夫这么死板的人吗？要是不孕不育，一向是两人都要检查的嘛。"

任惜苦笑道："但他是非常霸道的人，我也没有办法。"

年轻人说："可以的，至少可以先检查他的精子，看是不是有遗传学上的缺陷。现在大医院里都可以做这方面的检查。"

任惜点了点头，说："嗯。我知道了。"

两人就不孕不育聊了很久，得知任惜不是因为不想要孩子而没有孩子，而是因为丈夫的原因没有孩子，这个医学院的学生便更是热心了，给她讲了很多这方面的知识。任惜听得非常认真，之后她要离开时，他还给她留了一个专做不孕不育研究的医生的电话，又交换了电话号码。

任惜这一天心情非常好，在外面用过餐，回到家，洗过澡后，一边敷面膜一边哼歌看电视。高士程打电话说第二天要来时，她也很温柔地应了："你要来这里吃饭，还是吃了才来？"

高士程说："我在外面有饭局，吃了再去。"

任惜："那我等你。"

柳箸背着书包走了半个校园去开车，她对这里十分熟悉，在半路上遇到一个文学院的老师，对方叫她："刚才差点没认出你来，你这样一打扮，和个男生没差。"

这位老师是柳箸上博士时候隔壁寝室相熟的朋友的本科同学，叫陈羽。她近四十岁，已经是学校副教授了，单身主义，为人爽朗。她主要做人类学研究，当初有些生物和医学方面的知识想了解，就经她同学介绍认识了柳箸。柳箸帮过她的大忙，而且帮她翻译过上百页的遗传人类学方面的资料，她对柳箸十分感谢，之后就和柳箸有不少交往。

柳箸不想遇到任何熟人，此时被撞见了，她伸手抚了抚头发，就笑着说："陈老师，有一阵没见了啊。我前两天去剪头发，被剪发的小哥把头发剪坏了，越剪越短，就这样了。我正伤心呢。"

陈羽笑，说："你这样也好。"说着，又问："听说你谈男朋友了，什么时候结婚，吃喜酒一定不要忘了通知我。"

柳箬说："一定不会忘。"

陈羽约她一起吃晚饭，她拒绝道："我家里还有事，不好意思，我得先走了，以后再约吧。"

陈羽看她走远的背影，笑了笑，往自己的住处走去。

曹巍和柳箬越来越熟，经常一起玩，这天曹巍又约她逛街吃饭SPA。

柳箬一大早起来，对着梳妆台的镜子化妆，她这个梳妆台，是前一天才送到的。

柳箬继承了柳妈妈的基因，真正要打扮自己，还是有些天分，学着化了几次妆后，便手艺不俗了。

她化好了淡妆，又搭配了衣服，便开车出门，去曹巍的住处接她。

曹巍刚大学毕业不久，没有工作，家里有安排工作让她去做，她上了几天班就辞职不干了，说不喜欢。现在则和父母住在一起，大部分时间宅着打游戏看动漫，其他时候就约见朋友，也和她现在的未婚夫魏涟出去玩。

柳箬车开进曹巍家所在的小区，将车停在她家楼下等她。给曹巍打了电话，曹巍居然还没有起床，柳箬只得上她家去等她。

开门的是一位穿着睡衣的妇人，对方见到柳箬，很是热情："小柳呀，快进来，巍巍才刚起床。这丫头，她约了你，昨晚还玩到三四点钟。"

这位是曹巍的妈妈，柳箬第一次来曹巍家时，她并不热情，甚至可说是冷淡，不知道曹巍对她说了什么，她对柳箬的态度就有了很大的改变。

柳箬面带笑容："没事，我等等她就好。"

曹妈妈为她倒了一杯茶，柳箬就坐在沙发上等了，曹妈妈将做SPA那家店的卡拿给柳箬，说："来，你拿着，巍巍她大大咧咧，一会儿又忘了拿给你。"

柳箬接过："嗯，那完了我再给巍巍带回来。"

曹妈妈："不用了，这是送你的，这里面有十次。她没给你说吗？这是我家自己开的，随时欢迎你来。"

柳箬知道这件事，而且知道这一家里有魏涟的母亲钱女士投资，而且钱女士每隔两天就会去做一次保养。

柳箬再次道谢，曹妈妈说起楚未来："我听说，魏涟和你的男朋友楚未是很好的朋友，魏涟是比较听楚未劝说的。要是可以，你就帮忙多撮合撮合魏涟和巍巍。"

我们是希望这两个孩子能修成正果，毕竟两家很熟。巍巍又很喜欢魏涟。"

柳箬："魏涟对巍巍不差，不过，我觉得魏涟现在还太贪玩了，估计还没有考虑过结婚的事呢。只要他肯收心，他和巍巍的事，大约就成了。"

曹妈妈知道魏涟的坏毛病，就是贪玩，特别是喜欢在女人堆里混。但是，他可以继承他义父高士程的产业，那可是数十亿的产业，只要曹巍和他结婚，就不用担心以后了。

曹妈妈叹道："是啊。不过，男人贪玩这个毛病，可不好治。靠他的兄弟们多多劝说他，估计会有些作用。所以就拜托你了，让楚未多说说他。"

柳箬笑着说："楚未和魏涟关系好，当然愿意为了他好的。不过，这样劝说他，也不一定就有作用，估计还得他自己幡然明白才行。"

曹妈妈拢了拢身上的睡衣："听说以前楚未也比较贪玩，和你在一起后就好了。但巍巍她还小，她哪里知道怎么把魏涟捏在手里？"

曹妈妈和柳箬交流起御夫之道来了，柳箬坦言道："其实我根本没有管过楚未，我看他是因为之前的那个女朋友，把他伤得够呛，现在知道收敛了而已。他是吃一堑长一智。魏涟要是吃一次亏，大约也就明白了。别人说什么，都抵不住他自己吃亏明白。"

曹妈妈笑了起来："对。小柳你年纪不大，倒是明白人。男人就是贱脾气。"

曹巍收拾好了自己出来，听到她妈的话，就问："妈，你又在说什么呢，又要骂爸爸吗？"

曹妈妈："赶紧和柳箬出门，你总忘记自己约的时间。你爸爸呀，我现在是懒得骂他，管他怎么样。你争气点就行。"

曹巍的头发染成了酒红色，身上穿着黑色的洋装连衣裙，外面再加一件酒红色的大衣，背着小背包，去门厅处穿洛丽塔风格的长靴子。柳箬和曹妈妈告别，就和曹巍一起出门了。

曹巍在门厅处戴好帽子，又问柳箬："柳姐姐，这样好看吗？"

柳箬点点头："挺好的。"

曹巍于是蹦跳着挽住柳箬的胳膊，说："我们走吧。"

柳箬开车带曹巍去了商场，两人逛了两个多小时，柳箬只买了一件大衣，曹巍则在日系洋装店里买了好几袋，两人随即就去吃了午饭。下午三点左右，柳箬开车去那一家SPA中心。

曹巍："今天表姨应该也在，我妈还让我好好和她打招呼，邀请她到我家去吃晚饭玩牌，你晚上要不要去我家玩？我不喜欢打麻将，要是你喜欢，倒可以去。"

柳筜道："我麻将打得很差，最多看看，不然只会是散财童子。"

曹巍笑道："楚未哥那么有钱，你还怕输吗？"

柳筜："他还在G城出差呢，要是我输得没法走了，总不能打电话叫他来赎我。"

曹巍哈哈大笑，又说："上次魏涟哥哥带我去澳门，我也是总输，钱全是他给的。"她说着，就耸了耸肩，"他对我一向很大方。"

柳筜："的确，他对你很不一般。刚才你妈妈还同我说，希望我让楚未劝一劝魏涟，让他收一收心，不要太贪玩了。但我觉得，即使楚未劝了他，要他改掉坏习惯，恐怕也困难。"

本来还很高兴的曹巍果真色沉痛起来："其实，也是那些人勾引他。"

柳筜在心里发笑，每个傻女人都相信只是小三的错，男人没错。

柳筜："我觉得，让他担惊受怕一次，他肯定就会知道洁身自好了。"

曹巍睁大了眼："担惊受怕，怎么做？"

柳筜笑着用很轻松的口吻道："让他误以为自己被人染了病，他以后肯定就不敢再乱来了。"

"啊？"曹巍惊叫了一声，随即，她就拍掌大笑，"对，这个主意太好了。他身边的那些女人，都是什么乱七八糟的人啊。他也真是，也不怕被她们染病。而且我知道他们有时候会吸大麻，办事根本不戴套子。我也拿他没办法。"

柳筜其实很不理解曹巍会喜欢上魏涟，因为在柳筜眼里，魏涟根本就毫无可取之处。

曹巍之后就一直处于沉思状态和跃跃欲试的状态，到了目的地，前台的领班看到她，便热情地来招待："巍巍，你来了。"

曹巍小声问："我表姨在吗？"

对方道："钱女士吗，在呢。"

曹巍："那我先去见她吧。"

对方拉住了她，小声说道："等过一阵吧，她现在不大方便。"

曹巍很了然地"哦"了一声，然后就对她们介绍柳筜："这是我的姐姐，姓柳，她可是比我亲姐姐还亲，你们要好好招待她。"

于是那领班又赶紧过来同柳筜打招呼。

这是一家专门针对女性顾客的养身SPA会所，柳筜看了一眼前台的宣传单，这里的要价不菲，顾客群估计是有钱贵妇人。

在前台招待的，都是漂亮的女店员。进了大厅，被引着上楼时，柳箬便看到了长相帅气身材很好的男按摩师。

对方认识曹巍，对着她很亲热地叫"巍巍"，又同柳箬很自然地打招呼，还多看了她几眼。

进了一间装修华丽中带着温馨的套间，曹巍脱下衣服换浴衣去洗澡，又和柳箬说："不敢让这里的少爷给你按摩，不然楚未哥吃醋了，那我可就糟糕了。"

柳箬没想到她会这么打趣自己，她换好了浴衣，问："你怎么知道他会吃醋？"

曹巍："大家都知道。"又很羡慕地叹了一声，"楚未哥真的很喜欢你。"

柳箬不知道回答什么才好，赶紧去了浴间里洗澡。

裹着浴巾出来，和曹巍坐在熏蒸小间里，柳箬沉默不言，曹巍一向是很喜欢说话，便开始给她讲八卦："我们一会儿去见我表姨。"

柳箬刚才在这里面看到了男按摩师，就明白在前台时，领班说钱女士不太方便见曹巍是什么意思，她低低地"嗯"了一声，没有多说。

曹巍很愿意和她分享秘密："表姨她其实和好几个男人好，魏涟哥都知道，但他不觉得他妈妈这样做不好。这里的小乔，每次都是他招待表姨。"

说着，又对柳箬挤眉弄眼，"你明白是什么意思吧？"

柳箬看曹巍所处的环境，所接受到的观念，大约明白了她为什么会对魏涟和女人们胡作非为的接受度那么大。

柳箬伸手将她落下的头发挽上去："我知道。不过，你这么说你未来的婆婆，真的好吗？"

曹巍却不以为意地道："这没什么不好。有些女人六十多岁还能生孩子呢，表姨她才刚五十出头，就让她禁欲没有性生活，不是太残忍了吗？她三十多岁就守寡，一直没有再婚，怎么可能没有男伴？连魏涟哥都很理解。"

柳箬："她为什么没有再婚？"

曹巍："她的丈夫起初并没有被判定为死亡，她有丈夫，怎么好再婚。之后她的丈夫被判定为死亡了，她大约又不想再婚了吧。她现在这样，手里有钱，现在的年轻男人也贪财得很，根本不介意她年纪比他们大，愿意围着她转，她何必要再婚。再婚了，反而被套住了。"

柳箬"哦"了一声："这么传奇的人，的确应该见一见。"

曹巍："一会儿就能见到了。不过，她虽然面上好交往，但我妈妈说她其实手段挺厉害的，在她面前，装乖巧，顺着她，总不会错。我妈总说我不会处事，要是我不会处事，表姨会喜欢我？"

蒸气浴之后，两人半躺在浴缸里让女按摩师给她们做按摩，之后又躺在按摩床上。柳箬在轻柔的音乐声里几乎睡熟过去，又被曹巍的声音给吵醒。

一个裹着白色真丝浴袍的中年女人坐在一边的沙发上，一边喝果汁，一边同曹巍说话："晚上没有安排，正好去你家里打牌。"

曹巍："阿姨会做你喜欢吃的佛跳墙，昨天就已经炖上了。"

中年女人道："佛跳墙好吃，就是现在不敢吃太多，怕发福。"

曹巍说："表姨你这么注意，哪里会发福，你的身材不比十几岁的妹妹差。在大街上，谁不说你只有二十几岁。"

柳箬已经注意到了这个女人，这个中年妇人长相不错，瓜子脸。刚做完SPA，没有化妆，能够看出她眼袋松弛，眼尾下垂，有明显的法令纹，唇角也有些下垂，颈子上的肌肉也很松弛，虽然看起来的确不像五十多岁的女人，但说她只有二十几岁，也实在太违心了。

这是个在生活上很放纵的女人，眼神和面相给人绝不好相与的感觉，隐隐带着凶悍。

柳箬想，这个女人，绝对不会愿意高士程的钱被其他人分走的。

她从同高士程的相处里可以看出，他虽然不是个好人，但是对他的儿子魏涟是真的非常看重喜爱，甚至溺爱到了任由魏涟随意放纵生活的程度。

他换了身份之后明明可以再要孩子，但是他却没有再要，其中也许有这个中年女人钱女士在起作用，她可能不会愿意高士程再有其他孩子，因为那样的话，魏涟就不能作为他的继承人。

在当年的魏瞻平换了身份成了现在的高士程之后，他一定依然有受前老婆钱女士的威胁，或者说是两人之间依然有某种协定，这种协定将最后的受益者定为了魏涟。

正是魏涟父母对他的这种溺爱和放纵，才让他的私生活那么混乱。

柳箬这般想着，钱女士已经发现柳箬醒了，对她笑了笑："你是小柳吧？"

柳箬让按摩师不必再为自己按摩，她接过浴衣裹上："嗯。钱姐，你好。"

钱女士笑道："叫我阿姨就行了。我已经是你妈妈那一辈的人了。"

柳箬笑说："实在无法叫出口，你看着太年轻了。"

钱女士笑得非常开怀，说了一些其他话后，她的话题便转到了楚未身上："魏涟和楚未是好哥们，魏涟经常说楚未好，比较照顾魏涟。楚未也是个能人，既会做人也会做事，之前他介绍我投资南衡科技，我听了，让他的投资管理公司帮我管理资金，短短时间，就赚了不少……"

她说着，眼睛笑得眯成一条线。

柳箬没想到她和楚未有不少交道，而楚未却从不和自己说魏涟家的事和高士程的事。

钱女士是个喜欢说话的人，滔滔不绝，全是股票经，又赞扬楚未，柳箬便回赞魏涟。

曹巍在钱女士面前把柳箬好好赞扬了一遍，又说她在楚未心里的地位，这让钱女士之后对柳箬非常亲切热情。从SPA中心去曹家，她便不坐自己的车，乘柳箬的车，方便和柳箬交谈。

柳箬在曹家吃了晚饭，就被拉上了牌局，除了曹巍的妈妈、钱女士外，还有曹妈妈叫的另外一个中年妇人，是她们的牌友，也是贵妇一类。

柳箬虽说她的牌技差，但真上牌桌，倒不差。

她的算牌能力不比牌桌上的高手钱女士弱，所以特意让钱女士点了她好几炮。打到十一点，楚未的电话来了，柳箬插上耳机，并不下牌桌，小声同他说："我在打麻将，你呢？"

楚未第一次知道柳箬会打麻将，他听到麻将声，就笑着问，"你在家里和阿姨他们玩牌吗？你牌技怎么样，想来怎么也比扬扬好。"

柳箬声音柔软："不是在家里，在曹巍家里，今天同她一起逛街，在她家吃了晚饭，现在在打牌，一会儿才回去。"

楚未知道柳箬和曹巍有联系，他没办法阻止柳箬和曹巍交往，但他担心柳箬和曹巍交好只是想接近魏涟，但他没有揭穿，说："你的牌技，不会总在输吧？"

柳箬："总在输怎么办，你要来替我？"

楚未："我来替你是不成了，不过在你输得太厉害的时候，我倒可以去赎回你。"

柳箬笑道："之前巍巍也这么说。"

两人谈了好一会儿才挂了电话，钱女士打趣她："小年轻谈恋爱就是甜蜜。"

柳箬红着脸笑，大约到了十二点钟，柳箬就要告辞了。而这几个妇人为了保养，也不会熬夜，牌桌便散了。

钱女士问了柳箬的住处后，便说她住的地方距离柳箬家不远，想搭她的顺风车回去。柳箬欣然应允，她同曹妈妈和在玩网游的曹巍告别后，同钱女士一起离开了。

钱女士坐在副驾上，先闲扯了一堆其他，然后突然提道："小柳，你是不是也认识高士程？"

柳箬心里一惊，面上却镇定，心想她怎么知道的？曹巍说的，魏涟说的，还是她一直有眼线关注高士程的一举一动？

柳箬很随意地回答："高叔叔？有一次和楚未在餐厅里吃饭，正好遇到了，就同桌吃了。还同巍巍一起，也正好遇到，就一起打过球。高叔叔是个很不错的人，而且他对魏涟很好，一般人对亲儿子，怕也没那么好。他是不是特别喜欢钱姐你，所以才那么喜欢魏涟？"

她的语气里带着女人特有的八卦，钱女士笑起来："我都人老珠黄了，他哪里会喜欢我，不过对魏涟，他是真的很好。他啊，喜欢小姑娘，就像你这种年轻漂亮的。我，他怕是避之唯恐不及。"

柳箬一听她话里的意思，就知道她恐怕知道自己和高士程约会过的，而且她知道高士程身边那些情妇的情况。她在高士程身边有眼线的可能性很大，是谁，卢师傅？

柳箬笑说："真爱难道还有关年龄？人谁不会变老，不过有些人，年龄大些，反而拥有更多魅力，这种时光的沉淀，是小年轻没法比的。"

柳箬这话又投了钱女士的胃口，让她不再计较柳箬和高士程有过过多接触的事。再说，她认为楚未有财有势长相好，对柳箬又上心，柳箬没有可能舍弃楚未而就高士程。

于是她对柳箬便不再设防。

柳箬将钱女士送进了小区，看她上了楼，她才开车离开。

柳箬回到家，便给楚未打了电话。

楚未第一时间就接听了，但他犹豫着没有说话，电话里有几秒钟停顿。

柳箬知道，她说她在曹巍家，楚未一定会多心，但柳箬无意隐瞒这件事。

她先说："今天和曹巍一起逛了大半天街，买了一件衣服，下次你回来，我正好穿给你看。"

楚未笑道："是只穿给我看的衣服？"

柳箬一时没闹明白他话里的潜台词："没啊，为什么只给你看？"

楚未说："难道不是内衣？"

柳箬在无语之后说："是外套。"

楚未则说："想你了，我后天才能回去。我到时候直接去找你，好不好？"

他的声音温柔又带着哄人的味道，柳箬说："嗯，好。但是我不确定你回来时，我是在家，还是在实验室。你大约什么时候到，你自己进屋好了，我很快回来。"

她也想他了。

两人自动跳过了柳箬接触曹巍的事。

第二天，柳箬接到了任惜的电话。

对于接到任惜的电话，柳箬并不觉奇怪。任惜想要想办法要高士程的孩子，很大可能会联系她。

柳箬为她牵线搭桥介绍了接私活的医生，任惜将样本送过去后，又打电话向她道谢，还说要请她吃饭。

柳箬婉言拒绝了，说她真怀上孩子了，到时候再请她吃饭不迟。

楚未回S城只待两天就要回B城去。已近春节，家里老妈每天打电话催促他，他现在没法陪柳箬过春节，只能在之前陪她两天。

楚未这两天想了很多，柳箬父亲的事，就像是一层厚厚的玻璃，横隔在两人之间，他们看着十分亲近，但中间却总隔着那一层。

柳箬回到家时已经晚上八点，进屋闻到炖排骨的味道。

柳箬换了鞋往厨房走："妈妈，你来了？"

楚未回答她："是我做的，阿姨没在。"

楚未从厨房里出来，看到柳箬，就一把把她抱住，"我向阿姨请教的做法，还不错是不是？"

柳箬捧着他的脸，笑着道："对，闻起来很香。"

楚未搂着她亲了好一阵，一解相思之苦。虽然两人才分开几天时间，但总觉得长得难以忍受了。

柳箬洗了澡，换了一身居家服，便系上围裙炒菜。楚未说他来做，柳箬没允许，说："我比较快，别和我争了。"

柳箬只炒了一份豌豆尖，又拌了一份生菜，将菜端上了桌。楚未盛出排骨来，准备吃饭时，楚未才一惊："忘了做米饭。"

柳箬好笑地道："冰箱里还有面包。"

她从冰箱里拿出面包来，两人就着面包吃菜喝汤。楚未很歉意："下次一定不会忘。"

柳箬说："不就是一碗饭吗，吃面包也一样。"

楚未几乎无法将精神放在吃饭上，一直看柳箬，柳箬伸手轻轻点他的额头："快吃了，不然很容易凉掉。"

楚未第一次炖排骨，还算很成功，除了味淡了点，没有其他缺点。

饭后楚未将带给柳箬的礼物拿给她，他把盒子放在床上，让柳箬去拆。柳箬笑着坐上床，盘着腿拆盒子。

楚未坐在她身边搂着她，这情景突然让她有些恍惚，以前似乎遇到过。她愣了一下，想到她小的时候，每次爸爸都爱把她抱在怀里，让她拆礼物。

她手上的动作停了下来，转身将脸埋在楚未的肩膀上。

楚未搂住她的腰，有些疑惑："怎么了，是不是累了？"

柳箬摇头不答，过了一会儿，她才又继续拆盒子，上面的小盒子里是一只紫金镶嵌红宝石的手镯，做工十分精美，红宝石一共有七颗，色泽美丽。柳箬将手镯拿起来，手指衬着手镯，更显得手镯美丽，手指白皙。

柳箬说："这个是不是要花很多钱？楚未，我不想收你的贵重礼物。"

楚未将手镯戴在柳箬手腕上，握着她的手亲吻："不是多么贵重的东西，我希望你能够开心。"

柳箬说："但我做实验没有办法戴，平常只能收起来了，你不要介意。"

楚未笑着说："我怎么会介意？"

柳箬继续拆下面的盒子，是两条围巾，一条紫红色，一条藏青色，柳箬一看就明白了，拿了藏青的围巾为楚未戴上："是情侣围巾是吧？"

楚未亲她的耳朵："对，我老婆很聪明。"

柳箬想说"谁是你老婆"这句话，但话没出口，就被她咽下去了。她笑着去拆下面的盒子，躺在里面的是一件布料少得可怜的粉色内衣和内裤，她红着脸把盒子盖上，说楚未："你一个大男人去买这种衣服，不被人认为是变态？"

楚未挑眉道："怎么会，我说这是买给我妻子的，大家都说我是好丈夫。"

柳箬笑着说："我才不会穿。"

她把盒子拿开，跳下床去从衣柜里拿出一条围巾，灰色，她说："这是送你的春节礼物，不过你自己也买了啊。"

楚未将自己买的那一条放到一边，握着柳箬买给他的，说："这是你的手织品吗？"

柳箬尴尬地道："我哪里有织围巾的时间，再说，我手工很差，织出来你也没法戴啊。将就着就收了这个吧。"

两人坐在床上笑闹，柳箬说："有点像小孩子坐在一起拆礼物的感觉，我小时候在外婆家里，和舅舅家的表哥，也这样坐在一起玩。"

楚未："你和你表哥关系很好吗？"

柳箬情绪变得不大高："嗯。"

楚未又问："他现在在做什么，你们联系多吗？"

柳箬低下了头："他上大学出门旅行，出车祸过世了，当时才十九岁。他和我同年，只比我大两个月不到。"

楚未愣了一下："不好意思。"

柳箬摇头说："没什么。人命就是这么脆弱，不过好在我舅舅和舅妈前几年又生了一个女儿，他们喜欢这个女儿比我表哥还要更厉害些。我表哥以前总闯祸，经常挨打挨骂。有一次，他带我去河里玩，我在河里差点淹死，总觉得有什么东西拖着我，让我无法挣扎，紧急时刻，那股力道又松了，我自己就费力游上了岸。这件事被舅舅和外婆知道，我舅舅用藤条抽了我表哥四十下，屁股都渗血了，又让他跪了半天，我也跟着跪了半天，说以后不去河边，那条河里每年都要淹死好几个小孩儿。"

柳箬的声音里没有太多伤心，但却有浓重的感叹。

楚未将她抱紧，她轻声叹道："生命总是这样脆弱。人的离开，只是一瞬间的事，至今我也不觉得他死了，好像他只是去了远方旅行，我们总会再相遇。"

第七章

深交

楚未叹道："人活得越久，离我们而去的人就越多。"

柳箸很认同这句话："人生总是不断相逢和离别。"又问楚未，"你家里有至亲的人过世吗？"

楚未说："爷爷奶奶过世了。不过，我和他们并不亲，我大哥在他们身边长大，他们更喜欢我大哥，而且他们不喜欢我妈妈，所以也不太喜欢我。他们死的时候，我不是很难过。大约是因为没有太多感情吧。"

楚未静静看着柳箸，又轻声说："我和我大哥，都是爷爷奶奶的孙子。他们在我大哥身上倾注了很多精力和感情，他们不求回报，什么都为他安排和打算。我以前还听到爷爷为了大哥骂我爸，但同为孙子，他们从没有在我身上花费过精力，也没有为我的将来着想过，也不喜欢我，你说，这是为什么呢？"

柳箸轻轻拍了拍他的背脊，安慰道："人往往如此，越是倾注了精力和感情的人，越是会爱他，希望他以后会更好。人的偏心，是注定了的。人又不可能做到绝对公平无私。"

楚未亲吻柳箸的面颊："是。所以我爱你，想对你好，越对你好，越爱你，这是一个不断积累而加成的作用，是不是？"

柳箸笑着看他，又将脸埋在他肩膀上。

楚未突然转移话题道："箸箸，我明天带你去见一个人吧。"

柳箬有些奇怪："见谁？我明天上午要去做实验。"

楚未眼神很温柔："一个你想见的人，你见了，一定会高兴。"

柳箬睁大眼睛："到底是谁啊，现在不告诉我？"

楚未搂着她："不说，现在告诉你了，你肯定马上就要去见，不会再把心思放在我身上。"

柳箬问了一句："是he还是she？"

楚未说："女人。"

柳箬实在想不出来会是谁，最后只能胡猜："谁嘛，难道是你妈妈？"

楚未笑问："你想见她吗？"

柳箬不答，她捏着楚未的耳朵："快说嘛，到底是谁？"

楚未："现在不能告诉你。"

柳箬不满地嘟嘴巴："说不说？"

楚未马上凑上前去亲她，柳箬赶紧推他，两人打打闹闹就滚到了一起去，楚未把她压在床上，一边亲她一边将手伸入她的衣服里，柳箬顾此失彼，想要推拒又不想要推拒，就这么稀里糊涂地和他纠缠在了一起。

第二天早晨，柳箬积累了一大堆意志力才得以从床上爬起来。她腰酸腿软，而且脑子迷糊，实在不想起床。

而楚未搂着她的腰不要她下床："箬箬，再睡一会儿吧，你脑子总想着你的实验，不要去想，好吗？"

柳箬俯下身盯着楚未看了几眼，楚未脸上早上有胡茬子，她于是咬了他的下巴，留下一个口水印子，说："你要刮胡子。"然后把楚未的胳膊掰开，将睡裙往下抻了抻，下了床。楚未也只得起身，说："宝贝，我今晚上就要去B城了，真不再多陪陪我？"

柳箬舍不得他又有事要做，道："我师弟回家过年去了，没人帮我看实验，我必须去。好啦好啦，你别再闹了。"

楚未拿了睡袍让柳箬披上，以免她冷到，他也穿上了衣服，两人一起在洗浴室里洗漱，楚未提议道："我们搬到一起住吧，好不好？我那里房间很大，嗯？"

柳箬吐掉嘴里的泡沫，半闭着眼睛继续刷牙，含糊地说："从你家里开车去研究中心，上下班堵车能堵一个小时，我不去。"

楚未："我在城南那边看了一套新房子，我约了阿姨一起去看看，你也一起去吧。距离你的研究中心不远。"

柳箬想了想："搬家太麻烦了，你要是愿意，你先来我这里住吧。不过，我这里恕不招待你的那些好朋友。我和他们处不来。"

楚未觉得这个主意也还行，说："我住到你这里来，你这里会不会太挤了？"

柳箬开始洗脸，慢慢说："我不想搬去你那里，太远了。"

楚未只得说："嗯，那好。"他明年也会很忙，只能走一步看一步。

柳箬上午去了实验室，楚未则去拜见了丈母娘，还送了不少年货过去。因为柳箬的二妹在家，他只在那里坐了不到五分钟就出来了，柳妈妈送了他下楼，说："你送了这么多东西来，都不愿意吃顿饭再走。"

楚未的司机鲁项站在一边等，楚未说："今天柳箬还在忙，我去接她一起吃午饭。"

柳妈妈："柳箬也真是，明天就大年三十了，还在忙，这事有能做完的时候吗？叫她回来，她也不回来。"

楚未："她明天应该就放假了。"

柳妈妈亲自给楚未手织了一件羊绒毛衣，用袋子装着让楚未带走："我现在闲着也是闲着，就织了毛衣，你看看是不是合身。"

楚未感动不已，他亲妈也没给他织过东西，他道谢后让柳妈妈回楼上后，他才上车离开。

柳妈妈回到家时，袁思宜正站在窗口看楼下，看着像在发呆。看柳妈妈回屋，她就回了自己的卧室里去了。

楚未接柳箬一起吃了午餐，从餐厅里出去，已经要近三点，天色又阴下来，寒风阵阵。楚未开了一辆低调的车，对柳箬说："我们现在去和苑小区。"

柳箬从没听过这个地方："是哪里？"

楚未："一个老小区，到了你就知道了。"

半小时后，他们到了地方，是一个很老旧的小区。

楚未将车停在小区外面停车区，周围小店里的人不断打量这辆车。有些小店只是有个小招牌，门洞黑黑的，大冬天穿着裹臀短裙和黑丝袜的女郎化着浓妆坐在门口烤火，也不知道里面是卖什么。

看到楚未下车，对方还一直盯着楚未看。直到柳箬下车挽住楚未的胳膊，问他来这里做什么，那女郎才收回了目光。

从生锈的大铁门走进去，里面是逼仄的小区过道，棚子下面停着一排自行车，并没有门卫守着。

几只脏兮兮的野猫从两人身边蹿过，楚未赶紧把柳箬拉到自己身边来搂紧，柳箬说："猫咪很灵活，不会撞到人。"

楚未带着柳箬一直往里面走，走到了最里面一栋楼，楼门口倒着垃圾，有些脏，他拉着她上楼，说："这里没有电梯，在八楼上。"

这种老楼，只允许修建七层，第八楼一向是违建，七楼上八楼被一道铁门拦住，楚未敲了铁门："赵阿姨，我们来了，可以开一下门吗？"

一位中年妇人来了铁门前，审视了楚未和柳箬一番，大约觉得两人不是坏人，才问："你们有什么事？"

楚未："老向应该和你说过，我们是他介绍来的。"

中年妇人脸上显出恍然大悟的神色后又带上了一些谨慎，打开铁门："进来吧。"

楚未向她道了谢，带着柳箬进了铁门，又爬了十几阶台阶，到了第八楼。

赵阿姨请两人进屋，屋子里东西很多很旧，但收拾得很整洁。

两人刚进客厅，一位头发花白脸上泛红的男人就从卧室出来了，看到两人后，他问赵阿姨："就是他们？"

赵阿姨说："是的。"

楚未和柳箬在旧沙发上坐下，那位中年男人坐在两人对面："之前老向可是给过保证的，说你们会付两万块钱，要付钱，我婆娘才会说。"

赵阿姨皱眉说了那个男人一句："你少说两句。"

那男人道："这怎么能少说，本来就要说好嘛，这两位年轻人，一看就不是差钱的人。"

楚未："对，只要消息有用，我们自然会给钱。"又对柳箬说，"这位赵阿姨，当年给柳先生做过助理。"

柳箬因他这话惊讶地看向这位赵阿姨，她头顶的头发已经花白了，脸上的皱纹倒不特别多，但眼神却很沧桑。这些年，她的生活一定不如意。

赵阿姨多打量了柳箬几眼，给两人倒了茶水："我不知道你们到底要知道什么，当年在建华集团里，我虽然是助理，其实就是帮忙跑一跑腿而已。建华集团出事之后，我就没有了工作，之后找其他工作，他们知道我原来是建华集团的，就不愿意用我，我只好去G城打工。"

她男人愤愤地骂道："就是建华集团的事，才让她之后没有好工作。喂，你们问当年建华集团的事情，是为了什么？"

柳箬："我和当年那位跳楼而死的柳经理有些关系，想了解一下当年的情况。"

赵阿姨又审视起柳箬来，看了一阵后，她说："你是柳经理的那个女儿吗？"

柳箬点头："对。"

赵阿姨便一直盯着她，好半天才说："那我没什么好说的。"

柳箬神色很镇定，问："为什么？"

赵阿姨："二十年前，建华集团走私案就不了了之了，现在还能掀出什么风浪来，你问我也没用。我当年在建华集团，是柳经理跳楼死了，我才知道建华集团走私。在这之前，我什么都不知道。不只是我，当时一起在建华集团做事的，大家也都不知道。他们走私的，根本不是建华集团里的人，是另外的人在走私，只是借了建华集团的名头，跟着建华集团的货物一起走。我们只是下面的人，能够知道什么？"

柳箬蹙眉："是这样吗，那你知道我爸爸当年知道公司背后在走私的事吗？"

赵阿姨摇头："这个，我就不知道了。不过，我猜，很可能不知道，柳经理那个人，怎么说呢，为人很亮堂的，不会去参与那种事吧！"

柳箬"哦"了一声，又问："那你当年和魏瞻平熟吗，就是建华集团的老板。"

赵阿姨："老板啊，他经常到柳经理办公室来找他，但我哪里能和老板熟了。不过当时经常跟着老板来找柳经理的，还有一位姓楚的小伙子，年纪轻轻，他很喜欢来找柳经理聊天。他在公司并没有事情做，但经常来公司，如果真有人负责走私，肯定不是公司正儿八经坐班的员工，是另外的人。那个姓楚的小伙子，说不定有可能。"

楚未因赵阿姨这话转过头去看柳箬，赵阿姨所说的姓楚的小伙子，很大可能是他大哥。

柳箬并没有因赵阿姨这话有什么反应，她问："我爸爸跳楼那一天，有什么异常吗？"

她父亲是从建华集团的楼上跳下去的，赵阿姨作为建华集团的员工，肯定知道些什么。

赵阿姨："没有什么异常，当天柳经理就是正常来上班，还让我去催财务的报表，然后我回到办公室后，柳经理就没有在办公室了。大约半个小时后，外面就开始吵闹。我去看，柳经理已经跳楼了。"

柳箬：“你们的办公室是在几楼？我记得当时那栋楼有七层，我爸爸是从七楼跳下去的。”

赵阿姨：“我们的办公室在五楼，顶楼的天台门一向关着，那天也没有开。但是七楼往上去的台阶上有一个平台，柳经理是从那里跳下去的。”

柳箬：“那天魏瞻平在公司吗？”

赵阿姨：“我们不知道他在不在，他一向很少来公司，要是来，我们一般也很少见到他。那时候，公司没有电梯，他的办公室在二楼，从后楼可以直接到他的办公室。但是，柳经理死了后，他就没再出现过了。公司倒闭，他也没有出现过。我们最后一个月的工资，都没结算呢。”

柳箬问：“那你们那时候第六楼和第七楼是用来做什么的？”

赵阿姨：“有一间会议室，但基本上没用，其他的房间，我就不知道了。”

柳箬认为她父亲不会自杀，一定是有人约了他到了七楼上面的平台处去，或者是他约了人去那里，不然他平白无故不会往那里去吧。

柳箬问：“那天你认识的那位姓楚的年轻人，在公司吗？”

赵阿姨：“也没见到，我们在做事情，并不知道。因为我们那个楼，前面和后面都有走廊，我们做事都从前面走，有人从后面走，我们不可能看到。”

楚未一直一言不发地陪在旁边，脑子里也想了很多事。

柳箬不再发问，赵阿姨不是蠢人，说：“小柳呀，你是柳经理的女儿，我也可怜你。但这件事过去这么多年了，现在是查不出什么来的。我后来也想了，我们公司，当年被查封，但是公司的员工，连我都没有被叫去问话，大家只是被辞退了，其他事一律没有问我们。肯定是因为建华集团上面有人，所以这件事不了了之了。当年都没有掀起一点浪的事，现在还能查出什么来。柳经理的确是个很好的人，但是，他死了，也没有办法。”

要是当年，有人在她面前说她爸爸死了，这是没办法的事，她是完全不能接受的，一定大声反驳。但到了今天，柳箬对当年她父亲的死想了很多很多，她不会再反驳别人的这种话，只是心里更加坚定地想要找出当年的真相，她不能让这件事成为一件“没有办法”的事。

她父亲的死，对于这个世界上的大部分人来说，是一件可有可无的事，他们甚至完全不知道这件事，也不必知道这件事；对另外一些人来说，是一件觉得可惜的事……只有对柳箬，这件事影响她的一生，她的世界因此塌了一半。

她无意别人同情她，也不愿听别人说她可怜，当年如此，现在亦然。

柳箸："我只是想知道我父亲为什么会死，因为当年完全没有给我和我妈一个交代，事情就不了了之了。不知道你和当年的那些同事后来还有联系吗，其中有没有人知道更多的事。"

赵阿姨摇头："这么多年了，哪里还和当年的同事有联系。如果你要知道当年魏老板或者那个姓楚的年轻人在没在公司，你不如去找当年魏老板的秘书，是个很漂亮的人，叫简芳，大家都知道她和魏老板有一腿。"

柳箸看了看楚未，楚未微微摇了摇头。

柳箸和楚未从赵阿姨家里告辞时，楚未从钱包里拿出了一张两万的支票递给赵阿姨。赵阿姨来不及接，就被她男人接了过去，对方仔仔细看了看那支票，说："这是支票吗？取不取得到钱，还是给现金好点。"

赵阿姨拉他："是柳经理的女儿来问当年的事，我怎么好收这个钱。小柳，这个钱你们拿回去，我不要。"

她男人却说："他们本来就答应了，怎么能不要！"

他本来要把那支票递还给楚未换现金，听他老婆那么说之后，就赶紧把那支票揣进了裤袋里，他老婆找他要，他无论如何不给。

楚未："赵阿姨，谢谢你了，那本来就是答应了要给的。我们先走了，以后有机会再见。"

赵阿姨拿她的老公没办法，只得跟出来送柳箸和楚未下楼，她对柳箸说："小柳，你现在好好过日子才是正经，不要去想当年的事情了。当年那事能被压下来，现在更查不出什么，而且那个魏老板，也不是好惹的。"

柳箸对她说："谢谢你，不用送了，我们自己走就是了。"

赵阿姨一直将两人送下了楼，送出了大铁门，看两人上了车，她才回去。

柳箸上车后，对楚未道谢："谢谢你带我来。"

楚未看着她略带悲伤的脸："但她没有说出什么来。再说，我答应过你，会帮你调查这件事，你谢我做什么？"

柳箸："怎么能不谢，除了你，不会有人这样帮我。"

她又说："那两万块钱……"

楚未截断她的话："不用说钱的事。"

随即又开了一个玩笑："钱能办到的事，就不算事，不是吗？"

柳箸被他逗笑了："有钱人才这么说。这世上大部分人，都在为钱的事情发愁。而且，难道不是因为钱，我爸爸才死了？"

楚未说："钱会让人死，却不能让人死而复生。鹪鹩巢于深林，不过一枝；偃鼠饮河，不过满腹。人所需其实很有限，只是欲壑难填。"说着，他伸手握了握柳箬的手，说，"你在我的身边，我便觉得满足了。但我知道你不是，你希望找到你爸爸死去的真相。我希望你能幸福地生活，所以，你的这件事，就是我的事。箬箬，你相信我是将你的事情当成比我自己的更加重要的事来处理的吗？"

柳箬点头："我当然相信。"

楚未低头亲她的手背："那这件事，你可以交给我来办吗？我不希望你会受到伤害。"

柳箬看着他："但我不能不自己来查这件事，不然，我永远觉得我对不住我的父亲，我无法安心生活。我知道，现在已经很少有人会去想父死子继，父仇子报这一类的事，但是，我却没有办法放开。"

楚未："那好，我得到什么消息，我都会告诉你。"

柳箬又问："是不是找不到当年魏瞻平的秘书了？"

楚未："要在人海里捞这个人，实在太困难了。她叫简芳……"

楚未发动了车，一边开车，一边说："我之前让人去查过她的事情，正如刚才赵阿姨所说，她当年名为魏瞻平的秘书，其实是他的情妇。你也知道，那个年头，女秘书就是情妇的代名词。她在你父亲的事情发生之后就不见了，后来就没了消息，甚至不知道是不是死了。"

柳箬不相信一个人可以无故消失，问道："她是哪里人？"

楚未说："她老家是贵州山里，而且在贵州已经结过一次婚。出来打工，因为长得漂亮，大约就被魏瞻平看上了，将她作为秘书安排在公司里。她之后失踪，并没有人报警，也没有回过家去。"

柳箬因为这种种迹象，认为她的父亲，当年很可能是被魏瞻平推下楼的。

她沉吟了片刻后，不由问道："他们当年到底是走私什么？"

建华集团，明面上是做电器进口贸易。楚未说："具体我不清楚。我看到的卷宗里，写有走私高档酒，但是恐怕不只是这个。"

柳箬低声道："人死不能复生。不管是多少钱，我爸爸不能回来了，不是吗？"

柳妈妈给柳箬和楚未打电话，得知楚未晚上就要飞去B城，但距离飞机起飞还有几个小时，她就要求两人过去吃饭。

柳箬问楚未："你要去吗？"

楚未看了看表："时间倒来得及。"

柳箸便说："那先去收拾东西，一会儿我送你去机场，我们现在去我妈那里吧。她每天打电话都念叨你。"

楚未："我上午去看过她了，她还送了我一件手织毛衣。衣服在你家。"

柳箸不由说："那件藏蓝色带黑色花纹的毛衣吗？"

楚未点头："嗯。"

柳箸："我知道她在织，我以为她织给袁叔的，居然是给你。"

楚未便笑起来："看来阿姨的确非常喜欢我。"

柳箸："对啊，比对我好多了。在我面前，她每次都问你的情况，而不问我的情况。"

楚未："哎呀，那怎么办，你是不是要吃我的醋了？我把你的妈妈抢走了。"

柳箸："你就自恋吧。"

柳箸和楚未先回了一趟家，楚未专门穿了柳妈妈织给他的毛衣，然后和柳箸一起去袁家吃晚饭。

两人到楼下，柳妈妈又给柳箸打了电话，柳箸说："怎么了，又催？"

柳妈妈说："以为我想催你？今天家里有点事，怕是不好招待楚未了，你带他在外面吃吧，以免耽误他赶飞机。"

柳箸站在楼梯口，说："哦。"

柳箸挂了电话，拉了楚未就赶紧上楼："肯定又是思宜她妈妈来了。"

楚未："是吗？"

拉着楚未到了楼上门口，柳箸才反应过来，她为什么要拉楚未来看自家的烦心事？

她顿住了，对楚未说："不要耽误你赶飞机，我还是先送你去机场。"

楚未一把搂住她，就敲了大门，袁思扬来开了门。门只开了一条缝，两人就听到里面尖利的声音："凭什么你的女儿能买房付全款，思宜就要自己还房贷？她明年就工作了，老袁，她是你的亲生女儿，让你找关系让她进电业局，你说靠关系不行，要考试，你这是什么意思？你以为我不知道，老陈家里的女儿就是找关系进去的？"

柳妈妈的声音传来："大姐，你说这话讲良心吗，箸箸买房，没有让老袁出一分钱。你这话是什么意思？是说箸箸是用老袁的钱买的房？而且思宜工作的事，老袁已经请过几顿饭了，每次都把思宜带在身边的，你不清楚他有多上心，难道思宜你还不清楚你爸爸都为你的事愁得头发要白了吗？"

思宜说："你们家以前的房只卖了四十万不到，柳箬买房加装修买家具，花了六七十万，难道爸爸没有给钱？而且她马上就要去德国，也要花钱，爸爸说怕柳箬刚去德国吃苦，说了要给她五万，你以为我没有听到你们说的话？你们根本就没有为我打算过。"

袁叔说："思宜，你这是什么话，我没有为你打算过？柳箬买房的事，给你说过很多次了，你们根本不信。你就想要掏空家里的钱，你让你弟弟以后怎么办？"

思宜："反正你就没把我当成你亲生女儿，柳箬是你亲生女儿，你只听苏芩的话。"

"啪"的一声，袁叔给了思宜一巴掌。

屋子里更是闹了起来，思宜妈妈大叫道："你居然打思宜，有后妈就有后爸。"

柳箬眉头紧锁，推开门赶紧进去了。

思宜妈妈要和袁叔撕扯，柳妈妈大声劝着要去拉开两人，思宜则去推柳妈妈。

思宜差点把柳妈妈拽倒，柳箬过去将柳妈妈抱住了，把她挡在后面，大声说："不要吵了。"

袁思宜指着她大骂："你们才是一家人，爸爸打我，爸爸因为你们这些贱人打我！"

柳箬气得脸色铁青，袁叔骂她道："你到底有没有素质，这么说你姐姐和苏阿姨！她们有哪一点对不住你吗？"

袁思宜哭道："她们破坏了我的家庭，又抢走了我的爸爸，她们哪一点对得住我？"

家家有本难念的经，楚未把袁思扬挡在后面，走到了柳箬的身边来。

柳妈妈看到楚未来了，更是眉头紧皱，又把袁思扬推到卧室里去，让他不要听不要看。

袁思扬眼睛红红的，要哭又没有哭。

他已经十一岁了，大人们总觉得他还很小，什么都不懂，其实他已经明白很多事了。

楚未出现，袁思宜没再撒泼，反而面红耳赤地走到她妈妈身边去，把她搂着，让她在沙发上坐下。

因她刚才的话，袁叔即使想发火，也没法发火了。

他和袁思宜的妈妈，本是初中同学，他后来上了大学，思宜妈妈上了同城师专，后来做了小学老师，两人谈了几年恋爱后就结婚了。最初家庭幸福美满，自从袁叔停薪留职做生意，两人的关系就每况愈下，只要他晚上稍晚回家，思宜妈妈就破口大骂，最后两人关系在思宜十二岁的时候走到了尽头，两人离婚了。

但离婚后，思宜妈妈依然经常来前夫家里照顾女儿，而且袁叔照样给她生活费，为她买衣服首饰，思宜妈妈觉得两人总有一天还会复婚。

但哪成想，袁叔在一年后遇到了柳妈妈，很为她着迷，开始展开追求攻势。柳妈妈当时不知道袁家情况复杂，想着自己带着个女儿，对方也有一个女儿，当然没什么，而且女儿以后还有了妹妹，互相有照应，加上袁叔的确优秀，让她动了芳心，两人就开始交往了。交往了近两年，柳妈妈考虑来考虑去，并征求了数次柳箬的意见后，答应了袁叔的求婚。

结婚了才知道，袁叔和他的前妻，剪不断理还乱。

而且他的女儿也不喜欢她，同样不喜欢她的女儿。

楚未虽是柳箬的男朋友，但在还没有成为女婿前，他在这家里只算外人。

有外人在场，家里便也不好闹得太难看。

思宜妈妈不再过分尖锐地说话，只是不断强调："柳箬的房子都是全款付清，思宜的房子也必须全款付清。思宜明年出来工作，哪里有那么多钱给房贷？还有她工作的事，你是她爸爸，你都不出力，谁出力？"

楚未在场，袁叔不大好说话，但也不得不露出家底道："你给思宜看的那套房子，要一百三十多万，现在家里哪有那么多钱？她工作那边说了给十五万，而且还不一定能进去。你不过是站着说话不腰疼。"

思宜妈妈道："柳箬的房子，现在不是也要一百多万吗，思宜就不能要了？"

柳妈妈想要插嘴说话，柳箬把她搂着，让她不要说。

柳箬很气，她甚至很想让柳妈妈和思扬同自己生活，不要理睬袁叔和袁思宜。但现在柳妈妈、袁思扬和袁叔是一家人，她没有这个权利。

袁叔强调："没有那么多钱。"

刚才袁叔打女儿虽然没敢用力，但男人的手劲可不小。思宜脸嫩，现在一边脸颊已经红肿了，她趴在她妈妈怀里哭。

楚未坐在柳箬旁边："如果是工作上的事，我大概可以帮上点忙。"

袁叔和思宜妈妈，以及思宜都转过头来看他。

楚末便说："是要进市里电业局吗？"

思宜妈妈说："是的，她学财会。"

楚末说："财会很好找工作嘛。"

思宜只是看着他，没有说话。

柳箬看到思宜妈妈心里就不爽快，但此时没有阻止楚末说要帮忙的事，她知道他是因为看在自己的面子上，不想这个家里吵成这样。

楚末要去赶飞机，在楚末表示会帮忙联系之后，他就起身说要走了。柳箬担忧地看了看柳妈妈，在她耳边说："我一会儿就回来。"就起身去送楚末。思宜把楚末送到了门口，嘴唇翕动想说句什么，但最后并没有说，只是把他看着，楚末心里不大舒服，搂着柳箬的腰下楼了。

上了车后，柳箬开车："害你没吃晚饭，倒跟着受了气。"

楚末："其实没什么。"

柳箬有些难受地说："哪里没什么。家里一团乱麻。"

柳箬将楚末送到机场，在机场里一人吃了一碗面条。楚末去过安检时，柳箬伸手抱住了他。

柳箬第一次这么主动，楚末受宠若惊，但这一次他反而没有做过分亲密的事，只是由她抱着，捧着她的脸亲了一下她的鼻尖："我发短信叫了鲁项来送你回去，这么晚了，我怕你路上不安全。他应该就到了，会给你打电话。"

柳箬笑了笑："谢谢。"

楚末不舍得走，看着要没时间了，才依依不舍地放开她："我过几天就回来。有什么事给我打电话。"

柳箬点头："好。"

楚末进了通道不见了，柳箬依然站在那里，只是本来强撑出的精神没了，只剩下一片落寂和疲惫。

鲁项很快就到了，给柳箬打电话，询问她的位置之后就来找到了她，看她精神不佳，便说："柳小姐，我看你很累的样子，要不我现在就送你回去休息吧。"

柳箬点头应了，去停车场时就收到了楚末的电话："时间刚好，我登机了。鲁项到了吗？"

柳箬："嗯，到了，他在我旁边。"

楚末："那就好。我看你很累了，你今晚不要回你妈妈那里去好吗，你回自己家好好睡觉。"

柳箬："我没办法让我妈妈自己在那里，我只能回去，别为我担心好吗，我很好。"

楚未："我担心你。或者我明天再回B城，今晚留下来陪你。"

柳箬惊道："不用了，楚未，谢谢你，但是不用了。"

楚未临飞机要关机舱门时又出来了，好在他自己提着箱子，不然若是托运，他还要让人去B城机场帮他拿箱子。

他给柳箬打电话："我已经下飞机了，你们走了吗？"

柳箬送楚未来时精神迷糊，她忘记自己把车停到哪里去了，还在和鲁项找车，柳箬说："还在找车。"

楚未笑道："你是不是忘记车停在哪里了？"

柳箬嘟囔着说："还不是因为和你说话，忘了记了。"

楚未到了停车场把车找到了，三人上了车，鲁项坐在驾驶位上当电灯泡，柳箬轻声说："明天才回去，真没关系？"

楚未："没事。不要担心。"

柳箬太累，不仅身体疲惫，精神更疲惫。她被楚未搂着，精神萎靡，楚未轻轻为她揉额头，她抱着楚未的腰迷迷糊糊地睡了过去。

楚未和柳箬回到袁家，袁家人都还没睡，思宜妈妈已经离开，思宜在客厅里数落袁叔的错处，例如她的家长会，他从没去参加过，她本科毕业典礼，他本说要去，但他没去；她什么时候受了什么委屈，他毫不知情……他对她这个女儿，根本没有尽到应有的责任，袁叔又恼火又无奈，只能听着。

楚未并没有再进袁家门，他在门外等着，柳箬一个人开门进去，袁叔看到她，说："箬箬，你回来了。"

柳箬向他点了一下头，说："我想接我妈妈去我那里住几天。"

袁叔惊讶地站起身来，柳箬知道她妈妈现在不会在主卧里，只会在思扬的房间，就径直去敲袁思扬的房门。

袁叔："怎么要接苏芩去你那里？现在就要过年了，你也该回来住才是。"

柳箬回头对袁叔说："但是大家心里都不痛快，这样在一起有什么意思。叔叔，你也知道，我妈是什么委屈都往心里咽着的人，很少抱怨什么事。我不知道你是否心疼她，但我却是心疼她的。过年期间，我想带她出去散散心，这样比什么都好。"

袁叔："箬箬，我怎么会不心疼她……"

房门打开了，柳妈妈站在门口说："思扬睡着了，说话小声点。"

柳箬把她拉了出来，又把门拉上："妈，我要接你去我那里。"

柳妈妈很惊讶："要过年了……"

柳箬态度强硬地看着她："过年了，你也该轻松一些。去我那里，不要收拾衣服了，你可以穿我的。"

柳妈妈被她拽着往外面走，急切道："箬箬……箬箬……"

柳箬根本不听，把她拉出了门，袁叔要来阻拦，却没拦住。

柳妈妈坐上车，发现楚未没走，不由讶然："楚未，你飞机没赶上吗？"

楚未说："不是。我看柳箬精神不好，就想多陪她一晚，明天再走。"

柳妈妈看楚未这么上心柳箬，心里自然欢喜，又和柳箬说："家里一大堆事，你把我拉走做什么？"

柳箬毫不避讳地当着楚未的面说："男人都犯贱，你在袁家做牛做马，叔叔他对你的付出习以为常了，不知道你的辛苦和委屈，你何必要去管他们？把他们晾一阵子，看他们怎么样。"

柳妈妈："我走了，家里没人照顾。思扬怎么办？"

柳箬："你不要管了，你以为你不在，他们会饿死？"

柳妈妈叹了口气，柳箬一边将自己的围巾给她围着，一边又捧着她的脸亲她额头，把柳妈妈臊得不断推她："越大越黏糊。"

柳箬："我就是心疼你。"

柳妈妈的身份证正好在柳箬家里，只是手机没带，袁叔也没好意思给柳箬打电话让她把柳妈妈送回去，于是柳妈妈就到柳箬家住下了。

柳箬说行动就行动，当晚让柳妈妈去洗澡时，她坐在书房里用电脑订机票，和楚未说："去丽江过春节，你觉得怎么样？"

楚未坐在她的旁边："不错。其实可以出国去，去澳洲吧。"

柳箬："我妈的护照不在，而且签证不可能这么快。"

定下去丽江，她在网上买了第二天的机票，又把宾馆也订下了。

楚未说："你们多待几天，我到时候到丽江找你。"

柳箬笑着靠在他肩膀上："嗯。"又环住楚未的腰："谢谢你回来陪我。"

楚未说："总在说谢。不用道谢了，反正我以后会欠你很多。"

柳箬抬眼看他："为什么？"

楚未抱住她："例如替我生个孩子。"

柳箬抿着唇笑，柳妈妈在门外说："箬箬，你们也赶紧洗澡睡觉了。"

柳箬在楚未唇上亲了一下，说："今晚我要陪我妈妈睡，不能陪你了，你一个人睡书房……"

楚未："没事，我不在意。"

柳箬洗好澡，趁楚未洗澡时，她为他收拾好书房里的床，将被子铺好，热了一杯牛奶给他，楚未裹着睡袍从浴室里出来，柳箬就搂着他亲了亲他的耳朵："晚安。"

楚未："晚安。"

柳箬回了卧室的床上，柳妈妈已经躺下，女儿上床后，便问："楚未和你住在一起了？"

不怪柳妈妈问这个问题，因为浴室里有楚未的整套洗漱和剃须用品，大衣柜里也有楚未的衣服。

柳箬："还没有，不过之后我们大约会住在一起吧。"

柳箬关了灯，柳妈妈在黑暗里看着女儿小声问道："你们……嗯……有发生关系吗？"

柳箬第一次被人问这事，虽然是妈妈，但还是觉得窘迫，不自在地"嗯"了一声。

柳妈妈："那要注意一些了。"

柳箬："有吃避孕药。"

柳妈妈拽着女儿的手，道："避孕药副作用不少，你让楚未用安全套，你不要总吃避孕药。"

柳箬之前还很窘迫，此时却放松了下来，她犹记得自己上初中高中的时候，她妈妈盯她死紧，她和哪个男生多接触一下，她就会敏感过度，她上本科的时候，她也不断强调，不要和男生关系太近……

现在，她不仅接受女儿未婚同居，而且还会教导女儿性安全问题了。

"我知道。"柳箬说，"我已经订好了明天去丽江的机票，我们过去住几天。"

第二天鲁项送三人去机场，楚未陪着柳箬排队，柳妈妈让鲁项陪她去买东西，她找准机会问鲁项："你在楚未身边多久了？"

鲁项回答："几年时间。"

柳妈妈："以前楚未有女朋友的吧，是什么人呢？"

柳妈妈遭受丈夫和前妻的各种纠葛的苦楚，所以担心到时候楚未和前任纠葛，让柳箬难受。

柳妈妈自知楚未各方面条件都好，不可能以前没谈朋友。

鲁项犹豫了一下："我知道得不多。柳小姐前面的一个，是个女明星，后来因为闹得不开心，就分手了。"

柳妈妈惊讶地睁大了眼睛："女明星，那一定很漂亮了。"

鲁项尴尬地笑了一下，柳妈妈则陷入了沉思。她在心里叹了口气，很忧虑女儿没有危机感，也许会制不住楚未。

两人在一起好几个月了，楚未在她面前十分孝顺，但从没提过他家里的情况。若是有意结婚，定然会提家里的事，和双方父母见面的事吧。

柳妈妈对楚未和柳箬之间的事，没了之前的乐观。

楚未在柳箬和柳妈妈进了安检后，这才离开。

柳箬和柳妈妈下了飞机，迎面而来是丽江高远而蔚蓝的天空，清新的空气，还有满眼绿树。

柳箬所定宾馆的车停在机场外面等，柳箬拖着大箱子，又背着一个包，带着柳妈妈去坐车，柳妈妈不断说："我来拖箱子好了。"

柳箬无奈地看着她："妈，你和我客气什么呀。"

说完，不知为何，突然想到自己在楚未面前，也经常这样客气，她不知道楚未在当时怎么想，觉得自己和他生疏吗？

宾馆是三进的四合院，她们住第二进楼上的房间。木头房子，古色古香又雅致。

柳箬穿了米色长裙，又披上一件披风，戴上大遮阳帽，柳妈妈穿了黑色毛衣和长裙，戴上帽子。柳箬挎着单反挽着柳妈妈出门，两人一边四处品尝小吃，一边逛古城拍照。

柳妈妈几乎将所有烦恼都忘了，柳箬也不去想那些烦恼的事。

楚未下飞机，就收到柳箬已经安顿下来的短信，便给她打了电话。柳箬说这里阳光好空气好，非常喜欢，希望楚未也能去。

楚未自是无不应下。

柳箬让柳妈妈用她的手机为她拍了几张照片，站在青砖黛瓦的客栈门前，阳光正好，她在阳光里温婉耀眼。

照片发到楚未手机上，楚未正从机场去父母家，坐在车上对着照片只剩下傻笑，随即将照片设为手机桌面。

柳箐在之后带着柳妈妈去了束河古镇，又去玉龙雪山，柳妈妈在玉龙雪山上出现高原反应，回到丽江后依然觉得头痛。柳箐买了药给她，便没有再去太多地方，两人只坐在宾馆里的阳台上休息。

柳妈妈泡着功夫茶，同柳箐提起："箐箐，你和楚未，有说过结婚的事吗？"

柳箐正抱着笔记本电脑整理这几天的照片，听她突然提起这件事，抬起头来看她："还太早吧。"

柳妈妈不由瞪她："这还早？你这个丫头，到底有没有一点心眼？"

柳箐放下笔记本电脑，端了一杯茶喝："这关心眼什么事？我觉得结婚是一件顺其自然的事。"

柳妈妈没好气地说："什么叫顺其自然，等楚未跑了，你就怄气去吧。"

柳箐知道她妈妈并不理解她的想法，所以也不多说，撒娇转移话题："好啦好啦，出来玩，总说这些沉重的话题。妈，你过来看，这些照片都很好，回去了，拿去影楼洗出来，你可以摆在卧室里。"

柳妈妈知道她不想再谈她和楚未的事，叹了口气，只得不讲。

对柳箐来说，婚姻只是人生的一种选择，并不是唯一的选择。她以前没有想过要结婚，现在和楚未在一起，她开始考虑这一件事，但即使考虑，她也并不觉得这是必须的选择。和楚未在一起时，将每天都过得开心，不就好了。

柳箐把柳妈妈带走了，袁家基本上就瘫痪了。

袁一原只得给柳箐打电话，但打过去柳箐就挂掉了，之后再打，柳箐甚至关了机。

袁一原叹："这个孩子啊！"却拿柳箐没办法，柳妈妈嫁给他时，柳箐已经十八九岁，是成年人了，加上她一向沉默寡言，两人之间实在很少有父女的互动。他想管束柳箐，也没法管束。再说，上次思宜妈妈到家里来的事，他的确没处理好，所以实在不好责怪柳箐。他只得既当爸又当妈，照顾儿子女儿。

柳箐希望楚未来丽江，但楚未到大年初五依然繁忙，无法抽身。没办法，柳箐只好决定先送柳妈妈回去，她再去B城看楚未。

柳箐带着柳妈妈在初五回了S城，但她觉得袁叔没有太大诚意，便把柳妈妈送回了娘家。

之前两人在丽江玩，柳箐同外婆舅舅那边打电话拜年问好，外婆便从柳箐那里知道了袁家的事。她是个温柔慈蔼的老人，在袁一原向她拜年并问柳妈妈情况时，外婆没为难袁一原，只说："箐箐带她出去旅行了，那就好好在外面玩一玩。"

袁一原本想让外婆劝柳箐，让她把柳妈妈送回去，却也没法开这个口。

柳箐开车带着柳妈妈去外婆家，高速路三小时就到了。

柳箐妈妈是老二，上面有个哥哥，下面有个弟弟，因为她是唯一的女儿，所以从小受宠。

她的外公在早年过世了，外婆七十多岁，身体还很健朗，精神也健旺。

外婆和大舅住一起，柳箐和妈妈到了大舅家，受到全家的欢迎。

她的表哥在十九岁意外过世后，大舅家里又生了一个女儿，叫苏瑾，只比思扬小一岁，看着已是亭亭玉立的少女，文静娇美，长得比柳箐更像柳妈妈，大家都说侄女肖姑。

舅舅心疼妹妹，表示柳箐把柳妈妈带走做得很对："他袁一原做事太不地道，他以前补贴前妻，妹妹没说什么，现在让前妻闹到家里来，算什么事。那个思宜也是，以前我们过去，她也总摆脸色。年纪不小了，太不懂事。一发话就要全款买一百三十多万的房子，装修再要个二三十万，她爸爸有能力买，也好说，但明明没办法，她也不知道体恤。还像全家都欠她，对她不住。妹妹何必去受那份气？"

柳妈妈说："要是家里没有思扬，她要买，我是不会拦着老袁的。他的钱，给她女儿，我没话说，也不愿意担没把后母做好的名声。但现在有思扬，思扬要上学，以后也要房子，她一点也不为家里考虑，就狮子大开口，实在让人心寒。她买个小一点的房子，七八十万的，我都不会反对，但她偏偏要那一套，一点也不愿意改主意。现在我不会管这件事了，看老袁要怎么办。"

舅妈："你哪里能看他怎么办，你不把他敲打着，他说不定受不住前妻和女儿的劝，就把钱给了。以后你们要怎么办？"

柳妈妈："他但凡还要和我过日子，就会好好考虑，要是他真的不考虑我和思扬了，我也不会去强求的。"

柳箐便说："反正我也能养妈妈和思扬。"

外婆骂她："你这丫头，就知道捣乱。思扬是姓袁的儿子，他不养，你养什么？"

柳箐只好苦着脸看着她，外婆说："好啦好啦，知道你心疼你妈。"

柳箐晚上在电话里同楚未讲这件事，楚未说："我对这些事，不知道该怎么帮忙。要是阿姨真和袁叔分开，以后就和我们住。"

柳箬本在郁闷家里的烦心事，因他这话，感动起来，但却无法将"谢谢"说出口。

很多时候，真会生出"如此深情，无以为报，只能以身相许"的感觉。

楚未除了应酬，还必须陪父母。

何迎父母与何迎一同前来楚家拜访，楚未不得不作陪，好在他不用陪何迎，只在书房同父亲，以及何迎的父亲一起说话。

之后，他的大哥带着大嫂回家来了，也来了书房。

楚骞人处中年，是他这一代里的佼佼者，现在已经身处要职，出身优越，家世显赫，却不骄不躁，俭朴随和。

何迎的父亲何志铨对楚父赞他两个儿子："看到楚骞和楚未，我就知道，我们这些人都老了，不如他们，他们是前途不可限量啊。"又说，"看到你的两个儿子，我就只剩下羡慕。"

楚父："何迎也很争气嘛。"

他是个严肃的人，且久居上位，一言九鼎，他自是很少赞扬人，这般赞扬何迎，的确是他认为何迎真的不错。

何迎自小娇生惯养，上高中时就被送出国读书，有一位姨妈去做陪读。最初是既娇且骄，但大学毕业后，她却没有留在国外，毅然选择回国辛苦创业，自己创立了一个文化公司，做得风生水起，吃得苦受得累，的确不错。

但何父显然不这么认为："可惜只是个女孩子。要是楚未能做我儿子，那多好。"

楚父因他这话笑起来，看了坐在一边一直沉默的楚未一眼："楚未去你家做儿子，也没什么不好。"

楚未当然明白两人在打什么主意，但他并没有表示，只是笑了笑。

何父说："其实，是我家丫头求到我的跟前。楚未优秀，大家都知道，何迎当初会回国来，也是追着楚未回来的，我们家里都很喜欢楚未，要是两人能成，自然是很好的事，现在两人年纪也都不小了……"

何父这话非常清楚，楚父因他这话倒有些惊讶。两家都知道何迎在追求楚未，而楚未这小子又总在外面桃花不断，对何迎似乎完全没这方面的意思。两家虽然知道这件事，但何志铨亲自来替女儿说项，楚父却想也没想过，因为何志铨就不是会说这种话的人。

楚父这下不得不郑重对待了，他说："楚未和何迎，年纪的确不小了，也都到了该成家的年纪……"

　　一言不发的楚未此时突然开口打断了楚父的话："爸，何叔。我一直以来都把何迎当亲妹妹，我们俩真的没有那方面的意思。而且，我有女朋友。"

　　他说得非常直白，明明白白地拒绝，这让何父不大下得了台，楚父则说："你的那些女朋友，哪一个上得了台面？你现在也老大不小了，也该收心了。"

　　楚未皱了眉，站起身来，眼神里甚至带上了不快："爸，我的女朋友，哪一点上不了台面？"又对何志铨说，"何叔，何迎的事情，是真的很抱歉，但这种事，真是要靠缘分和感觉的，强扭的瓜不甜。我和何迎之间，真没有那份缘分，要是有，我们早就成了。"

　　何父的脸色变得不大好看，但他笑了一声，对楚父说："我家的这个丫头，也不是嫁不出去，只是她现在是死脑筋，只想嫁给你家楚未，在我面前又哭又闹。女人家，总是这样……"

　　楚父："楚未这小子，玩物丧志，欠收拾。"

　　楚未脸色更难看了，但他忍着给何志铨敬了一杯茶："何叔，是我对不住何迎。但我真的没法答应她，以后，我依然会将她当亲妹妹一般照顾的。"

　　何父干笑了一声，喝了茶。

　　楚未又说："我还有点事，先出去了。"

　　楚父的脸色黑得像锅底，楚骞打圆场："他这是年轻气盛，再磨几年就好了。"

　　柳箬在凌晨一点多到了B城机场。

　　她身体有些困倦，精神却还不错，走出通道，楚未站在等待线外面看着她，几日不见，柳箬却明白了那句"一日不见如隔三秋"的意思。

　　她不由自主加快了脚步，楚未向她张开了手，她扑进了他的怀里，由着他把她抱了起来，楚未亲吻她的耳朵："箬箬，想死你了。"

　　柳箬除了笑，不知道能说什么，也不知道能做什么。

　　周围不少人看他们，柳箬紧紧拽住楚未的手，拖着箱子走了。

　　从电梯下去，柳箬一直盯着楚未笑，楚未不由被她感染："笑什么？"

　　柳箬不答，楚未无论怎么问，她都只笑而不答。

　　到了停车场上了车，楚未倾身凑过去亲她，又问："刚才笑什么？有什么好事？"

　　柳箬说："没什么，高兴而已。"

　　楚未轻轻亲了一下她的面颊："傻丫头。"

　　这是楚未第一次这么称呼她，柳箬一边觉得甜蜜，一边又反驳他："你更傻。"

楚未系好安全带，发动车："那正好，两个傻子，最相配了。"

柳箬只想笑，好像这一生的笑容，要在和他在一起的时候笑完才罢。

车开出地下停车场，柳箬打量车窗外，突然惊呼："呀，下雪了。"

楚未也看到了："真下雪了，我来时还没下。这是好兆头。"

柳箬要把车窗打开，楚未将车窗锁死："会冷到。"

柳箬看了一阵雪，才问："我们去哪里？"

楚未笑："把你带去卖了。"

柳箬很配合地说："你要把我卖给谁，一般人怕是买不起。"

楚未问："那要怎么才能买到？"

柳箬两只手交握在一起，做出一副高冷的姿态："那太难了。得是一颗真心，说会永远爱我，容忍我对这个世界的看法和对未来的追求；得我也爱他，愿意放他进我的心里，他是独一无二的，我爱他亦如他爱我，我支持他亦如他支持我，我要他的一生……你说，有谁会愿意买，谁能出得起这般的高价？"

楚未斩钉截铁说："我！"

楚未带柳箬去了他的私人公寓，进了屋，关上门，放下柳箬的箱子，柳箬正要脱高跟靴，就被他压在了门厅墙上，被他吻住。

门厅处落地花瓶里插着数枝红梅，柳箬被他柔软而温暖的唇舌洗礼，几乎要无法呼吸，世界里似乎再无其他，除了楚未，除了他的呼吸，除了浓郁的梅花香……

楚未紧紧抱着她，额头抵着她的额头，感受她的喘息，渴切地说："箬箬，我爱你。"

柳箬长长的眼睫轻轻颤抖，睁开眼，昏暗的光线里，她深褐色的眼瞳显出纯粹的黑，里面又那般亮，她伸手环住了楚未的颈子，主动亲吻他的嘴唇。

楚未一把将她抱了起来，柳箬低呼："没脱鞋子。"

楚未说："没关系。"

当身体触碰到柔软的大床，柳箬才明白楚未的意思，她往一边躲了躲："我还没洗澡。"

楚未将她的靴子脱了下去，又脱了大衣，房里暖气充足，柳箬已经觉得很热，楚未将她搂到怀里："那我们去洗澡好了。"

柳箬被他抱进浴室时，控制不住脸红，脑子一团乱麻。

柳箬不知道两人荒唐了多久，也没有最后的记忆，她似乎是在一片不知所措之中陷入了沉睡。

再次醒来，被窝里温暖，柔软。被子带着淡淡清香，她趴在一个热乎乎的怀里，动了动，楚未收紧了胳膊，抚摸她的肩膀："醒了吗？"

柳箬从他的怀里挣开，抬头看了看他，把脸埋到一边枕头里去："几点了？好饿。"

楚未倾身从床头柜上摸过手表看，声音慵懒："一点。"

柳箬愣了好一会儿，惊讶："下午一点？"

"嗯。"楚未又埋过脸来亲她的耳朵和面颊，柳箬说："居然这么晚了，我要起来了，我昨晚只吃了很少的东西，现在饿了。"

楚未用被子把她拢好："我去叫外卖吧。"

柳箬看他下床去，从背到腰的曲线都让她想伸手捞一把，但她随即意识到自己也什么都没穿，不由将被子又拢紧了一点。

趁着楚未裹好睡袍出卧室，她坐起身，想找自己的衣服。想到箱子还在门厅，她只得裹着被子去打开卧室里的衣柜，想找楚未的睡衣穿上，没想到看到衣柜里挂着两件女式睡裙，而且是非常风骚的薄款蕾丝半透明款。

柳箬皱了眉，把衣柜门拉上，大声叫："楚未！"

楚未还没来得及打电话叫外卖，只去厨房里烧上了水，就被她这一声打断，回了卧室，问："怎么了？"

柳箬对他怒目而视："你这里还有你前任的睡裙，就好意思带我来？把我的箱子提过来，我要回去了。"

楚未被她瞪得莫名其妙，听了她的话，才明白她为什么发脾气。他过去开了衣柜门，好笑地说："不要生气，这是昨天才买的，我想你可能不会带睡衣来，就为你买了两件，你看看，连标签都还在。"

柳箬怀疑地盯了他两眼，又去看衣柜里的睡裙，有些脸红自己刚才发的脾气，但又气楚未以前的过分风流害得自己胡思乱想，她不服气地说："你不要撒谎哄我。"

楚未看她裹在被子里坐在床沿，就走过去亲了亲她的头发："我何必撒谎哄你，一看就知道是你的号？"

他将睡裙拿出来给她看，柳箬只看了一眼就把脸转开了，她已经相信这是楚未专门买给她穿的，但她依然口是心非地说："谁知道以前在这里的女人，是不是也穿这个号？"

楚未说："这个可以保证没有。这个裙子的胸这么小，只有你才能穿。"

柳箸知道他故意打趣自己，佯怒道："你太欠揍了，找你的大胸女人去。"

于是站起身抬脚就要离开，楚未赶紧把她抱住："好了，箸箸，我错了。"

柳箸气得面颊绯红，很不服气地捏他的脸："我讨厌你开这种玩笑。"

楚未搂着她："我错了。"又亲了亲她露在外面的颈子和肩膀。

柳箸让楚未把自己的箱子提进卧室来，从里面找出自己的长睡裙穿上。楚未打电话叫外卖，柳箸洗漱时，楚未把她的新睡裙拿去准备洗一洗再用烘干机烘干，却不知道怎么洗，问柳箸："这个放水里洗一洗就行吗？"

柳箸瞥了他一眼："我不会穿这个。穿了和没穿有什么区别？"

楚未说："正要这种效果。"

柳箸一边刷牙一边瞪他。

柳箸想去故宫，同楚未说后，楚未道："这么大雪，外面太冷，我们不要去故宫。再说，等我们到了那里，走到太和殿故宫就该关门了。"

柳箸问："那我们干什么？"

楚未目光殷切地看着她："回我家去见我父母一面，怎么样？"

柳箸"啊"了一声，有些紧张："你有对他们说起我？"

楚未点点头："对啊。"

楚未希望他家里看看柳箸，见到柳箸，他们一定不会说他又交不三不四的女朋友。他希望将柳箸介绍给他们后，就向柳箸求婚，他们可以商量一下未来。

柳箸抿住了嘴唇，有些忐忑，问楚未："你和他们说了要带我回去的事？"

楚未正在啃披萨，愣了愣，才想到自己没和家里说好。他在和柳箸的事情上，总是大脑发热，考虑不周。但已经和柳箸说了，要是不带她回家，就像对她不够重视，楚未说："还没说，不过，春节的时候去正好。而且大哥也带了大嫂在家里住。"

柳箸端着牛奶杯子，微微垂了头："他们会不会不欢迎我？"

楚未说："他们看到你，一定会喜欢你的。"

天空仍在下雪，路上的白雪被车轮碾压，化成水同地上的灰尘混在一起，早已没有在空中时的洁白晶莹。

柳箸看着车窗外的风景，楚未看不出她在想什么，问："要是你不想去我家见我父母，我们就不去。"

柳箸的确不想去见他的家人，这种排斥，她自己也不知道具体是因为什么。

也许是第一次见男朋友家人未免紧张，心里没底；也许是她心底太过介怀当初楚骞的话……

柳箸不想楚末难做，笑了笑："我只是有些紧张，我没带礼物，这样过去，会不会太冒昧。"

楚末伸手捏她放在腿上的手，安慰道："不必紧张，我们以后不和他们住一块儿，你只是去见一见而已。礼物的事更不用往心里去了，你是儿媳妇上门，该他们给你见面礼才对。"

柳箸对他嘟嘴："我又不是十几岁小姑娘，哪好意思向长辈要见面礼，还是买礼物吧。"

楚末笑盈盈地："你怎么不是十几岁小姑娘，在我心里一直是。"

柳箸轻哼一声，目光若水，柔柔软软，静静地看着楚末，似乎通过现在的他，看十几年前的他，那时候，两人都还青春年少。

车在大院外面接受了检查后开进小区，楚末父母在一年多前搬进这个住处，是一套跃层楼房，外加两个种花大阳台，何迎家住在对楼。

柳箸看这里管理森严，之前一直紧张的心，不知为何，反而平静了下来。

楚末说："这里面住着实在不方便，年轻人，大多不会和父母住在一起，愿意住外面。"

柳箸"哦"了一声，下车时，又问了一句："这样空手而来，真的好吗？"

在路上时，她想去买礼物，但楚末不停车，楚末说："不要带礼物，不然别人以为你来行贿呢。"

他过来搂着柳箸去乘电梯上楼，柳箸不满地瞪了他一眼，楚末笑嘻嘻地低头亲了一下她的脸颊，柳箸不得不嗔视他："庄重点吧。"

电梯口的士兵认识楚末，敬礼之余，眼风之中含着笑意，问了一句："这是嫂子吗？"

楚末笑着说："嗯。"

这让柳箸的心脏不受控制地咚咚跳。

到家门口，楚末按了门铃，保姆付婶来开了门，看到楚末，笑容满面地说："你回来了。太太刚在问你去哪儿了呢。"

楚末将柳箸拉在自己身边，带着她进了门厅，对付婶介绍道："她叫柳箸。"

付婶在看到柳箸时，脸上出现瞬间的愕然。但她在楚家做保姆多年，心里有些城府，只在转瞬间就收起了那份惊愕，对柳箸客气道："柳小姐你好。"

柳箸也对她笑着打招呼："您好。叫我小柳就行了。春节快乐。"

付婶审视着柳箸，认为她美貌更甚何家闺女几分，要接她的大衣时，楚未已经拿过她的大衣，亲自替她挂在门厅衣架上，又为她拿替换的新拖鞋。

付婶看楚未对柳箸殷勤备至，不由在心里想，看来他的确对柳箸一片真心了。平常何尝看到楚未在家做这些事。

楚未刚带柳箸走进客厅，迎面就碰上何迎。

楚未没想到何迎在他家，脸上有瞬间不豫，但他随即说："你在我家啊？我带你嫂子回来了，她叫柳箸。"

他把柳箸介绍给何迎。何迎穿着单薄的米色蝙蝠袖毛衣，下面是磨白牛仔裤，头发挽了起来，脸上是淡妆，很有邻家妹妹的感觉，同柳箸上一次见她的样子，有很大区别。以至于柳箸一时没认出她来。

柳箸对她笑着打招呼："你好。"

楚未又介绍何迎："这是何迎，住在我家对面楼。"

柳箸脸上闪过惊讶，为自己刚才居然没有认出她来而有些不自在，她没在楚未面前提何迎找过她的事。

情敌见面分外眼红，何迎保持了教养，打招呼："你好。"

楚未对何迎说："我带柳箸去见爸妈了，你随意。"拉着柳箸往一边去，又问付婶，"我妈在哪里？"

付婶："太太在小厅里，阿眉老师也在。"

阿眉是楚未的大嫂。

小厅是一间小的影音室，房门没关，楚未带着柳箸过去时，正听到楚妈妈在同大儿媳说："其实去做试管婴儿也可以，现在科技这么发达，想要孩子，哪里办不到！你们还是赶紧把孩子要了的好。"

楚未一听他妈的这个论断，就在心里皱眉，也难怪他大哥大嫂在B城，而且住处距这里不远，但始终不愿回家来，总听这种话，谁都烦。

楚未的到来正好解了杨眉的尴尬："妈，我回来了，柳箸也在。"

楚妈妈是大学数学教授，现已退休，她并非不开明，但是，她的开明总是针对外面的其他人，对家里的，诸如楚未的事，就总是开明不起来。

而且她还有一个毛病，就是面上虽然不显，心里却很有高高在上的等级观念。

"伯母好。嫂子好。"柳箬被楚未半搂半推着送到了楚妈妈和大嫂跟前。

楚妈妈愕然地看向柳箬，又看向楚未，楚未却假装没看到她的不满意，说："妈，她就是柳箬。怎么样，你的儿子眼光好运气好吧。"

柳箬面皮薄，脸上已显出红晕，大嫂杨眉含笑站起身来，拉了拉柳箬的手，让她过去坐下："一看就知道是南方人，水灵灵的，漂亮。"

楚妈妈不是当面撒泼的类型，深吸了口气才对柳箬点头："楚未你真不会做事，没打招呼就带人回来。"

楚未说："还不是想给你们一个惊喜？"

楚妈妈让杨眉陪柳箬，就叫了楚未上楼，在楚未的卧室里，楚妈妈很气恼："怎么突然把她带回来。你让何迎怎么想？"

楚未嗤笑了一声："妈，你这话太搞笑了。柳箬是我女朋友，我带她回来，难道还要何迎批准。这关何迎什么事！"

楚妈妈怒道："你知道何迎对你有意思，何迎等你多少年了，你自己难道不知道？她每次回B城，哪次不来我们家里看我，她对我们比你对我们还有孝心呢。你被个小妖精迷了心，总干乱七八糟的事。"

楚未脸色变得很不好看："谁是小妖精？有你这样说儿子喜欢的人的？"

楚妈妈不客气地说："你喜欢，但我不喜欢，我不欢迎她来我家里，你赶紧把她带走。"

楚未皱着眉，虽然尽量不想伤了自己妈妈的心，但实在没办法让她顺心，他说："妈，难道现在还时兴包办婚姻？或者你觉得我在自己的婚姻大事上必须遵从父母之命？到底是我要和我老婆过日子，还是你们要和她过日子？！"

楚妈妈却说："我也是为你好，那个柳箬，一看有什么好。她难道不是看上你的家世你的钱！"

楚未无言以对了："要是我没家世没钱，她看不上你儿子，你倒高兴了？你这话是什么逻辑！"

楚妈妈气得胸膛起伏，扶着脑袋："你这话才是什么逻辑，难道你喜欢看上你家世你的钱的女人？你没有家世没有钱了，她就会离你而去。"

楚未说："你怎么知道她是这种人？再说，我自己看上的女人，只要能够把她绑在身边就好，她能被我的家世被我的钱迷晕，那反而简单易行了。钱权能办到的事，不算什么难事，你不是这样认为的吗？"

楚妈妈要被楚未气晕，她狠狠瞪着儿子，只能撒泼："把她带走，我不想看到她。有她没我，有我没她。"

楚未："你简直不可理喻。你在家里看的那个婆媳剧，你觉得里面的婆婆不可理喻，你想想你自己，难道不是有过之无不及？"

楚妈妈因儿子的话跳脚："我到底是为谁好？"

楚未："为我好，你就不要拖我后腿，要我娶一个我不喜欢的女人。"

楚妈妈："你们男人，都是些贪色之辈，想想你以前的那些个女人，没一个上得了台面。"

楚未和她无法对话了："你根本不了解柳箬，也没见过我以前的女友，不过是胡乱臆断。"

楚妈妈冷笑："我不同你讲。"

楚未无语问天，看她起身要出门，他赶紧上前拉住她："妈，不管你怎么骂我，但不要给柳箬脸色看，不然你儿子以后可没脸见人了。"

楚妈妈在楚未面前一顿跳脚，但之后对柳箬并不差。

她对柳箬十分客气，询问她什么时候来北京的，住在哪里。

柳箬略显拘束，看了坐在沙发扶手上按住楚妈妈肩膀的楚未一眼，才微笑着回答："昨晚才到，住在……"

楚未接话："是我那里。柳箬没在B城好好玩过，我正好有时间陪她，之后几天想好好逛逛。"

楚未每句话都有对柳箬的维护，这让楚妈妈不高兴，她觉得她好不容易养大的儿子，就像泼出去的水，完全不向着自己了。

之后楚家老大楚骞陪着楚父回来，楚父见到柳箬，并没有楚妈妈那么大反应，在晚饭桌上，楚父让柳箬随意点，不要拘束。

饭后，楚未亲自叫大嫂到楼上去说悄悄话，他拿了一个红包让杨眉给柳箬，说："大嫂，请你帮这个忙，你也看出来了，妈不是很喜欢柳箬，我怕柳箬会多想。"

杨眉笑道："哪里用你的红包，我有准备呢。"

杨眉同他大哥一般简朴，身上不戴首饰，脸上也没化妆，她不是多么漂亮的人，但和她相处，总会很喜欢她。

楚未说："大嫂，大恩不言谢。"

杨眉被他逗得抿嘴笑，又安慰他："你别想多了，我看爸很喜欢小柳，慢慢地，妈也会看到她的优点喜欢她。小柳漂亮温柔，心地赤诚，很讨人喜欢。只是你也老大不小了，要是真有意小柳，就不要再在外面乱来，好好对她。"

楚末要对天发誓："大嫂，我没在外面乱来，信我嘛。"

杨眉笑着说："信你，信你。"

柳箸在楚家不大自在，楚末说他一会儿要和柳箸走了，楚妈妈不满道："你一年在家的时间有多少？现在大过年的，也总在外面。"

楚末："都初七了，大家都要上班了，大哥大嫂也要回去，我元宵再回来看你。"

楚妈妈气结："走吧走吧。"

杨眉和大哥都拿了红包给柳箸，柳箸不肯收，杨眉说："这是我和楚末大哥的心意，一定不要推辞。"

而楚骞的，则说是楚父楚母给的，长辈给的，更是不能推辞。

柳箸向楚家人一一道别，这才和楚末走了。

上车后，柳箸将红包放进包里，看着楚末说："我觉得要给你大哥家里回礼才好。"

楚末道："别想这些麻烦事。"

随即手机响了，他正在发动车，让柳箸帮他看是谁，柳箸拿了他的手机看，道："是江辞。接吗？"

楚末说："接到车上吧。"

他开了车上的外放，江辞说："喂，楚三，你还在B城吧。你最近在忙什么呢，我们不联系你，你也不联系我们，见色忘义。"

楚末没想到他这张嘴永远这么贱，歉意地看了柳箸一眼，柳箸对他做了个你随意的手势，楚末说："你给我留点面子，柳箸在我旁边。"

"切，果真！"江辞说着，好在端正了语气，"我们在'唐朝'里聚会，你要不要来，把柳箸也带来。"

楚末："今天不大方便，我们挺累的，过两天我请大家好不好？"

江辞没好气："喂，最近几次聚会你都没有参加，现在叫你，又推辞。"

柳箸转过头来看楚末，用口型说："你去见他们嘛。"

楚末说："我们过去，你们那里有谁在？"

江辞："这么勉强。"

楚末："江小贱，你不要这么得寸进尺。"又小声说了一句："我把你嫂子柳箸也带去，你们不要给我拆台才好。不然我以后打光棍，找你算账。"

江辞："赶紧滚过来。我们又不会撬你墙角，你那么担心做什么？"

楚末挂了电话之后，很抱歉地和柳箸说："不能过二人世界了。"

柳箸笑着捏他的脸："好啦好啦，去见你的朋友很好啊。"又挑眉盯着他："你不会有什么见不得人的事不敢让我知道吧？"

楚末扮弱："哪里有见不得人的事，他们嘴臭，胡言乱语，乱开玩笑，我怕你会不高兴。"

柳箸说："还好啦。我知道大家只是开玩笑，不会在意。"

楚末带着柳箸到了地方，是一处酒吧。

楚末挽着柳箸上楼，被服务生领进包厢，柳箸听到有人在大声开玩笑："三哥现在的女人是高知，你们即使装，也要装得有文化，不然丢了三哥的脸，他以后打光棍，说不定会找你们搞对象。"

一群人哈哈大笑，有人故意说："是楚三我也认了，来找我吧，啊啊……"

楚末顺手要把门再关上，拉着柳箸走人。

但已经来不及了，有人眼尖，冲过来一把将门大开："三哥，你来了。几月不见，我们看看，你有没有被嫂子榨成人干。"

楚末忍不住骂："欧阳，你再乱说，我拿鞋堵你嘴了。你们刚才说我的坏话，我宽宏大量既往不咎，但从现在开始，你们最好文明点。"

"我们都是文明人，只有阿喆欠收拾，他刚才想和你处对象来着。"

楚末回头看柳箸，柳箸笑着说："随你。"

柳箸从楚末的身后现身了，她一身长连衣裙，身姿窈窕，气质文静温柔，让房间里一众人等，一时间都不好再胡乱开楚末的玩笑。

楚末和大家打过招呼，介绍柳箸，在沙发上坐下后，他对着酒水单和点心单点东西，凑在柳箸脸边说："你喝牛奶吧。"

柳箸点点头："嗯。回去我开车。"

于是被人说："一来就秀恩爱，刺激我们这些孤家寡人。"

楚末："你是孤家寡人？那好，我叫下面唱歌的那个叫什么……上来，你之前不是总来捧她场。"

对方只得告饶："已经是普通朋友啦，楚三，你看你有多久没有关心我。"

楚末："……"

柳箸坐在一边看他们笑闹，有人来敬酒，柳箸说："我喝牛奶。"

多看一眼，发现是魏涟，这包厢里有男男女女十几人，男多女少，之前魏涟不知道在哪个角落，柳箸没注意到他。

魏涟笑说："你喝牛奶就行，我先干。"

他喝了杯里的酒，柳箬抿了一口牛奶，楚未被人扯过去玩掷骰子真心话大冒险，魏涟便挨在了柳箬旁边。

"我妈在我面前说起你，上次是你送她回家。"魏涟脸有些红，大约是喝得有点多了。

柳箬说："我也承蒙阿姨照顾。你过年没在S城陪她？"

魏涟说："她和她男朋友出国度假了，我昨天才来B城。"

柳箬颔首："巍巍怎么样？"

魏涟："她啊，挺好的，前两天我们在K城玩。"

他说了几句话，就开始打呵欠，坐到另一边去了，有个穿吊带短裙的女人凑在他的耳边和他说话，他没有任何忌讳地让她扔了两颗像是药的东西在他的杯子里，然后端着杯子喝了里面的酒。

楚未因为时刻注意柳箬和魏涟，看到魏涟嗑药，就问："魏涟，你什么时候养了这种癖好？"

魏涟："什么癖好？"

楚未面色不大好："你说呢？"

众人发现气氛不对，他们这一群人，虽然大多都自恃家世而活得放荡不羁，但因家教严格，真正沾染毒品的很少。

魏涟已经飘飘然，对楚未那话并没往心里去，他举了举杯子，懒散地笑："你说这个？这算什么事。就是个乐子，你们也试试。"

楚未几步走到魏涟面前去，瞥了他身边的那个女人几眼："是你带来的？"

楚未对魏涟的生父高士程没有任何一点好感，但他和魏涟认识十几二十年，无论如何，他不想看魏涟这样堕落。

他的眼神像冰箭，让那女人瑟缩了一下，马上说："没……怎么会是我……是魏涟自己……"

楚未把目光转到魏涟身上，魏涟脸更红了，楚未问："什么时候开始的？你最好赶紧去戒毒。"

魏涟："我又没上瘾。"

楚未道："我打电话找人为你戒毒。"

魏涟怒道："我说了我没事。"

江辞过来拉楚未："好了好了，这么点事，闹得大家都不开心。人生苦短，及时行乐。"

楚未回头瞪了他一眼："这算这么点事？及时行乐个屁！"

江辞却说："天要下雨，他娘要嫁人，关我啥事！你也不要在这里多管闲事了。他这样子，难道之前没有人劝过他吗？但和瘾君子讲道理，有屁用。还有，楚三，你别朝我发火。"

楚未吸了口气，目光不知为何突然一转，看到柳箬正看着魏涟，柳箬微微蹙着眉头，但眼神却非常冷清，那种眼神，比起房间里大多数人的事不关己，多了一层别的意味。

柳箬眼神中的冷清和观望，让他心中一紧。

第八章

心思

魏涟被他的女伴带走了，楚未之后一直兴致不高，江辞叫楚未到包厢附带的大卫生间去说话。

江辞点着烟，靠站在洗手台边，吞云吐雾，说："不要去管魏涟的事，他就是烂泥扶不上墙，你去管他，反而惹得一身脏。"

楚未和柳箬在一起，几乎就戒烟了，此时却向江辞要了一支点燃，慢慢抽起来。他没有回答，因为他在看到柳箬的眼神后，居然对柳箬起了一定的怀疑，这种怀疑，让他责怪自己不相信柳箬。

江辞又说："你大约不相信，之前魏涟搞鬼，让我亏了两百多万，这些钱不算什么，但他从此不是我哥们。这事我之前谁也没说，只是我想给他一次机会而已。他以后若是再犯，我一定找人弄他。三哥，我先向你打声招呼。"

楚未惊讶："他哪里有那种心机？"

江辞耸耸肩："他是什么人，我管不了，事实如此，我不是非要他这个朋友。"

江辞先出了卫生间，剩下楚未站在那里发呆。

江辞走到柳箬跟前："三哥在里面，你去叫他吧。"

"谢谢。"柳箬过去敲了卫生间门，楚未应道："谁？"

他开了门，柳箬站在那里，一脸担忧，他叹了口气，伸手摸柳箬的面颊："我没事。"

柳箬"嗯"了一声，没说其他。

时间不早，柳箬已经困倦，楚未和大家告辞后，就搂着柳箬走了。

柳箬开车，楚未指路，回到家后，楚未在门厅处将柳箬抱住，柳箬感受到楚未状态不对劲，便由他抱着自己，柔声问："怎么了？是不是魏涟的事让你难过了？"

楚未叹了口气："我没事。"

柳箬低下头脱靴子，穿着拖鞋往客厅走，说："每个人都要为自己的行为负责任。魏涟要为他的行为负责，如果你觉得你失了劝导的职责，让他成了这样，你以后会良心不安，你大可现在再去找他。当然，如果你觉得他不会听你劝告，你也可以将这件事告诉他妈妈。"

楚未换了鞋慢慢走进客厅，门厅处梅花换成了红梅腊梅相间，客厅沙发旁柜子上花瓶里也插了一枝红梅，梅香满室，这是他和柳箬走后，保姆过来换的，且收拾了屋子，冰箱里也添置了一些吃的。

这是一个家。

他和柳箬的。

楚未说："洗澡睡觉吧。"

躺在楚未身侧，柳箬抱着楚未的胳膊很快进入了梦乡，楚未在黑暗里静静地看她，过了很久，他才睡着。

人慢慢地长大，各自走上不同的道路，小时候无论多好的玩伴，渐渐分道扬镳，楚未活到如今，怎会不明白这个道理，但对魏涟的事，他依然耿耿于怀。

第二天，雪停了，但外面依然很冷。柳箬非去故宫不可，楚未没办法，只得陪她去。

楚未让柳箬穿了很多，系上围巾，戴上帽子手套口罩，他把车停在距故宫有些距离的地方，又乘地铁过去。

柳箬一路沉默，楚未话也不多，牵着她的手放在自己口袋里，买票后进了门，柳箬更是一言不发，慢慢从太和殿前广场走过，她不像在观景，只像在神游。

楚未跟在她身边，看雪后天空和染着白雪的琉璃瓦。这一日故宫里游客不多，颇冷清。

从故宫后门出去，柳箬站在护城河桥上，回首故宫："物是人非，莫如是也。"

楚未没听明白她在说什么，不由问："怎么了？"

柳箬："这里是什么地方？"

楚末道："是故宫。"

柳箬："故宫是什么地方？"

楚末笑看她："怎么了，怎么问这个问题？故宫是明清两代的皇宫，最高统治者的住所，政治中心。"

柳箬也笑了，伸出戴着毛茸茸手套的手抱住他："是啊。我父亲以前也这样答我。"

楚末有些明白，柳箬非要来故宫的原因，是因为她的父亲曾经陪伴她来过这里。

楚末之前投资的一家公司要在Z城上市，他必须赶过去，楚末要走，柳箬便没必要再留在B城。

离开B城前，楚末应柳箬要求请他大嫂吃了顿便饭，本来也要邀请他大哥，但他大哥已经出差，没法前来。

三人没在外面用餐，而是在楚末的那处小住宅里柳箬亲自做了一顿。

她一边用ipad在网上查资料，一边受柳妈妈远程指导，她即使很少下厨，这次也做出了一桌不错的菜。

蒸排骨和清蒸鱼，很受大嫂赞扬。

大嫂说："没想到你手艺这么好。"

楚末笑："她今天下午才学的，没想到一做就是大厨级。我本来已经在餐厅里订好了餐，只要她做坏了，就让餐厅送菜过来补救，没想到居然不用了。"

柳箬斜睨了楚末一眼，那种嗔视含情的样子，让大嫂低头笑，心想这两人的确感情好，不过想到初七那天楚末和柳箬离开后的事，她就在心里叹气。

家里婆婆固然不赞同楚末和柳箬在一起，她没想到，连她丈夫都不赞同。

楚妈妈在柳箬走后说："楚末三十岁了，在这种事上还是玩心重。"

老爷子对柳箬的印象倒不错："楚末既然带人回来给我们看了，说明他这次很郑重，我看小柳不差。"这种评论，说明他愿意接受柳箬。

杨眉也想帮柳箬说几句好话，她的确觉得柳箬不错，没想到她丈夫说："楚末年纪不算大，我和阿眉近四十才结婚，楚末再看看，也就是了。"

他这话不差，但杨眉很了解丈夫，马上就明白，他的意思是不赞成楚末和柳箬在一起。她不由看了丈夫一眼，而楚骞已经请老爷子去书房。

杨眉去书房里送茶点时，隐约听她丈夫说，柳箬和楚末在一起，恐怕是打着其他主意，这个女孩子，对谁都能投其所好，心机重着呢。

杨眉不知道她丈夫为什么会对柳箬有那种判断，但以她对丈夫的了解，他绝不是一个在背后说人坏话的人，一定是他知道什么，才有这个结论。

而公公现在很看重大儿子的意见，柳箬短时间内恐怕真没法进楚家门。

杨眉看柳箬满眼温柔，满桌菜她吃得心里苦涩，她当初嫁入楚家，何尝不是胆战心惊，真做了楚家儿媳妇，现在也照样因她不孕而满身压力。丈夫虽说他本就不喜欢小孩子，也不想要小孩儿，但这种压力也并没减少。

饭后楚未承担起洗碗收拾厨房的重任，杨眉看楚未做事有条不紊，就赞扬柳箬："楚未有你后好多了，以前谁能想到他会洗碗呀。"

柳箬倒不好意思了，请杨眉去客厅里坐，说："之前谢谢嫂嫂你了。要不是你，我在楚未爸妈那里，能紧张死。"

柳箬这话说得诚恳，杨眉想到自己第一次被楚骞带回家见公婆的场景，就觉得感同身受，她并不像她丈夫那般觉得柳箬是心机深沉的人。

杨眉坐地铁过来，之后楚未亲自开车送她回去。柳箬没在，杨眉在一番思索后，给楚未提了个醒，说他想和柳箬在一起，家里爸妈还是要多做工作。

楚未在国外读了大学，之后自己创业，是个思维活络的人，按他所想，他和柳箬过日子，家里要反对，能反对到哪里去。

他唯一担心的是父母因此气坏身体。

于是楚未只是随意应着，没太往心里去。

杨眉又问了一句："你大哥之前就认识柳箬？"

楚未不是蠢人，明白大嫂不会无缘无故问这句话，便说："以前大哥到S城办事，正好住我那里，见过柳箬一面。他说柳箬不错，我想他是支持我们的，想着这次你和大哥在，我才敢把柳箬带回家，这样有你们在，至少多个人站在我们这边帮忙说话。"

这下轮到杨眉惊讶了，她不觉得楚未会在这件事上说谎，既然他说楚骞说过柳箬不错，那楚骞就该真说过，但他为什么转而在楚未背后做拆台的事？

杨眉心中疑虑，却没说出口。

第二天就将面临分别，楚未要柳箬穿那情趣睡衣，柳箬开始坚决不穿，之后半推半就半好奇，就去浴室里把那睡衣换上了。

柳箬换好后，半天不出浴室，楚未只得过来敲门："箬箬，快出来了，浴室里暖气弱，你一直在里面要冷感冒。要是不穿就算了，我……"

刚要说我不是非要看，浴室门就打开了，柳箐满脸红霞，站在那里，她在春节期间稍稍长了点肉，在楚未眼里，自然更增性感。

柳箐故作镇定："这下好了吧，真是服了你了，非要我穿。"

楚未上前一把把她抱住，一边亲她一边说："老婆，你真美。"

柳箐更是面红如朝霞："还没有看腻味吗，说这话不觉得违心？"

楚未故意曲解说："对，我就是唯心主义……我就是爱箐箐如命。"

柳箐被他逗得不知道说什么好，连害羞都忘了。被他抱到床上时，她却不由想，也许楚未见过很多女人的这般风情，说过很多次这种话。她虽然想让自己不去介意，却还是介意。

薄纱之下的柔软身体，是楚未心中那片纯情之地上唯一的白莲，他满腔热情和爱意，都倾注在她的身上，柳箐则迷失在他炙热的眼里。

因为前一晚的激情，楚未在第二日更是依依不舍，出门前说："我一定很快去找你。"

柳箐面红如桃花："嗯。"

楚未不能自已："老婆，你跟着我去Z城吧。"

柳箐在原则性问题上却是寸步不让："不行，我要回去陪我妈妈。"

楚未实在想问要是我和你妈妈同时掉下水，你要先救谁的经典问题。

柳箐在下午回了S城自己家，将一切收拾好后去了袁家。

柳妈妈被袁叔从她外婆家里接回来了。

本来外婆家并不愿意接受袁叔的恳求，但他带着思扬一起去，柳妈妈看到思扬心就软。思扬要上学，她得回家照顾他，孩子还在成长期，家里的一点事，对他的身心发展影响都很大，柳妈妈不想儿子受苦。

袁家一切恢复如常，好像年前的吵架没有发生。

在饭桌上，袁叔说袁思宜："思宜，还不谢谢你大姐。"

柳箐没反应过来思宜什么地方需要感谢自己，直到思宜端了饮料杯，说："谢谢大姐……嗯，还有姐夫，帮我定了工作。"

她第一次叫楚未姐夫，以前不叫他姐夫，也不叫他的名字，也不谈起他，只在别人说他的时候，她在一边装作不以为意地听着。

柳箐这才明白是什么事，她没听楚未提这么短时间就帮思宜定下了工作的事，她说："嗯，没什么，都是楚未做的，我之后和他说一声就是。"

袁思宜买房的事也解决了，她在过年期间和她妈妈逛了其他的楼市，在比较偏的地方定下了一套七十多万的房子，两室一厅，赠送的大阳台还能隔出一个书房来。已经全款付清了。

家庭危机就这么过去了。

柳箬在卧室里小声数落妈妈不该这么轻易就回来时，柳妈妈说："他说了以后再不见那个女人了，我还能怎么样，真不给思宜买房？到时候我心里也过意不去，就这样吧。只要你和楚未好好的，我就没别的所求了。"

柳箬不满地嘀咕："你太好欺负了。他要是再和那个女人见面，你还不是会原谅他！"

柳妈妈叹了口气："过日子，太精明就能幸福？你和楚未在一起也要学着忍让些。"

柳箬不应，柳妈妈就皱眉点了点女儿的额头："你听到没有，你个性那么好强，不学着柔一点，迟早和楚未吵架。"

柳箬说："不要说我了。"

柳妈妈又来了兴致地问："这次去B城怎么样？"

柳箬没说见过了楚未父母的事，因为她感受得出楚未妈妈对她并不满意，而且那个何迎一直在旁边虎视眈眈。她不想她妈妈担心，便说："挺好的，去了故宫，又去了国家博物馆、首都博物馆、王府井……"

柳妈妈不想听她说这些，心里则想，看来楚未没带她去见他爸妈啊。

柳妈妈想自己对楚未提，但一时又没有好机会。她在心里说，下次无论如何要和楚未说这件事，就说她想见见他的父母。

春节后，天气渐暖，柳箬的研究项目结题。她本可以清闲下来，但她回学校去帮陈老代课，在实验室里打杂，为实验室的学生指导论文，帮忙修论文和发论文，诸如此类，依然每天不得闲。

而申请出国的签证，则还在等。

任惜给柳箬打电话的时候，柳箬早就从其他渠道得知任惜怀上了双胞胎的事，所以任惜亲自向她道谢的时候，她并没有什么情绪表露，只说："挺好的。"

任惜要和高士程结婚了，十分欢喜："我想请你吃顿饭，谢谢你。"

柳箬说："算了吧，我其实没做什么。"

任惜打完电话从卧室里出来，高士程看她面带笑容，就问："有什么高兴的事？"

任惜依到他身边："没什么事，我在想给两个宝宝取什么名字。"

高士程说："可以先把小名想好，大名等孩子出生后请先生给取。"

任惜很顺从地说："好。"

高士程在半月前得知了魏涟吸毒的事，他最初几乎不敢相信，但看到魏涟后他就不得不相信了，随即怒火万丈。他第一次打了魏涟，用皮带把他狠抽了一顿。魏涟因为神志不清，起身反抗，把高士程狠狠撞在了地上，还对他恶语相向。高士程失望之极，让保镖进来把魏涟抓了起来，找了人把他关起来戒毒。

高士程得到这个消息，是楚未对他说的，楚未没有告诉钱女士，但通知了高士程。

紧接着，钱女士知道了儿子的事。

她已经和高士程分道扬镳多年，但她握着高士程致命的把柄，所以高士程每月还在给她打赡养费。

高士程这种无情的人会这样宠着她，也许是因为钱女士曾经和他是夫妻，陪他苦过，还有就是她是魏涟的妈妈。

高士程冷心冷情，唯独对魏涟这个儿子非常在乎。

钱女士看似玩得没心没肺，实则对什么事都很有数。

她和新男友玩得忘乎所以，儿子好几天没和她联系，她没有发现异常，该到卡里的钱没有到，她才在意——高士程这个月没有给她打钱。

钱女士给高士程去了电话，开口就说："阿平，你最近手头很紧吗？"

高士程知道她这开场白要引出什么话："我手头不紧，但以前答应要给你的那份赡养费，我以后不会再给。"

钱女士怒了："你这是什么意思？你有钱养那么多小妖精，糟糠之妻就不管了？"

高士程道："你还有脸问我，我问你，你最近有关心魏涟吗？"

钱女士紧张起来了："儿子怎么了？我们前两天还在打电话，他说他在B城，之前和一个朋友的生意出了一点问题，他现在想做另外的投资，让我给他一些启动资金。"

高士程冷笑："前两天？到底是多少天？他的手机现在在我这里，就没和人打过电话。"

听到高士程这么说，钱女士反而放心了，因为这说明儿子没事，只是被高士程控制起来了。

她说："魏涟就是贪玩一点，正事上也是认真的。再说，他那喜欢和女人鬼混的毛病能怪谁，难道不是你遗传给他？"

高士程深吸了口气才没对她吼出声："他只是和女人鬼混，我不会管他，但他这次是吸毒，我已经把他送去强制戒毒了。你连儿子都看不好，还好意思找我要钱？"

钱女士这下懵了，儿子怎么混怎么玩，她都觉得没关系，但是不能碰毒品。

钱女士要求去看儿子，但高士程没有允许，说他没戒毒之前，不会允许他出来。

钱女士没办法，只得等儿子出来。

柳箬又和曹巍去做SPA的时候，曹巍就提起有些日子没有见到魏涟了，柳箬当时没和她说太多。之后去了曹家，她才很为难地说了真相："我过年的时候和楚未在B城，见过魏涟一次，楚未因为他的事，不高兴了很久。"

曹家很关心这件事："怎么了？"

柳箬便说了魏涟吸毒的事情，以及楚未因此和他起冲突的事，曹妈妈非常震惊，问："他什么时候开始吸毒的？"

柳箬摇头："我不知道，楚未也不知道。"

曹巍皱眉说："去年我们去澳门玩的时候，我敢保证，他那时候没有。"

曹妈妈："这还没有多久，那应该没有什么瘾，很快就能戒掉吧？"她说得并不确定，一直眉头紧皱，很是忧心。

柳箬："这个我不知道，我不清楚钱阿姨知不知道这件事，我实在不好在她面前提起。不过，我觉得，还是应该送他去强制戒毒，而且检查一下，看有没有感染什么病。毕竟吸毒人群很容易感染HIV。"

曹妈妈和曹巍又被柳箬抽了一棒，更不知所措。

曹巍几乎要哭了："他怎么这样啊！"

柳箬也同她们一般神色沉重："楚未说会送他去强制戒毒，不知道送去没有。我不大好问楚未，这些日子便一直没有问。而且这是很隐私的事，我没有对外说。只是因为巍巍和魏涟的关系，我才说了。"

曹巍深吸了口气，求柳箬道："要不你现在打电话问一下楚未哥吧。"

柳箬说："我打电话去问，他怕是要误会。要不，还是先找钱阿姨来商量一下。"

曹妈妈不想惊动钱女士，毕竟要是魏涟真的感染了HIV，她可不会把女儿往火坑里推。

柳箸紧接着说："魏涟很可能不会染那些病。这时候，他正需要关心……"

柳箸这么说，本就精明的曹妈妈哪里会想不通后续。在这种时候关怀魏涟，正可以给钱女士和魏涟留下曹巍对他不离不弃的印象，他以后如果能因为这次的教训收心，珍惜曹巍好好过日子了，何乐而不为？

曹妈妈说："对，我给她打个电话。"

楚未虽然工作繁忙，但并没有把答应柳箸要替她找出当年事情真相的事忘到一边去。

他的大哥楚骞想办法找出了当年的卷宗的照片给楚未，楚未从卷宗上看到，当年的事情，一概推给了柳箸的父亲柳霁，而且弱化了走私案。

楚未不得不问楚骞："事情真这么简单？要是这么简单，魏瞻平当年为什么逃跑？"

楚骞说："我对当年的事情不清楚，我只是在建华集团里参了股，给魏瞻平拉了几条线的关系。当时我年轻，没有觉悟，后来被爸说醒了。我终生为当年的事情感到忏悔难过，而且不希望谁再去打搅柳霁的阴灵。"

楚未问："你和柳霁很熟吗？"

"还行，一起喝过几次茶。翻出当年的事，对谁都不好，对柳霁也是。"

楚未说："我不是要翻出当年的事，只是想给柳箸一个交代，让她不要一直活在她父亲惨死的阴影里。"

楚骞说："你非要查这事？"

楚未说："对。不然我和柳箸睡在一张床上，我亲她都不能狠亲，你知道这有多么折磨人？"

楚骞："……"

钱女士被曹妈妈的电话叫到曹家，曹妈妈担忧关心地说起魏涟吸毒的事，钱女士并没有反感，认为她是真的关心魏涟。

不仅如此，曹巍因这件事已经哭肿了眼睛，又不断问钱女士魏涟到底有没有事。

钱女士说："我没见到魏涟，他被他爸关起来了。"

曹妈妈和曹巍都知道魏涟的这个爸爸，是指那位高先生。

曹妈妈说："不知道高先生有没有让人去查是谁将魏涟带坏的，和他在一起的人里，有没有染着什么病的？如果有，还是要早作打算。你知道柳箸有这方面的关系，她的同学是CDC艾滋病室主任。她说，还是要早作打算的好，不确定是不是有感染，先做病毒阻断也是好的。"

钱女士本来听到曹妈妈说起艾滋病的事，想发火，毕竟她觉得吸毒已经够让人难受了，她还说会感染艾滋病，这不是诅咒她的儿子吗？但曹妈妈之后的那几句话，就让她稍稍冷静了下来，觉得曹妈妈说得对，早作打算更好。

而曹妈妈也解释说："姐，你知道，我们和你一样担心魏涟。我说这些，都是希望魏涟能好，现在再抱怨别的，已经没用，怎么为魏涟好，才是我们该想的。"

曹妈妈这话合情合理，钱女士这下完全被她安抚住了。

曹妈妈只是一个没有太多文化的家庭主妇，能说那些专业性的话，都是柳箬向她灌输的。曹妈妈觉得柳箬是专业人士，听她的总归不会有错。

钱女士本来有点介意柳箬将她儿子吸毒的事宣传给了曹家，现在则只希望柳箬能够帮助魏涟。

她亲自给柳箬打电话，柳箬接到电话，本来说她实验室有事情，但听闻是为了魏涟的事，她便说她去钱家。

这让钱女士十分感动。

对高士程来说，任惜为他怀了一对双胞胎，他可以好好教导他们成为自己以后的接班人。他认为，这还没有出世的两个小家伙，一定会比烂泥扶不上墙的魏涟强，虽然他依然在乎魏涟，但并不是非他不可。

对钱女士来说，魏涟是她唯一的儿子，而且她希望高士程赶紧死了把产业传给魏涟。要是魏涟真出事，她就失去了一切希望。再说，那是她的儿子，从小一把屎一把尿养大，从感情出发，她也没办法接受魏涟出事。

钱女士家住在一处高档小区里，是一栋独栋别墅，不大不小，两层楼，柳箬开车到了她家，小保姆来开了门，迎接柳箬进去："钱姐在楼上。"

钱女士在卧室见了柳箬，曹妈妈和曹巍都在。

柳箬没来得及向她们打招呼，钱女士已经过来拉住她去坐下。

柳箬先安抚住了惊慌失措的钱女士，然后说："现在不清楚魏涟有没有接触过艾滋病感染者，所以，还是要为他做一下血液检测。要是没有，当然好，大家也就安心了。若是有，越早控制越好。虽然现在再做病毒阻断，时间上已经有些晚了，但吃一下病毒阻断的药，还是更安心一些。"

钱女士说，"我这就去见魏涟他爸，看到底是什么情况。"又拉着柳箬，"你再和我说说艾滋病方面的事。"

柳箬和钱女士讲了一大堆理论和治疗上的知识，又说："我给我同学打个电话，她现在是这一方面的专家，让她再同您解释怎么样？"

钱女士不想和这位专家对话，她心里排斥别人知道自己儿子吸毒可能感染HIV的事，只让柳箸做全权代表，让她帮自己咨询。

柳箸应下后，又劝钱女士先不要自乱阵脚，因为魏涟还需要大家的支持和帮助。

如果没有感染HIV，那自然很好，若是感染了，魏涟就更需要亲人的鼓励和支持。

钱女士不断点头。

钱女士让小保姆进来请曹家母女和柳箸去客厅喝茶吃点心，这才在卧室里给高士程打电话。

"喂，阿平，是我。"钱女士收起了之前的脆弱，语气冷静。

高士程："我知道是你，什么事？"

钱女士被他的冷淡打击，很不好受，这时候，又听到高士程那边隐隐约约的声音："老公……"

钱女士因此更是暗恨，心想儿子都那样了，你还在那些小妖精的温柔乡里。

"魏涟现在在哪里戒毒，我想去看看他。还有，我想问你，你有让人去查魏涟吸毒是被谁带的吗，他之后又接触了哪些人，有没有可能感染上什么病？你有让人为他检查吗？"

任惜怀孕，搬离了她之前住的红莲小区，现在住在S城郊区的别墅，这里山清水秀，适合养胎。高士程很大男子主义，觉得女人不过是男人的附庸，他对他的那些情妇们难有爱情，但他却很在乎自己的骨肉，这种在乎血脉的观念，已刻入中国传统男人的骨子里，高士程也不例外。所以任惜怀孕，高士程就待她颇不一样。

高士程年轻时太过透支身体，之后一直有精子活力弱的毛病，他的精子不足以让女人自然受孕。所以这么多年，他睡了那么多女人，就没谁怀上了他的孩子。任惜拿着他的精子在医院做处理才得以怀孕，不过高士程不知道这件事，以为任惜是自然受孕，为他带来了老来子，便非常高兴。

任惜看高士程和人打电话，就走上前去挽住了他的胳膊，撒娇道："外面太阳这么好，我们去散步，你边走边说也一样。"

钱女士听到了任惜的声音，高士程对任惜说："你先自己出去走走，我一会儿去陪你。"

任惜不会死搅蛮缠："嗯，那好吧，我等你。"

高士程对她说话的温柔和体贴，电话那一头的女人听到了，她便达到了目的。

高士程同钱女士说："魏涟在B城，没有回S城来。他交的那些狐朋狗友，多如牛毛，他到底接触了哪些人，我只查出了几个。他最先吸毒，是在G城，到底是谁在他的酒里加了料，他自己都没有搞清楚，我这里怎么能查出来？"

钱女士怒道："你只知道睡女人，儿子的事没往心上去，哪里查得出？要是让我知道是谁害了魏涟，我一定不会让他好过。"

高士程说："魏涟吸毒这段时间，你在哪里，在澳洲度假？你好意思说我！"

两人争吵了一阵，高士程总算答应了钱女士，让她去B城见还在戒毒的魏涟。

而魏涟是否已经做过HIV检测的事，高士程说："送他去戒毒时就已经查过了，不过那边说过一阵还要再查，艾滋病的窗口期很长。"

钱女士之前在度假，回来又被儿子吸毒还可能感染艾滋病的事震惊住，一直没关注高士程的事。她前往B城前，才了解到高士程身边女人的情况。跟着高士程最久的那个叫任惜的情妇怀了高士程的种，不仅如此，高士程已经打算和她结婚。

钱女士得以见到在戒毒的儿子，看到瘦得皮包骨的儿子，钱女士大哭一场，她狠狠拍打着儿子："你呀，你呀，你怎么这么不懂事，居然去沾染毒品。"

魏涟却不以为意："这又不是什么事，你们却像天要塌下来了。家里又不是没钱。"

钱女士因他的死不悔改更难过，哭着说："你这么不争气，你爸马上就会有其他儿子了。你名义上只不过是他的养子，到时候他的财产不分给你，你说你要怎么办，你去喝西北风吗？"

魏涟因她这话惊道："怎么会，爸爸他不是没有办法生育了吗？"

钱女士说："谁知道那个小妖精怎么怀上的？"

虽然这么咒骂，不过她知道，以高士程的精明，他不会给别人养儿子，他的那个情妇也不会蠢到和人通奸怀孕来骗高士程。那样的话，她估计只有死路一条。也就是，她怀上的，的确是高士程的种。这才是钱女士没办法的事。

钱女士虽舍不得魏涟受苦，但觉得他非戒毒不可，所以魏涟要求出那监狱似的戒毒所时，钱女士狠下心没答应。她离开时，让医生抽了魏涟的血，医生又对血液做了处理，以便钱女士想办法带上了飞机，带回S城来。

柳箸在第一时间拿到了这份血液样本，她对钱女士说，她会让她同学兼好友多用几种方式检测这份样本，以最快的速度出结果，让钱女士耐心等待，不要过于忧虑。

钱女士和高士程坐在一家高档茶馆里喝茶谈话。她能屈能伸，知道自己现在拿高士程没办法，只得以弱势博同情。

她说："想想当年的苦日子，我跟着你的那些年，过过什么舒坦的日子吗？不是在为你筹钱，就是在为你担惊受怕，魏涟刚生下来那会儿，家里没钱，我想喝口鸡汤都不行，奶水不好不够，魏涟吃不饱，在我怀里一个劲儿地哭，还是你去想办法弄来了奶粉，不然他就只能喝米汤。之后日子稍微好了一点，你又出事了，一躲就是好几年，你知道那几年，我和魏涟是怎么为你担心的吗？魏涟几乎每天都会站在门口看爸爸是不是回来了。"

高士程知道前妻说这些，只是想要从自己这里得到利益，但他心里也有些触动。

"只要魏涟能戒毒改好，我就准备放手一个下面的项目让他去做，只要他能做好，以后我会分产业给他的。你放心，我的儿子，我不会让他吃苦。"

钱女士想要他所有财产，分一点给魏涟算怎么回事，但她现在不会暴露这份贪念。

这时候，柳箬给钱女士来了电话，钱女士看是柳箬，就赶紧接了起来，并没有避讳高士程，她问："是不是结果出来了？"

柳箬很迟疑，犹豫了一阵才说："钱姐，我可以当面和你说吗？"

柳箬的迟疑，让钱女士瞬间紧张："难道是真有什么事？"

柳箬说："你不要担心，我觉得电话里说不清楚，我还是同你当面说。"

钱女士看了看高士程，认为要是儿子真是HIV阳性，那瞒他也瞒不住，还不如让他一起想办法。高士程看在魏涟是他儿子的面上，即使魏涟是HIV阳性，他也会爱护魏涟，让他好好控制，这样说不得能活十几年。那时候科技发展，艾滋病就不再是不可治愈的了。

钱女士答应了柳箬当面谈，并给了茶馆地址："我派司机去接你吧。"

柳箬："不用了，我自己开车过去。"

钱女士挂了电话后，高士程问："什么事？"

钱女士便说了柳箬拿了魏涟的血液送去CDC的性艾所让她的同学做检测的事。

高士程略微奇怪："柳箬？你和她关系这么好？"

钱女士盯着他冷笑："我知道你之前看上过她，不过，楚未宝贝她着呢，人家会看上你？老牛想吃嫩草，也先掂量自己。"

高士程不满她的讥讽："我只是觉得奇怪，你怎么会和她认识？"

钱女士："怎么不能认识，她和曹家的巍巍关系好，又是楚未的女朋友。"

高士程虽然有些疑惑柳箬为什么和他家每个人都维持着关系，但此时他并没多想，因为他和柳箬有交道时，柳箬就和曹巍在一起。而钱女士和曹巍妈是远房表亲，经常在一起打牌逛街，她和柳箸因此认识也在情理之中。

只是他有些疑惑："为什么柳箸知道魏涟这事？"

魏涟这事他们都注意保密，并没有传开。

钱女士说："魏涟之前在B城吸毒，她正好和楚末在一起，她亲眼看到，还说楚末因为这件事和魏涟闹了矛盾。楚末这孩子，对魏涟是真不错。魏涟那么多好哥们，有谁看他吸毒真心劝他吗，只有楚末真心为他担心。"

高士程虽不喜楚末，但他知道楚末和魏涟关系真的不错。以前魏涟闯祸，楚末帮他解决过几次，这次也是楚末先劝魏涟戒毒不果才不得不告诉他。

高士程不再怀疑，但也担心柳箸会带来不好的结果。

柳箸被服务生带到了钱女士和高士程所在包厢。

柳箸进了屋，看到高士程时，她脸上露出很明显的惊讶。

钱女士和高士程都知道柳箸是个不大知世事做研究的书呆子，说话做事都很直，脸上也藏不住事。

钱女士已经起身拉了柳箸去坐她身边，又介绍高士程："你高叔叔也在。"

柳箸对着高士程，颇有些羞涩不自在："高叔叔好。"

高士程说："快坐吧。"

又让服务生拿水单给柳箸点茶，柳箸随意要了一杯碧螺春，就在钱女士旁边的椅子上坐下了。

柳箸给钱女士带来了不好的消息："因为没有走正规程序送样，而且没有建档，所以我同学不能打出正规报告来给您。我这里只有一份她手写的结果。"

她将那张纸递给了钱女士看，钱女士从上面的各种英文简写和加加减减的符号上并不能看出什么名堂，她又把纸张给了高士程。高士程接过看了，他虽然没有看得全懂，但还是看明白了一些东西。

他说："这个加号，是阳性吗？"

钱女士一听心就紧了，柳箸接过那张纸，说："嗯，这不是一个好消息。"

看钱女士一脸惊惶，她赶紧安慰她，"钱姐，你不要先着急。现在事情是这样的，我同学，她用了几种方法做检测和确证，这里面，只是核酸检测结果为阳性，抗原抗体检测，现在都是阴性。"

钱女士着急地问："那到底是有还是没有？"

柳箸说："她怕核酸检测是假阳性，就多做了几次，但都是阳性。因为她听说这是我朋友的血样，怕我担心，还用了她们最新的测序仪再做了一次，发现依然是阳性。现在出现这种结果，第一种可能，就是魏涟的确感染了HIV，但现在只在核酸水平上能够检测到，抗原抗体都无法检测，这样的话，就要再抽血做复检。第二种可能就是血液样本之前被污染了，因为核酸检测很灵敏，稍被污染，就能检测到。这样的话，也需要再抽血做复检。"

钱女士听后几乎晕倒，那份血液样本是密封的，怎么可能在路上被污染。因为柳箬没有给出第三种可能性，钱女士只想到她儿子的确感染了HIV。

高士程紧张地说："要复检吗，那我让在B城给他再做一次复检。"

柳箬说："我的同学比我对这方面更加了解，而且她同B城那边也有很好的关系。我们之前还有一个同院同学，她是专门做艾滋研究的，在A国做了六年这方面的研究，现在回国在国家CDC，我可以把她介绍给你们。要是真的是阳性，你们也不要太过伤心，很多阳性病人，能活十几年。真到十几年后，以现在的医疗科技发展速度，艾滋病说不定已经被攻克了。"

柳箬的话对钱女士并没有起到安慰作用，反而让她感到绝望，她愣愣地哭了起来。高士程倒还有些理智："不知道可不可以请你的那位同学吃顿便饭？"

柳箬打电话和李鹤约了饭局，接她进了饭店包厢，对她介绍："这位是他的妈妈，这是他的养父。"

这个"他"虽然没有名字，但李鹤知道是柳箬让她帮忙搭样做检测的那个人。

李鹤劝说高士程和钱女士不要伤心难过，要正视这件事，也不断强调要复检才能下定论，但越这样，越像给魏涟判了死刑。

气氛凝重，大家根本吃不下东西，李鹤说自己不便吃这种饭，又说家里还有事，柳箬便先送她下楼了，在楼外，柳箬和她拥抱："谢谢你了。"

李鹤很沉痛地道："谢什么，又没帮上忙，反而让人难受。你再去劝劝他们吧。我先走了。"

柳箬对着她的背影说了一句"对不起"，她眼神疲惫地回看了柳箬一眼，上了自己的车离开了。

她走后，柳箬回包厢门前，隔着门，听到里面钱女士的大吵大闹，便没再往前走。服务生站在一边犹豫观望，柳箬让他们忙自己的去，那些服务生迟疑着离开了。

柳箬没进包厢，高士程过了一会儿出门来，把门摔上，他就走了。走几步看到柳箬靠站在走廊边，他气得通红的脸稍稍回白，深吸了几口气后，他才用比较平和的语气对柳箬说："你进去劝劝她吧，我先走了，这次的事，多谢你。"

柳箬眼中满是关怀："高叔叔你说哪里话，我根本就没帮上忙，反而让大家伤心，其实我倒希望没有这些事。"

高士程说："这些都是魏涟不争气胡作非为搞出来的事，与你有什么关系，你不要伤心。"

高士程走后，柳箬进了包厢，钱女士已经哭晕过去，房里杯盘狼藉，都是被她砸的。

柳箬安慰她："钱姐，你这时候要振作才行，魏涟还需要你。"

钱女士趴在柳箬怀里，她这时候需要一个依靠，但高士程不会让她依靠。

柳箬轻轻拍抚她："不一定就是阳性，你现在却垮了，怎么好？刚才高叔叔离开，埋怨魏涟弄出了这些事，若他真生魏涟的气，不再理魏涟的事，魏涟就只能靠你了。这种时候，你更要坚强才行啊。"

钱女士觉得柳箬的话说得很对。她做了决定，要把儿子从B城接回来，她的根基在S城，对B城根本不熟。高士程看来要放弃魏涟了，她是他的妈妈，她不能放弃他。

柳箬开车送精神恍惚的钱女士回家，又安慰她到深夜，钱女士因柳箬那些安慰的话，越发觉得儿子从此生活在等死的惶惶然中。高士程不会再爱护他，他不能继承高士程的产业，还可能从此之后高士程一分钱也不会给他们母子。她对高士程的冷酷深恶痛绝，在柳箬离开后，她一夜没睡。

钱女士要把魏涟接回S城，高士程不同意，两人又大吵了一回。钱女士拿要曝光高士程的前尘往事威胁他，在这种情况下，高士程不得不让人送魏涟回来。

但高士程说："他现在还不确定是不是感染了艾滋病，又犯毒瘾，到时候抓伤咬伤了人，可就麻烦了，最好把他关在专门的屋子里。"

钱女士觉得高士程这话带着侮辱性，尖利地说："你到底有没有心？他是你儿子，你就这么对他？"

高士程听她声音便心烦，直接挂断了电话。

柳箬同她父亲的助理赵阿姨一直有联系。赵阿姨是个善良的女人，她对丈夫拿了柳箬两万块钱耿耿于怀，说要还柳箬，柳箬说她现在并不差钱用，反而赵阿姨家里比较困难，坚决不收那钱。

柳箬每次来赵阿姨家，都会提些礼物，赵阿姨和她渐渐熟了。柳箬这次又来，她的老公也在家，赵阿姨道："哎，怎么又提东西，你以后千万不要提东西来了。"

四月天气渐暖，阳光从窗户晒进客厅，灰尘在光柱里飞舞。柳箬端着茶，听赵阿姨说当年柳爸爸的事。

即使是柳爸爸工作忙，喝茶时茶水洒到文件这种小事，柳箬也听得认真，好像父亲还鲜活地活着，他们之间只是隔了一段时光，只要伸手，她的手就能穿透这二十年时光的距离，摸到他尚且温热的肌肤。

柳箬对她父亲的事情的追逐，赵阿姨觉得有些过分，但她不好说什么。柳箬年幼丧父，会比成年人更难接受这事。

只是一般父女，怕也难有那份深情，但从以前柳经理常将女儿挂在嘴边来看，他的确非常疼爱柳箬，以至于让柳箬在二十年后依然对他的死耿耿于怀。

柳箬留在赵阿姨家吃了晚饭，饭后，她突然说到当年魏瞻平的事："他其实还活着，只是改了名换了姓而已。"

赵阿姨正用干布擦盘子，一惊："魏老板？"

柳箬转头看她，点头："对，就是他。他现在叫高士程，是诚远集团的董事长。"

赵阿姨明白柳箬为什么会纠缠于当年建华集团的事了，难道她是想控告当年的魏老板："当年的事过去那么久了，你要是想告魏老板，现在怕也不行了吧。"

柳箬对她笑了笑，说："我没想要告他，我只是想知道，我爸爸当年是不是真的自己跳楼的，还是被他推下去的？"

赵阿姨蹙眉说："柳箬，我真帮不上忙。"

柳箬说："赵阿姨，我想请你帮忙。你可不可以去诈他一次，就说你当年看到了是他推了我父亲。"

赵阿姨惊道："这种事，我怎么做得了？"

柳箬却说："你根本就不需要怎么做，只是约一下他，说你当年看到了，如果他愿意给你一百万，你就忘了这件事。他很有钱，一百万对他来说，只是开几瓶好酒的钱而已。"

赵阿姨连连摇头，但在旁边听她们说话的赵阿姨的丈夫陈民却很感兴趣："他真会给一百万？现在的有钱人可惹不起。"

柳箬说："这很简单，你们拿到钱就转到其他地方去过日子，他难道有本事满世界找你们？再说，他也逍遥不到几天了，有人要对付他。"

赵阿姨看柳箬像看一个疯子，这只能在电视里看到的情节，她居然要自己去实施。

柳箬看着陈民说："你们找高士程，还可以开到两百万，不管他给不给钱，事情成不成，我都给你们十万。"

她说完，陈民眼中便在发光。在赵阿姨眼里，柳箬发疯，而她的丈夫，一直脑子不清醒，他嗜酒嗜赌，对于赌徒，只要给他钱，他几乎能去做任何事。

柳箬当天没劝动，先回去了。

陈民左思右想后，给柳箬打了电话，约她见面。

因他老婆只对柳箬和楚未说了几句话，他就得了两万块钱，这钱来得太容易，让他觉得从高士程那里拿到钱也会如此容易。

有钱人最怕死，而他光脚的不怕穿鞋的，去威胁一次那个有钱的魏老板又怎么样？

两人见了面陈民反复确认："真能拿到两百万？"

柳箬看向他："别说两百万，你提五百万他都能给你。不过，五百万太多了，你得开辆车去装。两百万倒是可以用一个箱子装下，但要提着走却有些重，一百万就差不多，一个箱子，不是特别重。"

陈民因她这回答而诧异，心想她之前说一百万，只是因为一百万正好可以装一只箱子提着走？看来这个姑娘是早有计划。

柳箬紧接着说："就怕他不会信你，不会受你威胁。而赵阿姨面相变化不大，他应该还记得赵阿姨。"

陈民说："我不放心你赵阿姨去干这种事，她干不下来。我说我是她男人，那魏老板难道不信？！"

柳箬对他挑眉笑道："不用这么麻烦。我可以给你提供一些工具，保准可以让他讲真话。到时候你拿到钱就带着赵阿姨躲起来。他现在在和他前妻闹矛盾，他前妻不会放过他，他到时候自顾不暇，根本没办法找你们麻烦。"

柳箬约了高士程的司机卢师傅吃火锅，火锅店里生意很好，晚上六点多，店里就没空位了，所幸柳箬早早来占了位。

卢师傅出现在大堂门口，柳箬站起身来叫他："卢大哥，这边。"

卢师傅走了过去，笑道："让你久等了吧。"

柳箬请他坐下："还好。这一家生意一直这么好，又不接受位子预定，我就过来占位了，不过也没什么，刚才在玩手机。"

她明眸皓齿，笑起来书生气里又带着一股爽快，卢师傅和她相处，非常自在，几乎要把她当成哥们无话不谈了。之前他甚至向她咨询前列腺炎的问题，而柳箬还真为他介绍了一个好医生。

卢师傅是退役军人，给高士程做司机，至今未婚，很不善于和女人打交道，这也是高士程总让他负责接送自己情妇的原因。卢师傅认为柳箬是个好姑娘，他也明白，柳箬和高士程在一起，不是要勾引高士程，只是一种仰慕之情，没有和他搞暧昧的意思，这就让他可以和柳箬自在地交往了，不必想其他。

点了锅底和菜，柳箬关怀地道："高叔叔这几天状况好些了吧。其实现在医学发达，得了艾滋病，并不是等死，说不得过些年，就会有治愈的药。高叔叔不用太忧虑，还是要保重自己。"

魏涟现在并没完全确诊得了艾滋。柳箬提起这件事，加上世人对艾滋病的恐慌和忌惮，大家对魏涟的态度便宁信其有。

卢师傅文化程度不高，对艾滋病了解不多，心里更担忧恐慌，他喝了一口啤酒，长叹一声："以前魏涟和女人们乱混，我就觉得这样不是好事，不过老板他觉得那不算什么。现在发生了这种事，虽然柳箬你说得了艾滋病不用太慌张，但这毕竟是绝症。老板他心里难受了几天，但近几天已经好多了，他准备送任小姐到新西兰去，让她去那里安胎生产。"

任惜有孕的事，卢师傅之前也在柳箬面前提过，柳箬此时露出些许忧虑的神色，说："魏涟出了这种事，本人压力比其他人还大些，这时候，最需要亲人的支持。高叔叔他要过去多久？我觉得还是多陪陪魏涟比较好。"

卢师傅有些唾弃魏涟："老板没说要过去多久，但我最近都可以放假，怕是要出去好一阵吧。老板以前虽然女人多，但一个孩子也没有，现在任小姐怀了孩子，当然要宝贝着了，让老板留下来陪魏少，不去陪任小姐，怎么可能？"

柳箬叹息道："是啊。"

魏涟出了那事，但这没影响卢师傅的心情，他将一大桌菜吃光，结账时，他要去结，柳箬说她已经结过了，卢师傅道："小柳，你总这样，每次都是你一个小姑娘结账，你说我这个大哥是怎么当的？"

柳箬笑道："大哥，我哪里算小姑娘，你就不要这样哄我开心了。走吧走吧，我们谁跟谁。"

两人从店里出来，又沿着街道慢慢走了不短的路，说些闲话。

卢师傅和柳箬在一起喝过几顿酒吃过几顿饭，完全不把她当外人，对她为自己介绍了医生，还让人帮忙从国外给他带昂贵的药，他很感谢，说他把她当亲妹子，又向她说他工作上的一些事。有些男人平常一言不发，但激起了他的倾吐欲，而且还是在他喝了酒的情况下，他完全会滔滔不绝。

两人交谈了两个小时，卢师傅说："时间不早了，小柳，我送你回去吧。"

柳箸说："我打车就行了，哪里需要你送，大哥，你怎么走？"因为料到会喝酒，柳箸没开车。

卢师傅："我赶地铁就好。"

柳箸上楼回到家，感觉很疲惫，在门口站了一会儿才掏钥匙开门，钥匙刚插入钥匙孔，门就从里面打开了，楚未站在她的对面对她笑："有没有觉得惊喜？"

柳箸走进门里，关上门，伸手抱住了楚未的腰，低声问："什么时候回来的，怎么没有提前告诉我？"

楚未任她抱自己，又伸手摸了摸她的头发，亲她的耳朵："我刚回来，才洗完澡。想给你个惊喜，就没和你说。"接着又问："你吃火锅去了吗，和谁去吃的？"

柳箸："和师妹他们。我满身火锅味道，我要去洗澡。"

她说着，要弯腰脱鞋换鞋，楚未已经蹲下去，帮她脱掉了脚上的运动鞋，拿拖鞋为她换上。柳箸手撑在楚未的肩膀上保持身体平衡，低头看他，眼神不自觉柔成了水。

柳箸洗完澡上床，楚未就想搂着她亲热，柳箸捧着他的脸盯着他看，又亲了亲他的嘴唇："今天有些累，亲爱的，不要了，好不好？"

楚未拉被子盖住两人，又摸她的面颊，关心地问："怎么了，遇到了不开心的事？"

柳箸将脸埋在他的怀里："不是我的事。是魏涟查出HIV阳性的事情，让人心里不大好受。他妈妈应该已经告诉他了，因为要医生去为他开药，不可能一直瞒着他。我想明天去看看他，你要去吗？"

楚未已经从高士程和钱女士两处得知了魏涟查出HIV阳性的事，特别是钱女士那里，她更是将柳箸对她的帮助向楚未大加渲染。

楚未有些怀疑柳箸如此上心魏涟的事的用心，但他不愿将柳箸想坏。

楚未说："我和魏涟认识这么多年了，小时候就有交情，虽然长大后各忙事情，觉得关系淡了很多，但毕竟是兄弟，去看他是应该的。"

第二天，楚未抽时间和柳箸一起去看了魏涟。

魏涟现在住在钱女士的别墅里，这里本是他的家，但他在此之前，很少住在这里。

钱女士此前是个精神奕奕的女人，注重保养，完全看不出她已经五十多岁。

但魏涟的事，让她一下子像老了十几岁，精气神泄了很多。

她在门口迎接了楚未和柳箸，楚未说："我昨晚回了S城，担心魏涟，今天来看看他。不知道方便不方便？"

他这话一出，本来还强打起精神的钱女士就哭了起来："他现在状态很差，之前还愿意戒毒，现在却只求我给他毒品，说他得了艾滋，那不活就是了。他这样，让我怎么活啊？楚未，他一向最听你的劝说，你替我好好劝一劝他吧。"

楚未安慰她道："阿姨，你不要太伤心，你自己也要保重。"

钱女士几乎倒在他身上好好哭一场，自从出了魏涟这事，她就不得不强打起精神来承担这一切，根本没人可以依靠。楚未和柳箸的到来，正好可以让她发泄一下。

楚未和柳箸进了魏涟的房间，魏涟躺在床上，用被子裹着自己，身体蜷着，是要保护自己的姿势。

钱女士声音略带嘶哑："魏涟，楚未和柳箸来看你了。"

魏涟没任何动静，钱女士之前被发毒瘾的儿子狠狠撞过，还被他打过，她现在既担心他，又怕他。她没敢近前看魏涟的情况，反而是柳箸走上前去，她在床边站定，柔声说："魏涟，你睡着了吗？我们来看看你。"

她伸手轻轻拍抚他被子下的身体，感受到他的颤抖。

自从被宣告感染HIV，之前替他戒毒的医生都不敢再接近他，连保镖也对他非常忌惮，戴着手套碰他都战战兢兢。他的妈妈虽然爱他，但他也感受得到她对着他的每一个动作都很迟疑，她在怕他，怕他将病毒传染给她。

这个轻柔的拍抚对于魏涟来说非常珍贵，几乎是他处在水中时候的一块浮板。

楚未知道和艾滋病人一般性的接触不会有事，但他担心魏涟突然发疯，从床上跳起来咬柳箸一口，看到柳箸走到床边去拍抚魏涟身上的被子，他的心便提到了嗓子眼。楚未走了过去，站在柳箸的身边，想着要是魏涟突然发疯跳起来，他可以把他推开。

楚未说："魏涟，你这病没有确诊，你不要这么颓丧。你也知道，好人不长命，祸害遗千年，你这祸害，哪里那么容易有事，是不是？"

魏涟掀开被子，看向楚未和柳箬。

房间里的窗帘被拉上了，即使是春阳灿烂的白日，房间里光线依然十分昏暗。钱女士进屋时开了灯，但灯光也不太明亮。在这昏黄的光线里，楚未看到魏涟的脸，被吓得几乎往后退一步，他用眼睛余光看了柳箬一眼，柳箬面上的表情没有变化，她蹙着眉头，注视着瘦骨嶙峋的魏涟。

魏涟因为贪图情欲乐事，纵欲过度，一向很瘦，但他现在更瘦，瘦得脱了形状，几乎像个骷髅，脸上起了一些红色小疹子。

钱女士走过来，看到魏涟的脸上居然长了疹子，就更骇了一跳，想到艾滋病的那些症状，她就更难过，但强忍着没再流泪。

柳箬伸手碰了魏涟的额头，说："你看看你，应该晒晒太阳，现在太阳多好啊，你却闷在屋子里，大白天还用被子裹住自己，你额头上闷出热疹子来了。"

魏涟想伸手抓住柳箬的手，但他只是颤了颤身体，将脸躲开了。

柳箬又说："魏涟，我去把窗帘拉开，让太阳照进来，怎么样？"

魏涟自暴自弃地狠瞪着柳箬大声叫："出去，滚出去。"

柳箬蹙眉："你以前脾气没这么差，你不过感染了一个病毒而已，有的艾滋病人在感染了病毒后还活了十多年，你也可以的，而十几年后，人类一定已经攻克艾滋病。你应该振作起来，是不是？"

魏涟："你把我当小孩子哄啊。滚出去，我不想看到你们……"

他说着，坐起身，做出要向他们扑过来的姿态。楚未总归担心，拉了柳箬一把，把她拉到自己身后，魏涟看到他这下意识的动作，就笑了起来："一群伪君子，既然这么怕我，又何必站在这里，滚……"

钱女士劝道："魏涟，楚未和柳箬都是好心……"

"我不要谁好心，你们任由我自生自灭就行了。"他说着，又狠瞪着钱女士，"既然我活不了多久了，妈，我求你，你把我的药给我，让我快活地走，好不好？"

钱女士几乎要崩溃："你在乱说什么，你怎么会死，你必须戒毒，必须戒毒，然后治病。"

魏涟因她这话要跳下床来，钱女士被吓得往后退了几步，她怕儿子又会冲过来打她。

魏涟看到她这样，就更恼怒不已，钱女士只好让楚未和柳箬跟着自己出去了。

魏涟现在所在的卧室，除了那张床，没有其他家具，而且那张床的大小和床尾的柱子，应该是方便捆绑住魏涟的。

钱女士出了房门，就哭了起来。

他们下了楼，楚未和柳箬只得不断劝慰钱女士，让她保重。

一会儿楚未手机响了，便出门去接电话，柳箬继续安慰钱女士："看来魏涟很抵触我们，高叔叔以前对魏涟非常好，魏涟很尊敬他，也许他来劝一劝魏涟，魏涟会听进去他的话。现在魏涟的问题，是他不愿意听别人的劝说，一味陷在自己的情绪里。"

钱女士听她说起高士程，就恶狠狠地道："他根本就没来看过魏涟，自从我把魏涟接回S城，他就没来过。他根本没把魏涟放在心上。"

柳箬露出惊讶的表情："我认识高叔叔身边的司机卢师傅，卢师傅说高叔叔新娶的太太怀了孩子，他一直以来没有小孩儿，老来得子，应该是把时间放在那边了。而且他要在近期送他太太去新西兰养胎生产，因为太忙，才没能来看魏涟，不是他没有把魏涟放在心上。"

柳箬这为高士程开脱的话，更点燃了钱女士这枚炸弹，她的眼睛大睁，里面布满血丝，咬牙切齿，想要说什么，但却没说。

楚未带着柳箬离开时，他很歉疚地对钱女士说："没能劝说动魏涟，真是抱歉。阿姨，你若是有什么事，需要帮忙，一定要告诉我。"

柳箬说："我们的劝说没有用，或许请一位心理医生来开导他，他的状况会好很多。还有就是，一定让他吃药，要将病毒量控制住。"

钱女士一脸悲戚："嗯，谢谢你们了。"

柳箬离开前，伸手抱了抱钱女士："请保重。"

高士程老年得子的欢喜，越发衬托钱女士和魏涟的痛苦，钱女士不会让自己痛苦，而高士程却志得意满地去过好的生活。

高士程现在对魏涟彻底失望了，因为自从魏涟得知自己感染了HIV，就开始发疯，连去为他抽血的医生都被他赶了出来，还差点被他咬到。高士程听了医生的控诉，就不大想管魏涟了，他现在全部心思都在任惜的肚子上。

高士程陪着任惜一起到了医院，他们再做一次检查，确认任惜可以上飞机，他就要带着任惜去新西兰，在那边养胎生产。

检查完后，任惜满脸甜笑地挽着高士程的胳膊下楼，不远处有两个保镖跟着。

任惜发自内心欢喜，这种欢喜，并不是因为高士程要和她结婚，而是因为她怀了一对双胞胎，而且孩子的状态很好。

她的满腹心思都在孩子身上，几乎所有的喜悦都来自于即将做妈妈。

他们下了楼，在地下停车场里，司机将车开到了主道上，一个保镖为高士程拉开了的车门，高士程先上车，另一个保镖才去为任惜拉开另一侧车门。任惜心中欢喜，犹自在左顾右盼，没来得及上车。突然，一辆车从后面开了过来，他们以为那辆车是等着开出去，连保镖都没特别关注这辆车，没想到这辆车在接近他们的时候，突然加速，要从他们的车旁边擦过去，但这个宽度，势必会让任惜受惊，所以那个保镖大声呵斥："喂，停车。"

那车没停，失控地撞了过来，那保镖若是要保护任惜，自己就会被撞到，他在那一刻，条件反射地躲开了。那辆车带倒了任惜，任惜一声惊叫，被带得向前滚了好几米。

这些发生在电光火石之间，高士程坐在车里，甚至没反应过来，等他转过头来看，任惜已经被撞倒了。

高士程下车跑去看任惜，钱女士也从车里走了出来，她冲过来看任惜。

高士程震惊地看着钱女士，钱女士脸上是狰狞的笑，毫不掩饰地说："我和魏涟不好过，你也别想有好日子。"

因是在医院地下停车场出车祸，任惜得到了及时的救助和治疗，并没有丢掉性命，但肚子里的孩子却没办法保住了。

高士程坐在手术室外，满脸黑沉，又透出狰狞。

他没有办法拿钱女士怎么样。当看到医生和护士来将任惜放上病床车，飞快地推着她去电梯上楼时，钱女士却是一脸快意地看着怒火滔天的高士程，冷笑："你要把我怎么样？"

高士程咬牙切齿，眼里露出凶狠的光芒："你就是个疯子。"

钱女士："我是疯子，但我是被你逼疯的。"

几日后钱女士在路上被混混拦住挨了打，额头上被刀子划破，她不得不去医院缝了几针，身上的淤青则更严重，只能请了医生在家里为她按摩。

她知道这是高士程做下的事情，她在当晚就给高士程去了电话，高士程却没接听，将电话挂掉了。

钱女士坐在沙发里，听到儿子因为戒毒在楼上发出的痛苦、焦躁、疯狂的声音，她就笑了起来，笑得悲凉，她低声道："魏瞻平，都是你逼我的。你这个狼心狗肺的东西……"

钱女士在第二天就去警察局里报案，告发高士程是当年建华集团的老板，建华集团当年被调查立案过走私，而且他可能还杀了他当时的秘书兼情妇简芳。

钱女士一边报案，一边召集记者大炒特炒这件事。

在娱乐至上的现在，这种新闻可是会带来爆炸性效果的，虽然高士程反应及时，很快控制了这条新闻的传播，但网上依然有很多人看到了。

高士程不得不亲自来了钱女士家找她，钱女士额头上包着纱布，脸上的淤青浮肿未消。她坐在沙发上，身上裹着宽松的睡袍，高士程进来，她坐在那里没动作。

高士程满脸戾气地走了过去，他知道钱女士现在已经疯了，所以不得不在身后带了两个保镖，不过高士程要和钱女士谈比较机密的话题，没让保镖跟得太近。

钱女士看他的做派，就冷笑了一声。

高士程坐到钱女士的对面："你这是疯了吗，要是我被调查当年的事情，你和魏涟以后休想从我这里拿到一分一毫。"

钱女士从茶几上的精致烟盒里拿了一支烟，又拿了打火机点烟，吸了口烟后，她才盯着高士程说："你那些臭钱，我不要也没关系，你留着死了买块风水宝地和一个好棺材吧。"

高士程因她这话恨得咬牙，但没发火，轻言细语道："你以为你去告我，我就会被调查？我难道连这点能耐都没有？"

钱女士却说："那你这么快就来找我做什么？"

高士程："我来看你们。"

"没什么好看，你来看我是不是被你找的人打得很惨？嗯？"钱女士说到这里，神色突然变得狰狞，声音也尖利难听，"我告诉你，魏瞻平，别把人逼急了，不然，我会拉着你一起下地狱的，你别以为你换了个身份，就能够逍遥似神仙。"

高士程安慰她："好啦好啦，你把任惜撞成那样，还不够消气？"

钱女士一边冷笑，一边讥嘲地说："以前那个高僧说过，你命中只有魏涟一个孩子，所以，你不要妄想还有其他香火。"

高士程的脸色变得很难看，但没和钱女士吵起来。

高士程之后去看了魏涟，魏涟拒绝任何治疗，脸上和身上的疹子更严重了。高士程远远看到他的情况就被吓到，失望又失落地离开了。

高士程一方面是信命的，所以以前那很可能是托儿的高僧说他命中只有一子时，他最初只是半信半疑，但多年来，他有那么多女人，却硬是没有一人怀上，他渐渐就真信了，但另一方面，他又非常不信命，认为我命由我不由天，所以做了不少坏事，而且草菅人命，却不相信天理报应。

钱女士告发高士程的事，的确被高士程压下来了，甚至没有立案调查，但是，从网上出现富商高士程的那条新闻时，柳箸就知道这是钱女士做的，看到这事在之后如石沉大海，她很失望。

高士程有几支手机，几个电话号，每个号同不同人联系。

柳箸和他接触几次，就发现了这件事。

趁着楚未洗澡，她拿了楚未的手机在手里。走到浴室门口去，叫楚未："楚未，你手机密码是多少？"

楚未关了水，过来开门，他的头发还在滴水，问："箸箸，怎么啦？"

柳箸的黑眸望着他："你手机密码是多少？我有事要用。"

楚未笑着把密码告诉了她，问："干什么？"

他虽疑惑从来不翻看他手机的柳箸居然要查看他的手机，但也没有多想，因为柳箸做得太坦荡了。

柳箸挑眉瞥了他一眼就走："赶紧去洗完了把衣服穿好，不冷吗？"

柳箸从楚未的电话本里找出了高士程的电话，翻开看后和高士程给自己的那个电话号码做了比较，发现果真不一样，就把这个电话号码记了下来。

她顺便翻看了楚未的短信箱，发现里面除了自己的，别的几乎都是商务短信，她虽然面上一派淡定，心里却很欢喜，靠坐在床头翻看里面的短信记录。内容很无聊，没任何特别，不知为何，总能吸引住她的目光。

楚未裹着浴袍从浴室出来，擦着头发坐上了床，倾身去看柳箸到底在翻看什么，发现是短信后，他就说："你难道怀疑我，我除了你可没有别人。"

柳箸轻哼一声，把他的手机放到一边，和自己的放在一起："你要不要看看我的，这样就公平啦。"

楚未眼睛一亮："真可以看你的？"

柳箸点头："对。"

楚未说："那我真要看。"

柳箸把手机递给他，跪坐起身来，拿过他手里的毛巾为他擦头发，刚擦两下，楚未就抱住她的腰，将她压在了床上……

柳箬被他亲得迷迷糊糊的时候振作起精神来提醒他："把灯关了。"

楚未捧着她的脸："我们不关灯不行吗？"

柳箬满脸红晕，吐气如兰："不要。"

楚未倾身关了灯，将柳箬紧紧搂入怀里，恨不得将她勒入自己的骨血，这样，两人就不用承受总是分别的痛苦了。

陈民是个见钱眼开的人，柳箬先预付了一万块给他，并让他和自己在一起，按照自己的交代给高士程打电话。

这个电话卡是柳箬新买的，她又对那手机做了些处理，然后让陈民给高士程拨了电话。

这是高士程的私人号码，正是柳箬从楚未的手机里找来的那个。

陈民拨打过去，响了三四声，高士程接听起来。

柳箬一边录着音，一边用耳机另一头听着高士程的声音，她怕陈民会坏事，和他演练了好几次，才有这一次通话。

高士程："喂，哪位？"

以前柳箬给高士程打电话，高士程的保镖先接听，然后才转给高士程，现在这个号码，高士程第一时间就自己接听。这告诉柳箬，高士程留给楚未的这个号码，对高士程来说，更加重要。

柳箬看了陈民一眼，演练多遍的陈民回应道："魏老板，多年不见，你还好吧。"

高士程的声音很显然一沉："我不姓魏，你找错人了。"

虽说找错人了，但他并没有挂电话，他这种大忙人不挂电话，说明他已经被"魏老板"这个称呼引起了注意。

陈民笑："怎么可能找错人，给我这个号码的人，说你就用这个号码，你可能不记得我了，不过，我可以先介绍一下我。当年，在建华集团里，我们都在你手下吃饭呢。"

高士程敏锐地说："谁给了你这个号码？"

陈民道："这个，我怎么会告诉你？不过，可以让你知道，他是你也怕的人，不然，我也不敢给你打电话啦，我知道你是大老板，手眼通天，我一个小老百姓，平白无故怎么敢惹你，你说是不是？"

高士程最初猜是钱谦桦让人来找自己茬，但随即想，钱谦桦从不打他这个号码，高士程的心沉了下去，直截了当问："到底是什么事，有屁快放！"

陈民："事情是这样的。当年呢，我在柳经理手下做事，柳经理死后，我就被辞退了，因为有柳经理的死让我背着，我没法找好工作，这一辈子也就这么混到了如今，以至于穷困潦倒，连日子都过不下去了，所以就想找魏老板你借一点钱过日子。"

高士程非常警惕，思索这个人是当年公司的谁？不过他实在想不起来了，当年公司的人虽然不多，但他记得的更少。

高士程很快镇定下来，平静地道："在我公司里做过事的人太多了，要是谁都来向我借钱，我这生意还能做？"

陈民道："你公司里的人虽然多，但像我这样看到你把柳经理从阳台上推下楼摔死的人，却只有我这一个。"

高士程很明显呼吸一顿，柳箬听出了他呼吸的变化，她知道，陈民这话说到了他的痛处。

那呼吸的变化只是一瞬的事，他很快就笑了一声："你在说什么？我可以告你污蔑。"

陈民说："那你正好去告我，我就可以把当年的所见所闻都讲给法官听了。我其实要的不多，只要两百万而已。两百万，对魏老板你们这种人来说，算什么，不过是酒桌上开几瓶好酒，但对我们这种人来说，就是卖命的钱。既然当年我能把这个秘密一直替魏老板你保守着，你现在给了我钱，我也能够将这秘密继续保守下去。"

"你到底是谁？"高士程声音低沉地问。

虽然只是手机，但高士程的声音里带着的威严和威压依然让陈民冒冷汗，柳箬的手搭在了陈民的肩膀上，眼神里带着鼓励。柳箬早料到高士程会说哪些话，所以陈民有答案："魏老板你自己想不起来，那我正好就不说了。我只是当年不小心听到你和柳经理说话，并看到你把他推下去的人。其实两百万真的不多。"

高士程皱眉，陈民说："我知道你之前才被你的老婆举报过，现在又有当年柳经理的死，恐怕你想把这件事压下去，也不好压了吧。"

高士程从陈民的话里判断出这个人贪财，却是个聪明人。而且，他从陈民有时候话语的停顿里猜测，在这个打电话的人的旁边，一定还有其他人，他在一边说话一边看周围同伴的反应，或者说是他在征求他们的意见。

高士程说："我可以给你三百万，那个把我的电话告诉你的人，是谁？"

陈民却说："我不能告诉你，若是我告诉你了，我肯定会比得罪你更倒霉。魏老板，咱们民不与官斗，你就不要让我这么难做了嘛。"

高士程因为那句"民不与官斗"一愣，随即说道："那两百万我怎么给你？"

陈民高兴地说："魏老板，你真是个爽快人。我呢，我要现金，最好是用两个箱子装好，我留个地址给你，到时候你派人送过来就好了。我呢，是绝对说话算话的，我说我拿了钱就会闭嘴，我绝对会闭嘴。你看，这个秘密我保守了多久，以前我都没有对警察说，你就该知道我如今也不会告发你。"

高士程道："你把地址发给我，我会让人送钱过去。"

陈民没想到事情这么顺利，他还以为会如柳箸所说，要给高士程打几次电话才会成功，他高兴过头了，连连表示："好，好。"

挂了电话后，陈民在柳箸面前邀功："小柳，我表现得怎么样？"

柳箸说："挺不错。不过，你挂得太快了。"

陈民道："这个魏老板虽然好说话，但我听他的声音，就起了满身冷汗，你摸一摸。"

柳箸对他翻了个白眼，心想你又不是楚末，我摸你干什么。

柳箸为陈民定下了接下来的计划，将拿钱的地方设定在两条线交叉的地铁站口，这里人流量大，交通方便，到时候柳箸会开车接应陈民。

陈民不满道："这里人这么多，我们怎么好交接。还不如找个偏僻一些的地方。"

柳箸道："陈叔，你这神经也太粗了，你以为高士程那么好威胁？在人多的地方，这是为了保护你，不然，你可能会被高士程买的杀手一下子抹了脖子。"

柳箸不想和陈民说这些让他打退堂鼓的话，又怕他是个马大哈，到时候被高士程的保镖抓住，或者被他买的杀手，把粗心大意的陈民给解决了。

据柳箸所知，高士程绝不是一个好相与的人，他这么畅快地答应给钱，一定是他想找出这个威胁他的人是谁，想解决这个后患。

陈民的确被柳箸那话吓下了一跳，本来兴致勃勃的精神也稍稍有所收敛。

柳箸给高士程发了短信，说了交钱的时间和地点，又说到时候没有拿到钱，就一定把他这事捅出来。收到高士程的回复之后，柳箸就把手机里的卡取了出来，和陈民离开了。

限定交钱的时间在第二天中午，这样仓促，正好可以让高士程没有过多时间打坏主意。

高士程找了他非常信任的保镖，又找了一个杀手，让两人去送钱。

他让那保镖给陈民打电话的那个手机号打了电话，发现手机已关机，查了手机号所在地址，也一无所获。

四月下旬，春夏之交，感冒的人很多，加上城市雾霾严重，很多人戴口罩，陈民出现在了地铁口，他戴着口罩，又架了一副平光镜，身上穿着蓝布夹克，看起来像个民工。

他拿着手机，柳箬已经对他耳提面命过，让他只提一箱钱走，打开另一箱钱假装检查，然后把钱打翻在送钱来的人身上，随即就跑。这样人们注意力被吸引过去，那送钱来的保镖就难以追上他了。

陈民舍不得另外一百万，但想到柳箬对他的交代，和向他灌输的高士程杀人不眨眼，以前害死过好些人的事，他就心中谨慎，不敢贪图另外一百万，怕自己到时候拿了钱却没了命。

来和陈民接头送钱的男人，长得高壮有力。陈民看到他，就生出了一股压迫感，他说："我要检查检查。"

两人站在喷水池旁边，那男人示意陈民检查，又说："你最好说话算话，不然老板想要捏死你，不过是捏死一只蚂蚁。"

陈民没应，他的耳朵里卡着柳箬给他的微型耳机，柳箬在耳机里对他说："从你左边走过来的那个男人有些问题，你快点。"

陈民赶紧打开了那皮箱，只开了一点，就看到里面全是红通通的钞票，不由心花怒放，但他没敢贪心，翻了一遍下面的钱，发现都是真的后，他就对那保镖说："看来魏老板真的很大方。"

他说着，就提起了那个箱子，向那个保镖砸了过去，又往左边一挥，因为箱子没有盖紧，里面的钱一下子都倒了出来，撒了满地。

那保镖有瞬间迟疑，那个杀手先反应过来，要来追陈民，但因有那些钱的阻挡，以及周围被吸引过来的惊诧的群众的影响，他没能追上陈民。陈民提着另一个不轻的箱子飞快地跑过天桥，冲下去，柳箬的车停在另一边的巷子口，他飞快地上了车，柳箬就开着车走了。

那杀手这时候已经追过来了，但这里人多车多，他失去了目标。

陈民趴在车里，不让人看到自己，柳箸提醒他，"这车窗是单面可视，外面看不到。"

陈民作为男人，对车很感兴趣，第一眼看到柳箸的这辆车，他就知道这车价值数百万。因为这车实在太抢眼，太高档，那杀手反而难以怀疑是这辆车在接应，周围的车也多不敢和这辆车抢道，怕发生刮蹭，到时候就麻烦了。

陈民这时候兴奋地要开皮箱，柳箸拿了一个电磁干扰器给陈民，说："怕里面有他们放的跟踪器，你把这个放在箱子里再把钱装袋子里。"

要是让陈民来策划这次威胁捞钱，他哪有这种细心，他一边佩服柳箸，一边将那干扰器接到手里，亢奋万分地说："小柳啊，你完全就是吃这碗饭的嘛，今天这事刺激。"

柳箸很冷淡地说："陈叔，你还是赶紧做事吧，把钱转移了，就把那个箱子扔了，你也赶紧跑路。我们是在犯罪，够我们坐几年牢的，你想去坐牢吗？"

陈民收敛起了那份得意，用黑色垃圾袋装了里面的钱，又把垃圾袋放进编织袋里。

柳箸很快将车开到了一个偏僻的地方，陈民戴着手套，将放着干扰器的箱子扔到了巷子里的大垃圾集中倾倒箱里，这个地方自然也是柳箸选好的，已经来考察过了。

陈民扔了东西后，柳箸开着车继续走，陈民在下一个垃圾集中倾倒箱处扔了自己的平光镜和外套鞋子，然后换上了新的衣服。

这下子，他觉得已经安全了，那份得意又升了上来，喜笑颜开说："小柳啊，要是在更乱的社会里，你这样，简直可以做女老大嘛，要是你做老大，我肯定跟着你干。"

柳箸面无表情，语气平淡地说道："你知道吗，在美国，很多起无法破获的案件，后来都是因为凶手忍不住，得意地向身边人炫耀，以至于被破获了。陈叔，你要是将这事对别人讲，那你就只有一条路走了，那就是死，你进监狱了，我敢肯定，高士程也有办法找人杀了你。失败男人的缺点就是做成了一点事就容易得意忘形，所以，成绩就只有那么一点。"

柳箸的冷水泼得陈民兴致缺缺，不再得意。

柳箸将陈民送到了客车站，陈民一副民工打扮，背着那个结实的编织袋，又提着一袋衣服，上了一辆客要满的黑车，先坐到临近县城去，再转车离开。

赵阿姨已经在两天前就被他骗回了娘家，是在一个比较偏僻的小县城里，他去那里和她会合。

柳箸开着车在城里四处转着，直到傍晚时分才把楚未这辆他很少开的车开回了他的车库。

柳箸将车停进车库，坐在里面发呆，直到非常饿了才提着包从车里出来。

刚从车库离开，她的手机就响了起来。楚未抱怨说："宝贝呀，你手机怎么了？"

柳箸："我关了机，现在才开。你吃饭了吗？"

楚未这几天在B城，他父亲身体不太好，前几天他回S城后，就又回去看看。

楚未："还没，你多吃些吧。我发现你最近又瘦了，都能摸出肋骨，你说我多可怜，抱着的老婆都没几两肉。"

柳箸嗔道："我又没减肥，我有好好吃。是你思想猥琐，你想怎么样，我去隆胸？"

楚未说："我没这个意思嘛，你总误解我。再说，我又没觉得你胸小，你发现没有，你身上别处没有长肉，胸却大了半个杯。这个肯定是我的功劳了。"

柳箸："……"

柳箸在无语之后骂道："再胡言乱语试试！下次回来了睡沙发去。"

楚未只得苦哈哈说："你真太凶了。"

柳箸哼了一声不应，楚未又提道："高士程和钱阿姨闹崩了的事，你知道吧。钱阿姨去告发了他，但这事被压了下来。我大哥现在很关注这件事，他说他当年同你爸爸关系不错，我想我应该能从他那里问出些什么来告诉你。"

柳箸心想她已经确定了高士程是凶手的事，还是说："谢谢你。"

楚未："你不要太担心，我这次一定给你带回有用的消息。"

高士程从回来的保镖和杀手那里分别得到了当时的信息。

前去拿钱的人，有人接应，对方是深思熟虑策划好的，所以他们想抓住对方而没有得手。

高士程问："不是在两个箱子里安装了定位器和录音器吗？"

保镖说："他们用了屏蔽器和干扰器，没有办法追踪。"

那杀手吃这碗饭有好几年了，观察敏锐，注意到了那辆迈巴赫，就提出了这个疑点："当时我追着那个人跑下天桥，就失去了那人的踪影，但看到一辆迈巴赫开过去，我怀疑是那辆车。但那辆迈巴赫，没有六七百万是买不下来的，我才没有怀疑，怕惹错了人。之后越想越觉得那辆车可疑。"

杀手干的是掉脑袋的活儿，不大好惹太有背景的人，开迈巴赫的人，他深知对方不可能无钱无势，贸然去惹，肯定不明智。而且，他当时觉得，开迈巴赫的人，会来贪这个老板的一百万吗？有了这个观点上的盲区，他当时更不可能去怀疑那辆车。

高士程因杀手这句话，更是怀疑和忧虑起来。

这次不是普通人在威胁他整他。但到底是谁？

高士程不怕钱女士，但怕这个暗地里给他使绊子的人。

高士程有了猜测，从可靠的人那里得知楚骞去找过当年建华集团的卷宗后，这种猜测就更被他坐实。

对楚骞来说，要他将自己当年所做的会影响他政途的错事告诉他人，这并不是一件易事。

他是一个意志坚定的人，知道自己想要什么，其他人的观点很难动摇他。

柳箬从B城回了S城后，和杨眉联系非常频繁，经常互寄礼物，并打电话谈家常。

杨眉感受得到柳箬对她的讨好，她知道柳箬不过是因为和楚未相爱，想做楚家的儿媳妇才讨好她。

杨眉是灰姑娘嫁给王子，所以自觉特别能体会柳箬的那种心情。

楚骞是个节俭朴素行事谨慎的人，杨眉和他谈恋爱开始，就知道，他没有做出过任何对不住他职务的事情，他清正廉洁。一个出生权贵家庭的男人，却能够吃苦耐劳，并不是一件容易的事，只能说明他所求甚大，生活上的优越，金钱的满足，都无法和他所求相比。

杨眉知道自己懂他，她和他一样，简朴勤谨。

杨眉跟着楚骞，绝没有突然就过上高人一等的生活的感觉，他们反而过着这个世界上最普通的日子，但在外人眼里，她是飞上枝头做凤凰。

而最初要飞上那枝头，还经历了那么多心酸。

楚未同样作为楚家子，柳箬只是一般人家的女儿，再说公公婆婆不认同柳箬，甚至她的老公也不认同，只有她对柳箬有接受的意思。柳箬怎会不像抓住救命稻草一般地抓住她？

在受过柳箬那么多关心后，她不得不在一个夜晚问了刚刚心满意足的老公："楚骞，你为什么抵触柳箬？我觉得她真是个好女人，而且和楚未相爱。你看看楚未，自从和柳箬在一起了，给家里打电话的次数都多了，也没谁说他在外面乱来。他在事业上有进取心，又有了家庭观念，知道为他人着想。一个女人配不配一个男人，不在于其他，让一个男人能够因为她变得更优秀更好更热爱生活，那么，这个女人就是这个男人最好的最般配的女人了。这些话，是你曾经对我说过的。我觉得柳箬对于楚未的意义，便是这样，为什么你在公公婆婆面前总说柳箬和楚未在一起不好？你知道公公和婆婆都很信服你的话，他们相信你，你却说这种话，我真的不能理解。"

楚骞本来搂着老婆要睡，听她这一大席话，他沉默了好一阵才说："我说了，让你不要收柳箬那些好处，你不听。"

杨眉笑了一声，说道："我让她不要破费，但她在网上买了寄到我这里来，我难道不去签收让退回卖家那里？再说，都是些便宜的东西，这难道算行贿？要说行贿，那我也对她行贿了，我给她买了一套茶杯，上次我们去太行山旅行求的佛珠手串也给她了，我和她好，难道不是你和楚未两人好吗？和妯娌打好关系，不应该？"

楚骞叹："你呀，就是心软。"

杨眉说："我才不是心软，我就是个普通女人。你就不能同我说说，你为什么讨厌她吗？"

楚骞有些烦躁，但他不会向老婆发脾气，过了一会儿，他就翻过了身躺平，眼睛在黑暗里望着头顶的天花板，说："我不是讨厌她。我只是不希望楚未和她牵扯到一起。这个女人，真的不一般，心术不正。我已经提醒过楚未好几次了，楚未不听，一味觉得他那宝贝疙瘩好，反而是我犯了大错想要欲盖弥彰。"

杨眉一愣："你不说她哪里不简单，只是泛泛而谈，我哪里明白？要是你是指柳箬给我买东西这件事，那我根本不敢苟同，我觉得这只是简单的人际关系，她懂得如何关心人，如何和人处好关系，这是优点，如果连这种优点都被说成不简单，心术不正，那你要让我怎么想？反而是那种什么礼貌都不懂，直来直去噎死人不偿命的人，更加好一些，惹人喜欢一些？"

楚骞只得回答她："我当然不是这个意思。我是指，她这个人，目的性特别强，不达目的不罢休，什么手段都用，心术不正。"

杨眉说："我倒没感觉出来。我的确看出她这人坚韧又目的性强，但哪里看得出她心术不正？"

楚骞听她要一直和自己辩论，就只得又翻过身来，将她搂进怀里，说："大晚上，好了好了，老婆，睡吧，不要总说她。"

他虽然这样说，但在杨眉睡着后，他却并不能入睡。

最近这段时间，他想了很多，有关建华集团当年的事，以及这件事翻出来对自己仕途的影响。

他那时候刚大学毕业，分配了工作，在机关下面做事，这时候，他的爷爷已经为他规划好了未来，爷爷希望他能够先在下面好好干，积累人脉和经验资历，然后一步步地往上爬。

他的爷爷是个老革命，目光远大，高瞻远瞩，时至如今，楚骞才明白他爷爷为他规划的道路，是最好的路。

但楚骞在最初走岔了。

而且他是故意那么做的。

他太年轻气盛，去走一条被人规划好的路，让他觉得没有意思，没有挑战，他脱出了那个可以一直往上的轨道。

正好，他那时候认识了魏常平的弟弟魏瞻平。

魏瞻平在社会上打拼多年，见识广博，这吸引住了楚骞。

魏瞻平说他有一个贸易公司，问他要不要参股。楚骞被家里管得很严，囊中羞涩，哪里有原始资金，但魏瞻平说没关系，他给楚骞技术入股，所谓技术入股，其实就是人脉入股。

楚骞成了建华集团的股东，他靠着家里的关系，为魏瞻平牵了不少线，认识了不少人，那些人看着楚家的关系和面子给予魏瞻平便利。楚骞其实那时候就知道，魏瞻平在背地里走私，但他当时并不觉得这有什么，他心安理得地拿了魏瞻平给他的分红，靠着这些钱，他过了一阵一掷千金的生活。

但随即，国家开始大规模清查走私，严厉打击，不少走私团伙都被抓了做典型，从重判刑，枪毙了一大批人。

魏瞻平当然赶紧收敛了，楚骞也发现了事情不妙。

而建华公司这时候被人举报了，证据确凿。当时并不知道举报人是谁，只是能够通过那些证据推测是内鬼，据楚骞猜测，他觉得那人是柳霁。

柳霁没有参与公司背地里的走私，但他既然是建华集团的经理，人又那么聪明，怎么会发现不了痕迹？而且，他慢慢搜集到那么多证据材料，即使至今，楚骞也佩服他的沉着冷静和做事的果决，丝毫不留情面。

楚骞有些恨当年的自己不够沉稳，他向魏瞻平分析了自己的猜测，将内鬼指向柳霁。按照他的意思，给柳霁一笔钱封口，魏瞻平当时也这么答应了。他说，他回去和柳霁谈谈，但第二天，就传来了柳霁跳楼自杀的消息。

楚骞不需要动脑子就知道是魏瞻平杀了柳霁。

但他为了自己，不能去举报魏瞻平为柳霁讨回公道，不仅如此，他还必须平了建华集团的事。

他被下放到基层工作学习，他父亲一向不管他，爷爷又因为身体差而暂时放松了对他的管教。在建华集团走私被立案时，他们才得知了这件事，而且知道楚骞参与其中。

爷爷被气坏了，父亲也恨不得把他抽死，他在家以"养病"的名义被关了三个月，其间挨了不知道多少打。那时候的楚骞甚至觉得家里过分，他的有些小伙伴，在外面自己搞皮包公司，倒买倒卖，赚出了金山银山来，玩得那么疯，家里也不管，闯出大祸了，家里也帮忙解决。只有他家里，出这么点事，就要把他打死。

他觉得爷爷和爸爸都没有人情味，不把他当楚家子孙，只是喜欢楚未。

有了后妈就有后爸，果真是这个道理。

他不服家里，在三个月后，出来重见阳光，他得知建华集团的事情已经解决了，走私案被压了下去，以柳霁虚报货物夹带私货走私结案。魏瞻平因为涉嫌事情太多，所以他跑得无影无踪。

事情解决就好，楚骞当时并不觉得这件事是什么大事。

只是想到死去的柳霁，他心里很不舒服，因为当时，他很喜欢柳霁。柳霁是个很有人格魅力的人，他喜欢听柳霁说话。

之后，他通过关系，找到柳霁的墓地去送花。坐在他的墓碑前面，天上流云飘散，云淡风轻，他看着柳霁墓碑上的照片，心中才有了悔意。

之后很多年，他去过柳霁的墓地数次，每次去心情都不一样，年纪越大，心情越沉重，时至今日，他已经非常后悔当年的事，也觉得对不起柳霁的遗孀和女儿，但他走了一条不能有污点的路，所以，只能不断掩盖那个污点。

钱谦桦将高士程原来的身份披露出来后第二天，楚骞就知道了这件事，他是个聪明人，根据蛛丝马迹，他断定，柳箬在背后操控了这件事。

不等楚骞找上高士程，高士程来找他了。

高士程故意将车停在他单位前面不远处等他，他加完班正准备去乘车回家，就被高士程的保镖叫住了，对方非常恭敬地向他打招呼："楚委员，您好，高先生想请您去谈一会儿话。"

楚骞看了一眼不远处的车，眼神冷静中带着将人看透的锐利。

他走到那辆车跟前，车门打开了，高士程从车里下来，和他握手："老弟高升了，我一直没为你庆贺恭喜你呢。"

楚骞含笑道："我不可能身处其位，反而违反纪律，所以还是算了。"

高士程："上车说话吧。"

楚骞："就站在这里说就好，不知道你有什么事？"

高士程脸上带着笑意，眼神却冷："小楚，你知道，我一直把你当亲弟弟，你现在这般出手，让我心绪不宁。我就是个光棍，大不了又跑一次，而你，家业都在这里，又升官不久，恐怕做不到我这般洒脱。"

楚骞的站姿丝毫没变，表情也没变化："二十年前的事，你觉得可以影响我，那你随意就好。你知道，我被威胁惯了，上一个威胁我的，比你可有能耐多了，他现在正在牢里。"

高士程看了楚骞一阵后，笑："楚老弟，你我井水不犯河水，你何必突然这样揭我老底？"

楚骞没将柳箬的事说出来，只是道："我只是不喜欢被人威胁的滋味而已。"

高士程有些不明白了，恼道："你这是欺人太甚，我自觉待你不差，哪里惹了你？"

楚骞却没应，反而道："你若是要揭我二十年前被你引诱做下的事，现在就可以随我一起回单位，反正只是几步路，很近。"

高士程恼恨地上了车，保镖赶紧跑过来坐上了驾驶位，高士程道："开车吧。"

楚骞看了一眼绝尘而去的汽车，继续往公交车站走去，心想本来准备去买辆代步车，看来要推后了。

楚骞厌恶高士程，第一是他当年把柳霁推下楼的事，第二是他借由自己利用楚家解决当年建华集团的事，更甚者，他回国后还经常找他办事。

楚骞早不是当年那个张狂没心眼的小子，再不会受高士程蛊惑利用，但高士程一直在无形中借二十年前的事敲打他，越发让楚骞忍无可忍。

这件事，该有个了结，不然就像在埋着地雷的路上走路。

高士程坐在车里，一向老谋深算的他，此时也控制不住情绪焦躁了。

他前妻钱谦桦撒泼的时候，他只是愤怒，还不至于焦躁，但现在，他知道事情已经无法被他控制，怎么可能不焦躁？

高士程痛恨楚骞翻脸不认人，但也拿楚骞无法。而且他坐到了现在的位置，也不是人人都能惹的。

他只得给他的亲大哥打了电话，找他出面帮忙同楚骞谈一谈。

毕竟他和楚骞真的闹翻，那是两败俱伤，有什么好处？

魏常平接到高士程的电话，听他说了事情后，便道："你最好先安抚好钱谦桦和魏涟，把他们送出国，他们不在后面揭你的短，你这件事就好办很多。楚骞那里，我去同他谈一谈，他不至于要置你于死地。至于你说楚家现在在暗地里专门对付你，我不大相信。楚老生病，我前两天才专程去看了他，他对我很亲切。"

高士程说："这件事，我也想不通。"

魏常平："你说有人威胁你当年的事，从你这里敲走两百万，具体什么情况？"

那天在地铁站外面，有人掀翻了装有大量钞票的箱子，百元钞票散落满地，当天下午就见诸报端了，高士程的那个保镖被人拍了下来，照片卖给了报社，网络上将这件事传得沸沸扬扬。所以魏常平对这件事比较关注。

高士程将这件事向魏常平叙述了一遍，特别说了有关那辆迈巴赫的事："我让人去查了，楚家老三楚未前两年买过一辆，那辆车是他的。"

魏常平说："楚家人，何必贪一百万？"

高士程："是，我也这般想。所以越想越想不通。"

魏常平："恐怕有人想让你和楚家反目。楚老马上就要退了，楚家老大已经上来，现在才刚四十出头，就坐在那个位置上，即使是我，也不敢得罪他。你和他把关系闹僵，以后怕是不好做。"

高士程："所以要靠大哥你帮我和楚骞转圜。"

魏常平："你态度就不对，他现在虽然穿布衣乘公交，你想想他的家世，他以前嚣张的时候是什么样子，就该知道，他们这些公子哥，骨子里骄傲到顶了。你还去和他说那些话，他怎么会睬你？连我都得把他捧着。"

高士程听大哥一番教导，心平气和了很多，然后想，到底是谁在后面想让自己和楚家闹翻。

他在商界打拼，至今树敌不知多少，但想了一圈，也不能确定对手是谁。我在明，敌在暗，这种感觉太糟糕。

他最近诸事不顺，儿子魏涟的事，钱谦桦和他闹崩，任惜被姓钱的撞得流产……

他无论如何没办法将这些事的罪魁祸首想到柳箸身上去，因为柳箸是学术派，单纯，文雅，又是个女人，和他无冤无仇，怎么可能会害他？

到最后，他依然一头雾水。

楚未比起楚骞，时间上要灵活一些，在父亲住院期间，多是楚未在医院。楚骞则按时上班，而且他马上就要被外派，他并没有因父亲住院的事而申请留在B城。

楚骞叫了楚未从病房出来："老三，我有事同你讲。"

"哦。"楚未淡淡应了一声。

楚骞："我们下楼说。"

楚未随着楚骞下楼，楚骞去了楚未的车边，楚未跟了过去。上车后，楚骞从包里拿出一个仪器在车里检测了一遍，楚未好笑地说："你在做什么呢，还怕我这里面被安装了微型录音器？"

楚骞对这些很敏感："你还真别这么讲，现在这方面科技发达，没什么事做不到。"

楚未对楚骞开玩笑："那我这里面有没有被人动过手脚？"

楚骞："没发现。"

楚未身体往椅座上一靠："没人敢，之前才做过检测。"

楚骞开了屏蔽，防止窃听，同楚未说："我看你被柳箬指使得团团转，就想，还不如把当年的事讲给你听，免得你胡思乱想，还被她误导，认为你的大哥十恶不赦。"

楚未本来一副吊儿郎当的样子，此时郑重了起来："你对柳箬有偏见。我说了，查当年的事情，不是柳箬让我去做的，甚至她根本没让我帮忙，我说我要帮忙，她也拒绝我。而且，她从没在我面前说你，她根本没有误导我什么。你不要把罪名往她身上推。"

楚骞没因他这话动气，说："她越拒绝让你帮忙，你越帮得起劲儿，不是吗？她越不在你面前提起我，你越怀疑我，不是吗？你又不是蠢蛋，你不明白她这一招的厉害之处？"

楚未黑着脸说："我明白个鸟。那她要是哭着闹着要我帮忙，在我面前挑拨我们兄弟感情，你又要说她这人其心可诛了。她无论做什么，在你的嘴里，都没有好。大哥，你何必这么说你的弟媳！"

楚骞脸色变得不好看："你是被那个女人迷了心了是吧？"

楚未冷眼看着他，说："你要说什么赶紧说吧。以前我不觉得柳箬年幼失怙算什么，最近几天，我每天守在爸的病床边，想到他比我们先走，我心里就难受。我已经是三十岁的大老爷们了，尚不愿接受父亲先离开的事实，你说说柳箬，她那么小的时候，就没有了父亲。我记得她初中高中的时候，根本不会笑，一个人独来独往，单亲家庭的小孩儿，心里的孤苦，我想真的不好受。我替她查一查她父亲当年的死因，又算什么？那是她一辈子的伤痛，你却根本没放在心上，只觉得她在利用我。"

楚骞因楚未这话，有些被触动。

楚骞沉默了一阵，便说起当年建华集团的事，他在其中强调了几点，他最初并不知道魏瞻平是用他的关系走私，之后知道了，他以为那只是小打小闹，没有太在意。在被人告发的时候，魏瞻平激烈的言辞误导了他，他说了那个内鬼可能是柳霁。随即，柳霁在第二天就死了，而建华集团的事在他被关禁闭期间就被解决了，更多的事，他是不知道的。

楚未听后，怔怔道："柳箬的父亲没有参与走私吗？"

楚骞说："没有吧。魏瞻平做事谨慎，不会让不信任的人去参与这种事。而柳霁书生意气，让他知道这种事，你看，结果就是他从蛛丝马迹里发现真相搜集证据，最后不动声色地去把事情捅了出来。"

楚未说："也许不是他告发的。你们犯了罪，却责怪一个宣扬正义的人。还杀了他。"

楚骞本来坐得端正的身体慢慢靠在了椅背上，说："若是要怀疑柳霁是被推下楼的，那最大的嫌疑人便是高士程。还有，你的那个宝贝疙瘩柳箬，真不是一只单纯的小绵羊，你想想最近高士程身边的事，你嘴里我的这个弟媳都脱不了关系。是她让高士程和他前妻反目成仇，说不得，还是她让你的那个兄弟魏涟吸毒染上了艾滋病，不仅如此，高士程已经来找过我了。他来找我，很显然以为我在整他，谁误导了他的这种想法，是柳箬。你帮她调查当年的事，高士程会以为楚家在想整他。"

楚未的心沉了下去，他没有回答楚骞。

过了一会儿，楚未说："这些没有证据。再说，我是她的男人，不应该替她背负一些责任吗？你将这些说成她在故意利用我，我并不高兴。"

楚骞看着楚未："你是个痴情种子。"

楚未说："这不关痴情种子什么事，是个男人，都没有推卸的道理。要是嫂子她爸被人杀了，你会冷眼旁观她伤心地自己去找凶手，自己承担这些伤痛吗？你要是冷血到这个地步，我真不承认你是我大哥。"

楚骞说："你大嫂没有柳箬那种心眼。我的话，言尽于此。你好好照顾爸妈。"

楚骞说完，就下车要离开，他全程都很冷静，下车时却踉跄了一下，差点跌倒，扶着车门才站稳了。

楚未知道他心里一定不像表面这么冷静。

而楚未自己也是，他的心里不像表面这么镇定。

现在四月底，柳箬曾经说过，她要在五月出国去德国做博后。楚未在等，等柳箬和他谈起这件事，谈她是否真要出国？她出国了，她希望他怎么样，他要不要过去陪着她？

他不主动问，是希望柳箬能够主动提，毕竟两人走到现在这一步。只要柳箬提这事，他就决定同她求婚。他一直认为，他们即将走入契约一生相守，难道这一切，都只是他剃头挑子一头热吗？

楚未在车里发呆了近一个小时，之后回到病房外的待客室，楚骞正和他妈妈说他要外调的事。又强调："以后就要多靠楚未照应家里了。"

楚老爷子是高血压高血脂，还有糖尿病，家里十分担心他，而他也自认为自己不能继续工作了。在大儿子已经成器的现在，他几乎放手了所有工作，虽然还在其位，其实已经没管事，只等着几个月后自然退休。

楚老爷子出院了，楚未就说自己有事要办离开了，他这阵子不仅要处理公司的事情，还要招待那些前来探望老爷子的客人，楚妈妈看他忙得团团转，心疼儿子，就说让他好好休息，不要把身体累坏了。楚未只想回S城找柳箬确定事情，他一直忍着没在电话里质问柳箬，就是想听她当面解释。

第九章

情

魏常平联系了楚骞，楚骞一向话少，不动则已，一动往往惊人。

魏常平明人不说暗话，做着说客，希望楚骞不要把高士程之前的话往心上放，希望他能够宽宏大量。楚骞则说，高士程并没有得罪他，而即使高士程得罪了他，他也一直从无私心，不会因为私人恩怨做出什么不当行为。

魏常平知道楚骞这样说，是还在介意，又说了很多关系亲近的话，但楚骞并没有松口。

魏常平和他挂了电话之后，转头给高士程打了电话，说楚骞油盐不进的事。

高士程说："楚老爷子已经退了，身体又不好，楚骞没有从政，楚家二房，早就不成气候，我们难道怕了他们？"

魏常平说："你这话也就说说，楚家是瘦死的骆驼比马大。楚家老爷子那一代起，积累了多少人脉，楚家现在虽然不显山露水，但我们哪里敢得罪。你看看楚骞，这些年来，做事滴水不漏，官做到他那个位置，每天挤公交车的有几个？可见他的心有多大！"

高士程："既然他心这么大，还敢把我之前的事抖出来？"

魏常平："我也想不明白。"

两天后，两人就懂了。

高士程被秘密带走，连魏常平也没有打探到他的消息。

楚骞在和楚未谈完话的第二天，向上级提交了一份自查报告，里面详细介绍了二十年前，他如何与魏瞻平结交，并被诱导到他的公司去兼职，之后建华集团却涉嫌走私。他得知这件事后，就将自己收集到的走私材料拿去让当时和他关系较近的经理柳霁前去秘密揭露了此事，后来建华集团走私案被立案，柳霁被人杀死，死后却背了黑锅。他因为之后要为政途着想，没有站出来说话，但他在这二十年来，一直受此事的折磨。这些年来，他一心为党为人民，不曾再犯错误，但这并不能让他的心好受一些，他觉得对不起党和人民的重托，所以，他检举自己。

这份自查报告让他的上司眉头紧皱，因为现在正是楚骞发挥作用做事的时候，却出了这种事。

楚骞被关押了起来，没有回家。调查在紧锣密鼓地进行，最后这事被认定为高士程，也就是之前的魏瞻平有胁迫楚骞的可能性，楚骞以这种自查行为对抗对方的威胁。

楚未回S城这一天，S城阳光明媚，天空蔚蓝，碧空如洗。

柳箬亲自开车到机场来接了他，而不是让鲁项前来。

柳箬站在贵宾通道外面，她的头发长得很快，过年前剪的，现在已经到肩膀下面。她总算受不住小可的推销，把头发稍稍染了染，变成了深棕色，化了淡妆，穿着酒红色连衣裙，半高跟鞋，手里提着银色的小包，静静地站在那里。

楚未拖着箱子走出来，第一眼便看到了她。

柳箬对他笑，这次楚未没有上前将她抱住，他甚至想要对柳箬更加冷淡一些，但是，柳箬的笑容让他没有办法对她表现出疏离，他不由自主地笑了："不忙吗，专程来接我。"

柳箬上前挽住他的胳膊，眸光如秋水，顾盼而有情："即使忙也要来接你，难道你不高兴我来接你？"

楚未因她这话又高兴又心酸。

他笑问："你说我高兴不高兴？"

柳箬笑着，眼睛不时地看他，两人前去地下停车场，柳箬看楚未兴致不大高，就说："把箱子给我提吧，你最近照顾你爸，肯定累到了。"

楚未真把箱子给她，看她提上后，他又抢了回来，说："哪有让老婆提箱子的！"

柳箸说："我和你，哪儿跟哪儿？"

柳箸做别的事总是非常细心周到，但每次在机场地下停车场总搞不清楚方向，总是忘记车被她停在哪里了，找了好一会儿才找到，她对着楚未歉意地傻笑："下次再不会忘了。"

楚未对着这样的她，完全没有抵抗力。坐上车后，本决定要疏远柳箸的他，却不由自主凑过去捧着她的脸亲她。

但他没说"我每天都在想你"。

柳箸被他亲得满脸发烧，总算把他推开："赶紧系安全带。"

这是柳箸的车，楚未道："怎么不开我的那辆迈巴赫？"

柳箸愣了一下，发动车小心地开了出去，说："要是被刮蹭坏了，不是坑了保险公司吗？"

楚未又问："你上次用我的车做了什么，你不开来我看看？"

柳箸瞥了他一眼："楚未，你听听，有没有觉得你说话阴阳怪气？"

楚未面无表情，没应。

柳箸问，"你回你自己家，还是去我那里？你那边，打扫清洁的范大姐，每个星期都去打扫一回的。"

楚未不知道，柳箸是本身就这么没心没肺，还是她就有这么强大的心理素质和这般好的演技，在策划了那么多事情后，能够做到什么事都没发生过。

他说："去你那里吧，我之前同你说过，我大哥会和我说他当年在建华集团知道的一些事，我正要告诉你。"

"哦。"柳箸应着，没有高兴，只很平常的一声回答。

楚未说："你怎么不想听的样子？要从我大哥那里撬出话来，可不容易。"

柳箸："谢谢你了。但你过了这么两天才告诉我，可见大哥并没有说什么特别的话，不然你早告诉我了，你知道我一直在等着。你不会故意让我着急。"

楚未伸手摸了摸柳箸放在方向盘上的手："对，我哪会故意让你着急。"

柳箸似乎明白了什么，之后不再和楚未说笑，专注地开车，车在小区外面停下后，柳箸说："你等一等，奶吧里出了新品种的酸奶，很好吃的，我去买。"

楚未坐在副座上，看柳箸下车进了奶吧，阳光映在她高挑窈窕的身姿上，她就像一朵悠然开放的花，不需要人欣赏，她也自在地盛放。

楚未想，只要看着她，就足以让他一生沉迷，她对他笑，就足以让他为她抛掉所有。

但她这样孤清，看似和他亲密，又决然地把他阻挡在她的世界之外，让他非常心痛难受。

柳箬回到车里，要是往常，她一定将买的两盒酸奶递给楚未，让他拿着，但这次她将酸奶放在了车前面，对楚未客气地说："买的人太多，排队结账，让你久等了。"

楚未看着她笑，没应。

回了家，柳箬将酸奶放在茶几上，问楚未："你要先洗个澡吗？"

楚未说："不用了，现在又不是上床的时间。"

这个"上床"，当然不是指上床休息，再说，他的语气里带着让人难以忍受的不舒服感。

柳箬因他这话一愣，瞪大了眼看他，她明亮的眼睛，变得更加幽黑，像是一口幽深的古井，光芒渐渐离开，变得更深。

柳箬深吸口气，勉强露出一个笑容："有什么话，你就直说吧。"

楚未见柳箬那勉强扯出来的笑脸，心里就更难受了，他觉得这个身体不是他的，而且这里也不是他熟悉的柳箬的温馨的家，而是一方他从不曾涉足的地狱。他听自己说："其实也没什么好说的。我就是想问你，你这一直以来，到底把我当什么？你真的爱我吗？还是只是为了利用我，勉强自己，甚至勉强你和我上床。"

柳箬嘴唇动了动，神情些许恍惚地看着他，过了一会儿，她才发出了声音："我……我……"但到底要说什么，她自己也不知道。

楚未深吸了口气，笑着说："好了，不用说了。你只告诉我，你要不要听我大哥对我说了什么？"

柳箬静静看着他，没发出声音，没说要听，也没说不听。

楚未扯着嘴角，强撑起笑脸，让自己显得无所谓。

他这个样子，让柳箬想到去年第一次见到他时，他将谷雨嫣推倒在地上，像是愤怒，其实不过是无所谓的高高在上的鄙夷。这就是真正的他了，初中和高中时候，他也这样，他骨子里从来都自带着这种傲慢。

柳箬对着这样的他，实在说不出什么来。

在机场，楚未第一眼看到她时露出的迟疑和疏离的眼神，就让柳箬明白了，两人走到了这条路的尽头。从此，他们的路将分开，一个往左，一个往右，不会再相交。

楚未抬起手，又把手放下，言简意赅地把楚骞对他说的柳箬父亲的事说了，然后道："我大哥应该没有骗我，事情就是这样。我既然答应了你，总要办到。"

"谢谢。"柳筶的声音低沉中带着一丝嘶哑，简直不像她发出的。

楚未说："不用谢。是我没有用，没有早早就把这些查清楚，害你亲自出手，把高士程一家折腾成那样。只是，我实在不明白，你怎么让魏涟吸毒的？还让他感染上艾滋病？他好歹对你没有歹意，你倒狠得下心，让他死也要窝囊地死。"

柳筶静静地看着他："我没有，魏涟自己不自爱能怪谁。不过那艾滋病的事，倒可以放心，他应该没有感染艾滋病，他的样本被污染了。你知道，精神的力量很强大，魏涟自认为得了艾滋病，他把自己折磨成了那样。不过这也好，经过这次的事情，他以后一定会好好做人了。也不亏曹巍那么爱他。"

她的声音像古井之水，毫无起伏，楚未听着她的叙述，也很平静，听完后，他含笑点头："看来女人果真要比男人心狠多了。我每次都记吃不记打，次次被人玩弄，还愿意相信女人柔弱善良单纯。"

柳筶低低地说："对不起。"

楚未深吸了口气，只有这样，才能让他泛热的眼睛变冷，他又道："筶筶，其实吧，你这样子，我……"他的声音有些哽咽，他觉得自己要说不下去了，但他强忍着，让自己说下去，虽然这只会让他在冷血的柳筶面前显得弱势，像他在恳求她似的。"我并没有因此讨厌你，不爱你，不过，你真的太伤人了。你这个人，就没有心似的，我无论做什么，好像都无法捂热你。当然，也可能是你根本就没有让我接近你的心，你说我隔得这么大老远，我怎么捂热你呢？你借着我，干那么多事，你也没有知会我一声。你要出国，你提都不在我跟前提，我还想着你愿意和我结婚，其实，你想都没想这个问题，是不是？你把我玩一票就跑路，是不是！"

他说到后来，几乎在呕心沥血地吼了，柳筶再也忍不住，眼泪哗啦啦地流，她身子无意识地自动走上前去，把楚未紧紧抱住："我没有，我没有。"

"你放开，我以后都不想看到你了，"楚未不知道自己到底是要什么结果，其实，下飞机的时候，他没有想要分手，也没想要和柳筶闹得不开心，他不忍心让柳筶难受。但怎么就到这一步了，简直像是不可解的，"你简直比谷雨妈还要恶心我。"

他推着柳筶，但柳筶死死抱着他不放开，可这最后一句话却让柳筶迟疑了。她不知道自己为什么要迟疑，她松开了手，楚未的力气可不小，将她推了出去。她精神恍惚，跌跌撞撞地往后退了好几步，撞在了身后的茶几上，她一声惊呼，身体倒下时又在茶几上撞了一下。

这只是眨眼间的事，但对她，就像是慢动作，她的心也痛身也痛，脑子完全不能思考。她倒在地上，肚子开始绞痛，她想要翻身，不想看楚未。

楚未却惊住了，他没想把柳箬推倒。

他下意识冲上前去，要去扶她："箬箬，怎么了，没事吧？"

柳箬在转瞬间汗如雨下，身体蜷缩。

她不知道自己发生了什么事，眼前一阵发黑，楚未知道她是真的撞痛了，将她抱起来的时候，手上摸到湿的，他便愣了一下，抬手看了看，发现是血迹。

他有一瞬的恍惚，无法明白这到底怎么了。

柳箬要痛晕过去，他颤抖着手给救护车打电话，又赶紧抱着她出门下楼，他嘴里无意识地絮叨着："宝贝，一会儿就好了，一会儿就好。"

坐在手术室外，楚未很茫然，他打电话叫了柳妈妈来，柳妈妈来后一脸凄惶地看着他："怎么就流产了呢？"

楚未实在说不出他把柳箬推得撞在桌子上的事，他自己都很迷糊当时的事了，柳箬把他抱得那么紧，他怎么狠心，把她那么用力推开。这些事，似乎都不是发生在他和柳箬身上的，他无法接受这个结果。

楚未无颜见柳妈妈，柳妈妈看他精神状况很不对劲，就说："你别想不开，别想不开。"

楚未张了张嘴想说点什么，但却像丧失了语言功能，什么也说不出，他一脸恍惚看着柳妈妈，眼神凄惶，像个被抛弃的小孩。

柳妈妈何曾见过这样的楚未，楚未一向处事有条有理，镇定大气，是个成熟稳重的大男人，现在却这样。

柳妈妈因为柳箬的事心里也非常难受，但好歹能安慰楚未几句："楚未啊，不要多想，孩子都是要有缘分才有的。缘分到了，就有了。以前我生箬箬前，我也曾怀过一个，但我不知道怀上了，就去参加单位里的跳绳比赛，哪里想得到，跳个绳，把孩子跳没了。所以之后又有了箬箬，我和她爸都特别小心，生怕又出了事。"

楚未张了张嘴，发现自己还是说不出话来，柳妈妈的手机响了，她不得不接电话，是袁叔打来的，他问是在几楼，柳妈妈去电梯那里接了他。

他一脸担心："怎么就出了这种事？"

柳妈妈说："楚未难受得很，你去了不要多说。"

袁叔叹气："我知道。"

柳箸从手术室里出来时，就有了意识，但她无法睁开眼睛，也无法动弹，她知道自己身边有谁，听得到他们在说话，她大脑还迷糊着，但也渐渐可以思考。

她至今都不知道自己身上到底发生了什么，只是记起当时撞在茶几上，冲击力很大，她当时痛得受不了，然后就没有了意识。

柳箸真正醒来，可以睁开眼看周围时，已是夜里。

柳妈妈坐在病床边，楚未去叫吃的去了，袁叔则回家去拿一些住院要用的东西。

医生说柳箸失血过多，住院观察两天较好。

楚未也是这个意思，因此柳箸就住院了。

柳箸眼神里带着虚弱，毫无光彩，嘴唇些许干裂，声音细小："妈……"

柳妈妈看她醒了，就问："喝不喝水？"

"喝。"柳箸答得干脆。

柳妈妈喂了她水喝，就开始安慰她："箸箸，没事的。你也知道，在你之前，我也怀过一个，后来没了，但你出生，不是也健健康康的嘛。医生说这次流产没什么的，不影响以后再要小孩儿。"

柳箸眼神迷茫地看着她，有点反应不过来，但随着她大脑运转，她就明白了，她流产了吗？

她不知道她怀了孩子，她之前一直有吃避孕药，到底怎么就怀上孩子了？

她恍惚和怔忡的脸，让柳妈妈更伤心，但她不能在女儿面前露出来，说："别多想了，你好好养着身体最重要，你和楚未都还年轻。你看我，和你袁叔在一起了，都还生了扬扬，是不是？"

柳箸勉强说："我知道，我们家的女人，基因都比较强大。"

柳妈妈嗔道："说什么基因，你好好休养着，先住院两天，再回去。你先去我那里住，滑胎也要坐月子的，不然这对女人身体伤害大着呢。"

柳箸没应，她现在还没有从自己流产了的事情里回过神来。

她觉得这一切就像个笑话，她和楚未在一起的日子，像个梦一样，最后就以这么一个笑话结局了。

她不知道自己是该笑，还是该哭。

楚未进来，他没想到柳箸已经醒了，和柳箸对上眼的时候，他无地自容地不敢和她对视，他把他的孩子给弄没了。

他至今无法接受这一点，他不知道该怎么面对柳箸。

柳妈妈想让两人独处，起身来，说："我说我回去炖鸡汤，你不让我回去，外卖什么时候送来呢？"

柳妈妈的话让楚未有了台阶，他打起精神说："马上就送来了。"

柳妈妈："那我出去看看。"

她走了，离开前用眼神示意楚未，让他劝一下柳箬，因为柳箬一脸怔怔恍惚，实在让人担心。

楚未在床边椅子上坐下，柳箬想要坐起身来，但是一动就觉得下面疼，楚未不让她起身，过去轻轻放好她还在打点滴的手："别乱动。"

柳箬无言，楚未也无言，楚未看着柳箬苍白的面颊，想伸手碰碰，柳箬却将脸偏开了。

楚未仰着头盯了一会儿天花板，才嘶哑着声音说道："箬箬，对不起，我没想到会这样。"

柳箬没有回应，楚未努力眨着眼睛，他多少年没有掉过眼泪了，但他此时实在控制不住自己，他继续说："等你好些了，你打我骂我都好，你不要伤心。"

柳箬转过脸来，发现楚未眼睛里是晶莹的眼泪，但他的声音反而那般镇定。柳箬觉得自己处在一处荒凉的沙漠，是无意识的行尸走肉，但她不想让楚未难过，不想让他来陪自己做行尸走肉，她说："你不要哭了。大男人流眼泪很难看。这事不能怪你，我当时不该去抱你，不抱你，我就不会摔跤，不会撞在茶几上……"

楚未听着她冷静的话，觉得她每一句话都让他自责，这份自责像刀子在割他，柳箬继续说："而且，这的确该我自己负责，怎么说呢，是我懒，吃完了避孕药没有去买，所以才怀上了。我之前没有注意，喝酒，吃避孕药。你也没注意，喝酒，抽烟，这样怀上的孩子，很可能是有问题的。这个胚胎有问题，所以我撞了一下，他轻易就掉了，即使没有这一撞，如果他有问题，也是怀不稳的，自然选择会让他掉下来。"

柳箬冷静地分析着，这反而让楚未更受不了，他说："你能不能不要说这种冷静的话！"

柳箬略带讥嘲地说："我就是这样的人。你想让我怎么样？抱着你哭吗？说，都怪你，你让我的孩子没有了。你觉得，可能吗？"

楚未像个傻子一样看着她，苦笑了一下，但是苦笑里，含在眼眶里的泪水流了出来，他的嘴唇动了动，声音轻得柳箬听不清："你的心在哪里？"

柳箬看着他的眼泪，咬住了下唇，楚未倒退着，默默走出了房间。

柳妈妈看楚未出去，想叫住他问话，但楚未脚步越来越快，飞快地走了。柳妈妈没能叫住他，只得进了屋来，她发现她女儿还是一副怔忡恍惚的样子，便说："楚未突然走了，到底怎么了？"

柳箬淡淡地道："没什么，我们分手了呀。"

楚未给她打电话说柳箬流产的事，也没有让柳妈妈这么震惊。她无法接受，失态地大声质问："为什么？之前不是……不是一直好好的吗？"

柳箬居然笑了一下："这有什么为什么？事实就是这样。"

虽然女儿才刚流产，但柳妈妈看她这毫不在乎的态度，依然想打她几下子，她浑身颤抖："柳箬，你和他在闹什么。你们，你们，你们……"

她不断喘气，像要窒息，柳箬吓了一大跳，不顾身体地强撑着坐起了身，赶紧给柳妈妈抚胸口："你不要慌，别慌，你气什么……"

所幸袁叔很快来了，他安抚住了激动的柳妈妈，从柳妈妈乱七八糟的叙述里，得知柳箬和楚未分手了。他也很震惊，因为刚才楚未还那么关心柳箬，因为柳箬流产悔恨痛苦，怎么眨眼间就分手了？

楚未这种女婿，说没了就没了，柳箬还能到哪里去再找一个吗？

楚未真的走了，不是躲在医院里的某个角落里疗伤，他刚下楼电话就响了，楚妈妈打来的，楚未强打起精神接听起来，楚妈妈带着哭腔："楚未，出事了。"

楚未："怎么了？"

楚妈妈说："你大哥被关起来了，说是他揭发自己，他二十年前涉嫌走私案。人已经关起来了，我们才知道，你爸爸得知后，开始还好好的，刚才就晕过去了，我们现在在救护车上。"

楚未惊住了，但经过了柳箬的欺骗和冷酷，他已经可以合理解释这件事，这事之前已经有了征兆，为什么他的大哥会像交代遗言一般地交代事情，为什么他将真相告诉自己……

他冷静地回答楚妈妈："我马上就回来。"

楚未走出医院大门的时候，回头看了看，医院里每一楼都灯火通明，他寻找着柳箬所在的窗口，但没有找到，他只得回过头，走入了医院前面稍显昏暗的大街，拦住了一辆出租。

柳妈妈觉得自己的女儿是一块坚冰，无论说什么，她都没反应，骂她，她没反应，问分手的原因，她也没反应。

柳妈妈只好给楚未打电话，她觉得自己是长辈，问问楚未原因，楚未说不得是愿意告诉她的。

但拨了好几通，楚未的手机都是关机。

她开始是在病房外拨打，后来为了照顾柳箸，就在房间里拨打了。柳箸声音弱弱的，但很清晰："不要拨了，他关机，就是不想接电话，你何必再黏着去问？"

柳妈妈没和柳箸说她在给谁打电话，听柳箸这么一说，她就更气："把楚未气跑了，你满意了？我真是弄不懂你，楚未哪点不好，你要这样折腾！"

她之前还心疼女儿流产，现在看她冷静的样子，又把女婿气跑了，虽然还是心疼她，但更想狠狠骂她。

柳箸没回答，目光幽幽地盯着天花板发呆。

第二天，柳妈妈发现柳箸睡的枕头全是湿的，才想，箸箸难道哭了吗？她整夜就在旁边陪床，没有听到声音。

柳箸在第三天出了院。五月十六，她从S城飞到K城去转机到德国，钱女士给她打电话："真要谢谢你，要不是你强行给魏涟抽血，把他打醒直面现实，他哪里会再检查，我们现在再等一个月又去查一次，医生说，要是再查出没有，那就是真安全了。"

柳箸说："哪里用谢我，这些都是魏涟自己坚强。再说，钱姐，你想想这期间你一直陪在他身边，照顾他，承受压力，和你的这些付出比起来，我们做的事，是连尘埃也不如的。"

钱女士说："谁让我是他妈呢！你去德国，他过一阵和巍巍那丫头也过去玩，到时候给你带些家乡的吃的，你保管爱吃。"

柳箸笑着说："谢谢。"

飞机起飞，柳箸看着车窗外的大海，有些恍惚地想，希望楚未再爱上的人，不会再伤害他。

柳箸到德国一个多月，已经熟悉那边的环境，她之前就认识这个实验室里的一个研究员，是个华裔，叫孟煊。对方在机场接她，又带她熟悉环境找房租车，帮了柳箸很大的忙。

柳箸在很短时间内进入了工作状态，开始她的课题。

正是课题的繁忙，可以让她不去想流掉的孩子和离开的楚未。

柳妈妈和她视频通话，把家里的情况絮絮叨叨地说了，至今她依然埋怨柳箸和楚未分了手。不过，她不再强求柳箸和楚未和好了，她给楚未打电话，楚未从没接过。她才明白，楚未恐怕比她女儿还任性，喜欢你的时候，就和你好，一旦分开，那就是对面相见不相识了，连她这个长辈，也是再不理睬。

柳妈妈因此很伤心，她那么喜欢楚未，一直把他当女婿，以为他和柳箸会修成正果。

柳箸说："你要把目光往前看，不要再去想那些无法挽回的事，越想越难受，难受之后，对你有什么好处？"

柳妈妈要被她这没心没肺的话气死："我这么大把年纪了，往前看能看的东西也都到头了。"

柳箸说："哪能，活到老学到老，世界广阔，怎么可能到头？等过一阵我得闲了，你来这边，我带你游欧洲。"

柳妈妈憋气地说："我才不想游欧洲，你什么时候把你的个人问题解决了，就是给我吃了人参果，我就哪里都舒坦了。"

柳箸："……"

袁思宜硕士毕业，袁叔去参加她的毕业典礼，典礼完后，他带着柳妈妈和袁思宜到K城散心。

正好LV专卖店里包打折，袁叔就要给柳妈妈和袁思宜买包。柳妈妈看最便宜的价格也不菲，不愿意要，两人拉扯来去，惹人侧目，柳妈妈因为尴尬就要出店子去，没想到一转头就看到了楚未。

她一愣，习惯先于理智出声了："楚未！"

楚未和一个素颜微胖的女人说话，此时被这一声叫得看向了柳妈妈，柳妈妈叫完就有些许不自在。楚未之前一直不接她的电话，现在遇到，叫他做什么，徒增尴尬。

没想到楚未在一愣后，已经对柳妈妈微笑着点头："阿姨，你也来K城玩？"

柳妈妈精神一震："是啊。我们过来玩两天就回去。"

她又看向楚未旁边那个女人，之前只是发现她微胖，现在才发觉，她应是怀孩子了，只是所穿裙子比较宽松，不太容易显出肚子。

柳妈妈无法接受这人是楚未的老婆，好在那位女士已经问楚未："这位是？"

楚未道："这是柳箸的妈妈。"

又为柳妈妈介绍："这是我堂姐。"

柳妈妈心里这才好受些。

　　楚未堂姐专程来这里购物，正好楚未在这边，就抽空陪她。她叫楚琦，长得和楚未并不像，因为怀孕，脸颊些许浮肿。

　　楚未站在一边等楚琦看包，又问柳妈妈买了吗，柳妈妈说在这里看好了，到时候让柳箬在欧洲买，说完后，就发现楚未本来还好的表情滞了一下，楚未的嘴唇动了动，勉强笑起来，问："柳箬……她过去还习惯吗，最近怎么样？"

　　柳箬二字，在他嘴里，又像回到了初中高中时代，因为它们代表着非常不一般的意义。每次说出来，都像是从他热腾腾的心里被一点点地挤出来。经过九曲十八弯的血管，几乎随着血液流遍他的全身，然后才从他的声腔里出来。他要多么困难，才能控制住这两个字在经历了这么漫长的旅程后不走调。

　　柳妈妈听得出楚未平静的话背后，其实有些不一样的东西，柳妈妈也伤怀楚未和柳箬成了陌路，她说："过去了，每天忙项目，说是连街也没去逛过呢。"

　　楚未又笑了一下，想说什么，但嘴唇动了动却没出声。

　　柳妈妈没买东西，楚琦有看上包，但也没买。

　　楚未提议去吃这边一家不错的茶餐厅，柳妈妈实在不好拒绝，就去了。

　　楚未这时候已经一如最礼貌周到的子侄辈，非常照顾人，但他的这份礼貌周到，也让袁家人感受到了他的疏离，以前的楚未和他们之间的感觉，不是这样。

　　楚未在半途去了洗手间，在洗手池边点了一支烟，之前一直强打起的精神和露出的笑脸已经没办法再强撑，他眼神落寂地吞吐着香烟，直到几乎烧到手，他才回过神来。

　　他从洗手间出来，发现袁思宜站在外面等他。

　　楚未也算万花丛中过，袁思宜的心思，他怎会不明白。所以，越是这样，他越不会和袁思宜有任何一点多的接触。

　　他对袁思宜没了在柳妈妈面前对她时的作为兄长的关照，只是淡淡看了她一眼就走了，其实这才是真正的他，对于不在意的人，他一向不会浪费时间和感情。

　　袁思宜很受伤，叫他："楚未。"

　　楚未没理，径直走了，她不得不跟上去，又叫："姐夫。"

　　楚未停下了脚步，他回过头来看她，嘴唇翕动，他是要说："我不是你姐夫。"

　　但不知怎么，没有说出口。

　　袁思宜眼眶湿润，说道："你还在惦记柳箬吗，她哪一点值得你这么喜欢她呢？你为什么不看看你身边其他的人，有人比她好得多，比她爱你得多。"

　　楚未面色平静，眼神却幽深，他本不想说什么，但却又说："这是我和她之间的事，我没必要告诉你。还有就是，我身边爱我的人，太多，我要一一去看，可没那么多精神力气。"

说完，他就要走，但又停下，继续对袁思宜说："我对你没任何意思，以后更不会有。"

他这话太伤人，几乎让袁思宜站不住。

楚未和柳妈妈他们要吃完时，袁思宜才回来了，柳妈妈担心地问她："去卫生间这么久，没事吧？"

袁思宜眼眶发红，摇着头，看了楚未一眼，发现楚未又恢复了礼貌周到的样子，好像刚才完全没和她说那些话。

饭后，楚未结完账要陪堂姐离开，他对柳妈妈说："你们住哪里？朋友安排了一位司机给我，但我用不着，不如让他送你们回去吧，或者还要去哪里玩，他可以跟着，有人做向导，总要方便些。"

柳妈妈想说不用，但一想，也许接受楚未的好意，反而可以让两个孩子复合呢，她心里打着这个主意，就没拒绝，说："会不会太麻烦他？"

楚未笑着说："不会麻烦，他反而高兴。"

柳妈妈说："那真是太谢谢了，我们正愁找不到方向，这里打车又贵得很。"

大家一起下了楼，那位司机已在楼下等，楚未将司机介绍给袁家，他自己开车载堂姐走了。

楚琦在车上说："你还那么在意柳箬，最近事情少了，何不去找她？"

楚未看了她一眼："我最近哪里事情少，我忙着呢。"

楚琦："既然忙着，那你整天陪我干吗？"

楚未："我没陪你，我陪我的小侄女儿。"

楚琦好笑地瞪他："你就死鸭子嘴硬，好啦，再带我去把那几个包买了吧，我答应帮人带包。"

在店里，楚琦又去看包时，楚未就去问店员，之前柳妈妈她们看上了什么包。因为柳妈妈和袁叔在店里拉扯很惹人注意，被店员在心里嘲笑一番，所以她印象深刻，就说柳妈妈看上了那一款，楚未说那拿过来吧。

司机送了柳妈妈他们回宾馆，楚未又叫他前来拿包去给柳妈妈，顺便给他包了个不小的红包，吩咐他好好做柳妈妈的地陪。

回到住处，楚琦揶揄楚未："你干这些事做什么呀，不去找柳箬，想要隔空喊话啦，让你丈母娘帮你说好话？"

楚未不得不说："姐，你现在肚子里有我的小侄女儿，你不要把她教坏了，让她变成你这样的毒嘴。"

楚琦收敛了一些，将楚未左看右看，说："说实在的，我真是有些弄不懂，你这样也算是钻石王老五了，不是长得歪瓜裂枣，又不是不懂风情，柳箬怎么就随便把你甩了呢？"

楚未说："她没甩我。"

楚琦惊讶："难道是你把她甩了吗，既然现在这么后悔，当初怎么就把人甩了？"

楚未没好气地道："大姐，你真的不能少说几句吗？我们没分手。"

"啊？没分手？"楚琦翻了个白眼，那意思很明显，就是你说笑的吧。

楚未自欺欺人地说："真没有。我们只是闹了矛盾在冷战而已。"

楚琦撇了一下嘴，实在看不下去他这个样子，说："这种事情上不干脆，小心人家看上金发碧眼的日耳曼帅哥，你可就没有竞争力了。"

楚未虽然表现得无所谓，心里却咯噔一下，但要他去找柳箬，那又非常困难。

楚琦不在楚未面前提他和柳箬间的事，楚未还能一直让自己不去想，被她这样提起，又再一次见到柳妈妈，他那以为已经平静下来的心湖，又被搅得一团乱了。

那天，他亲手害死了自己的孩子，他无法接受这个结果，柳箬的话，更让他无法接受。

不管柳箬步步为营做的那些事，只听她说的有关流掉的那个孩子的话语，那个孩子，比起是她和他的爱情结晶，不过是一块可有可无的肉。

他们两人都没意识的时候，他来到了柳箬的肚子里，如果他可以被好好地孕育，然后来到这个世界上，他将是他和柳箬之间最紧密的纽带，是他们家庭的一员，是他们爱情的寄托。

但柳箬那些冷酷的话，让楚未觉得，柳箬丝毫不在意两人之间的结合和孩子。那个孩子，在柳箬的眼里，不仅可有可无，而是流掉了更好。

楚未被她那些话戳得千疮百孔，他无法接受说那些话的柳箬，也无法接受把孩子害没了的自己，他那时候实在不想面对柳箬，于是他走了。

而他也有走的理由，因为家里出了大事。

但在回B城的飞机上，他是后悔的。他想过，他不能抛下刚从手术室里出来的柳箸，只是，他必须回B城去。他家里需要他。

楚未回B城去了医院，这并没阻止楚爸爸离开的脚步。

他因为脑梗塞在手术室里离世，甚至没能留下一句遗言。

在楚骞被调查，楚父离世的情况下，楚家陷入了最低谷。家里需要他。

楚骞的事在半月后得到了解决，他出来参加了楚爸爸的追悼会，然后降职，但是依然负责原来的工作，其他没有受到影响。高士程被秘密带走调查，楚爸爸的追悼会后，魏常平也被调查。

这件事已经过去了近两个月，但伤了元气的楚家并没有恢复。

不过，在楚骞出现，并支撑住了楚家后，楚未的压力和责任都小了很多。

家里的一系列事情，让楚未忙得脚不沾地。但夜深人静时，他脑子里依然总浮现柳箸的身影，浮现柳箸的血染红了他的手的情景。

柳妈妈收到司机送去的包，又惊讶又羞愧又感动，和柳箸视频通话时，她就把这件事对柳箸说了，数落她："你看，楚未多好，你为什么要和他分啊！"

柳箸抿唇不言，柳妈妈说："你看，楚未现在还对我们这么好，又请吃饭，又替我们安排车和司机，还买包，他是还喜欢着你吧，你要不要给他打个电话呢？"

柳箸沉默。

柳妈妈着急得想要戳她了，骂道："你到底说一句啊！"

柳箸眼神茫然，最后说："妈，我真的很累，你不要再逼我了好吗？"

从不说软话的柳箸说了这句，让盛怒的柳妈妈平静了下来，她张大的嘴慢慢合拢，开始流泪："你呀，你呀，你为什么总这样任性逞强！"

柳箸下班后回了自己住处，站在淋浴下，几乎把身体泡起皮了她才穿好衣服回自己的卧室。

她租住在一个老太太的房子里，她住其中的小间。

柳箸没擦干头发就疲惫地坐上了床，抱着笔记本电脑查文献，没看一会儿，就头晕眼花，反胃恶心，她只得把笔记本电脑放到了一边。

她觉得自己病了，她让自己不要再想楚未，但却控制不住，满脑子都是他。她趴在床上哭了起来，没有声音，眼泪却如泉涌，很快就把枕头染湿。

孟煊将车停在篱笆外面的路上，进来叫柳箸。

老太太和孟煊认识，她用德语和孟煊说柳箬在她自己的房里。

柳箬不懂德语，在这里一向以英语和人交流，而这位房东老太太英语并不流利，柳箬有时候要借助孟煊和这位老太太交流。

孟煊去敲了门："柳箬，我来接你了。"

柳箬头脑昏沉，被孟煊的声音惊醒，她深吸了两口气，说："什么事？"

孟煊："我们约了去酒吧。"

柳箬这才想起来有约，她拢了拢头发，又收拾了身上的衣服，这才走到门边来，在拍了拍面颊后，开了门，对孟煊道："对不起，JO，我今天有些累，想休息，不想去酒吧。"

孟煊看她精神不济，担忧道："生病了吗？"

柳箬："不是，只是有些累，想早些休息。"

孟煊："好吧。如果你病了，请一定告诉我，你需要人照顾。"

柳箬勉强笑了笑："我没事。"

孟煊离开时，那位房东老太太说："JO，如果你喜欢柳，要送花。"

孟煊回头对她笑："对。"

柳箬头痛得厉害，裹在被单里，眼神迷茫地看着老旧的房顶。她认为自己是一个行走在荒漠之中的行尸走肉，连她热爱的研究也无法给她的天空带来多少阳光。她无法自欺欺人。

柳箬和孟煊从研究所里出来，她开车载上他，说："我只会做很简单的饭菜，如果你不介意，我可以请你吃土豆烧肉。"

孟煊笑道："那就打搅了。"

会请孟煊去吃饭，是因他总给她帮忙，最近还教她学会了一些德语。

研究所距离柳箬的住处不远，开车只需要二十分钟。

九月，天气已不再炎热，带了秋日的凉意。

老太太坐在院子里的椅子上，一边吃点心一边看猫咪玩闹，一位男士坐在她的旁边，和她说话。

柳箬看到楚未，便怔住了，对孟煊说："对不起，今天恐怕不能请你吃饭了。"

孟煊有些惊讶："怎么了？"

"我有个朋友来了。"柳箬说着，下了车。

楚未已经起身来："柳箬！"

他的声音温和温润，又含情脉脉，孟煊马上明白最近柳箬拒绝他靠近的原因。

柳箬很自然地回了他："你怎么来了？"

楚未说："我过来有些事，从阿姨那里知道你的地址，就找过来了，我问这位太太，这里是否住着一位美丽的中国女人，她说是的。"

孟煊离开后，柳箬带着楚未出去吃了一顿不好不坏的晚餐，柳箬问他："你今晚住哪里？"

楚未："准备找个宾馆。"

柳箬要带他去定宾馆，楚未道："阿姨让我为你带了东西，我的车在你住处前面的路边，东西在里面。这里的治安，还好吧？"

柳箬说："还好，先回去吧。"

两人回了柳箬的住处，楚未可以和房东太太用德语做一些交流。进了柳箬的房间，里面很小，只有床、衣柜、书桌和一张椅子，椅子上放着柳箬的衣服，他将东西放在书桌上，不知道自己该坐哪里。

柳箬发现了卧室情况窘迫，收拾了椅子，将衣服放床上："你坐吧，我去为你倒杯水，或者你想喝杯咖啡？"

楚未说："水就行了。"

柳箬去厨房烧水，楚未将给柳箬带来的东西拿出来，有两盒是柳妈妈让带的衣服，还有一盒调料。楚未不知道为柳箬什么好，便准备了一盒子钱，放在那调料盒子下面。

柳箬端着水过来，看他正将东西都放好，便说："我妈没同我说你要过来。"

楚未接过马克杯，里面是开水，柳箬提醒他："很烫，这边的人喝自来水，我习惯不了，要用过滤器过滤和烧水壶烧开才喝。"

楚未目光温柔里又带着隐隐灼热："现在习惯这边的生活了吗？"

柳箬颔首："还好。"

她端着水杯坐在床沿上喝水，想到什么又起身去打开桌上一个盒子，从里面拿出巧克力递给楚未："刚才你吃得少，再吃点巧克力吧，不然会饿。"又问："你刚才和琳娜太太说什么？"

楚未说："房东太太？没什么，她问我今晚要在这里留宿吗，她希望我们能出去宾馆开房。她说这个房屋的隔音不好。"

柳箬瞬间脸红，却不像以前一样嗔怪楚未，只沉默着。

楚未为缓解沉默带来的尴尬，指着那两大盒子衣服说："那是阿姨让我给你带的，你看看吧。"

柳箸稍稍看了看，道谢后两人又陷入了沉默，柳箸低头看自己手里的杯子，过了一会儿，柳箸说："我送你去宾馆吧，不然太晚了。"

楚未说："好。"

两人一前一后出门，柳箸想开自己的车，让楚未开他的车跟着她走就行，但楚未说："不用了，用我的车，一会儿我再送你回来。"

柳箸说："不用这么麻烦。"

楚未却道："就这样吧。我听说这边并不是很安全。上次我一个朋友在这边遇到了抢劫。已经晚了，我不放心你一个人回来。"

柳箸说："这里镇上还好。"

但楚未坚持，柳箸就只好上了楚未的车。

送了楚未到宾馆房间，柳箸便道："那我先回去了。"

楚未拽住了她的手，有些祈求地看着她："箸箸。"

柳箸对上他的眼，脑子里便一片空白，完全不知道自己接下来要怎么办，她说："为什么要来找我？"她的声音嘶哑，神色不太对劲。

楚未站在她的对面："我觉得我们还有很多话没说清楚，一切才刚刚开始，我接受不了，我们就这样分开。再说，我们并没有分手不是吗？这段时间，我们应该都想了很多，那我们可以看看，我们是否继续下去？"

柳箸嗓子发哽："在我们之间，一直是我的问题，我对不住你，所以，也许，你去找一个更好的人，更好。"

楚未苦涩地笑："从初中开始，你就是个很冷的人，让人难以接近。你现在这话，我实在接受不了。我的感情和激情都用在了你的身上，你让我再怎么去爱其他人？箸箸，你太自私了，你一言不发，就决然离开，你把我扔在原地，让我到哪里去找出路？"

柳箸声音里带上了泣音："但我不知道该怎么办，你让我怎么办？"

楚未伸手抱住了她："不要哭，箸箸，别哭。"

她由他抱着，楚未说："我们不谈从前，只谈以后，好不好？"

柳箸静静地和他对视，嘴唇轻动，她没说话，但她痛苦深刻的感情，从她的眼里传达给楚未，楚未问："箸箸，你还爱我吗？"

柳箸抱紧了他："嗯。"

楚未说：“我们继续在一起，好好过以后的日子？”

“好。”在柳箬的世界里，她不愿有别的答案。

楚未简单地洗了澡，擦着头发走到坐在沙发上发呆的柳箬面前来："箬箬，要洗个澡吗？"

柳箬"嗯"了一声，楚未伸手摸她的面颊："那去洗吧，现在已经晚了。"

柳箬稀里糊涂地洗了澡，才发现自己没带睡衣，她裹着浴袍从浴室里出来，看着楚未说："我没睡衣。"

楚未说："要不，穿我的衬衫？"

柳箬想了想，只得点了头。

柳箬在浴室里换了楚未的衬衫，虽然楚未只比柳箬高十厘米，但他是男人，骨架大很多，所以衬衫穿在柳箬身上显得非常宽大，已经是一条短裙子了。

柳箬穿了这件衬衫走出来，头发微湿，眼睛黑白分明，肌肤如雪，唇红齿白，楚未本在收拾箱子里的东西，转过头来看到她这样，就愣了一下。

但同床共枕之时，楚未拥人在怀，却并没有其他动作，心中的疼惜和温暖，比欲望更浓重而持久。

柳箬和楚未和好后，每天同柳妈妈视频聊天的时间减少了，分了一部分给楚未，柳妈妈得知两人和好的事，自是欢喜无比。

圣诞节时，柳箬回国，先到K城和楚未会面，过了两天二人世界，这才乘飞机回S城。

两人在元旦这天在S城民政局登记结了婚。

照相的师傅说："年轻人，头不要挨这么近，坐正一些，好，OK，成了……"

番外

围城不冷

　　楚妈妈在楚未和柳箬婚后一年，她才接受柳箬作为自己的儿媳妇。

　　日子安然而过，曹巍和魏涟在这一年生下了个大胖小子，八斤多，曹巍顺产，痛了一天多，她和柳箬在网上通话报告这个喜讯："你答应过要做我儿子干妈啊。"

　　柳箬应着一定很快回去看干儿子，又担心："孩子是不是太大了？"

　　毕竟巨大儿伴随着不少问题。

　　曹巍说："我们也担心。其实我怀他的时候，没怎么吃，不知道怎么就长这么大了。"

　　她又问柳箬什么时候要小孩儿，魏涟在旁边开玩笑："不会是三哥不努力吧？"

　　被曹巍训了一句，他才赶紧岔开了话："等你们生个女儿，到时候正好和我家定娃娃亲。"

　　柳箬在三十三岁上准备要小孩儿，周围的朋友，大多都生了。

　　她在学校就职，不闲，但也花时间看了很多妊娠和育儿方面的书。

　　她很注意饮食和身体锻炼，希望可以让来到她肚子里的孩子更健康。

楚未觉得自家老婆要走火入魔了，躺在床上后，他搂着她只想亲热，她却还在看书，他一把夺过她手里的书扔到一边去："不要看了，等怀上了，会有专门的老师来照顾你的，你就放轻松一点嘛。"

　　柳箬担忧地说："你说我会不会怀不上？"

　　楚未没心没肺地道："那我可以畅快地做了，不会半途被你叫停拿套子，你知道这真的很残忍。"

　　柳箬没好气地拧他的耳朵……

　　楚未知道她从不会用力，就肆无忌惮地亲吻她……

　　柳箬在半途觉得有些难受，开始楚未还以为她是欲迎还拒，后来看柳箬的确很难受，他就吓坏了，把她抱起来，问她："宝贝，你怎么了？"

　　柳箬说："我肚子有点疼。"

　　楚未还以为是自己太孟浪，想好好安慰她，柳箬也觉得自己休息一下就好，但过了一会儿依然没好。楚未坐不住了，赶紧穿好了衣服，又为柳箬穿好了衣服，叫了救护车。

　　医生为柳箬诊断开药前让她去查了B超，楚未焦急地在B超室等着，医生说柳箬宫腔内可以看到椭圆形类孕囊回声区，孩子大约怀有六周左右的时候，柳箬和楚未都觉得不可思议，他们对视着，又惊又喜。

　　医生看着这对一脸傻相的夫妻："回去准备吧。"

　　回到家，柳箬要弯腰换鞋，楚未赶紧扶住她："老婆，别动，我来。"

　　柳箬口渴，想喝口水，就要去接水，楚未让她在床上躺着："我来，我来，你别动。"

　　之后柳箬想自己脱衣服，楚未也不让她动："来，宝贝，我来脱。"

　　柳箬对楚未侧目，好笑地说："我只是怀了孩子而已，又不是生活不能自理，你在干什么啊！"

　　楚未义正言辞："不，不，让我来就行。你必须让我做。"

　　柳箬在十二月有惊无险地产下一女，得知母女平安时，楚未在产房外几乎喜极而泣。

　　柳箬醒过来后，楚未一个劲儿亲她的脸蛋："宝贝，谢谢你，谢谢你。"

　　柳箬好笑地道："谢什么谢啊，孩子呢？"

　　奶奶把孩子抱来给柳箬看，孩子五斤四两，体重处在中等，眼睛紧闭脸蛋红彤彤的，柳箬那一瞬间就被这个小生命击中心坎，她要抱她，楚未不让她抱："你有伤口，而且没力气，别抱了。"

满月酒时，这个被楚未取名为楚璇的楚家千金，已经可以看出长得颇像楚未了。孩子粉嫩可爱，每个见到的都惊叹不已，连不大喜欢孩子的楚骞也对这个小侄女爱若珍宝。

孩子太可爱，做父母的也烦恼不已。

楚未经常对柳箬抱怨："我是她爸爸，他们却不让我抱，你看我每天才抱多一会儿？咱妈总说我抱得不好，不让我抱，我都没机会好好地抱，怎么能抱得好？"

所谓咱妈，是指柳箬的妈妈，他只敢在柳箬跟前吐槽丈母娘，不敢当面违拗。

柳箬说："我也没多少机会抱啊。"又皱眉说："孩子这样养在人的臂弯里是不行的，还是要让她自己躺小床上。你看大家都围着她，以后怎么教养！"

楚璇渐渐长大，她不像同龄人那般好动，语言天分也不大行，在学会了叫爸爸妈妈奶奶后，她就很少再说其他了。

楚未担心孩子有问题，十分忧虑，他和柳箬商量，想带她去看权威的心理医生。

柳箬同意了，不过，她并不觉得璇璇有问题，她只是总被人围着，不说话也能达成目的，就不愿意开口。

她认为以后不能再对璇璇予给予求，要好好"教训"她。

楚未对她这套严母教育理论十分惊惶："孩子还那么小，你要做什么？"

柳箬说："我做个实验给你看，你就明白了。"

楚未一脸震惊和担忧："老婆，你不要做项目走火入魔，你要拿孩子做什么实验？"

柳箬把刚睡完午觉的女儿从床上抱起来，先抱她到她的专用小卫生间去，把她放在小马桶上让她坐着。她上完了厕所，就对站在那里的柳箬伸手，要柳箬把她抱下去。

璇璇一岁九个月大，别的孩子在这个时候，已经可以走路，说不少话，可以从这个很矮的小马桶上爬下来，甚至，他们会很乐意在这个小马桶上爬上爬下，几个朋友家的孩子就是这样，但璇璇不，她坐在那里等柳箬抱。

柳箬假装在检查洗手台，没有看到她的动作和要求，不理她。

楚未躲在门外面偷偷看里面，他不明白柳箬这到底在做什么，但他兴致勃勃地看着，只是有点担心女儿的小嫩屁股在那马桶上被冷到。

柳箬一直不理女儿，璇璇歪着脑袋看了柳箬一阵后，她意识到妈妈在做她的事，没有注意到她的要求，她不得不叫她："妈妈！"

她声音清晰，带着一点不耐烦。

柳箬听到了，回头看她一眼，假装惊讶地说："怎么了？"

璇璇朝她伸手，示意要抱。

但柳箬又把头转过去了，继续看洗手台。璇璇委屈了，蹙了小眉毛，她在长相上继承了父母的优点，可爱得没有任何人可以拒绝她的要求。所有人都宠她，让她还没有尝到过自己的意愿不被很快执行的滋味。

但她发现妈妈的确不理她，她不得不又叫她："妈妈！"

柳箬又回头看了她，这次，她说："怎么了？"

璇璇朝她伸手要抱，但柳箬说："什么事？"

"妈妈！"璇璇只是张手要抱，柳箬偏要装作看不懂。

璇璇没办法，只得说："抱！"

柳箬说："抱什么？"

璇璇睁着黑葡萄一样的大眼睛看着柳箬，面颊白白嫩嫩宛若嫩豆腐，这份可爱，几乎可以秒杀楚未的一切理智，他甚至在心里说："老婆，快抱她嘛。"

但柳箬铁石心肠，不为所动，反而板了脸："抱什么？"

璇璇要被她凶哭了，柳箬平常完全不敢凶她，不然被楚妈妈知道，柳箬就不好办了，楚妈妈会说她对孩子不好。

璇璇看妈妈实在太凶了，只得说："抱我，妈妈抱我。"

柳箬走过去把她抱了起来，然后把她放在地上，随即，她走出了洗手间，璇璇傻眼了，因为她很少自己走路，不是不会走，而是不需要走，总有人喜欢抱着她，她根本不需要自己走。

柳箬走了，她哭了起来："妈妈，妈妈……"

这份可怜，简直要让楚未的心碎了，但柳箬不为所动，楚未便也不敢擅自行动。

璇璇傻傻地站在那里哭，楚妈妈还在睡午觉，柳箬又关上了这边的大门，她哭也没人听得到，当然不会有人来理她。

楚未从门缝里偷偷看她，她哭了一会儿，发现无人理她，只得自己迈着小短腿往外面走，楚未赶紧躲到一边的帘子后面去。璇璇出了卫生间，发现妈妈坐在窗户边上的小沙发里看书，她迟疑了一下，走到了柳箸跟前去。柳箸抬头看她："什么事，想要什么？"

她不说，只是去看一边专属于她的水杯，要是以往，她看一眼，就有人端水给她喝，或者她不看水杯，就有人拿着她的奶瓶来求着她喝。但今天什么也没有，她很渴。

她不说，柳箸就装不懂，她看了柳箸一阵后，发现柳箸看书不理她，她就只好又叫她："妈妈。"

柳箸抬眼看她，她又去看水杯，柳箸继续看书，璇璇这下不行了，大声道："妈妈，要喝水。"

她平时很少说话，所以这句除了妈妈叫得字正腔圆外，另外一句调子显得有点怪，但却表达得很准确。

柳箸起身去为她接了一杯水，水是温的，她递给她，她迟疑了一下才接到手里，她喝一半，洒了一半在衣服上，但柳箸没帮助她，只在她喝完时说："自己放回桌上去。"

她被柳箸命令着，不得不走得很不稳当地去把杯子放回了原位，又乖乖回到了柳箸身边，柳箸这才把她抱了起来。

楚未现在已经意识到老婆要向他表达什么。

女儿被家里一干人等惯坏了，宠她宠到她不用说话不用走路不用伸手做任何事。

不过这也是没办法的事，谁让他妈妈在掌管教养璇璇的事呢。

之后楚未就说要和柳箸带璇璇去A国住一阵，他有公事要去出差，正好柳箸有假期，可以跟着过去。

柳箸的教育方式让楚璇很快就能稳稳地走路，并可以说长句，甚至会认一些简单的字。

柳箸不知道楚璇将来会长成什么样子，但她期待她在自己的生命里慢慢长大，在她和楚未离开这个世界之后，她依然存在。

【全文完】

后记

年龄小的时候，很小的事情，就是几乎占据了自己整个世界的天大的事，对越喜欢的人，越在乎对方对自己的感受。受人喜欢，自然是高兴的，但是要是被人打击了，那便是天塌地陷了。

说出那句打击人的话的人，也不一定是真正认为对方差劲，也许不过是一时嘴贱，就那么口无遮拦。说完后，说不定就后悔了，却又因为强烈的自尊心，实在没有办法对对方解释道歉。

本是一场小小的误会，但却造就了两人无论如何不能走到一起的鸿沟。

越喜欢一个人，那条鸿沟便在心里越被放大，成了一道伤口。慢慢长大，伤口结痂长出了新肉，有时候，它会有点痒，但是，却不会痛了。只在人注意到它的时候，才会意识到，哦，原来这里受过伤。再次回想，甚至已经模糊了当初受伤的感觉，只会觉得好笑，那时候真是幼稚啊。

不过却回不去那时候了。

当心变得越坚强越耐磨的时候，就像心上长了茧子，少了年幼时候的敏感，也少了那时候的感动。

初恋总是美的，因为它独一无二，占据了那个最敏感又最美好的年华。即使也许只是暗恋，即使也许总在伤心，即使也许他在骄傲的那一头，我在骄傲的这一头，无从交集，但在以后想来，无改它的美好。

我已经到了心上长了茧子的年龄，所以想写一个这样的故事。

柳箸因为父亲的死亡而变得倔强好强又敏感，她暗恋楚未又不想让他知道，楚未的一举一动都在她的关注中，所以楚未的任何一句话，都在她平静的表面下掀起滔天巨浪；楚未是家世良好受人追捧的公子哥，被人捧出的高姿态和自尊心，让他即使喜欢一个人，也不好在小伙伴们跟前说出口，于是就那么出言打击柳箸。即使以后后悔，也难以开口道歉了。两人在这句话前越行越远，直到分道扬镳，再也看不到彼此。

很多时候，这样的两个人便再无交集，他们同生活在一个世界里，在同一片天空下，同一片大地上，却各不相干。也许会在他人的嘴里听到对方的某个消息，或者在蓦然回首之时，恍然看到了对方。回想过往，总会怅然。

所以我会让柳箸和楚未再次相遇，他们已然长大了，成熟了，虽然依然骄傲依然倔强，但已经明白珍惜的重要性。

爱上一个人，只是需要一个瞬间，有个契机就行；但要和一个人在一起生活下去，那便需要天时地利人和，要在对的时间有对的环境还有对的心态。要懂得珍惜才行。

柳箸和楚未都不是完人，有各种缺点，最后什么锅配什么盖，便正好在一起了。

我很感谢大家和我一起分享这个故事，希望能让人有温暖的感觉。总之，缘分是需要珍惜的。

还要感谢出版方和我的编辑，能让这个故事以纸质的形态和大家相遇。

此致

南枝